小小青蛇 ▶ 著

恋爱达人

A SPECIALIST IN LOVE

新世界出版社
NEW WORLD PRESS

图书在版编目（CIP）数据

恋爱达人 / 小小青蛇著. — 北京 ：新世界出版社，2017.9

ISBN 978-7-5104-6380-8

Ⅰ. ①恋… Ⅱ. ①小… Ⅲ. ①言情小说—中国—当代 Ⅳ. ①I247.5

中国版本图书馆CIP数据核字(2017)第203804号

恋爱达人

作　　者：小小青蛇
责任编辑：黄　倩
责任印制：王宝根
责任校对：宣　慧
出版发行：新世界出版社
社　　址：北京西城区百万庄大街24号(100037)
发 行 部：(010)6899 5968　(010)6899 8705（传真）
总 编 室：(010)6899 5424　(010)6832 6679（传真）
http://www.nwp.cn
http://www.nwp.com.cn
版 权 部：+8610 6899 6306
版权部电子信箱：nwpcd@sina.com
印　　刷：三河市骏杰印刷有限公司
经　　销：新华书店
开　　本：880mm×1230mm　1/32
字　　数：330千字　印张：10
版　　次：2017年9月第1版　2017年9月第1次印刷
书　　号：ISBN 978-7-5104-6380-8
定　　价：39.90元

contents
目录

contents

第1章　1/25秒之不可思议的邂逅

六月的帝都，时雨时晴，时明媚时暗淡，此时是春和夏的最后一次交锋，直到一场雨结束，这座城市才义无反顾地奔向灼热的炎夏。

雨后的阳光穿过玻璃打在里面缤纷的花瓣上，又被花瓣上的水珠折射出五彩的光，刚刚浇过水的花房更显明媚。这家位于CBD的花店在上班时间前迎来了难得的静谧时光。桌上摆着一壶花茶，壶里的花瓣颜色粉嫩，与花店主人乔沫明媚的脸色相得益彰。

乔沫，花店的老板之一，今年二十七岁，皮肤白皙，长直发，明亮的眸子清澈。她拿着一本书，看着看着笑起来，眼睛弯得像月牙，一颦一笑间，清雅灵秀尽显。

这家叫“Destiny”的花店位于CBD的黄金位置，能拿到绝佳位置的商铺多亏闺蜜曲蔓，两人合伙开办花店已三年有余。

此时的花店有些冷清，乔沫享受着片刻的清静，直到被一阵急促的铃声打断。电话那头是乔沫又爱又恨的闺蜜曲蔓，她和男朋友正在楼顶僵持不下。曲蔓快处于下风，急召乔沫上楼施以援手。

乔沫到达楼顶还没推开天台的门，已听到男人撕心裂肺的哭诉：“曲蔓，如果分手，我立刻从这里跳下去，一拍两散！”

留着热辣长卷发的曲蔓与乔沫清汤挂面式的直发形成鲜明对比，再看妆容，曲蔓的烈焰红唇妆与乔沫清淡的裸妆再次形成鲜明对比，两人站在一起，一浓一淡，各是一道风景。

曲蔓最大的爱好——购物。她家境殷实又有生意头脑，如今坐拥多处房产及商铺，每月只靠收租已成高收入人群，典型的白富美，包换了一个又一个，男朋友也一样。

乔沫迅速扫视男人的脸，只见他身高约一米七五，大概常去健身房的原因，肌肉微微隆起，练得不错。他两条胳膊张开，反手握住栏杆，两条腿死死地卡在栏杆上，长相中规中矩，浓眉大眼倒符合曲蔓对男人的审美。

这里是三十楼，跳下去必死无疑！

“肖桐，你冷静点儿，先下来再说，”曲蔓已是哀求的语气，“别冲动。”

曲蔓转身便吐槽：“乔沫，你怎么还这么淡定，赶紧帮帮忙！”

乔沫不语，曲蔓叫她来自有原因，她拥有识别微表情的能力！

表情可以表达一个人内心的情绪，而微表情最短只能持续1/25秒，这些持续时间极短的表情会突然一闪而过，极难捕捉。百分之九十的情况下微表情会反映一个人真实的内心。但也有例外，有些极擅长控制内心的家伙可以借微表情表达相反的情绪和举动，乔沫还从未遇上这样的类型。

乔沫的淡定不无道理，肖桐一边叫嚣寻死，可他忙里偷闲观察曲蔓的微表情。每当曲蔓露出紧张的神色，他立刻调整双手位置，把栏杆抓得死死的，他根本不想寻死！

砰，身后的门被撞开了，铁门撞在墙壁上又弹回去，一个男人一手插进裤兜，一手拿着冰激凌啃着，悠闲无比地迈进来。他架着墨镜，身材修长高大，斜飞的英挺剑眉一副不耐烦的样子，削薄轻抿的唇无所顾忌地舔着冰激凌。他身后还有一个人跟进来，身材比他瘦削些，戴着金丝眼镜，斯文秀气。

“卫子随，肖奇艺，你们来做什么？”肖桐叫着他们的名字，哭丧着脸，“曲蔓要和我分手，我不想活了，不想活了。”

卫子随取下墨镜，他也不想多管闲事，但身为一名民事律师，刚刚负责肖桐的纠纷，纠纷没有解决，委托人先死，还怎么赚钱？再说，他好歹也是自己的大学同学。

肖奇艺扶扶金丝眼镜，正要开口，卫子随不慌不忙地吃掉最后一口冰激凌，拍拍手，大步流星地往前，冲到肖桐的跟前，双手按住他的脖子往下用力一压，肖桐大半个身子往后仰去，吊挂在栏杆下，身下就是巴掌大小驶来驶去的汽车，还有如蚂蚁般大小的人群！

“救命啊，救命啊！”肖桐浑身的汗毛都竖了起来，扯着嗓子不停地呼救，“卫子随，快拉我上去！”

任凭他如何呼救，卫子随无动于衷，丝毫没有拉他上来的意思！

一双手突然死死地扣住卫子随的手腕：“他根本不想死，只是吓唬人，你想害死他吗？”

卫子随看着乔沫，面无表情，对着魂飞魄散的肖桐坏笑一下，一把将他拽了上来，然后狠狠地揪起来扔到地上！

肖桐摔在地上半天没有回过神，曲蔓和肖奇艺扑过去，两人将他扶起来，肖桐刚刚站稳，曲蔓一巴掌拍到他脸上：“想死跑远一点儿！”

肖桐捂脸看着卫子随：“卫子随你是个混蛋，草菅人命的混蛋！”

“我告诉你一个正确的求死方法。”卫子随冷笑道，“跳楼的关键在于狠、准、快，首先你要有必死的决心，对自己下手狠，然后要准，掌握正确的跳楼姿势，再做到最后一个准则——快，从你说要跳楼到现在……”

卫子随抬手看表：“一个小时零十一分钟，想死必须快，三十楼跳下去一分钟不到。”

乔沫惊讶，这家伙是个高手，进来不到一分钟，全面观察肖桐的肢体语言，从中判断他的真实意图后将计就计，激发肖桐的求生欲，他一定精通行为学和心理学。

此时，一股浓烈的香气袭来，一个浓妆艳抹、露出修长双腿、袒胸露乳的女人不耐烦地走进来，挽住了卫子随的胳膊。乔沫不适地退后一步，卫子随看着她：“你懂得观察细节，可惜，不懂得行动则是败笔，只会坏事。”

卫子随挽着女人扬长而去，来也匆匆，去也匆匆。肖奇艺也跟着出去，肖桐被识破好不尴尬，大难不死，想得通透了，终于作罢。

曲蔓对来的两人十分好奇，和肖桐一番沟通才知道刚才两人的关系和他们一样——合伙人。她们开花店，那两人开的是律师事务所，卫子随负责打官司，肖奇艺负责运营。

与其他事务所不同的是，卫子随从不接手刑事委托，只做民事纠纷。卫子随的父亲在行业内赫赫有名——卫天成，所有律师后辈望而生畏的金牌律师，不败将军。

卫子随子随父业，上阵父子兵，一时传为佳话。但两年前，父子兵突然决裂，无人知晓原因，卫子随拉上同窗好友肖奇艺成立律师事务所，一反常态地与父亲疏远。

乔沫有种棋逢对手的感觉，今天没等自己出手，突如其来的卫子随像阵旋风席卷而来，三下五除二解决事件，出手快、狠、准！

此时，卫子随驾车载着刚才浓妆艳抹的女人离开，回味着刚才的一幕，连连摇头，会分析不算本事，解决问题才是王道。

身边的女人将手亲热地搭过来，无须多言，暗示明显。卫子随并不吃这一套，要不是她自称可以帮事务所找到合适的办公地点，才不愿意多伺候。

前业主突然要收回写字楼，限期十天内搬走，肖奇艺到处找写字楼，地方偏远的不要，黄金地段一房难求，诸事两难全！

女人的手没有收敛，卫子随踩下刹车，骤然停下，不由分说地拉开车门，女人不可置信：“你赶我走？”

卫子随耸肩，女人下车，车子绝尘而去，女人气恼地将手里的包扔出去：“混蛋！”

卫子随从倒车镜看到她发火的光景，越发飞快地驶离那里。卫子随回到事务所，前台郭美佳迎了过来，黑亮的齐耳短发看似利落，两只闪亮的耳环却显示出她内藏的性格。郭美佳告诉卫子随，许先生来过了。

许先生是事务所的客人之一，即将再婚，带着比自己小几轮的娇妻来做婚前财产公证，交过钱后婚礼的琐事无一不过问卫子随，拿事务所所有员工当他的勤杂工，连婚礼场地的布置也要来问。许先生老到成熟，郭美佳不是对手，一再掉进他的坑里。

“这里是律师事务所，不是婚礼策划公司，以后注意。”

郭美佳无奈，虽说是律师事务所，上上下下就三个人，两个是老板，只有自己一个打工的。如今要被房东扫地出门，下家仍没着落，郭美佳也忧心自己的前途。再看卫子随的黑眼圈，想必又流连于酒吧通宵未睡，郭美佳对自己有个不靠谱的老板心塞，又恨自己年近三十还名花无主，找不到依靠，只有死守工作不放。

肖奇艺手拿电话，地产中介的电话一个接一个，还是没有合意的写字楼，卫子随冲他掏出一张名片："这间写字楼的老板有出租，打听下是什么人，尽快拿下。"肖奇艺如遇大赦，总算要得救了！

乔沫回到花店，拿起刚才翻了一半的书。曲蔓经过刚才的插曲，现在倒平静得像没事人。乔沫一直佩服曲蔓强大的心理素质，感情呼之即来，挥之则去，于她而言，感情就像一片可以浮动的云彩，全由她控制。

"明天去这里。"曲蔓奉上一张门票，是跑酷比赛。

跑酷，整个城市都能成为他们的训练场，围墙、屋顶都成为可以跑酷的对象，特别是废弃的房屋，看上去更刺激。

"新男友？"乔沫一语中的，曲蔓坦然承认，乔沫简直是魔女，在她面前毫无隐瞒的能力。而在曲蔓眼里，一段感情的结束只有两个理由：无疾而终或找到另一份真爱，现在当然是第二种情况。

"明天一定要去。"曲蔓满心期待，乔沫收起门票，答应考虑考虑。

下班时间，CBD的男男女女披着满身疲惫涌出大楼，在外人看来光鲜的外壳下也有身心的重压，白领们像潮水一般离开巨大的壳，奔向返家的路，乔沫也是其中一员。

乔沫的家在一条僻静的胡同里，不大的四合院充斥着这个城市浓浓的市井风情。现在四合院金贵，成了艺术家们采风的必到之处，也是不少外国友人感受帝都风情的必到之处。

乔家的门口挂着一个木制的招牌——老年人活动中心，四合院的一半房间被用来经营活动中心，棋牌、图书、戏曲等让乔家一天到晚总是热热闹闹。

乔沫的母亲郭美兰正在厨房忙活着，父亲乔康坐在院子里的躺椅上，手里拿着报纸，听到开门声，头也不抬："沫沫回来了。"

厨房里马上传来郭美兰的声音："听到了，准备开饭。"

乔沫迅速地放下包，去厨房洗手，母女俩端出饭菜的时候，刚才还在躺椅上的乔康已经支好了桌子，三人配合得十分默契。

乔家只是普通的小康之家，与普通的人家没什么区别。没有大富大贵，日子过得也算有滋有味，每次回到家，乔沫的心总是特别安定。

做出一桌的拿手菜，郭美兰格外得意，乔康难免又要品头论足一番，什么红烧的色泽不够，青菜的火候过了，豆角不够熟，惹得郭美兰反过来一通吐槽，三个人的饭桌也热热闹闹。

和往常一样，乔康酒才过一巡，又提起乔沫相亲的事，不是老同事刚从国外留学的儿子，就是街坊哪位亲戚的侄子，乔沫知道父亲的点在哪里，一律以花店忙为幌子推掉。

乔康的脸一沉，筷子往桌子上一扔："不吃了，没胃口。"

"不吃就不吃，我看你这一碗饭也光了，晚上少吃好。"郭美兰捏住了老头子的七寸，让他动弹不得，然后对乔沫柔声说道，"沫沫，工作辛苦了，你多吃点儿。"

乔康被将了一军，早习惯了这种情形，站起来双手背在身后找街坊老李下棋去了。郭美兰像得胜的将军，乔沫偷笑不已，父亲一大把年纪，脾性还像个孩子！

次日一早，乔沫前脚进花店，曲蔓亦步亦趋，缠着乔沫一起去看跑酷，说话间手机响了。

"今天看写字楼，不行，我要去看跑酷，改天吧，我不急着出租，就这样了。"

曲蔓恋爱大过天，赚钱的兴趣抵不过与男友的甜甜蜜蜜，乔沫松口下午准时过去，曲蔓才兴高采烈地离开，虽然也是老板之一，花店的事务几乎全压在乔沫身上。

店里除了乔沫，如今只剩下一个叫何小峰的伙计，花店急着招人，目前还没有合适人选。

乔沫等来小峰，她才偷得片刻闲，静静地坐在窗边喝茶看书。时间转眼到了午间，不少白领利用有限的时间涌进花店。

人群外是刚实地考察完写字楼的卫子随，看到熟悉的面孔，也随着人群一起走进花店。他发现花店门口多了一个牌子——预测游戏。

乔沫坐在桌子后面，西装革履的帅哥、妆容精致的美女，手里端着咖啡围在四周，却留出一条通道，她面前摆了三个杯子，各自贴上编码——1、2、3。

"我先来。"一名褐发美女跃跃欲试，率先坐下，"今天玩什么？"

“这里有三个一模一样的杯子，请你随着自己的心意挑选一个，思考时间三秒，我会在你伸手的一刻报出杯子的号码，这个游戏叫心心相印。”

褐发美女开始思考，周围的人群齐声倒计时：“三、二、一！”

声音一落，褐发美女立刻伸手，乔沫自信满满道：“2号杯。”

褐发美女的手刚好触到2号杯子上，她着实被吓了一跳：“怎么可能？”

“哦……”围观者们都发出赞叹声。

再一次，褐发美女换成了3号，同样在手指触到杯子的一刻，乔沫准确地报出了数字！

人群不停唏嘘，卫子随脸上露出一丝狡黠的笑容，两个回合下来，他已经心中有数。明明是选杯子，这个女人却把时间更多地放在观察对方的表情上，选择的时间只有三秒。三秒虽短，足够做出诸多表情，只要抓住眼神的变化就能精准地判断对方选择哪个杯子。这个女人百分百拥有为数不多能够抓住微表情的能力，传说中的1/25秒！

“我想试试。”卫子随马上举手，人群自动散开，他来到乔沫面前，“又见面了。”

是他，乔沫无来由地有些抗拒，众目睽睽下，不能拒绝。卫子随撑着桌子，呼吸扑到乔沫脸上，每个毛孔都变得灼热。人与人之间的安全距离是一米二，刚才的距离在0.45米以内，专属于夫妻或情人的距离。这是两人的第二次见面，难免有些尴尬。

“不用自我介绍，咱们直接开始。”卫子随开口，原本还在座位上的女白领立刻让位，卫子随坐下去后才记得征求意见，“没问题吧，乔小姐？”

乔沫一愣，他怎么知道自己的名字？

卫子随伸手点着桌子上的名片，乔沫这才恍然，这家伙观察得十分细致！

“倒计时，开始。”

乔沫仔细端详着卫子随的眼睛，捕捉着1/25秒的一瞬，当他的目光落到3号杯子，身子微微往前倾，乔沫暗道一声妙，迅速报出：“3号！”

卫子随嘴角上扬，上钩了！

乔沫眼睁睁地看着卫子随的手突然握住了2号杯子。何小峰不敢相信自己的眼睛，早就准备好高高举起的手颓然地放下去，围观的人群发出骚动，乔沫失手了。

“可以再来一次。”卫子随说道。

“再来多少次结果也一样，我输了。”

乔沫的坦然反让卫子随少了一些乐趣，一丝不甘心冒出来，他不想就这么结束，趁着起身的空当，突然起身向前，附在乔沫的耳边说道：“后会有期。”

卫子随扬长而去，人群也慢慢散了。何小峰替乔沫不平，也不明白失手的原因。乔沫倒是坦然：“其实原因很简单，他做出假表情误导我，做出与眼神相反的手部动作。”

短短的1/25秒内做出反应，他是十分擅长控制内心的家伙，乔沫心里不像表面那么淡定，不是因为输，而是因为卫子随充满侵略性的挑衅。

卫子随实地查看过写字楼的位置后，倒是十分满意，只等拿下业主正式签订合同，再加上刚才的小插曲，令探访更加精彩。

办完事卫子随停下脚步，转身寻看向花店。店内的繁花掩住她的身影，不一会儿，乔沫抱着一束花从店里匆匆走出来，花束放在自行车的前篮里，踩着自行车离开。没有丁点儿老板的样子，亲力亲为。她前脚刚走，一位客人步入花店，卫子随颇有些意外，这个人他竟然认识，是大学校友侯孝聪！

侯孝聪和卫子随是同行——二人都是律师。他身材高大，头发浓密，鼻梁高挺，穿着一身剪裁得当的西装，手里握着一杯咖啡，进店不见乔沫，和何小峰打完招呼就走。卫子随有点儿不明所以，想了想他还是走了。

男人对女人的爱慕无非两种，明恋或暗恋，在何小峰眼里，侯孝聪几乎是明恋乔沫。

待乔沫送货回来，小峰告诉他侯律师来过。乔沫的态度淡淡的，让人看不出端倪。这时花店外响起汽车喇叭声，不靠谱的曲蔓回来了，兴致勃勃地要载乔沫去看比赛。

乔沫明白这是曲蔓又有心上人的节奏，她也好奇，迅速打败肖桐获得曲蔓芳心的是何方神圣。

从看台上看下去，各队人员都在紧张热身中。曲蔓的男友比她年纪小，身材健硕，回眸看到曲蔓，摆手示意，极为活跃。乔沫在一边被衬得有些心酸，所谓虐单身狗，大概就是如此了。

曲蔓并不知道，对面的看台上，一架望远镜正对着她，观察着她的一举一动。

“双手托住下巴，这个年龄还做这种动作，说明内心是个小女生，对爱情充满幻想，喜欢甜言蜜语，吃软不吃硬的类型。”拿着望远镜的卫子随正急速解析中，“她的妆容和打扮适合自己的年纪与风格，突出身体线条，显示成熟的魅力，说明她内心有沉稳的一面，务实主义者。”

望远镜往边上移动，看到乔沫，卫子随露出一丝微笑。肖奇艺打了岔，他觉得他们要找的房主有些眼熟，好像在哪里见过。

卫子随也是无奈，这明明就是昨天才在楼顶相逢，不争气的肖桐招惹的野蛮前女友！

吃软不吃硬的务实主义者，脉已把，现在该轮到切症。卫子随戴上墨镜和肖奇艺大摇大摆地接近，乔沫敏锐地发现身后多了人，回头后只叹地球那么大，世界这么小，又是他。

“曲小姐，终于找到你了。”

“我和肖桐已经结束，他不会又做傻事，找你们来救场？”

肖奇艺赔笑道：“我们今天来和那个傻小子一点儿关系也没有，是为了正事来的，真没有想到曲小姐除了人长得漂亮，更是个理财高手。”

肖奇艺的赞美之词十分刻意，自古醉翁之意不在酒。乔沫轻咳提醒，曲蔓冷冷地说道：“有话直说，我不喜欢别人绕弯子。”

卫子随一脸兴味地盯着乔沫，但愿她不要搅局才好，刚才出声提醒，明摆着看出肖奇艺的奉承之词虚伪，曲蔓并没有吃这一套，但这并不代表什么，谈判刚刚开始。

卫子随示意，肖奇艺直接奉上拟好的合同。曲蔓只扫过了几眼，皱了眉头：“要租？”

“曲小姐，我们也算有缘……”

肖奇艺的话还没有说完，曲蔓已经有些厌恶的神色，肖桐已经成为过去式，眼下还有人来提醒自己和他的这段孽缘，令人不快！

“奇艺，过去的事情不要再提，现在就事论事，肖桐是我们的同学不假，但这件事情和他一点儿关系也没有，曲小姐，我们直接进入主题——我们事务所愿意在之前公示的房租上加价百分之十，这是综合面积、地段、位置、朝向后得出的结果。”

加价百分之十并不在事前的讨论范围内，肖奇艺不懂了，明明说好用甜言蜜语轰炸拿下写字楼，卫子随现在不计代价加价百分之十，这股冲劲是怎么上来的?

话说回来，卫子随让大家跌破眼镜的事情，不止这一桩，肖奇艺的脑袋隐隐作痛：“加价百分之十，曲小姐，这个条件值得考虑。”

这就是拍档，再危急的情况，依然默契为上，合作为上!

曲蔓毕竟是商人，靠租金吃饭，听到钱不想挪开步子，乔沫脱口而出：“为什么主动加价?”这不符合常理，一旦写入合同，意味着付出更多支出!

“我的话还没有说完，乔小姐，加价百分之十是有条件的——租期三年之内不允许再次加价，如何，曲小姐?”

对务实主义者来说，明码实价比夸奖更有吸引力，乔沫看着曲蔓，她嘴角翘起，面颊上抬起皱，眼睑收缩，眼睛尾部有纹路，在微表情中代表着高兴。

对卫子随开出的条件，曲蔓已从心底认同。乔沫叹息一声，卫子随一旦入驻CBD，就在花店楼上办公，低头不见抬头见，还没到那个局面，只是想想已让人局促不安。

好一句后会有期，卫子随已经胸有成竹，他似乎正以席卷之势打破自己习惯的环境!

“乔沫，你觉得呢?”

虽然不愿意，但那是曲蔓的产业，她拥有绝对的自由租给任何人，乔沫深谙友谊天长地久的重要元素：“你自己判断，有利可图就好。”

卫子随笑了：“没错，曲小姐，你才是主人，一切由你做主，和乔小姐无关。”

再一次直接挑衅，乔沫知道自己不能跳脚，更不能恼羞成怒，卫子随明摆着掐自己，而且不露声色，是个玩心理战的个中高手，和他掐即是中计。

乔沫的沉默让卫子随更有兴趣：“不如找个地方好好聊聊。”

乔沫今天穿着白色的雪纺衫外加牛仔短裤，两条修长光滑的腿露在外头，卫子随的目光自下而上扫过来……

乔沫感觉到一股轻浮之气扑面而来，不悦地轻抿嘴唇。曲蔓热情地说："那大家先认识一下吧，我叫曲蔓，这位是我的好闺蜜乔沫，我们俩共同经营一家花店，也是大学同学。"

肖奇艺将卫子随拉到身边："他，民事律师卫子随，我，业务主管肖奇艺，我俩黄金搭档。"

"脑白金吗？"乔沫脱口而出。

"乔小姐还因为那天的事情耿耿于怀吗？"

卫子随的发问让乔沫头皮发紧，耿耿于怀称不上，这个男人超过自己的范围，无来由地让她觉得危险："哪有，我输得起。"

肖奇艺和曲蔓左右看看，这两人好像结了梁子？

加价百分之十成为卫子随的撒手锏，没有人可以拒绝如此丰厚的条件，卫子随有备而来，租赁合同已经准备就绪，肖奇艺在边上又是女强人，又是美女地叫，哄得曲蔓眉开眼笑。

签字画押，三年租约马上生效！

送走曲蔓和乔沫，肖奇艺立刻翻脸，疯了，简直疯了，临时加价百分之十！

"根据以往的数据统计，那片区域的写字楼每年的租金涨幅平均在百分之十左右，三年是多少，折算下来，我们有什么损失？人的心理从来是先入为主，曲蔓的重点放在百分之十的加价上，再加上你的甜言蜜语已经晕头，拿下势在必得，还等什么，找搬家公司去。"

乔沫和曲蔓回到比赛场地，比赛已经接近尾声，全副武装的帅小伙正寻找着曲蔓的踪迹，看到她，立刻高高地扬起手。曲蔓踮起脚尖，热情地给予回应。

手机铃声突然响起，乔沫的脸色微变。曲蔓看了一眼来电显示突然抱住她。乔沫明了，不只自己记得，曲蔓也一样："沫沫，别去了。"

"一年只有一次，我走了。"

曲蔓的算盘落空了，拉她出来看比赛，拖延到让她忘记时间，忘记那个已逝者的出生日——他的诞生日注定了乔沫的悲喜。

如果可以在乔沫的记忆里抹去一段，曲蔓会毫不犹豫地抹去那个男人相关的一切！现在，她只能无助地看着乔沫走远，哪怕年轻的男友已来到身边，像骄阳般热情地拥着她，她的心也没有更加滚烫。

乔沫独自走在大街上，毫不避讳头顶的烈日，没有撑伞，没有遮阳帽，炽热的阳光火辣辣地晒下来，乔沫也没有停下，直到走到一家蛋糕店前才停下脚步。蛋糕的香甜气味丝丝缕缕地传出来，里面琳琅诱人的蛋糕丝毫没有勾起乔沫的味蕾，反让她的眼睛蒙上一层水雾。

站在窗外看了片刻，乔沫正准备转身离开，身后一个女孩和她撞了个满怀。乔沫还没抬头，那女孩已经一言不发地离开，乔沫只看到她五颜六色的假发。

母亲的来电一个接一个，乔沫闭上眼睛，年复一年，再沉痛的悼念也无法让逝去的人复活，自己所做的一切徒劳无功，连累那么多人跟着自己伤心难过，自己凭什么？

郭美兰的电话再打来时，乔沫接了电话，电话那头的母亲明显松了一口气。郭美兰小心翼翼地提及今天是那个男人的生日，乔沫淡淡地避开不谈，只说要早点回家吃饭，如此表态让母亲的心放下了："晚上加菜，早点回来。"

乔沫长长地舒出一口气，毅然离开。

乔沫脚步轻快地回到花店，店员小峰正在检查清单，确认所有鲜花全部送出，花店生意兴隆，也让小峰叫苦不迭，招聘启事已经贴出去，却迟迟没有招到人！见到乔沫，小峰难免又嘀咕一番，他就不明白了，绝佳的上班地点，工资水平也算不错，为什么招不到合适的人呢？究竟是谁的要求高？

对沉迷于恋爱的曲蔓，小峰也有很多话要讲，他今年大三，恋爱经历为零，无法理解恋爱有这么大的魔力，能让曲蔓抛下一切。其实往细了想，曲蔓丰富的感情经历建立在她雄厚的经济基础之上，才能次次义无反顾，钱啊，万恶之源！

小峰怨天尤人之时，侯孝聪悄然从花店门口经过，停下来看了乔沫好几眼才离开……

直到下班，曲蔓也没有回来，想必和小男友逍遥快活去了，乔沫知道自己与曲蔓的差别实则是肉食女与草食女的区别，她永远办不到像曲蔓那样热情如火，纵然冰山之下也有奔涌的岩浆，冰山厚千尺，非岩浆可以消融。

乔沫记得和母亲的约定，在这个特殊的日子，早点回家才能抚慰父母心中的不安。

走到巷口时，乔沫被一团五颜六色的头发吸引住了，正是白天撞到自己的女孩。只见她正从邻居家的大门走出来，身后跟着的大概是中介公司的工作人员，正喋喋不休地介绍着房子的好处。女孩的妆容化得格外夸张，厚重的眼线、厚厚的粉底，外加深红色的大嘴唇，左耳上面三四个耳钉，右耳则挂着一只硕大耳环，六月还穿着厚重的靴子。

女孩出来与乔沫打了照面，乔沫点头示意，女孩毫无表情地转身，郭美兰正好出来，看着女孩的背影说道："哎哟，现在的女孩是怎么了，把自己捯饬得像只鹦鹉似的，多吓人啊。"

乔沫被逗笑了，想必郭美兰不知道有"杀马特"一说，留五颜六色的长发，化夸张的大浓妆，穿个性的服装，戴着稀奇古怪的首饰，务必夺人视线。

乔沫把杀马特一解释，郭美兰语出惊人："那不就是脑残？"

这番话逗得乔沫乐不可支，看着女儿的笑容，郭美兰不安的心平复了些，说煮了甜汤，拉着女儿进门，院子里不见老爸，一问才知道找棋友下棋去了。

今天是特别的日子，乔康定然是担心自己控制不住情绪刻意避开，乔沫心中有数。

今天是乔沫前男友的生日，于法律意义来说两人已经是夫妻，只缺一场正式的婚礼，结婚证已经戳了民政局的章，乔沫现在的婚姻状态是——丧偶。

今天晚上注定是乔沫无法入眠的一夜，半夜，她坐起来，打开台灯，从床头柜里取出一个精致的笔记本，笔记本看着有些年头了，扉页上的照片是两张年轻的笑脸，乔沫的手拂过照片，突然恶狠狠地合上笔记本，扔进抽屉，倒头就睡。

第二天早上，乔沫发现花店门口堆了不少箱子，一个黑色齐耳短发的时尚美女正靠在箱子上面把玩着手机。乔沫正好奇的时候，美女抬头，先是瞪大了眼睛，然后"哇"的一声："花店老板这么漂亮！"

乔沫面对突如其来的夸奖有些不知所措，那名美女利落地伸出手："认识一下吧，我是郭美佳，公司前台。"又补充一句，"我的老板是卫子随。"

听到这个名字，乔沫心抖，他们搬得挺快的，这才多久，已经打包过来了。

郭美佳端详着乔沫的表情，似乎想到发生了什么事，以老板的德行，九成九已经得罪人。

难得曲蔓到得这么早，她正热情地和肖奇艺交代写字楼的各种事宜，什么时候交管理费，水电费如何交付，房租每个月十号交付，事无巨细。

乔沫见摆着的箱子不少，表示主动帮忙，郭美佳不让，两人你推我搡客气的时候，卫子随领着搬家公司的员工过来，鼻子上架着墨镜，一副生人勿近的架势。

第2章　冤家宜结不宜解

搬家公司的员工一边搬东西，一边骂骂咧咧。这时乔沫才知道，搬家公司帮他们把东西搬到楼下后，拒绝再往楼上搬，非逼着他们加价不可，两方僵持了好一阵，才决定把东西先放在花店门口。

郭美佳如释重负："老板，加钱了？"

"我自有办法。"卫子随一副懒洋洋的样子。

"说明白会死人吗？"肖奇艺夹着笔记本出来，恨铁不成钢，"怎么搞定的？"

卫子随才说这伙人临时加价，油盐不进，毫无契约精神，但他刚才发现这伙人的车使用套牌，车牌正对阳光，颜色偏红，字体较瘦。既然他们赖皮，卫子随也不客气，当下要举报他们套牌。俗话说邪不胜正，但以邪治邪更见成效，那伙人立刻服服帖帖。

这边厢搬家搬得不亦乐乎，另一边，侯孝聪远远地看到卫子随的背影百感交集，天涯何处不相逢，侯孝聪提着公文包走上前："这么巧，卫子随。"

"师兄？"

卫子随摘下墨镜，似笑非笑："真巧。"

肖奇艺暗道好戏上场，这两人在大学时期都是风云人物，多次竞争均以卫子随胜利告终，侯孝聪压着一口气，直到毕业也没有释然，再次相逢，火药味依然！

“好久不见，听说你现在只做民事委托？”

“没错。”

“子随，你可是导师最看重的学生，出身于律师世家，所有人都看好你成为一名优秀的辩护律师，现在只做民事律师不觉得可惜吗？”

“人各有志，现在这种自在的生活更适合我，就像师兄身上这身笔挺的西装，时刻笔挺工整，是，看上去很精神，但有时候也想解开纽扣松口气吧？我对变色龙的生活已经厌倦。”

“每个人都有自己的选择，其他人无权干涉，子随，我替你可惜而已。”

“师兄还和以前一样，认为许多事情理所当然。”

道不同不相为谋，侯孝聪从来喜欢设置一个目标后慢慢攀爬，享受到达顶峰的快感。卫子随不同，人生几何，率性而为。

眼见得两人剑拔弩张，乔沫忍不住打断：“侯律师，今天还要一束剑兰吗？”

“我记得师兄对花粉过敏，一些日子不见，现在好转了？”

侯孝聪此时的感觉像在洗手间坐着，门突然被打开，外面站着一群人瞪大眼睛看自己，十分难堪，无法直视乔沫探询的眼神！

侯孝聪毕竟是侯孝聪：“过敏症随着体质的改变会消失，谢谢你关心。乔沫，还是老样子，给我一束剑兰。”

目送乔沫和侯孝聪一前一后进了花店，卫子随冷笑，还和以前一样，死要面子活受罪！

乔沫亲手包好一束剑兰，侯孝聪抱着花离开，一直等进了电梯，这才狠狠地吸了几口气，迅速解开领口，胸口已经红了一大片，冒出零零散散的红疙瘩，电梯门一开，他迅速冲进办公室，将花扔给前台！

卫子随打发搬家工人将所有物件搬上去，事务所的落脚点总算尘埃落定，三个人花了一整天时间整理，门口挂上招牌，大功告成。

事务所眼下最紧迫的工作莫过于姜先生和姜太太的婚前财产公证，第二天下午，事务所全员出动，三人一同出现在某处高档公寓。

宋妍，即将成为姜太太，三十五岁，妆容精致，女强人，头发整齐地绾在脑后，一丝不苟，嘴角的美人痣格外风情，皮肤光滑，如剥了壳的鸡蛋。桌上摆着房产证、汽车产权证、存折、银行卡、一排首饰盒，首饰中最璀璨的莫过于那块镶有钻石的手表，市场价格二十八万元。

“姜太太，我们现在对您所有的婚前财产进行登记，确定这是您所有的婚前财产吗？”

“当然，无一遗漏。”

郭美佳迅速地进行记录，完成后交给宋妍核查，确定无误后签字。

“他那边怎么样？”宋妍放下笔。

“姜先生的财务状况有一点儿小小的意外。”卫子随将一份文件推到姜太太面前，“我们还在核查中，请您给我们一点儿时间处理。”

宋妍不是初涉世的小姑娘，小意外意味着什么，她心里清楚——那个男人并不坦诚。

“卫律师，尽快处理。”

三人离开后直接往宋妍的未婚夫公司而去，姜子安，四十岁，经营一家贸易公司，二婚，和宋妍预备在一周后登记结婚。现在两人已经以夫妻相称，只差一纸协议——婚前财产约定协议。按照宋妍的要求，双方财产必须清晰明确，婚前财产及婚后各自所得归各自所有。

姜子安早有准备，三人一到，他拿出一份清单，已经签字。

“卫律师，你们刚从宋妍那里过来吧，这样一来，双方的财产已经确认，你尽快拟定合约，这样，我们就能安安心心地结婚了。”

卫子随笑笑，拿出手机，调出一条短信放在姜子安面前：“您先看看。”

姜子安的脸僵住，身子后倾，扯开领带好让自己松口气，他是怎么弄到的？

“作为双方协议的拟定者，我们必须保证双方的财产情况没有任何隐瞒，姜先生，您隐瞒了三百万的债务，协议里必须呈明，这一点也请您确认。”

姜子安的眼珠子骨碌碌直转，手指在桌面上不停地弹动。办公室的气氛降到冰点，卫子随双手抱在胸前。眼下更焦灼的人是姜子安，先开口的人也应该是他。

时间流逝，姜子安烦透了现在的氛围。对面的卫律师看上去毫不在意，这给他造成极大的压力。久经沙场的姜子安还有撒手锏：“卫律师，开个价吧。”

“收买？”

“这桩婚姻对我很重要，宋妍的经济实力对我有帮助，就算财产分明，看在夫妻的分儿上也不会见死不救，毕竟生米煮成熟饭。但是，她如果知道我婚前故意隐瞒债务，就完了。”

卫子随面无表情，肖奇艺和郭美佳交换眼神，好戏现在开始！

“五万，不，十万，”姜子安观察卫子随的表情，马上提价，“只要你睁一只眼闭一只眼，事成之后，我再给你十万，一共二十万的报酬，你做成这单的佣金也没有多少，是不是？”姜子安双眼通红，激动地打开保险箱，拿出一叠叠现金，全部扔在卫子随面前。

卫子随稳如泰山，别说表情，就是头发丝也没动一下！

“做人不要太贪，卫律师。”

“我想您误会了，婚前财产公证是男女双方就各自婚前财产和债务的范围、权利的归属问题所达成的协议，请您注意其中‘归属’二字。您的债务可以经过协商决定是否在婚后共同承担，大没有对宋女士隐瞒的必要。作为律师，我有必要对委托人负责，必须保证两位的财产凭证真实有效。而且法律规定，男女之间签订婚前财产约定，有恶意转移财产、逃避债务等规避法律意图的，协议无效。”

姜子安像泄了气的气球松松垮垮，一屁股坐下去，抹了一把脸后沉默不语。

“没有人不喜欢钱。”

“我喜欢钱，但取之有道。”

卫子随带着肖奇艺和郭美佳扬长而去，三个人走出了千军万马的气势。上车后肖奇艺才连连摇头，爱情滚烫，婚姻温暖，是多少男男女女的梦想，但在利益面前，变得稀碎。

这对夫妻还没有领证，已经开始攻守防范，提出做婚前财产公证的是女方，隐藏债务的是男方，论手段和思谋，两人不相上下。

姜子安出入豪车，最近还有出境记录，出手阔绰，却全是假象。公司经营不善，财务千疮百孔，借东墙补西墙，入不敷出，还要支撑高消费，苦不堪言。

做生意的人讲究有头有面，头，是体面，面，是面子，就算心里有数，就算银行卡里只剩下一万块，也会取出九千块放在钱包充脸面。

郭美佳怒骂姜子安虚伪，但宋妍何尝不是把资产当成婚姻的筹码，还没有举行婚礼，两人就把钱摆在台面上，如果双方坦诚也能和和美美，但算计来，算计去，有腋着的，有藏着的，注定成为婚姻的瑕疵。

卫子随戳穿姜子安，接下来委托能否继续不得而知。肖奇艺见他脸色不好，提议去花店坐坐，其实他醉翁之意不在酒，曲蔓是他们的房东，打好关系势在必行，就算曲蔓不在，还有她的好闺蜜乔沫，征服乔沫，也算成功一半。

卫子随一口拒绝："谁要去？"

三十分钟后，郭美佳坐在花店的玻璃顶棚下，手里端着奶茶，笑眯眯地看着自家老板。"谁要去"三个字还掷地有声，人家已经冷酷地坐在位置上，两腿交叠，悠闲得很。

乔沫给大家煮花茶，郭美佳有意搞气氛，和乔沫、曲蔓说起事务所的事，尤其是卫子随不做离婚委托的事，乔沫总算来了兴趣："为什么？"

乔沫问话的时候看着肖奇艺，而不是当事人卫子随。肖奇艺兴致勃勃地解释道：" 离婚一般分为两种，一种是和平分手，大家不吵不闹，好分好散；还有一种是要闹到老死不相往来的，不是为了钱，就是为了孩子，吵吵闹闹，争得不可开交，来来回回，周期太长。"

"乔小姐，不要小瞧婚前财产公证和证婚，在我们国家属于新兴行业，一般人消费不起，过来找我们的非富即贵，他们有消费力，利润空间足够。"

卫子随没有接茬，默默看着乔沫，从自己进店开始，她没有主动正眼瞧过自己！这在心理学来说，属于逃避。逃避的最大理由是厌恶，往轻了说是抗拒。一向备受女性欢迎的卫子随突生挫败，心里有些不爽，他突然来到乔沫身边，众目睽睽下附在她耳边说了一句。

乔沫的脸色变了，倏地站起来："卫子随，我和你认识时间不长，但是，你狂热、好斗、毒舌，从不考虑他人感受，心理变态！"

曲蔓目瞪口呆，这还是自己认识的乔沫吗？卫律师究竟和她说了什么？

肖奇艺看着卫子随，他岂是甘愿败于下风的人？

卫子随慢慢悠悠地站起来："走了。"

肖奇艺太好奇了，卫子随究竟和乔沫说了什么把她气成那样。不管他怎么追问，卫子随不露口风，最后用秘密两个字打发肖奇艺。

卫子随和乔沫刚认识不久，两人的气场很是微妙，现在还有两人专属的秘密，作为多年好友，肖奇艺也不免多想，卫子随是否对乔沫另眼相看？

曲蔓追着乔沫追问半天，乔沫死活不讲，再问就急眼了。曲蔓讨个没趣，气怵怵地约会去了。乔沫觉得井水不犯河水也罢了，卫子随三番两次找自己的麻烦，算下来有三次了！

头回炮轰自己只懂得用嘴，行动力不强；第二次当众砸自己的锅，游戏一场，输也就输了，不算什么；但是，这一次不同，卫子随直接挑衅——你怕我？

就这三个字让乔沫炸了，她心神不宁，好不容易熬到下班，推门看到母亲坐在台阶上，乔康站在一边烦躁不安地摇着扇子。

今天的气氛和平时不同，爸的眉毛下垂，前额紧皱，这是愤怒的微表情，谁惹他生气了？再看郭美兰，眉毛收紧，嘴角下拉——难过。

乔沫轻声细语询问，郭美兰强挤出一个笑容："没事，饿了吧，我去炒菜。"

"这条胡同住着这么多人，发生一点儿事情，就是风吹草动、尽人皆知，你们想瞒我？"

郭美兰长叹一声，原来，他们在家开设老年人活动中心，每天都热闹非凡。花牌、扑克、麻将一应俱全，另一边，还有象棋和围棋，就连五子棋也有，地方不大，项目繁多。

每天下午是小院最热闹的时候，往往欢声笑语一片。今天郭美兰如常在院子里洒水，特别拿出一面自制的提示牌放在有水的地方——"小心滑倒，请绕行。"

郭美兰前脚放了牌子，后脚老李就摔倒了。老李是同一条胡同里的老相识，六十岁出头，是个开朗的老顽童，非常喜欢接受新兴事物，刚买了一个智能手机，正学着用手机上网，走到哪里都捧着手机。因为活动中心有乔沫弄好的WiFi，上网方便，手机更离不了手。他刚从洗手间出来，就捧着手机盯着屏幕，丝毫没有注意到郭美兰刚放的牌子，恰好一脚踩到水最多的地方，脚底一滑，摔了个底朝天！

当时就乱套了，一群老头老太合力把老李送进医院。老李还安慰乔康自己没事，乔康和郭美兰也表示负责到底，医药费全包，保证不让他受委屈。

听到这里，乔沫觉得一切正常，没什么可发愁，要是缺钱，自己也能贴补。郭美兰长叹一声，要是事情只发展到这里就好了，医院也说了，老李是腿部轻度骨折。本以为事情就这样结束，老李的儿子媳妇一来，全变样了。

乔沫见过老李的儿子和媳妇，儿子个头不高，长得五大三粗，皮肤黝黑，儿媳胖胖的，圆脸，耳朵上总是戴着一副金耳环，每走一步，耳环和身上的肉颤啊颤。

他们一来，张口就是五十万赔偿!

“五十万？”乔沫震惊了，“医院不是给出结论，只是轻度骨折？”

“可不是，但他们咬死五十万不松口。老李也是，之前还深明大义，儿子媳妇一来就成哑巴了。你爸性子急，和他们好一通吵。”

老李的儿子说了，光赔医药费不可能，他们得请假照顾，得有误工费，还有出院后的营养费，以后会不会落下后遗症？还有，老李的孙子马上准备高考，这头分了心，那头没人照顾，万一高考砸了怎么办？还说看在大家都是邻居的分儿上，只要了五十万。

本来有商有量的事被这对夫妻搅了局，无缘无故地摊上事，乔康到现在还是气鼓鼓的，一把扇子打开又折上，扇面都皱巴了。

乔沫认识的李叔乐观开朗，思想毫不古板，儿子媳妇如此蛮横不讲理，他半句话没有，其中肯定有隐情。

“爸，妈，你们先好好休息。”

“没法睡了，老李的儿子说了，找律师告咱们！”

乔沫费了好大的功夫才让夫妻俩平定心情，乔沫只能想到一个人帮自己——侯孝聪。

志在必得的小李夫妻快人一步，已经找到最负盛名的金牌律师，卫子随的父亲——卫天成。卫天成久经沙场，号称不败将军。

小李夫妻的算盘一清二楚，哪怕多花点儿钱，只要拿下五十万赔偿，也是赚的。

卫天成今年五十五岁了，不管是站着还是坐着，身体总是笔直，眉毛浓密，国字脸，一身正气。五十而知天命，卫天成不知道自己还能蹦跶几年，事必躬亲，享受着生命力不长的职业生涯。但是，这桩委托却是一块烫手山芋。且不说小李夫妻的赔偿金额过分，就拿索赔对象来说——郭美兰，还是老同学。

年轻时的郭美兰拥有众多爱慕者，卫天成也是其中之一，他不想在这桩尴尬的纠纷里见到老同学。卫天成转念一想突然笑了，不是还有他吗？正好父子俩已经很久没见了。

卫天成知道卫子随不想见到自己，先把电话打到肖奇艺那里，走曲线联络。肖奇艺向卫子随转达今天晚上八点务必回家吃饭时，卫子随蹦出三个字："鸿门宴。"

"他总归是你爸，世上最亲的人，我如果有这样一位能人老爸，天天烧高香。"

卫子随虽然不悦，还是返回许久未回的家。卫天成亲自下厨烧了几个菜，听到开门声心中喜悦，但走出来的时候已经整理好表情，依然是一副冷面孔。

卫子随一屁股坐在餐桌边上，看着丰盛的晚餐面无表情，拿起一双筷子漫不经心地拨着菜。卫天成坐下来："先吃饭，我怕一开口，你会摔门走人。"

卫子随痛快地接受提议，两人默默无言地吃饭，没有多余的话。

直到饭碗空了，卫子随放下筷子，卫天成才说道："我有一桩委托没空办，转给你，只有一个要求——达成私下调解。"

"私下调解？不像你的风格？"

"事主一方是我的老同学，顺手帮她一个忙，而且你的事务所事务太单一，很难做出名声，借着这个机会拓展业务，不失为时机。"

卫子随冷笑，换汤不换药，他终究让自己按照他的路子进行！

"别把所有人的人生弄一个定式，我现在能够养活自己——用自己的一套。"

卫天成一时语塞，最终起身拿出文件扔在卫子随面前："看看吧，郭美兰女士是我的老同学，她恰好是我客户的索赔对象。"

卫子随打开文件，眼睛第一时间扫到一个熟悉的名字——乔沫。

父亲乔康，母亲郭美兰，女儿乔沫！老实说，在看到这个名字以前，卫子随丝毫没有搭理卫天成的想法，惺惺作态看下文件，再扔在这位自以为是的父亲面前扬长而去才是原本的戏码，现在不一样了。

"这桩委托我接了，明天我就上门拜访乔家，没其他事情我就先走了。"

次日早晨，乔康坐在院子里，面前放着丰盛的早餐，他连一下也没有动，事情发生已经两天，老李家的小子态度依然蛮横，声称让自己等着收律师函。

面对郭美兰的好言相劝，乔康毫不领情，乔沫晓得父亲的性子，多说无益，还是像平常一样出门工作，偏巧有人敲门，等打开门看到卫子随，跟见鬼似的。

卫子随一身西装，比平时看上去严肃不少，头发工整得没有一丝乱发，乔沫暗自好笑，今天头发打了多少蜡，苍蝇上去脚打滑。

乔沫堵在门口，没有让道的样子："你来干什么？"

"我找乔康先生，直截了当说吧，我受李钢夫妇的委托解决纠纷。"

"沫沫，让开！"乔康一声怒吼，乔沫下意识地避到边上。乔康端着一盆水奔过来，哗！

一盆水从头淋到脚，卫子随顿时成了落汤鸡，水从裤腿里漏出来，头发也趴在头上，这下好，苍蝇不打滑，直接淹死！

乔沫忍住笑，看卫子随的脸从白到青，再由青到白。乔康拿着盆，怒视着卫子随，指着他的鼻子说道："你就是小李那小子请来的律师？够早的啊，我问你，你是什么律师能这么黑良心？五十万，你们怎么不去抢？"

卫子随抹了一把脸，狠狠地抿抿嘴，正准备开口，乔康瞅一眼盆子里还有剩下的水，就准备再补一把，多亏郭美兰冲出来，一把拽住乔康的胳膊。

"我的话还没有说完，我来，是冲着两家调解的目的来的。"

这下尴尬了，郭美兰狠狠地掐了乔康一把，总是冲动行事，不问青红皂白就发难，这下好，好不容易有个和解的机会，要打水漂了！

乔沫看着狼狈不堪的卫子随，这一盆水下去，把他全身的刺都要抹平了，痛快！

郭美兰殷勤地引卫子随进去，打发乔沫去找身衣服。卫子随坐在客厅，乔康的眼神像两把利剑，生生地往自己身上捅，还好边上的阿姨面容和善，不具攻击性。这么细看，乔沫的长相和个性更像母亲一些，幸好没遗传父亲火暴的脾气。

乔沫进去老半天没出来，卫子随莫名焦灼，不过是找身衣服，怎么这么久？

等乔沫拿着乔康的汗衫和大裤衩出来，卫子随当场傻眼！汗衫穿过不少回了，浆洗得有些硬，而且宽大偏透明，颜色泛黄。裤衩是格子的，还是灰白格子，根本是上个世纪的产物，她铁定故意的！

乔沫真没有恶意，家里就乔康一个大老爷们儿，能找到的男式衣服也只有他的，卫子随想通后，意识到没有更好的选择，只有进卫生间换上，看到镜子里"全新"的自己，无言。

卫子随吹干头发和鞋子，抱着湿衣服走出去，一家三口面面相觑。看到卫子随晃动的裤腿，乔康忍俊不禁，但还绷着一股劲：“有话就说，有屁就放吧。”

“这桩案子如果走诉讼的程序，虽然李家提的巨额赔偿不会得到支持，但是赔偿是一定的，毕竟你们存在明显过错，到头来不会赔五十万，但会耗费大量的时间和精力。”卫子随说道，“乔先生，我希望你可以主动找对方进行协商，给一个合适的让对方满意的数字。”

“滚，滚，滚。”乔康的犟脾气上来了，倏地站起来就开赶，“你是对方律师，跑来给我建议这，建议那，这岂不是黄鼠狼给鸡拜年——没安好心？我信你才怪！”亏得自己以为有了转机！

“卫律师，你是律师应该知道在这件事上我们的确有监管提醒不力的责任，但是五十万狮子大开口绝不合理，明显是对方子女无理取闹，趁机讹人，作为一名律师，连基本的是非都不明白吗？”乔沫问道。

“我是律师，不是法官，我要判定的不是公平是非，而是维护委托人的利益。这件事情现在由我负责，希望你们好好考虑我的提议，今天权当认识一下，还有，我做事一向对事不对人，先告辞。”

送走卫子随，乔沫才看到桌上的湿衣服，想到刚才卫子随的狼狈样，开怀大笑！乔康和郭美兰不明就里，这姑娘，怎么了？

卫子随上车后才反应过来，自己还穿着乔康的衣服，自己的衣服扔在乔家，忘记拿了，现在回去也不是，不回去也不是。左右为难的卫子随从未料到自己在乔家遇到这种奇葩事，从出生到现在，从未这么鬼使神差过。

鬼使神差地接受这桩委托，鬼使神差地上门，又鬼使神差地穿上乔康的衣服，卫子随啊卫子随，你的骄傲哪儿去了？

卫子随哭笑不得，狠狠地发动车子，无论如何，先回家换套衣服再说。好不容易咬牙回到家，电梯门打开，看到肖奇艺的一刻，卫子随无语问苍天——造孽！他想躲但来不及，肖奇艺一抬头正好看到他，眼睛瞪得溜圆，如同看到外太空人一般惊奇。卫子随从电梯里走出来，豁出去了：“看什么看，没见过？”

“我的天，卫子随，这汗衫、这裤子，都磨白了，真正的老古董，你从哪儿弄来的？”

说来话长，卫子随现在最需要的是换衣服，换回自己的衣服！

肖奇艺仍处于极大的震惊中，坐在沙发上抱着肚子哈哈大笑，只后悔没来得及拍下照片。卫子随出来看到此情此景，一把揪住他的衣领："刚才的事情不许外传，听到没有？"

"可以，你先告诉我发生什么事。"

卫子随交代得清清楚楚，肖奇艺审视着他的脸："你不会因为和乔沫有关才多管闲事的吧？换作以前，对你爸的任何提议都不会理会。"

"这个不重要，乔沫的父亲是个暴脾气，以他的性格不可能冷静处理，现在的当务之急是从己方入手。今去乔家前，我先去了一趟医院，有件事情挺奇怪的。我待的时间不多，但短短的十分钟里，一直是老李的儿子、媳妇说事，老李作为直接当事人反而沉默不语，整个过程中没有直视我的脸。这说明他并不赞同儿子、媳妇的观点。我的存在也让他觉得不适，父子俩一个咄咄逼人，一个委曲求全，有点儿意思。"

看来卫子随已经找到突破口，肖奇艺从不担心他的业务能力，正因为相信才义无反顾地和他合伙，哪怕卫子随挑三拣四，太多业务不做，钱赚得少些，但踏实。

卫子随抬手看表，幸好手表防水，乔老爷子那盆水泼得颇有技术水平，重头重身子，上半身是重灾区，下半身只是祸及，而且直接泼脸，生生打脸的节奏！

另一个案子，姜子安和宋妍已经达成一致，宋妍愿意与姜先生共同承担三百万元的债务，姜子安负责七成，宋妍负责三成。

没有什么比这样的结果更好的，冲突摆到台面，还想继续必须直面问题，他们俩怎么协商的并不重要，重要的是结果。

当姜子安和宋妍在协议上签字画押后，事件终于告一段落，宋妍对卫子随大为赞赏。姜子安只有干笑，这样的结果和卫子随不无关系。

姜子安本想换一位律师，对卫子随极为肯定的宋妍坚持不肯换，无奈之下，姜子安只有向宋妍坦白一切，因为这份坦白反而获得了共同分担债务的回报，虽然只有百分之三十，也替两人的婚姻关系开了个好头。

明明用真诚可以解决的事情，总要绕个大弯子才能回到正轨，现代人的思虑太多了。

郭美佳并不理解宋妍的选择，用九十万的代价选择一个对她不真诚的男人，值得吗？

"九十万对一般人来说是笔巨款，对经济实力雄厚的宋妍来说只是一块敲门砖。用九十万赌一次自己的幸福，成了，幸福的价值不止九十万；不成，损失的只是九十万而已。"

解决了姜先生、姜太太的问题，卫子随现在可以专心地对付乔家和李家的纠纷。

楼下，乔沫早想找侯孝聪请教，但几次上去他的事务所都没有找到人，这或许是老天爷给自己的考验吧。乔沫状态不佳，小峰本想问她招聘的事，也识趣地闭嘴。

卫子随注意到的细节乔沫也发现了，老李和儿子、媳妇的态度不一，多年街坊，他也不愿意站出来说话，症结既然在父子关系上，乔沫觉得应该从此入手。

说来也巧，老李入住的医院里有乔沫的熟人，乔沫可以找一个李钢夫妇不在的时间过去，探探老李的口风。乔沫马上联络熟人，确定时间后赶到医院。

刚走到医院门口，身后多了个影子，两人的影子交叠，乔沫回头，刺眼的阳光下，那人的脸模糊不清，声音熟得很："真巧。"

最不想见的人出现了，乔沫知道他要做什么，加快步伐往里冲，卫子随恶作剧地追过去，拦住她的去路："如果你要对我的委托人进行骚扰，劝你慎行，如果想正常沟通，没问题，但必须有主次，我是他们的委托律师，我优先。"

"好，你请。"

卫子随转身，笑容爬上脸庞，率先进入病房，不得而入的乔沫无奈地站在门口等待。

卫子随和老李低声攀谈，初开始声音细不可闻，让乔沫实在着急，慢慢地，老李的声音大了些："你说私下和解？"

乔沫猛然回头，此时已经弄不清卫子随到底站在哪一头！

乔沫的熟人来了，两人简单寒暄几句，她才知道李钢两口子除了律师过来才赶过来，平时根本没有陪床。老李不习惯医院的饭菜，又没有人照顾，胃口不好，精神也不济，医院的护士们看着都挺心酸。

乔沫顾不得偷听，马上出去买来饭菜，再回来时卫子随已经走了，她正好光明正大地进去。看到乔沫，老李又羞又愧，头都抬不起来。

看到老李这样，乔沫马上打开饭菜，哄着他吃饭喝汤，惹得老李又是一阵内疚，再可口的饭菜也咽不下去。

老李眉毛收紧，嘴角下拉，伤心的表情出现了："沫沫，我对不起你爸。"

"李叔，我们做得不够好，没有经常来看您，才知道您吃不惯这里的饭菜，我回去就告诉妈，明天起给您准时送饭，您爱吃什么，全告诉我。"

老李听到这番暖心窝的话，更悲切了，终于忍不住抓住乔沫的手，把自己的苦衷道来。

李钢并不是老李的亲生儿子，老李和李钢的生母属于半路夫妻，之后也没有要自己的孩子，视这个继子为亲生孩子，含辛茹苦抚养成人。可惜，老李的媳妇去世后，父子俩的关系一天不如一天，李钢成家娶进一个不懂事的媳妇，更是雪上加霜。

老李还指着这个儿子给自己养老送终，这次的事情虽然心里跟明镜似的，但怕得罪李钢，隐忍不言，李钢更是直截了当地说了，要是老李敢和他们对着干，他立刻和老李断绝父子关系，带着老婆孩子出去过。就因为这个，老李成了透明人。

乔沫听得心塞不已，好言相劝，几日愁眉不展的老李总算有了一丝笑颜："刚才那位卫律师说他找到解决的办法了，我怎么觉得他不像李钢请的律师，倒像你们家请的？"

卫子随极自信，若他说有法子，一定有眉目，两人的关系并不算亲近，乔沫也不好问他，先回家把老李的情况转达给父母。

乔康原本对老李颇有怨言，听下来后一言不发，长叹一声。郭美兰本来也是菩萨心肠，表示明天起就给老李送饭菜，好好照顾老李。

"我想开了，那个毛头小子不是说私下调解吗？先看看李钢要多少。"

"爸，他有名字——卫子随。"

"什么，未遂？犯罪未遂，他爸起的什么名字？"

母女俩哭笑不得，乔康还记挂自己被穿走的衣服。乔沫已经把卫子随的衣服洗好，打算明天送过去，至于乔康的那一身，指定拿不回来了。

夜深人静时，卫子随来到乔家居住的胡同里，这里是李钢的住处，卫子随自报家门，又说自己是卫天成派来的，李钢立刻兴奋了。

夫妻俩争相询问事情进展得如何，又说自己如何没有时间去照顾父亲，卫子随冷笑，掏出一份文件摆在两人面前："看看。"

"这不是咱们家房产登记证的复印件吗？"

"没错，登记证显示，这套四合院的房主依然是你们的父亲，据我了解，你们的父亲并不愿意向乔家进行巨额索赔，一切是你们的主意。"

"父子连心，我们的主意，就是他的主意。"

"作为一名律师，我优先考虑官司的成功率，你们这桩委托，成功率不足百分之十，这套小四合院的市场价值你们应该有所了解，做得太过分，惹恼了你们的父亲，随时可以将你们扫地出门，一分钱便宜占不着，实事求是谈赔偿，不要再扯什么五十万。"

李钢夫妇沉默了，卫子随拿出和解书和名片："考虑清楚后联络我。"

对李钢夫妇来说，注定迎来一个不眠之夜，孝道和利益在他们的心里早就失去平衡，现在只是近利与远利的博弈。

卫子随离开时正经过乔沫家，想到自己的衣服，本来想敲门，但想到乔康横眉冷对的样子，弃了这个念头扬长而去。

侯孝聪最近不在事务所，听前台说乔沫找过自己，顾不得自己的花粉过敏症赶紧去花店。在进店前一刻他放慢脚步，整理领带，狠狠地抽口气："乔沫。"

空气中肆意飘舞的花粉是侯孝聪最大的磨难，他只能站在门口等乔沫出来。

侯孝聪的眼睛和嘴巴同时张开，眉毛上扬，鼻孔放大，这一幕正落进乔沫的眼里。她叹了一口气，卫子随没有说错，侯孝聪有花粉过敏症，并不像他自己所说的已经痊愈，他在说谎。

乔沫迅速抓起钱包冲出去："我们换个地方说话。"

离花店不远的咖啡厅，乔沫特别选了一处没有鲜花点缀的位置，将乔李两家的争端一一道来。经侯孝聪指点，乔沫已经找到问题的症结，现在只需要一点儿法律支持。见侯孝聪嘴角一侧抬起，满满的得意之色，乔沫笑了："你果然有办法。"

"我们可以从两点来解决这个问题。首先是赡养权，子女不履行赡养义务时，无劳动能力的或生活困难的父母，有要求子女付给赡养费的权利。这是子女必须承担的义务。"

“可是老李和李钢是继父子关系。”

“子女对父母的赡养义务，不仅发生在婚生子女与父母间，而且也发生在非婚生子女与生父母间，养子女与养父母间和继子女与履行了抚养教育义务的继父母之间。老李和妻子结婚的时候，李钢多大？”

“十三岁。”

“老李的继子是在未成年时来到李家的，自然得到了老李的抚养，在这样的情况下，就算是继子，也必须承担赡养责任。这是其一。”

“其二呢？”

“第二点牵扯到继承权，继承权是指继承人依法取得被继承人遗产的权利。如果继子不进行赡养义务，老李有权利取消继子的继承权，老李与继子并不存在委曲求全的情况。”侯孝聪强调道，“前提是房产仍在老李的名下，还没有过户给继子。”

乔沫醍醐灌顶，对于贪财的人来说，制衡他们的最佳工具还是钱！

乔沫迫不及待地起身，她不想让这件事情拖延下去折磨三位老人：“侯律师，今天先到这里，下次请你吃饭道谢，我们再约。”

“说话算数，我等你。”

乔沫微微愣住，转而露出一个大大的微笑：“好。”

乔沫马不停蹄地赶到医院，前脚进入老李的病房，卫子随也来了。看到熟悉的身影，他收了脚步靠在门口，手里还拿着那份房产登记复印件以及一份财产调查表。

乔沫进去开门见山，询问老李的房产是否还在自己名下，得到肯定的答复后，乔沫开心地握拳跳起来：“太好了，李叔。”

卫子随看着她有如孩童般的反应，嘴角也跟着翘起。

“李叔，我们有解决办法了。”乔沫把侯孝聪的话一一说来。

老李顿时精神大振，一巴掌拍到自己的大腿上：“我要知道这一出，还被他们管着？好样的，这下子我可不怕了！乔沫呀，多亏你提醒，不然我得被他们牵着鼻子走！”

第3章　棋逢对手的肉食男与草食女

"您可以将房产留到最后，这是您的最佳保障。至于医药费和营养费，您放心，我们一分不少，以后咱家的大门照常对您敞开，伤养好了继续光顾，爸还想和您下棋呢。"

屋外的卫子随听得分明，连连摇头，这个女人简直是天生克星，被她抢先一步！听她刚才关于赡养权和遗产继承法的解析，一定有人指点，在乔沫的圈子里也只有那么一位了，换个角度讲，这是侯孝聪和自己的对垒，冤家！

老李虽然打开了心结，但对儿子、媳妇的怨念丝毫不少。乔沫一通安慰，终于让老人家重现笑颜。当乔沫走出病房，前方转身的人影再熟悉不过，扫过一边的垃圾桶，乔沫取出被丢弃的文件，是老李的财产调查报告。

文件后面附着卫子随的签名，乔沫会意，两人虽然站在两方，却走了相同的路，达成一样的结果，心里有股莫名的情绪涌上来——两人的交锋居然以一种奇异的和谐方式结束。

乔沫将这份报告撕碎，毕竟涉及个人财产信息，她突然想到，卫子随身为律师，难道不知道保护个人信息？她明白了，卫子随知道自己的观察力活跃，不愁自己发现不了这份文件，尤其还放在这么表面的地方，他想通过这份文件告诉自己——他并没有输！

这一回合，算是平局吧。

当天夜里，李钢夫妇提着礼物上门拜访，态度来了一个一百八十度大转弯，之前种种用"犯糊涂"三个字带过。乔康纵然不愤，想到老李的难处，也顺势下了台阶，两家握手和好。

乔沫压在心上的石头终于落下，郭美兰抱着女儿，百感交集，就好似经历了人生的一场裂变，女儿依然平和温柔。郭美兰的眼眶微红，乔康使个眼色，郭美兰借口做夜宵，躲进厨房抹起了眼泪。如果没有那桩意外，自己或许已当外婆了。

乔康听乔沫这次能够解决争端全靠花店一位老主顾的指点，不禁来了兴趣，询问起对方的情况，听说是异性朋友，更加兴致勃勃。

等听到是律师的时候，乔康感慨道："同样是律师，侯律师，卫律师，差远了。这样吧，你请这位侯律师回来，让你妈亲自下厨，好好感谢人家，对了，他有女朋友吗？"

又来了，再继续下去，必定是亘古不变的相亲主题。乔沫避退到房间，留下乔康独自嗟怀，再这样下去，几时才能当上外公？再耽误下去，乔沫转眼就三十了。以前年纪小，不让恋爱非要谈，却也没有善终，现在倒好，眼看着奔三，该着急的时候她反而减速了。没有善终的话是不能讲了，无异于在乔沫划开口子的心窝里撒盐，乔康摆弄着扇子，侯孝聪律师，嘿，有点儿意思。

乔李两家的恩怨了结，乔沫第二天上班的步伐格外轻快，眼看着要到公交站台，一个女孩横冲过来。那女孩的妆容化得格外夸张，厚重的眼线、厚厚的粉底，外加深红色的大嘴唇，左耳上面三四个耳钉，右耳则挂着一只耳环，六月还穿着厚重的靴子！

"是你？"乔沫认出来了，是前阵子跟着中介过来胡同里看房子的女孩。

听郭美兰说女孩叫齐苗苗，已经租住进来了，经常白天不见人，晚上神出鬼没，也不知道干什么工作，见人也不打招呼。

她的名字清新可爱，与本人的形象截然不同。齐苗苗冷漠地看着乔沫，全身都处于戒备状态，双手抱在胸前，身子后倾，全身心抗拒乔沫。

齐苗苗冷酷地离开，乔沫吐吐舌头，好尖锐的性格！

乔沫来到花店，如往常一样开门，把喜欢阳光的植物搬到门口，小黑板写上今天的促销商品及价格，戴上耳机，在悠扬的音乐声中打点店里的一切。

卫子随从门口经过时，看到的是与平时不太一样的乔沫，之前的她总是安安静静，今天的她更活泼，多了些平时不常见的灵动。家里的烦心事解决了，一身轻快，卫子随撇撇嘴，笑着走了。

卫子随刚进入电梯，侯孝聪提着公文包站在花店外注视着乔沫，良久才离开。

乔沫的眼里是店里的风景，殊不知自己已是别人眼中的风景，静谧的气氛被骑着单车赶来上班的小峰打断了："乔沫姐！"

这几天乔沫忙着处理家务事，曲蔓不见影子，小峰一个人撑着整个店，连轴转下来，身心疲惫，招聘的事必须马上提上日程！

乔沫忙着把招聘启事打出去之时，郭美佳也在发牢骚，最近咨询的人越来越多，又赶上兼职的清洁工阿姨不干了，事务所换了新地方，她上班的时间更长，索性不做。郭美佳负责事务所的杂事不说，还要兼职清洁工工作。虽然肖奇艺偶尔会搭把手，但还是超负荷状态运转。从卫子随到事务所开始，郭美佳便开始叨咕请助理的事。

肖奇艺也在一边搭腔，中午要约韩小姐见面，下午许先生夫妇造访，事情一桩接着一桩，事务所的生意蒸蒸日上，人手不足的问题也亟待解决。

"那就招人吧。"卫子随终于开了金口。

"我马上联络圈子里的熟人，让他们推荐一些实习生过来，尽快解决。"

肖奇艺动力满满，把事务所招助理的消息散布出去，圈子说大不大，说小不小，卫天成在一个行业群里看到招聘信息时，手指笃定有力地敲在桌上，将百叶窗拉起来。

与卫子随寂寥的办公环境截然不同，卫天成的律师事务所永远一副热火朝天的景象，电话响个不停，大家都在急赶忙赶，只有一个人，在这分忙碌中显得格格不入！

"小许，让沈骐扬到我办公室来。"

接到通知的沈骐扬像一只觅到食的小鸟，扑腾着翅膀就冲到卫天成的办公室跟前，敲门前特别整理了头发和领带，敲门声都透着他的激情。

沈骐扬是卫天成律师事务所的实习助理，今年二十六岁，入行两年还未找到方向，身材高大，却还是一脸稚气，坐在卫天成——自己憧憬的名律师面前，一脸局促。

"我长话短说，有一个非常重要的任务交给你，与事务所无关，我的个人私事。”

“您讲。”

“如果你答应，从今天起只对我一个人负责，采取单线联系，绝不允许第三人参与。”

“我答应。”

“不听听我让你做什么吗？”

“只要是卫律师您吩咐的，肯定不是犯法的事，只要不犯法，什么事都可以！”

“马上辞职，去另外一家事务所工作，务必成为他们的员工，那家事务所的老板是我的儿子——卫子随。”

“真羡慕。”沈骐扬脱口而出，“他有您这么优秀的父亲。”

这话入了卫天成的耳朵却是莫大的讽刺，曾几何时，卫子随也曾经怀着莫大的崇敬讲出这句话——爸，我真幸运，有您这么优秀的父亲，我一定要成为像您一样优秀的律师。当初的掷地有声已经化为乌有，只余冰封的父子情谊。

“我的要求很简单，潜伏进去，将他们的一举一动汇报给我。作为回报，你可以领两份薪水，这边的工资照发，不要让他们察觉出你是我派去的人。”

无间道！沈骐扬无比兴奋，什么谍战片、警匪片的情景一股脑地涌上来，各种帅酷炫的场景和对话都浮上脑海，他满口答应，兴冲冲地回到座位填辞职信！

卫子随狠狠地打了一个喷嚏，郭美佳引着一位阿姨进来，家政那边推荐了新的清洁工。卫子随抬头一看，差点儿没憋住笑，阿姨脸上还有两道明显的高原红，像挂在树上彻底熟透的苹果。她个头中等，胖但没到满身肥肉的程度，人长得憨厚，一头短发蛮利落。

“你叫刘虹，今年也才四十六岁，我们以后就叫你虹姨吧，你刚来城里半年多，上一份工作是超市的清洁人员，现在还在职。”卫子随翻着资料，“我们现在需要全职工。”

“如果你们要我，我马上辞职过来，一看这大闺女和小伙儿都是好人，我喜欢这里。”

大闺女？郭美佳扑哧一声笑了：“虹姨，现在都兴叫美女帅哥，或者小姐、先生。”

虹姨的眼珠子转了一圈，没吭声，心里却嘀咕道：小姐，在老家的说法不好。

卫子随简单说明了公司的待遇，和虹姨原来的待遇相比提升不少，她二话不说答应过来，清洁工的事情算是解决了，只要再招一名助理，郭美佳就能解脱了。

郭美佳带着虹姨熟悉事务所环境，简要地说明事务所是干什么的，虹姨本性淳朴，遇到不懂的事情马上发问，只是把咖啡当成豆子粉，看到苹果电脑也一惊一乍，逗得郭美佳笑得停不下来。虹姨大大咧咧的，看到办公室还没打扫，顺手就开始干活。

首当其冲的是卫子随的办公室，她如入无人之境，推门进来就开始扫地，拖地、抹桌子，忙得不可开交。看到卫子随桌子下面满是废纸团，摇头道："啧啧，真脏，这么大个人还不晓得东西扔垃圾桶里，随手乱丢，今年有三十了吧？"

"先丢，再一起打扫，节省时间。"

"这不是浪费时间嘛，你们读书人都说时间就是金钱，那你现在丢的全是钱啊。"虹姨蹲下把纸团扔回垃圾桶，嘴里还嘀咕道，"真不懂事。"

办公室门外，肖奇艺和郭美佳你看我，我看你，强行忍住笑，总算来了个克星，卫子随从来肆意妄为，现在来了一位年长的阿姨，话糙理不糙，压着卫子随一头！郭美佳祈祷虹姨干久些，压压卫子随的气焰！

送走虹姨，正好迎来客户韩小姐到访，正值饭点，卫子随做东带韩小姐去附近的餐厅就餐，恰好遇上侯孝聪和乔沫。卫子随冷笑，真是冤家路窄。

乔沫今天宴请侯孝聪表示谢意，看到卫子随带着女伴，不禁冷笑，并不是上次在天台的女人。卫子随看到两人，招呼都懒得打，直接带客户入座。

侯孝聪冷笑道："还和以前一样，目中无人。"

"你和他很熟？"

"那你呢？"

侯孝聪的反问让乔沫陷入沉思，熟吗？认识的时间不长，交集却不少。

"其实，之前的纠纷里，他是对方律师。"

"怎么可能？"侯孝聪脱口而出，"他的事务所现在做的业务很单一，本人极其固执，只要认定的事情不会轻易改变，他最讨厌这种扯皮的事，一个连离婚官司都不肯打的人，怎么会突然涉入这种民事纠纷？”

那他为什么积极参与，乔沫心里打了一个大大的问号：“你对他很了解？”

“我们同校，他的父亲是律师界有名的金牌律师。两年前卫子随和普通的律师没什么两样，但突然和父亲关系破裂，他也一反常态地限定业务，我曾经想和他在同一个领域一较高下，可惜，面对面较量已经不可能了。”

另一边，卫子随与对面的女客户寒暄着，眼睛却不由自主地瞟到斜对面，见乔沫和侯孝聪同时身体前倾，貌甚亲密。这时乔沫突然扭头看过来，眼神里颇是不屑，卫子随瞬间纷乱了。

“侯律师，以后不要再到店里来了。”

侯孝聪抬头，乔沫说道：“你的花粉过敏症并没有痊愈，我们以后可以在店外见面，不一定在店里，让你受了那么多苦，真是不好意思。”

自己经常亲手把剑兰交给侯孝聪，这和投毒有什么区别？

“闻到花粉会打喷嚏吧？你几时见过我打喷嚏？人的体质会不断改变，我很幸运。”

不对，惊讶的表情超过一秒是假惊讶，说明只是虚张声势地表达内心的情绪，刚才侯孝聪面露惊讶，维持的时间极短。为什么如此震惊？因为自己触到了真相。侯孝聪如此逞强，乔沫只好笑笑：“没事就好。”

两人相视一笑，画面何其美好，看在卫子随眼里犹如眼中有刺！

中午的插曲让卫子随的心情降到谷底，约肖奇艺晚上去酒吧喝酒。乔沫如常回家，在巷口又遇上一身啤酒妹打扮的齐苗苗，再次相见，齐苗苗还是板着脸，冷冰冰的。

齐苗苗走向大排档集中区，乔沫捡起地上的一只耳环：“哎，你的耳环掉了。”

她走得太快，乔沫只好将耳环收进口袋，晚些再还。

啤酒妹在夏天是街头必不可缺的一道风景，她们大多面容姣好，身材火辣，啤酒商提供的制服贴身短小。齐苗苗走到大排档的时候，夜幕彻底拉开帷幕，客人们陆续到来，气氛变得喧闹，窄小的空间人满为患。

大排档的服务生较为轻松，他们知道啤酒妹会帮他们做很多事情，而他们只需要上上菜，就能缩在一边休息。齐苗苗拿着菜牌帮客人点菜，这是推销的好机会，只等点菜完毕，不失时机地问一句要不要来几瓶啤酒，八成成功。

一个小时下来，齐苗苗悄然算了一下，一共推出去九十三瓶啤酒，光刚才那一桌，就叫了三十六瓶，只要再努力一把，这个月的销售定量就差不多了。她心里松了一口气，今天晚上的运气不错。

齐苗苗正在心中盘算的时候，一只手拍到她的大腿上："妹妹，陪哥喝一杯。"齐苗苗冷冷地回头，男人肥头大耳，说话的时候脸上的肥肉还在颤，浑身酒气，双耳都是红的。这空当他的手始终没有放下，反而变本加厉地掐了一把："陪哥喝一杯，我买你三箱啤酒。"

见齐苗苗没有反应，男人不耐烦地用力一拽："你装什么正经，你们啤酒妹卖啤酒才多少钱？还不如卖自己。"

齐苗苗冷冷地笑，顺手操起桌子下面空了的酒瓶，手起瓶落，"砰"一声，啤酒瓶正好砸中胖子的脑门，血哧溜一下滑下来，大排档炸开了锅。胖子摸了一下脑门，看到满手心的血，怪叫一声："妈呀，血！"

胖子一手捂着脑门，另一只手机灵地抓住了齐苗苗的手："你他妈别走，老子弄死你！"

齐苗苗握紧手里的啤酒杯，眼睛一闭，不由分说地再次砸下去，胖子吱哇乱叫，马上松开手，两只手抱着自己的脑袋："死人啦，杀人啦！"

听着胖子杀猪般的叫声，齐苗苗警觉地往后退，胖子的同伴已经站起来，齐苗苗手里仍握着那个啤酒瓶，低头看一眼沾血的啤酒瓶，她像受了惊的兔子，转身就跑！齐苗苗飞奔出大排档，身后是追赶的人群，她手里始终握着那个啤酒瓶，那些人不比她熟悉这里的环境，她转瞬间钻进小巷，熟练地穿东过西，直到身后的人群消失，齐苗苗仍没有松手扔掉瓶子，心，快跳出来了。

直到一路飞奔回家，狠狠地关上房门，齐苗苗才回过神，看着手里沾血的酒瓶，酒瓶碎了，只剩下一头，另一头参差不齐，尖锐得很，她飞速地扔在地上，下意识地摸耳朵，耳环少了一只。今天倒霉的事连连，齐苗苗沮丧不已，瞬间流下两行清泪。

乔沫来到隔壁奶奶家，拍了好久的门，齐苗苗听得清清楚楚，双手抱膝却一动不动。

“没回来啊。”乔沫看着耳环，改天再还吧。

第二天乔沫上班时顺道又敲了一次门，还是没人应，齐苗苗正像郭美兰说的，神龙见首不见尾，看她年纪也不大，棱角鲜明，一身的刺。

乔沫到达花店时，赶巧水店送水过来，还由老板亲自出马。水店开在大厦后的一条巷子里，招揽了不少写字楼的生意。老板汪杰今年三十岁，以农民工二代自居，他在老家出生，但在帝都长大，现在也算半个帝都人。汪杰的生意忙碌，工人忙不过来，自己也亲力亲为，每次换上新的水桶，汪杰会用随身携带的毛巾擦拭漏出来的水，这分细致为他拉了不少回头客。

送走汪杰，乔沫开始整理花盆。

沈骐扬从花店门口经过寻找A座大厦，当他如愿坐在卫子随对面，激动不已，这就是卫律师的儿子，仪表堂堂，果然虎父无犬子。

“沈骐扬。”卫子随念着简历上的名字，“之前有过实习经历，哪家事务所？”

“君鹏律师事务所。”沈骐扬有备而来，毕竟卫天成早料到这一问。

“许君鹏律师，有名的民事律师，最擅长打离婚官司。”卫子随说道，“你在他那里学到的东西在这里派不上用场。”

“为什么？”沈骐扬心里一惊。

“我们事务所不打离婚官司。知道为什么吗？我们主营婚前财产公证和证婚，所做的一切工作是为了让婚姻走向完美的结局，大家彼此了解，不仅是感情与人品，还有财产，如果离婚，岂不是我们的失败？”

“所以经过你们证婚的夫妻，没有离婚的？”

“当然有，只是我怎么可能见证自己的失败，再说，因为有婚前财产公证，离婚太容易，他们的钱不好赚。以你的学历和之前的实习经历可以找到更好的平台，我们这里没有严谨的工作作风，工作岗位划分得并不明细，看到外面那个阿姨了吗？”

“看到了。”沈骐扬回头就看到正在擦桌子的虹姨，“她怎么了？”

“以后她也可以使唤你。”卫子随说道，“在这里没有上下级。”

“没关系，我平时就爱乐于助人。”

“你最尊敬的律师是哪位？”

“卫……许律师。”沈骐扬惊出一身冷汗，喉头发紧，“优秀的离婚律师。”

卫子随冷冷地瞅着沈骐扬的脸，嘴角上扬：“热情，有干劲，而且诚实，本来以你会讲我这位——卫律师，不拍马屁，我喜欢。”

“我一向诚实。”

“是吗？”卫子随眼睛里划过一丝狡黠的目光，目光落在他的公文包上，“虽然只是面试，准备得很齐全，既然双方对工作环境薪水各方面没有问题，办入职手续吧。”

沈骐扬如愿以偿，兴奋得马上站起来：“真的吗？那我找谁？”

“郭美佳！”卫子随一声令下，郭美佳走进来。沈骐扬扭头一看，赶紧整理站姿，同时用最快的速度抹了抹头发。

“给他办一下入职手续，顺便告诉他工作职能。”卫子随说道。

郭美佳在前面引路，带沈骐扬出去。看着郭美佳的背影，还有微微露出的一截雪白的脖子，甚至耳朵后面的乱发，沈骐扬都心动不已，这种感觉从未有过，就像怀里抱着一只小兔子，清晰地感觉到它的心跳——扑通、扑通……

郭美佳突然停下脚步，猛地转身，头撞到沈骐扬下巴上，她尴尬得很：“不好意思啊，刚想到一件事情，你带身份证了吗？”

“有，我全部带齐了。”沈骐扬拍拍自己的包，“现在能办的全部都能办。”

就连郭美佳也瞅出了不对劲：“全带齐了？”

“是啊，不是要办入职手续吗？”沈骐扬天真地说道，“所以我全带来了。”

郭美佳微微皱着脸，转身往前走，嘴里嘀咕道：“真有自信，知道一定能面试成功？也是，咱们事务所不好招人，有人愿意来就不错了，哪能挑三拣四。”

另一边，卫子随呼肖奇艺进来，让他向君鹏事务所打听沈骐扬的情况。肖奇艺不懂小伙子有什么问题，君鹏主打离婚官司，和他们的主营并不冲突，派人过来潜伏有什么好处？

卫子随懒得解释，只交代不能找君鹏的老板和合伙人，只能找下面的员工。这种事情对肖奇艺来说小菜一碟，君鹏事务所的扫地大妈他都认识，立马立下军令状，五分钟搞定！

不过四分四十五秒，肖奇艺冲进来：“那小子说谎，君鹏事务所没有这个人。”肖奇艺觉得奇了，才匆忙一面，卫子随怎么知道沈骐扬有问题？

“他对我们的事务所相当了解，这是其一，但并没有可疑，说明他的准备工作做得充足，事前对要面试的公司进行了充分的了解，恰好体现了他的职业素质。但是，过犹不及，只是初试就备好了入职的所有东西，我问他上一家实习的事务所，他脱口而出很好，但问到尊敬的律师，一般不是新东家就是旧东家，这样才显示自己的忠诚度和迎合度。可是不是，他说了一个卫字，然后惊慌失措，马上修改答案为许律师，根本此地无银三百两，除了我，还有哪位卫律师？如果和那位卫律师有关，他是一个思维和行动同样缜密的人。”卫子随说道，“一定事先和许律师通过气，找许律师或他身边得力的手下打听只会得到滴水不漏的答案。但是，他们会忽视最底层的人，这毕竟是一个秘密，到达这个层次就出现阶级的划分，有些人的地位是不能知道这个秘密的，越底层的人越可靠。”

肖奇艺佩服得五体投地，有卫子随的指点，他找了一名普通员工打听，对方说根本没有沈骐扬这个人。沈骐扬是卫天成律师派来的，那等于一枚移动的监控摄像头，随时查看卫子随的一举一动汇报，既然如此，还留下他？

卫子随无所谓，老爸爱玩，陪他玩玩，姓沈的小子看上去也挺有趣，肖奇艺就喜欢这样的卫子随——缺德！

卫子随把郭美佳和虹姨叫进来，把沈骐扬的底细讲了，耿直的虹姨拿着扫把准备出去，被郭美佳一把扯住：“虹姨，你干什么？”

“他是叛徒，怎么能把叛徒留在这里呢？”

三人哭笑不得，才上班两天，归属感就这么强。郭美佳附在她耳边解释了一番，虹姨终于明白了。猫捉耗子，明知道耗子扮成猫也不吭声，但天天撩拨着它玩！

等到下午茶时间，卫子随带沈骐扬下楼，声称让他见识一下CBD有名的人肉测谎仪，沈骐扬立马心虚，假装肚子疼，躲进卫生间。沈骐扬侧耳听着外面的动静，感觉人已走远，小心翼翼地推开门，刚刚探出头，郭美佳一下蹦到他面前：“好了？可以走了。”

“你们还没下去？”沈骐扬大惊失色，殊不知郭美佳心里已经笑开了花。

“都在等你，快点吧。”郭美佳催促道，“对了，你喜欢什么味道的咖啡？”

“都可以，没有特别的喜好。”沈骐扬跟着郭美佳走了几步，双腿一软，装出晕眩的样子，“不行，我，我头晕，有点儿不舒服。”

沈骐扬假装不舒服，一下子跌坐在边上的沙发上。郭美佳握住他的手，还没用力，沈骐扬鬼使神差地站起来，卫子随大步流星地走过来：“有不少植物有提神醒脑的作用，比如薄荷，让乔沫给你泡一杯薄荷茶，保准提神，走吧。”

卫子随拍拍沈骐扬的后背，紧接着肖奇艺亲热地搂着他的肩膀：“以后咱们是自己人，不用客气，我说过了，这里没有上下级，大家只是同事，走吧。”

沈骐扬欲哭无泪，人肉测谎仪什么的，听上去一点儿也不好玩！

乔沫正在花店收拾桌子，顺手挑选一盆虎皮兰放在桌上，卫子随带着事务所上上下下进来了，他的目光率先落在乔沫的脸上。花店虽然凉爽，但因为忙碌，她的脸上仍有不少汗水，耳边的头发纷乱。他突然涌出一股冲动，想亲手将她纷乱的头发理顺，让它们乖巧地埋在耳朵后面。

郭美佳热情地介绍事务所的新成员沈骐扬。乔沫不明就里，他们这么大阵势，就只是来介绍新成员？

卫子随冷不丁地说道：“奇艺，昨天看了一部老电影，挺有意思——周星驰的旧作《整蛊专家》，听说还有第二部，今天晚上回去补。”

乔沫似有所悟：“要玩游戏吗？”

聪明，卫子随晓得的，她一定能猜到。

乔沫刚才看到卫子随眉毛微微扬起，嘴角也上扬，再联想到整蛊专家的内容，明白了。

卫子随突然上前揽住乔沫的肩膀，顺势替她整理好耳边的乱发。他的气息突如其来，两人的呼吸交织在一起：“他是无间道。”

乔沫淡淡地往后退：“那就开始吧。”

两人的距离已超过安全距离，乔沫心里还是乱了一下。她拿出标有数字的杯子，一一摆在面前：“这里有三个一模一样的杯子，请你随着自己的心意挑选一个，思考时间三秒，我会在你伸手的一刻报出杯子的号码。”

沈骐扬好奇不已：“然后呢？”

“我不会猜错。”不知道为什么，乔沫有些心虚，下意识地去看卫子随的脸，扫到他一脸嘚瑟，不免心中憋屈，不服气地扭头。这个可爱的小动作被卫子随看在眼中，嘴角浮现一丝笑容。这一幕正好被肖奇艺看到，只以为两人已经达成默契，要开始整蛊沈骐扬。

“一定不会？”

“当然，我是人肉测谎仪。”

这个名词两人并没有沟通，如有巧合，纯属虚构，但用词一样，很暧昧。

乔沫告诉沈骐扬游戏规则——倒数三秒，他伸手选择，乔沫则抢先一秒报出杯子号数，沈骐扬紧张得很，接连来了三次，都被乔沫抢先说中。沈骐扬不甘心，也找不到任何理由：“太神了。”

“最近别过度自信以致有不当发言，或奇怪的决定使人看破你的企图、根底。”乔沫的话像一记重拳打在沈骐扬的心脏上，全身都缩紧。他结结巴巴地说道：“不当发言，奇怪的决定？”

“对，应该发生在六月上旬，哦，就是最近啊。”乔沫说道，“现在是上中旬交接的时候，你这个奇怪的决定已经发生了才对……”

沈骐扬像掉进冰窖，浑身发寒。卫子随假装不知：“面对这种奇怪的决定，他要怎么做？”

“请务必谨言慎行、压抑搞怪念头，”乔沫正色道，“尤其要压制类似通风报信的行为，低调行事，等六月过去再看情况。”

卫子随和乔沫一唱一和。沈骐扬吓得脸色发白，讲话都结结巴巴：“六，六月，只要六月熬过去就好了。”

“等等，我可没这么讲，只是六月过去看看情况，可能好转，也可能……恶化。”

沈骐扬一激动，脑袋撞到桌子上，桌子震动，杯子险些翻倒。卫子随说道：“你的反应太过激了，怎么，已经知道自己做了奇怪的决定？”

这是一剂猛药啊，肖奇艺暗自好笑，看着沈骐扬的脸从白到红，打圆场道：“就是一场游戏嘛，何必认真，乔沫，你好像会读心术？”

“随便闹着玩，别放在心上。”

闹着玩还这么准？沈骐扬又打了一个寒战：“我，我其实没什么奇怪的决定，最近……”

“最近遇上事了，感情方面，还是生活？”

郭美佳只是打趣。沈骐扬激动道：“我没有女朋友，更没有结婚，最近什么事都没有！”沈骐扬感觉自己被逼到了死胡同里，接下来就得上演一出狗急跳墙的好戏，脑内有如天人交战，心跳节奏越来越快。他的眼睛骨碌碌直转，身子却僵住，动弹不得。卫子随暗自好笑，觉得差不多了，解围说下午茶时间到，催促大家回事务所。

下午茶时间结束，沈骐扬如释重负，借口要去洗手间，借机给卫天成打电话汇报自己的进展——顺利入职，事务所同事友好，一切都在掌握中。

卫子随和肖奇艺在洗手间门口偷听得一清二楚。肖奇艺不得不服气，冲卫子随竖起大拇指，听到冲水声，两人迅速撤离。

挂了电话，卫天成双手抱在胸前，今天第一天面试就成功，要么事务所极度缺人，要么另有原因，自己的儿子并不是好糊弄的人——他比谁都清楚。

卫子随从小爱看心理学的书籍，后来更选修心理学，对心理学和行为学极在行，这些都是他雄厚的资本。卫天成闭上眼睛，替儿子可惜。

卫子随识破卫天成的小计谋，心情极佳，当天夜里和肖奇艺加入夜蒲的队伍。肖奇艺带卫子随去了一家新开的酒吧。

新开的酒吧叫“暗流”，里面的气氛也如暗流涌动，释放着不安与激情，陌生的男男女女，此时此刻正在用力吸吮、享受彼此散发出的荷尔蒙气味。舞池里喧闹不已，男男女女的面孔有些混沌不清。

卫子随和肖奇艺找个角落坐下，齐苗苗从两人面前走过，她刚面试完毕。为了面试，她摘掉了假发，露出一头齐耳短发，十分利落，眉眼微微涂过，比平时淡了八九分。她来这里是为了应聘服务生，面试结束不打算停留，穿过拥挤的人群准备离开这里，冷不防一只手拽住了她的手臂：“你个臭娘们，终于落我手上了。”

齐苗苗回头，正好对上那张油腻的脸，胖子头上还缠着绷带，缠了一圈又一圈。她心里一紧，想挣脱，胖子的朋友一股脑地围上来，其中两个是上次大排档的熟面孔。

“你们来看看，就是这娘们儿害我成这样子的。”胖子露出一脸狞笑，“今天落我手里可算你倒霉了。”

事情不比上次，齐苗苗被众人围得水泄不通，插翅难逃。胖子猥琐地一笑，目光扫过齐苗苗的胸，再顺势看向热裤下两条修长的腿，坏笑一声：“医药费老子大方点不要了，但是嘛，你得肉偿，陪哥一晚上，咱既往不咎，怎么样？”

齐苗苗“呸”了一声：“你想得美。”

“我今天就得美一把，不然咱们走着瞧，这叫故意伤害。”胖子不依不饶。

齐苗苗冷笑一声，眼神划过四周，酒吧里的人都一副与己无关的模样，再加上他们人多势众，压根儿没人敢伸出援手。

就在此时，卫子随放下酒杯，慢悠悠地站起来，拍档肖奇艺紧跟上。两人对视一眼，同时朝着人群快步走过去。在那群人还没有反应过来前，卫子随身子一侧，用力撞向胖子的胳膊，右手抓住他的手腕，还没怎么用力，那个胖子就哎哟直叫，同时松开齐苗苗的胳膊。

齐苗苗瞅了一眼突然冒出的两个人，迅速拔腿就跑。胖子眼见她要跑，转身抢过旁边看热闹的人手里的酒瓶，对着齐苗苗的脑袋就砸过去！

齐苗苗感觉头上一蒙，但神智还在，趁着骚乱步子没停就一路狂奔，转眼间出了酒吧的大门，扬长而去，剩下的卫子随和肖奇艺被那伙人围在中间。胖子一把揪着肖奇艺的衣领，肖奇艺暗骂一声，娘的，这些人就是势利眼，凭啥两人站在这里，只揪自己？所有人一拥而上，像人墙把两人围在中间，剑拔弩张之势骤起……

卫子随抓住胖子的手：“放手，我会告你故意伤害。”

“故，故意伤害？”胖子的气不打一处来，“刚才那个女孩，就是你放走的那个女孩上次在大排档打了我，你看看，你看看，两次！”

他弯腰低头让卫子随看自己头上的绷带，手也松开了，肖奇艺赶紧往后退，紧紧地贴着卫子随，又，又，又多管闲事！

“你说他打你，证据呢？”

“这些兄弟都是我的证人，你丫的废话真多，兄弟们，给我上！”

肖奇艺掏出手机，卫子随白他一眼：“笨，还用手机吗？酒吧里有监控，他们敢动手，拍得一清二楚，现成的证据，收起来。“

“不早说。”肖奇艺悻悻然地收了手机。

发现酒吧四周的监控器，胖子一行人明显束手束脚。舞池的人发现这边的骚动，不约而同地靠拢，等着看热闹的人在九成以上，甚至有人喊起来：“开打啊，还傻站着！”

“卫子随，不会真活动筋骨吧，他们人多势众。”肖奇艺生出一股怯意，对方七个人，以二敌七，自己得返工去少林寺练几年再回来！

卫子随不急不缓地说道：“我还没有自我介绍，在下姓卫，是一名律师。”

“律，律师。”胖子结结巴巴地说道，“律师我就怕你？”

“先说说看你和刚才女孩的过节儿。”卫子随不由分说，“刚才距离很近，我大致听到一些，你抓住女孩的手说终于落到你手里了，说明两人之间有过过节儿，女孩砸了你的头，本应该要医药费的你却提出非分的要求——让女孩陪你一晚上，女孩不从，你们准备强迫。”

“你们没有反驳，那好，我们从第一次过节讲起，从法理上来讲，如果有证据证明女孩的确敲破你的头，属于故意伤害。”卫子随的眼神扫过所有眼前的人，“有吗？”

俩人挺身而出：“我们就能作证，当时我们就在边上呢。”

“那请问你们的身份是？”

“朋友！”好一个掷地有声！

“与一方当事人有利害关系的证人，其证明力较差。”卫子随说道，“需要结合其他证据，比如监控，比如其他无利害关系的证人。”

“大排档的老板和伙计可以证明。”胖子挺起胸说道，“怎么着？”

“看你刚才出言猥琐，当初产生冲突的原因可想而知。”卫子随冷静地说道，“那事情就可以清楚了，你和女孩在大排档发生冲突的起因是什么？”

胖子一时语塞，愣了一下挥手道：“这个不重要！”

“如果你挑衅在先，女孩攻击在后，她最多只是防卫过当。”卫子随走过去，绕着胖子转了一圈，鼻子抽抽，“身上有酒味，受伤之后还能喝酒，说明伤势不重，要达到刑拘的要求必须验伤，轻微伤不足量刑条件，也不会构成故意伤害罪。

“轻微伤治安处罚，情节不重，罚款才五百元以下哦，亲。”肖奇艺火上浇油。

“这里这么多目击证人，还有酒吧的监控可以证明，你，不好意思，请问您贵姓？”

“姓丁……”胖子不由自主地回答，完了被身边的朋友踩了一脚，“你傻啊？”

“丁先生，这里有效的证据和证人都可以证实，你，刚才用这位先生手里的酒瓶砸破女孩的头。”卫子随说道，“我觉得有必要找那女孩回来，看她的伤势如何。”

“啧啧，刚才那一下下手够狠的呀。”肖奇艺补刀，“重创！”

听到重创两个字，胖子不自然地晃了几下脖子。卫子随冷笑，真算起来，看看谁倒霉！

“哥，算了，为了个臭丫头不划算，惹得自己一身臊。”胖子的小伙伴贴耳过来，“你刚才也打回去了，万一她伤得比你重，可麻烦了。”

胖子终于慌神，带着人赶紧撤，围观的人群赞叹卫子随的牙尖嘴利，纷纷散去。肖奇艺也是见怪不怪，卫子随的嘴巴可抵千军万马，用武力解决问题叫莽夫，用头脑解决谓之智取。不过，刚才被他们搭救的女孩不知所踪，她的伤不知道如何？

此时，顺利逃脱的齐苗苗已经飞奔到家，眼看就到家门口，突然头晕眼花，全身无力，她累得坐在门口，回想这些天发生的事情，眼角微红，但她立刻微微抬头，倔强地抿紧嘴巴。突然感觉头上一股热流，她伸手一抹，掌心里全是血，正准备用衣服擦头上的血，这时有人轻柔地握住她的手：“这样不行。”

是乔沫，出来丢垃圾时看到齐苗苗坐在这里，样子有点不对。乔沫提议去医院，囊中羞涩的齐苗苗断然拒绝：“你别多管闲事。”

齐苗苗脸上的窘迫没有瞒过乔沫的眼睛，她逞强站起来，却在瞬间头重脚轻，一头扎进乔沫的怀里。乔沫扶她起来，她还固执地试图摆脱乔沫的双手，奈何自己没有多余的力气，还是由着乔沫扶她进屋。

进了齐苗苗的房间，乔沫有些意外，竟比自己想象的整洁，东西不多，但收拾得干净清爽。床单拉得没有一点儿褶子，桌子上的化妆品、护肤品按类别摆放，假发挂在墙上，一只大箱子立在墙边，似乎在提醒主人是位随时离开的暂住者。

一进入房间，齐苗苗就急着赶乔沫离开。乔沫不理会她，这女孩过于刚强，和她商量有什么用？治伤要紧，她一通电话打回家。不过两分钟，郭美兰提着药箱进来了，看到齐苗苗头上的血吓了一跳，赶紧和乔沫配合，给齐苗苗清洗伤口，消毒。等到上绷带的时候，齐苗苗死活不肯。郭美兰不禁笑了，年轻女孩都爱美。乔沫提议先用创口贴，明天再去医院处理一次。

乔沫细心地扒开伤口边上的头发，郭美兰小心翼翼地贴上创口贴，见她嘴唇没有血色，心疼道："流了这么多血，一定要好好补补，多吃点含铁高的食物，你一个人单独在外要学会照顾自己，男孩倒无所谓，你是女孩，要格外小心。"

郭美兰的絮絮叨叨在齐苗苗的心里触发一丝涟漪。此时乔沫又轻轻拍着她的脸，像个温和的大姐姐，齐苗苗瓮声瓮气地说道："我没事了，你们可以走了。"

乔沫不走，让郭美兰回家冲杯红糖水来。郭美兰走后，齐苗苗眼睑收缩，嘴角翘起，只是一瞬，这个表情充分说明她内心充满感动。乔沫心里一动："我知道你叫齐苗苗，我是住在隔壁的乔沫，乔木的乔，泡沫的沫。"

齐苗苗看似敏感尖锐，内心柔软脆弱，她的表现犹如刺猬，把自己包裹在坚硬的外壳中，拒人于千里之外，但要化解她的坚硬外壳，一杯红糖水就足够。

"你是不是觉得自己很倒霉？诸事不顺利？"

齐苗苗的眼圈红了。乔沫伸出手展开，手心里躺着一只耳环。

"这么大的城市，遗落的东西还能找回来，你很幸运，让这份幸运替你开个好头，好好睡一觉，明天还是个新的开始。"

此时，郭美兰端着红糖水过来了。在母女俩的关心下喝下那杯红糖水，齐苗苗一句感谢的话不说，依旧别别扭扭。

母女俩离开时碰到房东王奶奶，王奶奶说齐苗苗昨天回来在家里哭了一场，听到她打电话，好像工作丢了。乔沫听了心里一动，自己店里不是正缺人手吗？

回到家，郭美兰一进房间就看到老头子神经兮兮的脸，不知道他又想到什么鬼主意。果不其然，乔康记挂着上次给乔沫帮忙的侯律师，他想了两天，如果侯律师没女朋友没成家，乔沫不是有机会嘛，愿意无偿帮助乔沫，肯定有好感。男未婚，女未嫁，适当地推进往前走，一切水到渠成，得找机会去大厦找侯孝聪，亲眼看看那个小伙子如何！

知女莫若母，郭美兰知道女儿的性子，但这个和自己度过几十年的老伴，性子更是执拗，她只能翻身，背对着老伴："随你便，后果自负。"

另一边的房间里，乔沫已经熟睡，睡梦里，她像一只上下漂浮的鱼儿，上上下下不停浮动。水底的水草像鬼魅般如影相随，缠住她的手脚。她张开嘴，水没有涌进口鼻，却带起一串五颜六色的泡泡，泡泡的对面有一张熟悉的脸。那张脸模模糊糊，五官并不明晰，乔沫伸出双手试图触摸，眼看就要触上，四周的景象突然静止！

“嘀嘀，嘀嘀……“单调而反复的铃声让乔沫回到现实，睁开眼，还是熟悉的灯和天花板，梦里那张男人的脸彻底远去。乔沫呆滞了十几秒后果断起身，新的一天又开始了。

乔沫如常到达花店，出乎意料的是曲蔓居然比自己更早一步，太阳打西边出来了吗？曲蔓和乔沫打招呼时声音甜腻。乔沫摊开手，如果猜得不错，又分手了，每次和男人分开才会回头找自己，乔沫觉得自己更像是曲蔓的“备胎”，只差换个性别而已。

果不其然，曲蔓和跑酷的小男友宣告分手，原因很简单——姐弟恋太辛苦，男友年纪小，想法多却没有行动力，只会画饼，看不到未来。

水店老板汪杰又来送水，两个女人的对话并没有因为他的出现中断，曲蔓一如既往地感慨遇不到对的人，爱情来得快，去得也快。

“曲蔓，当你涉及现实的时候就会发现爱情的不靠谱，选择分手恰好因为你认清了现实。其实我不明白，你这么现实的人，为什么一再地尝试爱情，而不是尽快定下终身？”

“如果爱情来得快去得也快，多享受恋爱的感觉，有何不可？更何况我的真命天子还不晓得在哪里呢。”

汪杰心内一片怅然，拿着空桶转身。乔沫正好抬头，就在这一瞬，抓住了1/25秒！眉毛收紧的同时左肩抖动，难道他喜欢曲蔓？！

第4章　披着荆棘的女孩

汪杰换好水，低头默默走出花店，与平时的健谈大为不同。再看曲蔓，对汪杰的离去浑然不知，继续肆意畅谈自己的恋爱观。

曲蔓的侃侃而谈引来了正准备上班的郭美佳，她兴致勃勃地参与进来。和曲蔓不同，郭美佳渴望爱情，却想一次搞定所有，省得麻烦，多谈几次恋爱伤筋动骨。

“你呢，乔沫？”郭美佳突然说道，“你没有男朋友吧？”

卫子随就靠在门口，瞟到三个女人侃侃而谈时，他也被吸引过来了。乔沫面对郭美佳的问题，居然打了个寒战，这个女人的过去像一潭平静的湖面，偶尔投入乱石会惊起水花，却是转瞬即逝，不给人看到的机会。但她想瞒过自己的眼睛难上加难，论微心理，孰高孰低，还不一定。

“我的过去没什么可说的。”

曲蔓一脸担忧，马上拿起包包，表示与人有约，先走一步。郭美佳也想到上班的事，转身看到老板，一溜烟地跑了。乔沫这才发现卫子随在，马上转身，刚才的话全被他听到了？乔沫感觉两道目光一直围着自己打转，浑身上下都不舒服。卫子随直接来到她身边：“是不是没人知道你擅长微表情。”

他的声音很轻，呼吸像婴儿出生时的汗毛轻柔，气息吐在乔沫的耳边，让她觉得不适，她悄然拉开两人的距离。卫子随点点头，果然如此，大家都觉得她神，但不知道她神在哪里，知道内中诀窍的除了自己，只有曲蔓了。

“绝大部分人无法控制自己瞬间流露的微表情，这等同于把自己的心思暴露在你面前。”卫子随毫不客气地说道，“不觉得太可怕吗？”

“不管是伤心、难过、开心、愤怒，你甚至比本人更早意识到，而且采取相应的反应。你的反应有多少是真，多少是假？对方得到你多少真心？如果对方知道你的这种能力，多少会有质疑吧。”

乔沫呆若木鸡，自己隐瞒的初衷被他一语道破。

“放心，我不会透露出去的，顺道说一句，我能破掉你的微表情识别能力没什么了不起。我曾经选修心理学，也算这一块的高手，将来谁做你的男朋友和丈夫真不容易。”

乔沫的脸变得苍白，嘴唇的血色也在瞬间消失，肩膀微微地抖动起来，卫子随的笑容立刻中止：“你没事吧？”

“我没事。”乔沫迫不及待地转身，开始摆弄面前的一束玫瑰花。

卫子随站在乔沫的背后足足一分钟，乔沫没有回头的意思。卫子随只得无奈地离开。确定脚步声越来越远，乔沫才转过身，眼眶里的泪水在打转。庆幸曲蔓和小峰此时都不在店里，她狠狠地抬起头，吸一口气，把眼泪逼退。

回到办公室的卫子随坐在桌子前，盯着面前的电脑屏幕，乔沫的脸定格在屏幕中，面色如纸，身子微微颤抖，就连眼睫毛也微微抖动，呼吸也乱了节奏。从心理学和行为学来说，受到外界刺激，产生相关联想，就会产生相应的反应，自己说的话中，哪一个词触到了她的内心？

男朋友？丈夫？很惨？

乔沫没有男朋友，肖奇艺这个八卦王早就打听过曲蔓和乔沫的感情生活，两人一个是肉食女，一个是典型的草食女。

曲蔓是典型的肉食女，在感情上放得开，主动追求男性是家常便饭，靠着魔鬼身材和浑身的媚劲儿俘获了不同年龄阶层的男人，包括自己不争气的同学肖桐。乔沫则是典型的草食女，她没有强烈的物质欲望，更多的是追求精神高度，不喜欢夜生活，不爱玩暧昧，总喜欢考验男人的底线与耐心。

草食女，是卫子随最不愿意触碰的类型。

乔沫被郭美佳的无心触碰到伤心往事，想到已逝去的人，再加上昨晚意义不明的梦境，一整天下来没有什么太高的兴致。直至回到家，看到熟悉的胡同，各家各户冒起的炊烟，这才回归现实，幸好还有疼爱自己的父母，外面还有曲蔓这样的知心好友。

乔沫振作起来，和左邻左舍打着招呼踏入家门，看到父母正在厨房拌嘴，为了放多少盐争得不可开交。桌上摆着干豆角焖五花肉，乔康尝了菜，说盐放太多，要加味精。郭美兰死活不认，说吃味精对身体不好，两人争得不可开交，互不肯退让。乔沫只好亲自上阵，一尝，真有点咸，郭美兰这才心甘情愿地加了些水，又吐槽乔康从来只做评论家，结婚这么多年，也没做过一顿饭。

乔康急得脸红脖子粗，几十年了，自己就这么个牛脾气，和郭美兰掐了几十年，有时候也分不清到底是吵架，还是生活常态。

饭做好了，如往常一样，乔康已经撑开桌子，椅子也配好。傍晚的风凉爽舒适，一家人谈笑风生，提着外卖回来的齐苗苗停在乔家门口，听着里面的笑声，一脸羡慕地看过去，然后加快步子走进隔壁的大门。

齐苗苗前脚进门，没想到后脚乔沫端着饭菜过来了。齐苗苗咬着嘴唇："这是什么？"

"我妈做的，你尝尝吧，你有伤在身，吃饭不能将就。"

"谢谢，我找到新工作了，等我拿到工资，回请你们。"齐苗苗终于笑了。

"那我们等着了，赶紧趁热吃，回头我来收碗。"

送走乔沫，看着热气腾腾的饭菜，齐苗苗轻抿嘴唇，拿起筷子尝了一口，眼泪不知不觉地掉下来，嘴角却勾起一个大大的笑容。

接下来的几天，各人在各自的轨道上安然前进，花店接了一桩大单子，结婚的婚礼用花，因为涉及花艺，乔沫忙得不可开交。侯孝聪也好，卫子随也好，都没什么机会见到乔沫。

所有的花束送到酒店布置完好，乔沫就像经历了一场大战，疲惫不堪。她靠在电梯边的大理石墙壁上，掏出化妆镜，镜子里的自己大汗淋漓，头发纷乱。她长长地吁出一口气，正往洗手间的方向走，却听到前方一阵喧闹声，闻声走过去，只见齐苗苗被人围在中间！

她穿着深绿色的工作服，衣服上面有"光华清洁"四个字样，手里还拿着拖把，平时夸张的假发不见了，也没有上妆，十分朴实的样子，她的身边还站着两名酒店保安。

一个穿着黑色裹臀裙的女人站在齐苗苗的对面，妆浓，卷发，高跟鞋，一副张牙舞爪的气势："我刚才进洗手间，把手机放在洗手台上，一眨眼的工夫就没有了。当时就只有她一个人在，不是她拿了，是谁？我不管，我的手机在你们酒店丢的，必须找回来。"

齐苗苗怒视着眼前的浓妆女人，一字一句地说道："我告诉你，我，没有拿！"

"口说无凭，你得拿出证据来。"女人双手抱在胸前，飞扬跋扈得很，"我可告诉你，我是酒店的VIP，知道VIP什么意思吗？"

齐苗苗盯着女人的鞋子，一声不吭。乔沫看着齐苗苗的脸，又环视四周围观的人群，边上有一个四十岁左右的清洁工，还有两人是这个女人的朋友，年龄与打扮相似，想来是朋友聚会。还有个男人，从胸口的铭牌来看，是齐苗苗的主管，一个四十岁左右的中年男人。

"齐苗苗，你赶紧解释一下，手机在哪？"中年男人一开口，就让乔沫皱起眉头，这话已然将齐苗苗视作小偷，先入为主了。

"我不知道。"齐苗苗丝毫没有退让的意思，"我为什么拿她的手机？"

"如果你不主动交出来，那就只有一个办法了——搜身。"女人得意扬扬地说道，"如果从你身上搜出来，就无话可说了吧？"

"凭什么？！"齐苗苗把手里的拖把扔到地上，"啪"的一声，"我没拿，没拿就是没拿！"

两名保安看看主管："您说怎么办吧？"

主管看着女人，又看看齐苗苗，语气软下来："你说你上班才几天就惹这么大的祸，现在想证明清白，你就自己翻翻？"

"不行，必须我亲自翻，自己查自己？有没有搞错。"女人将矛头对准主管，"你是不是成心包庇她？"

主管哪敢摊这么大的罪名，连连摆手："我哪有，这样吧，你们说怎么办？"

"我自己搜。"女人得意扬扬地看着齐苗苗，"这丫头这么嚣张，我看搜出来你怎么办！"

齐苗苗的脸憋得通红，耳朵也变得通红，她死死地咬住自己的嘴唇，拳头捏得紧紧的。女人一步步朝她走过来，她的身子往前倾，右脚挪后一步，只等女人再靠近一些，就用最大的力气一拳挥过去！女人高跟鞋踩在地上发出刺耳的声音，嗒，嗒，越来越近了，齐苗苗将心一横，一拳挥出去，却被人狠狠地握住了手腕："你急什么？"

熟悉的声音让齐苗苗愕然地抬头："是你？"

握住她手腕的正是乔沫。乔沫松开手，冷冷地说道："暴力不能解决任何问题。"

那个女人吓得往后退了几步，顿时勃然大怒："你这个小偷，还敢打我？"

齐苗苗气得想冲过去，被乔沫死死地抱住，她没想到乔沫看上去弱不禁风，手上的力道倒不小，一时间动弹不得："你放开我，我今天非收拾她不可！"

"我问你，如果小偷不是她，你道歉吗？"乔沫眼神凌厉，倒让那个女人吓了一跳。

"怎么不是她，当时除了她在场，没有其他人。"女人仍然嘴硬。

乔沫冷笑一声，目光冷冷地盯着女人的两位朋友："想知道手机在哪，其实很简单，你手机丢了以后试着打过吗？"

女人一脸不屑："你是谁啊，在这里多管闲事。"

她不回答，倒是她的朋友说道："是啊，我们乱了阵脚，忘记打一打，只要打打听到铃声不就好了嘛。"

乔沫听了大松一口气， 这样就好，事情已经解决了一半。

"我是谁并不重要，重要的是我已经找到你的手机。"乔沫的话音未落，突然向前几步，抓住其中一个女人的胳膊："来不及了，你的表情早就出卖了你。"

那个女人是两位朋友之一，正将手探进自己包里，乔沫用力一拽，将她的手拉出来，手里赫然握着一个手机！

"这，这不是我的手机嘛。"女人看着自己的朋友，"怎么在你这里？"

"我，我，我……"这个女人语无伦次，结结巴巴地解释道，"我看你把手机放洗手台上就顺手装进我包里，怕你一会儿忘记嘛，可是我自己也忘记……你嚷着手机偷了……"

女人的脸倏地变了，主管大松了一口气："既然手机找到了，现在没事了，齐苗苗，正常工作吧。"

“不行。”乔沫正色道，“手机找到就没事了？她受的委屈可不能算，污蔑也是罪，这位客人，你欠这位小姐一个对不起。”

女人翻了一个白眼：“凭什么？”

“怎么，自己是所谓的VIP，连对不起三个字也没有学过？”乔沫冷笑一声。

女人转身要走，乔沫举起手里的手机，画面里正播放着刚才的情景——“我可告诉你，我是酒店的VIP，知道VIP什么意思吗？”

女人的脸僵住了，乔沫说道：“听说现在人肉搜索很厉害，打了马赛克放在网上也能扒出来，我倒想试试，毕竟这年头炫富显摆地位的人招嫉恨，尤其看着飞扬跋扈的。”

女人的朋友推了她一把，低头说了句什么，女人不情不愿地对着齐苗苗说道：“对不起。”

“声音太小。”

“对不起！现在可以了吧？”女人两只眼睛瞪得老大，恶狠狠地看着乔沫，嘴里嘀咕道，“不知道哪里跑出来的女人……真麻烦。”

“还不走，这女人不好惹。”

“还不是你惹的好事，拿了我的手机不吭声。”

三人加快脚步，逃一般地离开这里。齐苗苗看着乔沫，脱下工作服，扔下手里的拖把，工牌取出来还给主管：“我不干了。”这个举动也符合齐苗苗的性格。

留下瞠目结舌的主管，乔沫和齐苗苗并肩走出酒店。抬头看看头顶的烈日，齐苗苗喃喃道：“不是说重新开个好头吗？又砸了。”

“未必。”

齐苗苗转移话题：“你是怎么发现手机的？”

“很简单。”乔沫说道，“我到的时候，已经是质问的场景，我观察所有人，发现有一个人的表情有些微妙，明明是自己的朋友东西不见了，应该是关心的姿态，但她却一直往后退，而且脸上有一个表情耐人寻味——眉毛向上而且收缩，手一直摩挲——自我安慰姿态。”

“就凭这一点？”

“那位小姐没想到一个小小的误会引发这么大的纷争，而且她朋友的咄咄逼人让她觉得为难，如果把手机拿出来，势必让她朋友下不了台；如果不拿，她朋友会继续冤枉你，事情也会一发不可收拾，所以她内心踟蹰，迫不及待地想离开现场，还一直护着自己的包。”

“我说要打电话，电话铃声从她包里响起，担心事情说不清楚，她才慌神。总之，硬气归硬气，没有足够的证据，只是吵架。”

齐苗苗佩服得五体投地，想不到她是这样的女人，平时看着娇娇柔柔，刚才替自己出头硬气十足，和平时看到的样子不太像：“那个，谢谢啊。”齐苗苗道谢时嘴角上扬，露出一个笑容。乔沫发现没有假发、没有夸张的首饰，再褪去浓妆，齐苗苗就是一个清秀的大女孩，天真可爱，而且率直。

“不如去我的花店工作吧，正缺人手，一直没有找到合适的。这是我的名片，方便的话明天过去一趟，我们面谈，我先走了。”乔沫拦下一辆出租车离去。

齐苗苗看着手里的名片若有所思，捏在手心里揉成一团，却又重新展开，看着地址发呆。不知道时间过去多久，她才将名片揣进口袋，跳上公交车。在这个失业的日子里，齐苗苗的心却是踏实的，看着前面疾驰前行的车辆，一颗心充满了憧憬与希望，她已经等不及明天了！

齐苗苗下了公交车，按着地址一路找进去，当看到花店里乔沫忙碌的身影，居然涌出一股莫名的熟悉感。她站在外面看了许久，直到乔沫抬头看到她，才低着头走进去。

花店里芬芳的味道与大排档的油烟味截然不同，齐苗苗有些不适应，身子往后缩了缩。乔沫立刻过来，一把抓住她的手，牵引着她往里面去：“来了怎么不进来？外面热。”

齐苗苗的眼睛打量着花店，面露欣喜，难为情道：“回家经过这里，想着顺路，所以过来看看了。”

店门外还摆着招聘的小黑板，齐苗苗坚定地说：“我，我想来工作。”

乔沫握拳欢呼，和齐苗苗谈好上班时间和薪资后，约好明天过来正式工作。等齐苗苗走后，乔沫马上打电话告诉了曲蔓，把齐苗苗的底细交代一番。曲蔓反而忧心了，这样有个性的女生，真的适合花店？但知道乔沫坚持，便也不再说什么了。

为了花店的第一天工作，齐苗苗早早地起床，打开原本立在墙角的箱子，翻遍了所有的衣服，终于选择一身最简单的打扮——条纹T恤，牛仔裤，休闲鞋，一个简单的小挎包。临出门前，齐苗苗对着镜子看了半天。当她来到花店的时候，发现除了自己，所有人都来齐了。

齐苗苗并不知道，因为她的到来，平时游手好闲的女掌柜曲蔓破天荒地起了个大早！曲蔓第一眼看到齐苗苗，印象倒是蛮好的，利落的短发，没有化妆，全素颜，和想象中杀马特的样子截然不同。

“挺不错嘛，小峰，以后有美女相伴，恭喜你。”

小峰看着齐苗苗，憨厚地抓抓头：“互相关照，互相关照。”

乔沫让小峰带着苗苗熟悉店里的工作。小峰很有老员工的样子，一边带齐苗苗参观，一边讲解：“每天要负责搬送花卉，接待客户，算价格，结账，要给客户送花上门，范围就在这片区，有电梯，所以你可以放心，花卉的护理和包装方法呢，不是一天可以学会的，我今天先和你讲个皮毛，咱们一步步来……咱们店的花卉是按品种进行分区的，这里有标签明细，能清楚地找到每种花卉……”

小峰发挥老店员的优势，以老带新肯定没问题。曲蔓趴在桌上，亮出自己的戒指，得，曲蔓又有新男友了。据她说，这次的男朋友不一样，汲取上次的教训，她找了一个比自己年长的，成熟稳重，见多识广，和上一个天差地别。

说着又提到最近租金涨了的事，曲蔓长叹一声，自己当初鬼迷心窍，为了百分之二十的增幅答应三年不涨房租，她现在算算账，发现亏了。

乔沫早知道卫子随的腹黑属性，曲蔓直到现在才恍然大悟，表面上的账多占了便宜，往长远看，根本是他们占了便宜。三年哪，不是三个月，曲蔓不算账还好，现在心窝子隐隐作痛。

乔沫只有安慰她也不算亏，再说卫子随摆了这一出，以后有法律方面的问题，大可以找他，权当有免费的法律顾问。

说到这个，曲蔓总算舒了口气。

时间转至下午，卫子随已经习惯性地带着员工过来打发下午茶时间。看到齐苗苗，肖奇艺总觉得有几分熟悉，再看，恍然大悟道：“卫子随，是她！”

齐苗苗抬头，看到两人，立刻心虚地转身，肖奇艺更加认定了：“小丫头，真是你，你害得我们好苦啊，差点脱不了身。我们帮了你，你一声招呼不打就跑了？”

大家齐刷刷地看着齐苗苗，她支支吾吾地道谢，一溜烟地进了花房深处！

郭美佳的好奇心被勾起来了，追问个不停。肖奇艺把那天晚上发生的事情一一道来，乔沫才明了苗苗那天晚上受的伤从何而来，对卫子随又有了一层新的认识。

乔沫脸上那一丝诧异的表情，并没有逃过卫子随的眼睛。他知道在她眼里，自己是个十恶不赦流连于花丛的纨绔子弟，见义勇为四个字和自己沾不了边。

卫子随看着乔沫的侧脸，目不转睛。乔沫却如芒在刺，浑身不自在，找了个借口去看齐苗苗，发现齐苗苗正蹲在角落里，百无聊赖地拨弄着花的叶子。

"不出去和大家一起？"乔沫问道。

"不用了。"齐苗苗说道，"反正又不熟。"

"以后熟了自然会好起来。"乔沫看着一边的龙舌兰，这两天藏在最里面有些萎靡不振，她顺手搬起那盆龙舌兰往外走，该给它晒晒太阳了。

抱着龙舌兰走出去，迎面撞上要去洗手间的卫子随，两人狭路相逢，中间只隔着一盆花，乔沫感觉不妙，这家伙的眼睛直勾勾地看着自己！

卫子随嘴巴紧抿，没有动作，只是似笑非笑地看着乔沫，她耳边依然有些乱发，皮肤白不假，但透着苍白。在她温柔的表壳下，存在着另外一个她。

她敏感，抗拒他人的肢体接触，身体始终保持在安全距离以上，除了曲蔓和她想亲近的人外；她脆弱，眼睛里时不时流露出的忧郁令人在意；她温柔，每次嘴角上扬露出的微笑却藏着一抹忧伤；她倔强，隐藏着小宇宙的身体可能随时爆发，瞧这犀利的眼神。

"乔沫，你到底是个什么样的人？你心里藏着什么人，什么事？"

卫子随的话像一柄利剑戳中乔沫的心脏。她喉中涌动，眼神变得飘飘乎乎。

"你擅长微表情，我擅长行为学和心理学，本质来说其实是同一个范畴，你骗不了我。"

因为这样才极力抗拒这个男人的吧？怕被他看穿自己的伪装，乔沫终于抱着龙舌兰冲出店外，顺势蹲下，怅然若失。

烈日当空，一个文件包放在乔沫头上替她挡住太阳，抬头一看却是侯孝聪。

"发呆也要看着时间，下次定个闹钟？"

乔沫被逗乐了，笑容瞬间爬上脸庞。透过玻璃看着这一幕的卫子随，心里很不是滋味！

侯孝聪抬头，两人的眼神隔空撞上，又是火花四溅。肖奇艺其实早瞅到侯孝聪了，碍于卫子随的关系一直没吭声，与他俩同为校友，怎么不知道两人在学校里互相掐架的往事，不，确切地说是侯孝聪掐着卫子随不放。

送走众人，曲蔓的手机响了，只看一眼屏幕立刻满面春风，说是男友出差回来了，曲蔓还是头一回有这种一日不见如隔三秋的感觉。乔沫感觉得到，这一次曲蔓远不如之前洒脱。

“乔沫，我想结婚了。”

这可让乔沫吓坏了，恋爱的节奏从来由曲蔓主导，开始与结束，这么多年从未改变。这一次是遇到真爱，还是山雨欲来风满楼，乔沫不知道，内心祈求曲蔓能早日遇上真爱，稳定下来。

“沫沫，你也该放下过去，他走了这么久，是时候痊愈了。”曲蔓明白乔沫要说什么。

“我保留做伴娘的资格。”

曲蔓的心像被刀子划拉了一道口子，心疼这个傻傻的女人。

目送曲蔓离开，乔沫的心扯痛了。她怅然若失，如纸片人飘进店里。齐苗苗看得分明，关切的眼神一直尾随乔沫，却没有上前询问一句，良久才低头整理手上的客户清单，熟悉客户的姓名。

她做啤酒销售这么久，深知这一点，能叫出来老熟客的名字，会让对方留下好印象，记名字也是她的特长。齐苗苗总能熟练叫出客户的全名或姓氏，这一点格外引人好感。

卫子随回到办公室，刚才门外的一幕，侯孝聪手举公文包给乔沫遮挡太阳，乔沫抬头与他相视一笑，那画面像刀子割在心上。哼，明明有花粉过敏症，也不怕当着乔沫的面出疹子，死要面子活受罪！

肖奇艺进来，卫子随赶紧恢复如常。他进来是为了齐老冒的事。齐老冒是公司的新客户，十分难缠，婚前财产藏着掖着，拿到证据也死活不认，比姜先生还难搞。

齐老冒今年五十九岁，年轻的时候在山西发了一笔横财，回到帝都后又赶上了房地产的黄金时期，如今已是第三婚，对象是个年轻貌美，芳龄十九的嫩模。

典型的老牛吃嫩草还不想给点便宜。女方的要求其实很简单，只要一半房产，对公司股权和现金、首饰、车子完全不感兴趣。看上去女方挺通情达理的，实则显得自己不贪心，但好处不少得。房子是最好的储值工具，公司股权变数太大，车子更是贬值品！

齐老冒名下的房产一共六套，其中一套是位于上海的别墅，正是他隐晦的唯一一处房产，肖奇艺已经拿到产权证的复印件，可他死活不承认，非说是朋友顶着他的名义买的，本质上不属于他。现在的关键在于这套别墅的所有权，只有弄清楚，才能往下推进。

卫子随决定让肖奇艺去上海一趟。他提醒道："务必见到齐老冒提到的这位朋友，找遍所有的细节判断这套别墅的归属。"

"还有什么要交代的？"

"有一点值得注意，法律注重证据。我们必须保证其财产公证的真实性，这种有钱人离婚的概率更高，到时候因为财产分配不均产生纠纷，就算我们不接离婚官司，也会找我们的麻烦，这是我们必须保证公平的重要原因。"

"现在最大的问题是明面上的产权证毫无疑问属于齐老冒，我们想知道的是齐老冒有没有与第三人进行产权约定，有另一份协议存在。"

"没错。"卫子随说道，"他一直否认自己拥有这套别墅的产权，却拿不出证据，他是一只经商多年的老狐狸，会犯这种基本错误吗？"

"难道里面有难言之隐？"肖奇艺说道。

"那就要看你的本事了。"卫子随语重心长，"我等你回来。"

肖奇艺斗志满满地离开办公室，被虹姨拉住了，问他为什么卫子随的眉头一直皱着。他回头一看，还真是，几时见过卫子随这样忧愁的样子？反正不是为了公事，公司上遇到事，卫子随就像打了鸡血，那是为了什么？

卫子随起身，两人赶紧散开，走进洗手间，脑海里全是一个画面——低头盯着龙舌兰的乔沫，后方是撑着伞的侯孝聪，好一对善男信女。乔沫回头，两人对视的一幕堪比言情小说的经典桥段。

卫子随冷笑一声，懂得用微表情判断别人的女人，装什么小白兔？一点儿也不适合，侯孝聪那只狼，九成九盯住乔沫不放。卫子随拍着自己的脸，那又怎么样，关你什么事？

转眼间到了下班时间，卫子随提前走了，虹姨也撤了，办公室里只剩下沈骐扬和郭美佳。沈骐扬瞅一眼前台，好想鼓足勇气问郭美佳的回家路线，掌心都有汗了，也没滋生出勇气，眼巴巴地看着郭美佳离开。

唉，沈骐扬拿出手机，是时候向另一位老板卫天成律师汇报这几天的情况了。沈骐扬早从郭美佳那里得知花店与事务所的关系，一五一十地转达给卫天成，连同卫子随情绪不佳的事情也说了，原因大概是郭美佳所说的——因为侯孝聪。

听到这个名字的卫天成是兴奋的，他太熟悉侯孝聪了！卫子随搬了一个好地方，不肯回归正职的他如果有侯孝聪的刺激，说不定能够觉醒。沉睡的老虎碰到猎物未必会醒，但遇到对手更容易惊醒，因为——危险的气息。

卫天成对沈骐扬的汇报十分满意，沈骐扬心满意足地挂了电话，长长地舒了一口气，想到无间道里的精彩片段，兴奋地举起手指，比画成枪的模样，身子转动，四处瞄准，当看到孤寂的前台，心里一喜，对准前台“啪”的一声："郭美佳！"

他瞅到前台上摆着一个相框，里面是公司员工的合影，相框的边上放着一张郭美佳的1寸登记照，他左右看看，用最快的速度拿出那张登记照，视若珍宝地放进自己的钱包里，然后小心翼翼地亲吻钱包，这才兴奋地离开公司。

卫子随刚到家，手机响起，一看是陌生号码，他懒得接。倒杯冰水，手机又响了，他不耐烦地接起来："喂。"

电话那头的女人满腹牢骚："你怎么才接电话？"

原来是酒吧认识的女人，他应付道："在开车，有什么重要的事情？"

"要出来吗？去我家？"

"女人邀请男人到她的家里，预示着两件事情：第一，向男方展示自己的环境，昭示自己的条件；第二，想进一步发展关系。那你是哪种？"

女人一时语塞，卫子随又说道："你说不出话来？看来我猜中了其中一种，我们俩在酒吧见过的次数加起来不超过十根手指头，但你上来就用如此熟悉的语气说话，看来我已经成为你的目标。"

"我……"

"不好意思，我们之间的关系仅停留在酒吧，离开之后，彼此回归原位。现在属于我的私人时间，请勿打扰！”

女人终于爆发：“你这个混蛋！”

“谢谢你的评价。”卫子随收了电话，双手撑在桌子上，久久地闭上眼睛，今天的自己像吃了火药。他胡乱地抓抓头发，冲进洗手间用冷水淋浴，试图让自己冷静下来。因为那两个冤家对视的画面，自己成了被点燃的炮筒！

此时天色暗沉，乌云在天空迅速聚拢，一场风雨俨然地迅速到来，乔沫和郭美兰收起晾晒在院子里的衣服，餐桌也搬进屋，乔康一边摇着扇子，一边抬头看天。

郭美兰无力吐槽这个与自己生活了几十年的男人。乔康看着天开始念叨：老孙家的媳妇生了一个大胖小子，老孙最近没空过来下棋玩牌了，老陈家的女儿也回家待产了，老陈来的次数明显减少，等女儿一生，当了外公，恐怕也不会来了。

乔沫知道老爸的用意，只当作没听见，收拾好衣服坐下来吃饭。雨果然来了，来得又急又快，乔沫起身收拾碗筷的时候，心里一抖，糟了！

今天摆了几盆喜阳的花在外面，走的时候忘记收进去，淋了雨会死的！那几盆花品种珍贵，乔沫舍不得，立刻拿着雨伞冲进雨幕。乔康连连摇头，要是女儿找男朋友也有这么大的劲头，自己何需每天找话讲？

乔康郁闷地收起扇子，懊恼道：“早知道是那样的结果，当初咱们俩就不应该同意！”

“哪有那么多早知道。”郭美兰看着雨幕，长长地叹了一口气。

乔沫走下出租车，冲进雨幕里，雨大，又有风，没一会儿的工夫就打湿了裙角，头发也沾了些雨，贴在耳朵边上黏黏腻腻。隔着雨幕，乔沫突然看到店门口站着一个穿着雨衣雨靴的人。他站在那里一动不动，死死地盯着花店。乔沫小心翼翼地走过去，原来是小峰！

看到乔沫，何小峰冲他打个手势，示意她往前看，隔着厚重的雨幕，乔沫看到了齐苗苗！齐苗苗穿着雨衣，已经将所有的植物搬进去，而且放在原来的位置。细心的她正拿着毛巾擦拭叶片，两人相视一笑：“小峰，给你找的搭档不错吧？”

小峰赞同地点头，如果之前还有一丝疑虑的话，现在被彻底打消了，齐苗苗只是外冷内热罢了。乔沫知道她面子薄，拉着小峰悄然离开。

两人刚走到公交站台，一辆汽车停下，侯孝聪降下车窗："乔沫，快上车。"

雨势正大，小峰早让雨浇得不行了，祈求地看着乔沫。乔沫只好上车，小峰庆幸不已，多亏遇到侯律师，两人带着雨水进入车里。乔沫内疚道："不好意思，侯律师。"

"不要紧，车子迟早要洗的，我回来拿份文件，正好遇上你们。"

乔沫手忙脚乱地整理打湿的头发，侯孝聪暗道老天爷给力，先送小峰回大学宿舍，再送乔沫回家。到了巷口，乔沫撑伞下车，与侯孝聪挥手告别。

郭美兰在家门口打伞张望，见到有车灯，更是伸长了脖子往这边张望，见到乔沫一路小跑过来，身后的车子也在同时开走，隐约见到不是出租车的样子，一边引着乔沫进家门，一边问道："刚才是谁啊？"

听到乔沫说是侯律师，屋里等待的乔康眉头都舒展开了。夫妻俩一直数落乔沫为了几盆花淋雨不值得，乔沫心里知道值得与否，笑而不语。

乔沫拿着毛巾进入卫生间，乔康马上拉住郭美兰激动地说："真是侯律师送她回来的？"

第5章　草食女的春天

“沫沫亲口说的难道有假？”郭美兰说道，“你说这么晚了，两个人是约好了，还是偶遇？如果是约好的，你的心事有着落了；如果是偶遇，说明这位是个热心肠的人，人品没问题，可惜刚才下雨，没看清楚长相。”

乔康兴奋莫名，虽然与侯律师素未谋面，但对这个小伙子格外有好感，倒是郭美兰谨慎些，感情的事情还要由女儿亲自做主，已经不是父母之命媒妁之言的时代了。

乔沫隔着卫生间的门隐约听到父母的对话，摇头叹息，一抬手心里突然“咯噔”一下。她匆忙冲进洗手间翻找着刚换下来的衣服，又打开包在里面翻找着，没有，都没有！手链不见了！

第二天一早，侯孝聪拉开车门便瞅到后座下面有一条亮闪闪的东西，捡起来一看，是条手链，女式手链，显然是乔沫落下的，最近唯一的女乘客只有她了。刚停好车却发现卫子随的车也停在一边，所谓冤家路窄，两人撞个正着！

“早，卫律师。”侯孝聪看着卫子随说，“这么严苛的打扮，扣子这么紧，自在吗？”

这番话无疑回击卫子随上次的说法，卫子随不以为然：“的确不自在，但是没办法，今天是个特别的日子。”

侯孝聪语气里包含的轻蔑看似平淡不惊，却让卫子随感觉到森森的恶意。卫子随耸耸肩，正准备走人，侯孝聪却叫住他，掏出口袋里的手链：“麻烦你将这个送给乔沫，昨天晚上她掉我车里的。”

侯孝聪不由分说地将手链放进卫子随的掌心，这就像在卫子随的心里砸进一块石头。侯孝聪转身走向电梯，见身后的卫子随没有跟过来，嘴角上扬，这招是验证卫子随是否对乔沫有意的时机，以自己对卫子随的了解——他不会平白无故地与乔沫接近。搬进这栋写字楼后，卫子随几乎每天下午都要去花店小坐，这不像他的作风！

卫子随握着手链，心里那个气啊！进事务所时板着脸，虹姨见了直摇头，年纪轻轻的小伙子怎么大早上愁眉苦脸的？

这时郭美佳大叫一声说自己桌上的照片不见了。虹姨帮她找过一遍，仍无下落。也问过沈骐扬了，他一口断定没看到，假装无辜埋头处理文件。

沈骐扬心虚的表现全在卫子随的眼里，实习小子在骗人，他假装不作声。

郭美佳双手撑在下巴上，看着桌上的日历，明天就是自己的生日了，心情大乱的她猛地将日历扑下，手机短信声突然响起，打开一看——美佳，明天就是你二十九岁的生日了，祝你生日快乐。

是老妈的短信，郭美佳抿抿唇，哪有这么简单！果不其然，第二条短信随后就到——眼看就要三十了，是时候考虑人生大事，请假回来一趟，你爸同事的儿子条件不错，赶紧见个面。

催婚的紧箍咒来了，郭美佳一头栽在桌上，引得虹姨一番关切。整间事务所里，虹姨和郭美佳最合拍。面对虹姨的追问，郭美佳也不肯提自己被逼婚的事。

下午卫子随带着沈骐扬出门办事，等事情结束后，卫子随提议一起用餐，他请客，惹得沈骐扬受宠若惊。

“卫律师，您怎么心情这么好，要请客？”

“就凭你拿了郭美佳的照片，今天我请客——你买单。”

沈骐扬目瞪口呆，卫子随笑道：“怎么，不肯？”

沈骐扬像瘪了的气球，任凭卫子随拿捏。

两人面对面坐着，靠着窗户，窗外的汽车来来往往，沈骐扬一边吃饭，一边审视着卫子随的表情。卫子随突然抬头道：“别担心，你请我吃饭，绝不会出卖你。”

沈骐扬干笑两声，怎么听着有种黄鼠狼给鸡拜年的感觉？

“照片不要放钱包，”卫子随突然说道，“他们有偷拿别人钱包买单的习惯，哪天拿到你的头上，事情就败露了。”

沈骐扬惊出一身冷汗，马上将钱包里的照片拿出来，小心翼翼地放进口袋：“回头我放家里，这样不会被发现了。”

“真是你拿的？”卫子随面色不改，得意地说道，“这下子物证人证齐了。”

沈骐扬目瞪口呆，突然会意过来：“你诈我？！”

“是你心虚，”卫子随吃完了，放下碗筷，“谢谢款待，你先回公司，我在外面随便转转。”

“为什么不一起回？”沈骐扬说道，“下午要去乔沫姐的店里喝下午茶，你不去？”

“哪来这么多问题。”卫子随说道，“我走了。”

沈骐扬看着起身离开的卫子随，再看看自己还没解决的午餐，嘴里嘀咕了一句，继续埋头吃饭，回头又把刚收到口袋里的照片放回钱包，看着照片上的郭美佳，傻笑两声。

卫子随上了车，瞅一眼放在后座的衣服，口袋里还放着早晨侯孝聪交给自己的手链，对方用意再明显不过，自己要怎么做？拐过前面的路口，目光随意地飘向窗外，路边是一家大型的连锁婚纱影楼，二楼橱窗里摆满了漂亮的礼服和婚纱，在阳光的照射下，充满了梦幻的感觉。任何女人都无法拒绝这种梦幻的美景，女人在憧憬婚姻的时候，更在意一袭绝美的嫁衣，刻意忽略婚后的酸甜苦辣。

现实与梦幻的壁垒何其脆弱？卫子随的目光飘向一楼，一楼的橱窗里摆着婚纱样片，其中一幅放大的合影让卫子随的身子挺得更直了。

照片是在园林景里拍的，绿意衬得婚纱更加雪白，新娘在前面，手却往后伸去，拉着身后的新郎往前奔跑，笑容洋溢在脸上，婚纱的裙摆飞扬起来，尽显动感。身后的新郎正一脸宠溺地看着前面的新娘，两人奔跑在林荫小道上，更像是从起点出发，奔向未来的幸福。场景怡人，佳人配俊郎，本来是一幅美好的景象，却让卫子随的脸慢慢沉下去，只因新娘温婉可人，长发绾起，眉眼含笑，活脱脱是乔沫的样子！

卫子随还想看得清楚一些，后面的车子不耐烦地按着喇叭，他只有先行离开，仍不忘记回头看一眼，直至离影楼越来越远，心头的疑惑却越来越强烈，究竟是一个人，还是长得相似？

他记得肖奇艺那个男八婆早打听过了，乔沫连男朋友也没有，更别提拍婚纱照了。

就在卫子随带着疑惑离开的时候，乔沫送完花，从客户家出来，正好路过影楼的橱窗，看着橱窗里自己的照片，眼神木然，颓然地盯着照片许久。

乔沫回到花店的时候，意外地发现老爸也在，正和郭美佳、曲蔓打得一团火热。汪杰又亲自来送水，正准备出去，遇上乔沫热情地打招呼，乔康的不告而来让她有种不祥的预感。

乔康美其名曰送郭美兰煲的凉茶，实则来探虚实，不过，今天事务所只有郭美佳下来坐坐，虹姨宁愿在杂物间打盹。一问才知道，肖奇艺出差了，卫子随带着沈骐扬出门未归，再看郭美佳无精打采，曲蔓难免追问原因，或许是气氛热烈，郭美佳终于一吐为快。

“明天我生日——二十九了。过了明天零点，我就彻底成为奔三的人群之一了。明天才生日，爸妈今天就来短信，生日祝福是其次，还是催我回家相亲。我倒想结，但不能找一个没有感觉的人结吧？这些年怎么连个合适的男人也没有，唉。”

正帮乔沫给大家分凉茶的乔康顿时来了精神：“哟，姑娘你也没男朋友哪。”

乔沫一头额汗，一个“也”字把自己生生地拉下水了哇，她嗔怪道：“爸。”

郭美佳依然自怨自艾，乔康灵机一动：“美佳，有时间到我们家玩，认识下你阿姨，咱们家开了老年活动中心，各家有什么亲戚朋友啊，比婚介所的男青年资料多多了。”

乔沫急得直跺脚 ，哪有第一次见面就帮别人相亲的，还让一群老头老太掺和进来！郭美佳倒好，眼睛都亮了，居然满口答应，说是这个周末就去乔家拜访，这恨嫁的心情大家都体会到了，一个愿打，一个愿挨，正好。

乔康也不是为了郭美佳来的，只是借题发挥罢了，此时叹道：“不过咱们活动中心周末人少，都去陪孙子了，唉，可怜我这个老人家，不知道何时才能抱上孙子。”

乔沫和曲蔓交换一个无奈的眼神，醉翁之意不在酒，乔康的这一手乔沫心知肚明。

乔康来了一趟收获颇丰，提着空空如也的保温壶，哼着小曲儿离开了。马上就是周末，想到家中即将出现的热闹场景，乔沫已经一个头化作两个大。

曲蔓非但不关心乔沫，反而幸灾乐祸，她的手机一响就急着走，肯定是那位第一次让曲蔓产生结婚念头的男朋友打来的。

曲蔓刚冲出去没多久，一辆电动三轮车驶出来，险些撞到她，幸好来人及时刹住车，吓得魂飞魄散的她怒骂道："死人，没长眼睛呀。"

汪杰握住车把手，笑嘻嘻地看着曲蔓，高兴地说："又出去？"

"原来是你，"曲蔓扬扬手，"汪老板真勤劳，继续赚钱吧，我走了。"

看着曲蔓远去的背影，汪杰恋恋不舍地看着。瞅着曲蔓手上的爱马仕包包，再闻闻自己的一身臭汗，汪杰用力地摇摇头，真是癞蛤蟆想吃天鹅肉！

郭美佳趁着事务所无人打算当一回山中的老虎，下午茶时间过了还不肯走，偏巧一抬头，就看到卫子随朝花店走来！郭美佳吓得魂飞魄散，赶紧低头弯腰，哧溜一下钻进齐苗苗和何小峰的中间，挤在柜台下面，大气也不敢吭。

卫子随推开店门，习惯性地环视一圈，然后漫不经心地走到乔沫面前，仔细端详着她的脸，同时与白天看到的婚纱照上的新娘做了一番对比，八九成像，难道真是她？

乔沫一见是他，抬起一只脚正准备往后退。卫子随突然抓住她的手腕，将手链套在她的手腕上。乔沫觉得汗毛倒竖："怎么在你这里？"

"不清楚。"卫子随扔下三个字，转身就走，等到了柜台旁边，一巴掌拍到上面，"不用上班吗？茶喝完了就走。"

郭美佳被戳穿，吐吐舌头，不情不愿地站起来，乖乖地跟在卫子随身后离开。

乔沫整个人都缩起来，这条手链怎么会在他手上？真是百思不得其解。

下班时乔沫在车站边上又遇到了侯孝聪。他坐在车里挥手示意，乔沫走过去后，弯腰的同时捂住了松垮的领口，侯孝聪故意问："手链拿到了吗？"

"是卫子随交给我的，是你让他转交的？"

侯孝聪笑而不语。乔沫一边点头，一边在心里埋怨起来，该死的卫子随，拿东西过来把事情讲清楚再走啊，扔下东西就走人是怎么回事？

“谢谢你，侯律师。”乔沫收起表情，挥手道别，“再见。”

侯孝聪从乔沫的脸上没看出端倪，有些失望，正准备启动车子，一辆汽车按着喇叭从身边擦过，匆忙瞥了一眼，是卫子随的车牌！

卫子随驾车像疾驰的骏马扬蹄而去，极其嚣张。侯孝聪不甘其后，踩下油门离开。路边的齐苗苗看着这一女二男的好戏，心下了然，这两人都喜欢乔沫，站在她的角度，对卫子随更亲近些，毕竟他救过自己，至于侯孝聪总是绷着的状态，不够真实。

乔沫回到家，乔康正和郭美兰商量郭美佳的相亲大计。但乔康也有打算，一个人相亲也是相，两个人一起也是相，郭美佳相，乔沫可以跟着一起，一举两得！

郭美兰不想搅和进老头子的“阴谋”里，她只当周末乔沫的朋友过来玩，悉心招待就是了。乔康兴奋莫名，哼着小曲儿进了房间。看着老头的背影，她无奈地摇摇头，都说人老了就和孩子一样，但自家的老头子打年轻起就没有成熟的时候，时时刻刻都像个不懂事的孩子。郭美兰庆幸女儿的性子不随她爸，但想到女儿年纪轻轻死了爱人，心中酸楚，自己的女儿究竟做错了什么？要遭受那样的痛苦，现在停在原地始终不肯前行。

时间一晃到了周六早上，郭美佳照着乔康给的地址找过来，看着充满人文气息的院子，还有巷子口的两棵参天大树已经兴奋莫名，循着门牌号，郭美佳顺利找到了乔沫的家。因为知道有客人要来，乔家的大门敞开着，院子和屋子收拾得一尘不染。

郭美兰擦擦双手，没解围裙就从厨房走出来，看着眼前的干练美女，连连称赞：“长得这么漂亮呢，姑娘，快进来，快进来。”

郭美佳的嘴巴像抹了蜜一般：“看到乔沫就知道她有个漂亮妈妈，果然，阿姨你可真年轻。”

没有人不喜欢赞美，原本对乔康的做法持保留态度的郭美兰此时也笑开了颜，热情地招呼郭美佳进去。活动中心周末没什么人，今天只有两对象棋正酣战中，听到外面传来的声音，乔康迫不及待地走出来：“姑娘，你来啦？”

乔康看到郭美佳，如同看到猎物一般，冲她招招手：“你来，你来，我来给你介绍一下。”

郭美佳将手里的东西往乔沫怀里一塞，兴高采烈地走进去，像一道亮眼的彩虹出现在眼前，几位老头“哟”了一声：“老乔，哪里来的大美女？”

“我给你们介绍一下，郭美佳，二十……”

“二十九岁。”郭美佳尴尬地笑道。

“对，郭美佳，二十九岁，律师事务所工作，未婚，今天给你们打打照面，你们都是老街坊了，谁家的情况都清楚。”乔康直接进入主题，“要是有合适的小伙儿，你们感觉合适的介绍过来，直接打我电话。”

“哟，这是相亲呀。”老李正好在，打趣道，“自家闺女不操心，反操心起别人家闺女的人生大事，老乔，你够可以的呀。”

“嘿嘿。”乔康笑道，“谁的人生大事都重要，你们几个，出去就把消息散出去，有合适的赶紧介绍，对了，照片……”

乔康正摸手机，老李拿着儿子新换的智能手机给郭美佳来了一张，得意道：“这不就有了，多直观哪，成，大伙儿记心上了，我一会儿把照片发到朋友圈。”

这群老人家与时俱进，已经玩转朋友圈，郭美兰和乔沫无奈地交换眼神，这事情就算开始了，箭都在弦上了。

郭美佳发现自己和乔沫的母亲名字只差了一个字，非说这是缘分，自己注定和乔家有缘。她在乔沫的带领下观察乔家，不大的四合院子，五脏俱全，而且环境幽静，和乔沫的气质相当吻合，而且市场价值也一路看涨，这么一算乔沫其实是有钱人。

“你呀，真被我爸忽悠来了，我爸只是动动嘴皮子，后面怎么样还不知道。”

“同样是动嘴皮子，差别怎么这么大？卫律师这几天心情不好，成天甩着脸，而且猜不透他在想什么，有时候把自己一个人关在办公室，虹姨说他在发呆，以前说话就带刺，现在突然没空刺我，我还有点不习惯。”

乔沫脑补了一下卫子随独自发呆的情景，画面太美不敢想象，及时打住。

“对了，说起来几次都和花店有关。”郭美佳说道，“从花店上去情绪就不好，你惹他了？”

想到那天两人在花店对峙的情形，还有他的手拂过自己的脸，拨弄自己耳边的乱发，厚实的双手按住自己的肩膀，彼此的呼吸是那么清晰。那天他的怒气突然涌上来，发泄着对自己的不满，这股怒气来得莫名，却也让她的心乱了几分。

他看清了自己，她的心里藏着人，藏着事，看穿自己的卫子随反而生起了闷气，他这是玩的哪一出？乔沫有些弄不清楚了。

郭美兰和乔康又在厨房为了菜的咸淡争执，郭美佳不明就里地进了厨房，马上知道自己卷进了是非场，一个说咸，一个说淡，最后让她主持公道。郭美佳拿着筷子左右为难，尝吧，尝完总得说出个好坏，说不好岂不是驳了阿姨的面子；说好，叔叔正拿两只眼睛瞪着自己呢。

还是乔沫机敏，一把夺过郭美佳手里的筷子，说要去隔壁找齐苗苗，让爸妈内部矛盾内部解决，直接跑路！

王奶奶家的院子里，齐苗苗正在王奶奶的指挥下帮她挂灯笼。齐苗苗的个子不高，踩在高高的凳子上，老人家行动慢，眼神不好，瞅了半天，一会儿左，一会儿右，齐苗苗虽然面无表情，还是耐着性子配合。她一直高高地举着灯笼，不断地在左右之间拉锯。

看到这一幕两人也吓了一跳，一问才知道王奶奶马上要去女儿家了，担心齐苗苗一个人在家里不安全，索性挂两个灯笼，院子里有灯，小偷以为家里有人就不敢进来了，王奶奶心善，让乔沫平时多关照这边。

话落，外面响起汽车的鸣笛声，齐苗苗不动声色拎着王奶奶的行李出去。郭美佳见状如同发现了新大陆，拽拽乔沫的胳膊："怎么回事？她和之前完全不一样？"

"每个人的内心都住着另一个自己，平时不敢显露的自己。"乔沫心生触动，"我们看到的齐苗苗棱角全写在脸上，但她的内心只有慢慢体会。"

正如卫子随所说，自己也不是表里如一的人！

两人回到乔家大院，棋局散了，老头老太们各回各家，大家坐在一起边说话边吃饭。

一直以来，和乔沫关系最好的就是曲蔓了，也是乔沫经常带回家的朋友，和自己的孩子没差别，可惜乔康不满意一点，曲蔓换男朋友的速度就像夏天换衣裳，曲蔓总是主动进攻；乔沫呢，保守守垒，一个天，一个地，都过了头，不妥。

"美佳，你的老板姓卫，还是姓侯？"乔康有意地问。

郭美佳不明就里："姓卫。"

“是他？那个混小子，我看到一次打一次。”乔康提到卫子随就一肚子的火，“对了，那小子穿走我的衣服还没还呢。”

“得了吧，就你那身汗衫大裤衩，别人穿回去就得当垃圾扔了；再说，人家大律师的衣服也在这里呢。乔沫，改天给还回去，我看挺新的。”郭美兰替郭美佳夹菜。

这大概是今天聚会唯一不和谐的元素了。送走郭美佳，乔康正式开始行动，走进房间开始打电话。没料到老李早将照片散播在朋友圈，还附上郭美佳的基本介绍。还别说，信息不断，在乔康和老李的加持下，马上就定了周一要相亲的对象。

乔沫见覆水难收，只有建议相亲时间放在中午或下午茶时间，乔康一脸期待，就像相亲的是自己的女儿，转眼间就能嫁出去似的。

到了周一，郭美佳早早知道中午的安排，不禁喜上眉梢，一大早上就哼着小曲儿，卫子随盯着郭美佳，看得她浑身发麻：“怎么了？老板。”

“一没中彩票，二没结婚请柬。”卫子随指着郭美佳脖子上的项链，“这条项链以前只戴过两次，第一次，面试；第二次，去年年底庆祝会，十分珍贵的物件。”

“那又怎么样？”

“今天要相亲吧？”卫子随话音一落，沈骐扬的心抖了抖，相亲？

郭美佳扭头，别扭地说道：“你怎么知道？”

“我不知道，胡乱猜的，你的反应验证我的胡说。”卫子随说道，“提前恭喜。”

“又不是要嫁，有什么可恭喜的。”郭美佳心中来气，“只是相亲而已。”

沈骐扬抬头问道：“和什么人相亲？”

“不知道，总之是乔沫的父亲帮我介绍的，我呢，只是看看，顺便让乔沫帮我指点指点，也正好合了叔叔的心意，明着我相亲，实际上让乔沫多认识一些男人——双赢。”

这下轮到卫子随心里一紧，他不动声色地转身，一屁股坐在沈骐扬的旁边。沈骐扬一进事务所就对郭美佳一见钟情，现在听说她要相亲，心像被猫爪子挠！

卫子随则走进办公室，关上门后将身子贴在门上，心里直敲小鼓。

“明着我相亲，实际上让乔沫多认识一些男人”。郭美佳的话响在耳边，让卫子随无限烦恼，心情莫名地烦躁，他深谙心理学与行为学，明显知道自己此举是因为什么，却在心底生出一股抗拒感。

“卫子随，你疯了吧？”卫子随扪心自问，“那个女人哪点吸引你？”

那个女人分析别人一套一套的，却把自己捂得严严实实，还有微表情，多可怕的能力，别人在她面前不能说谎，成天活在她的眼皮子底下，动弹不得，有如囚牢。卫子随打了一个寒战，开什么玩笑？

时间转至中午，郭美佳迅速吃完饭，抓紧剩下的半小时会见第一位相亲对象，出发前对着镜子好一番打扮，描唇，上眼影，换了一对耳环。沈骐扬看在眼里，猫爪子又开始挠。他拿着水杯假装去茶水间，来来回回绕在郭美佳周遭，郭美佳哪有闲情理会他，化完妆，赶紧出门。

郭美佳前脚刚走，卫子随和沈骐扬两人立刻进了电梯，冲进花店。此时相亲对象已经和郭美佳面对面坐着。隔着玻璃看了一眼，沈骐扬马上吐槽：“开什么玩笑，长这么帅？”

卫子随无语，这像猴子一样的竹竿哪里帅了？每次开口说话都能看到脖子上凸出的青筋，虽然五官还算端正，但尖削的颧骨拿来磕鸡蛋再合适不过，而且坐得笔直端正，双手交叉放在腿上，眼睛直视着郭美佳，难道是在演情景剧？郭美佳是教导主任，他是犯了错的学生？

两人推开门进去后，乔沫立刻使眼色让两人靠边站。齐苗苗和何小峰出去送花，现在店里只有乔沫一人，其余四个全是外来客。

“你好，我叫李明亮，今年三十岁。”男人的眼珠子转了一下，上下打量着郭美佳，目光在她胸前停留的时间比较久，超过三秒。

卫子随闷哼一声，瘦归瘦，对女人的身材要求挺高，乔沫也看在眼里，暂时不动声色。

“我叫郭美佳，今年二十九岁，刚过二十九的生日。”郭美佳着重强调了一点。

沈骐扬咽下一口口水，苦着脸听着两人的对话，手拨弄着边上的剑兰。卫子随见剑兰的叶子都蔫巴了，吓唬他一会儿买单带走。沈骐扬赶紧松手，回头见郭美佳正襟危坐，摆出淑女的模样，不禁吐槽她装模作样，平时在事务所哪里是这个样子，穿裙子还把腿叉开。

“那咱们年纪差不多，我爸在朋友圈看到李叔发的照片，觉得咱们俩挺登对的……外形。”李明亮说道，“我在一家知名网站做技术维护，谈过三次恋爱。”

郭美佳的脸僵住了，问道：“三次恋爱为什么分手？”

“第一次因为她是外地人，父母不同意；第二次因为兴趣不合，我喜欢宅，她喜欢旅游；第三次，是因为女朋友想做丁克，我们家是个传统的家庭，这是不现实的，所以只有分手。”

“你倒有问必答。”郭美佳有些悻悻然，三次，三次！

卫子随挑挑眉，在回答情史方面，数值最高不能超过三。三是人心里的底线数字，一旦超过，会被视作花花公子；如果女方的情史超过三次，会被视为风流。

郭美佳正色道：“其实呢，我不太符合你的条件，你看你第一次分手是因为对方是外地人，我也是外地人，如今漂在北京；第二个，我也不喜欢宅，平时喜欢出去逛街，不过只逛，不怎么买；丁克，我倒没有这个想法，我喜欢孩子。”

沈骐扬松了口气，郭美佳完全将自己放在对方的否定面，幸好，幸好。

告别了第一个相亲对象，郭美佳的热情消散了些，但仍有些不死心，问乔沫有没有希望，乔沫摇摇头，郭美佳急眼了：“他对我一点儿意思也没有，因为我不是本地人？”

“那倒不是，他应该不满足你的身材，尤其是……罩杯。”

后面两个字乔沫刻意压低声音。卫子随还是笑了：“那家伙一直打量你的胸，根本没瞧上，他不喜欢太平公主。”

郭美佳面红耳赤，那家伙自己瘦得像猴一样，还敢嫌弃她?

郭美佳出师不利，乔沫问还要不要继续? 她一往无前，这才第一个而已，后面总不能全是一路货色。沈骐扬一听沮丧了，垂头丧气地回去，卫子随耸耸肩，也走了。

“卫子随的嘴一直这么毒吗？”乔沫悄悄问美佳。

“虽然毒，但是一个有能力的人，一旦决定要做的事情，必定有十成的把握，所以呢，这也是我们的客户越来越多的重要原因之一。”

“原因之一？”

“另一个原因是肖奇艺，他是有名的八卦王，有钱人信息全掌握在他手里，全靠他在外面活动宣传。虽然他们俩联手吐槽人的时候够让人受的，但不能否认他们的能力。”

乔沫心里有些触动，默默地收拾桌子上的残局。郭美佳也上楼，刚进门，就听到沈骐扬在和虹姨讲自己相亲的过程，气不打一处来。沈骐扬心里有些暗爽，脸上浮着一丝笑意。郭美佳却觉得他在嘲笑自己，气呼呼地转身坐到位置上。郭美佳决定下次相亲改变地点，省得他们指手画脚，除了乔沫的意见，谁的也不想听。

这事过去没多久，乔康又介绍了第二个。为免再让卫子随、沈骐扬看热闹，郭美佳将相亲对象约到附近的咖啡厅。乔沫坐在旁边的位置，正对着这边，两人的对话听得一清二楚。

今天来的是一位戴着眼镜的斯文男，体形适中，身高适中，五官端正，坐姿标准，看上去一切都很正常，只是少了些特点，恐怕扔人堆里就揪不出来。

“我姓何，今年三十岁，嗯，苏州人，从事金融经纪。”

乔沫便释然了，怪不得随时一副恭敬的模样，面对相亲对象也是如此——职业习惯。

“乔叔说过我的情况？”

“嗯，郭小姐，你的外形完全是我偏爱的类型。”斯文男扶了扶眼镜，“但是……”

第6章　悄然萌芽的爱恋

听到“但是”两个字，乔沫和郭美佳同步挺直背，斯文男连忙说道：“我只想了解一下郭小姐的工作性质，律师事务所的前台负责什么？”

乔沫暗道不妙，郭美佳已经脱口而出：“简单来说就是打杂的，接听电话，招待客户，负责简单的电话咨询，经常要陪同会见客户。”

斯文男脸上仍然保持笑容，却在一瞬间摩挲自己的双手：“挺好的。”

乔沫轻而易举地捕捉到这个动作。斯文男在一瞬间松开双手，恢复刚才的坐姿，脸上依然带着微笑，客气得很，嘴角轻轻拉开，露出一个微笑。这种笑容在很多人脸上能看到，比如房地产中介、保险推销人员等销售人员。

郭美佳对这个斯文俊朗的相亲对象产生了极大的好感。两人一番交谈后，斯文男马上离开，他前脚刚出门，郭美佳后脚就坐在乔沫的面前，一脸期待。

乔沫却给她泼了一盆冷水。郭美佳不解地问：“为什么？”

“美佳，她和上一个男人恰好相反，他喜欢你的外形和身材，可是，他更想找一个工作体面的女孩子，你的职业不符合他的预期。”

“你怎么看出来的？”

“第一次见面无非看看相貌身材，还有家庭环境和经济条件；再不然，只能透过对方的吃相和谈吐判断一个人的修养。”乔沫说道，“性格不相投的理由纯是瞎扯，坐一起聊聊就能瞧出性格是否相投？”

“所，所以呢？”郭美佳满以为遇上真命天子，结果当头棒喝，脑子已晕。

“刚才一切都很正常，但他有一个动作出卖了自己。当一个人不相信自己说的话时，就会下意识地摩挲自己的双手。”乔沫说道，“但此人的职业修养提醒他不要过多表现内心的真实想法，所以只是短暂的动作。他做这个动作的点是听到你对前台的解释之后。”

郭美佳心服口服，瞧不起自己工作的男人等同于瞧不起自己的人，以后指不定受气，天涯何处无芳草，何必贪恋这一根？！

“乔沫，你和老大一样，经常一语中的，观察特别细致，太神了。”

其实微表情也是心理学的一种。卫子随是心理学专家，两人也在同一领域里，卫子随可以突破微表情的 1/25秒，能力卓越。

相完亲返回写字楼时，正好和送完水回去的汪杰遇上，他一看到郭美佳就询问相亲怎么样了，弄得郭美佳又尴尬又好笑，一问才知道自己相亲的事情已被肖奇艺传播得到处都是。

郭美佳气冲冲地回到事务所，肖奇艺和卫子随正商量公事，看两人的神情不比平时，只有悻悻然地退回去。

“我这次去收获不小，按你吩咐的，见到了齐老冒的老朋友，这一套别墅归属不清，产权证上是齐老冒的名字。但是，这位朋友声称有一份私下协议，可以证明产权最终属于自己。这是协议的复印件，上面有这位吴先生的亲笔签名和手印。”肖奇艺将协议推到卫子随面前。

协议上无非声明几点：第一，购买别墅的资金由吴先生提供，但因为特殊原因放在齐老冒的名义下；第二，齐老冒虽然表面上拥有产权，但不得在未经吴先生亲笔授权书的情况下买卖转让；第三，两人共同拥有使用权，但必须经过协商；第四，若是齐老冒违约，将赔偿五千万的赔偿金。

协议上面还有三名见证人的签名，其中一个签名十分熟悉，居然是卫天成！

肖奇艺打量着卫子随的脸色，小心翼翼地询问：“这事要不要找伯父打听一下？”

“不用了，这份协议有双方签名盖章，约定的款项清晰，违约责任也很明确，还有两名见证人，完全有效。”卫子随的手指敲在桌子上，“换句话说，就算齐老冒和老朋友联手作假，我们也无可奈何。”

肖奇艺说道：“也不排除这个可能性，但是，凡事讲究证据，所以？”

“排除这套别墅的产权。”卫子随说道，“这份协议一定要保管妥当，后面有大用处。”

只要沾了卫天成的边，卫子随就像被咬了一口，浑身发毛。肖奇艺收好文件出去，刚一出门，郭美佳就揪着他的衣服领子扯到一边。肖奇艺拿手里的协议打着郭美佳的手背：“喂，干什么？我惹你了啊！”

“死八公，干吗一回来到处渲染我相亲的事情？”郭美佳好歹松开手。

肖奇艺笑了：“这种小事不值得一提，齐老冒的婚前财产公证马上就能解决。”

“真的？”

“有我亲自出马，还能有假？”

郭美佳不计前嫌，毕竟对事务所来说，这是天大的好事！

此时，卫子随走到窗口，眺望着窗外的风景，目光向下，看到乔沫抱着花走出花店，正往对面的大厦走去。她穿着平底鞋，背心配着长款的针织衫，头发飘散着。风一吹，头发和衣角同时扬起来，整个画面如同一幅画，引人注目。直到乔沫走进对面大厦，再也看不到她的身影，卫子随才恋恋不舍地收回目光，转身的一刻，笑容不知不觉地爬上嘴角。

郭美佳的相亲之路继续进行，几天后的中午又迎来新的相亲对象，经过两败的郭美佳已经没有当初的锐气，她和相亲对象约好手里拿份报纸作为信号。

来的人和之前不同，一身嘻哈风打扮让郭美佳当下傻眼——大大的T恤，松垮的裤子，还有鸭舌帽，大热的天，头上还扎着红色头巾！见惯了写字楼正装出入的男性，再看眼前嘻哈打扮的小伙儿，郭美佳瞠目结舌，根据乔康的介绍，今天来相亲的是在市人民医院当外科医生的大夫！

那名医生和郭美佳互相介绍后，拉着椅子直接坐在郭美佳的身边，人与人之间的安全距离是一米二，现在两人的距离只有半米，郭美佳有些尴尬，身子往右边微微侧着，小伙儿的右手搭在郭美佳的肩膀上：“幸会，郭小姐。”

“你是许先生？”郭美佳扒开小伙儿的手，客气地说道，“不像三十二岁。”

“很多人都这么说。”男人好歹松开了手，先给两人点了喝的，“我今年三十二岁，在酒吧驻唱，白天在医院当医生，不值夜班的时候就在酒吧当歌手，其实这个样子才是我的本真。”

“是吗？”郭美佳附和一声，“我很少去酒吧，倒是我的老板挺喜欢泡吧的。”

“有空来我的酒吧听我唱歌。”小伙儿掏出自己的名片，“医生呢只是表象，如果有机会，希望我们可以进行更深层次的交流，不仅仅停留于表面。”他一边说，一边将手放在郭美佳的大腿上，虽然隔着一层布料，那股灼热一直到达郭美佳的头顶，她赤红着脸，身子完全僵住了。

别看郭美佳平时大大咧咧的，但一旦遇到这种棘手的状态，反而束手无策，眼看男人的手顺着自己的大腿有往上的趋势，心里有如天人交战。

就在她百般纠结要不要站起来离开的时候，男人突然叫了一声，手拿开了，整个身子都弹了起来，头上有液体滴滴答答地流下来。郭美佳抬头一看，乔沫手里拿着空的杯子，整杯冰咖啡都浇到他的头上！

乔沫拉着郭美佳就走，这种没带诚心来相亲的人必须果断反击。乔沫气愤不已，老爸怎么什么人都往这里推，完全一只披着羊皮的狼。

“美佳，对不起。”

郭美佳彻底折服于乔沫的霸气：“没关系，还有下一个，也许下一个就是最适合的。”

“我们永远在等下一个，但结果无非两个，一是捡了芝麻丢了西瓜，二是空手而归。”

“乔沫，你怎么了？”郭美佳再迟钝，也感觉到乔沫身上散发出的淡淡忧伤。

“没事，只是有感而发而已，走吧，回去了。”

两人回到花店，乔沫迅速进入工作状态，郭美佳站在电梯前，踟蹰半天，电梯下来了，她也没进，任凭电梯重新上去，再下来，她才进去，无奈地按下按键。肖奇艺要是知道今天相亲失败，一定没好话。郭美佳无限后悔当初的高调，可惜世上没有后悔药。硬着头皮也要回到事务所，郭美佳鼓足勇气上楼，进门就被虹姨拉到一边：“啧啧，那么年轻的小姑娘，嫁给年纪可以当自己爹的男人，咋想的？”

齐老冒和他的小娇妻过来了，郭美佳如遇大赦，有他们在肖奇艺没精力关注自己。

此时，卫子随面前摆着三份东西：两份婚前财产协议，一份证明别墅产权的协议书。

齐老冒刚染的头发，黑漆漆的，却掩不住一脸的沧桑和老练。身边的未婚妻长发，清纯可人，身上没有一丝赘肉，露肩T恤，小热裤，此时双手抱在胸前，盯着眼前的协议，连连摇头：“不可能。”

“我说过多少次了，这是我和老吴的约定，看到这个律师的名字没有，卫天成，帝都有名的金牌律师，当初为了保险起见，我专程请他过来见证。”齐老冒说道，“现在白纸黑字摆在你面前，还不信？”

“我不信，产权证还不能作为证据吗？”未婚妻气怵怵地说道。

“证据有双份，要看哪一份有效，才能予以采纳。”卫子随淡淡地说道，“两者都有效，按照协议，除了这套别墅外，所有的房产都归两人共同所有，这套别墅还有产权纷争，惹上麻烦未必舒坦。”

未婚妻嘟着嘴巴，肖奇艺趁人不备，翻了一个白眼，人心不足蛇吞象，已经五套房产还嫌不够，年纪不大，心不小。

见小嫩妻还犹豫不决，齐老冒拍案而起：“够了，我尊重你才要搞什么婚前财产公证，保证你以后的权益，但你呢，不是这事就是那事，五套房产还不够，那成，这个婚不结了！”

眼见齐老冒要走，小嫩妻终于软下来，一把抱住齐老冒的胳膊：“好了，是我错了，我不应该怀疑你，别墅我不要了，我们今天就签，好不好？”

“你说认真的？”齐老冒仍在气头上，“你说你着什么急，我一大把年纪，哪天归西，这些东西都是你的，五套房产的一半足够让你安稳地过下半辈子，是不是？”

“是，我错了，还不行嘛。”未婚妻连连撒娇，齐老冒总算收了脚，重新坐回去。

齐老冒使出撒手锏，终于让未婚妻老老实实地签名，按手印，眼见得一切顺利，肖奇艺却浮上一丝不祥的感觉，事情太顺了，总觉得哪里不对劲。

齐老冒和未婚妻已经先走一步，卫子随闭上眼：“那份协议完全有效，只有一个问题——我那个自以为一手遮天的老爸，居然屈尊给一个土财主做见证人。”

没错，就是这个！肖奇艺可算知道自己心头萦绕的困惑是什么了。卫天成的身价不菲，想请他打官司还要提前半年预约，他眼光颇高，对朋友的标准也一样，怎么会和齐老冒这么个土财主来往，想不通啊想不通。

以卫子随的脾气，绝对不会致电问个清楚。肖奇艺按下性子，突发奇想提议找乔沫帮忙，在他的眼里，乔沫和卫子随太像了，观于微时，眼睛比X光还管用，又肯用脑子。

卫子随反问肖奇艺是相信自己，还是更相信乔沫，这下把肖奇艺的提议堵死了，说完甩膀子走了。办公室的人陆续入座，沈骐扬找借口去卫生间，例常向卫天成汇报情况。

沈骐扬自然把齐老冒的事情一并讲了。卫天成很感兴趣，问得十分详细，尤其是最终的结果，听完后若有所思道："你在那里怎么样？"

沈骐扬正色道："大家对我很好，工作氛围很轻松。有一点和您说的不一样，您说您的儿子异性关系复杂，我没看出来。"

"此话怎讲？"

"卫律师每天打交道的女人，除了女客户，就是公司的前台，顶多楼下花店的女老板和女员工，都在正常接触范围内。"

"你不了解他，我这个儿子，除了工作以外，最大的乐趣是损人和泡吧。"卫天成连连摇头，"你并不知道他晚上的精彩生活，只要他没有把乱七八糟的女人带回事务所就成。"

沈骐扬激动地否认。卫天成是只老狐狸，觉得他的反应有些奇怪，自己的儿子古灵精怪，时常不按规矩出牌，沈骐扬才去几天，已经和他们一条心了，难道他有把柄落在儿子手里?

沈骐扬有苦不能言，但话有几分是真实的，这里的氛围是真的，卫子随捏着自己的把柄也是真的——钱包里的照片！

挂了电话，他忍不住把郭美佳的照片拿出来，照片上的郭美佳只是描了嘴唇，头发自然地垂下来，几近素颜。其实她这样就很好看，沈骐扬又亲了一下，才满足地把照片放进钱包，塞到银行卡的内侧，藏得严严实实。现在只有他知，卫子随知。

郭美佳托着腮帮子，满心郁闷，一番挣扎后还是决定继续相亲。第二天一早，郭美佳急冲冲地来到花店，刚一进门，迎头撞进正好出来的客人怀里。她平时走路就风风火火，今天又心急，撞过去的力道非同小可，对方怀里抱着的盆栽脱手，摔在地上，“啪”的一声，四分五裂，盆里的土全撒了出来！

“对不起，真的对不起。”郭美佳紧忙紧赶地帮忙收拾，齐苗苗和乔沫也过来帮忙。齐苗苗不禁抱怨道：“你这个人真是的，到别人的地方这么赶，还惹祸出来，横竖不是你的店。”

郭美佳本来就有些窘迫，让齐苗苗一数落，更加心急，手胡乱地在地上捡着碎片，突然感觉手指传来一阵刺痛，血已经涌出来。乔沫见状赶紧去取药箱。这时候，被她撞到的男人突然将她的手指拉过去，仔细地按压着伤口：“不碍事，伤口不太深。”

抬头就看到一双温柔的眼眸，沉静得如一潭湖水，深邃如海，郭美佳顿时心如鹿撞，脸也上了绯色：“没关系的，店里有药箱。”

话虽然这么讲，但她没舍得抽回手。乔沫拎着药箱过来，细心地替郭美佳洗清伤口再包扎，同时乔沫捕捉到郭美佳一瞬的表情，嘴角翘起，面颊绯红，眼睑收缩，眼睛尾部出现了细小的鱼尾纹，这是高兴的表情。

郭美佳虽然极力掩饰自己的兴奋与喜悦，眼睛却不由自主地看着站在一边神情关切的男人。乔沫心领神会，郭美佳遇上让她一见钟情的男人了！

男人的长相属于文人系的，低眉顺目，五官清秀，眼神温柔，嘴唇还是俗称的微笑唇，就算纹丝不动，仍然面上带笑，哪怕在自己看来，也是有吸引力的男人。

男人内疚得很，留下一张名片，他在楼上开甜品教室：“害你划伤手，真不好意思，有空去楼上坐坐，我请你吃蛋糕，一定要去。”

“说不好意思的人是我才对，撞摔了盆栽，我赔你一盆。”

齐苗苗一听来了精神，马上抱着一盆一模一样的过来——一百六十元。郭美佳白了她一眼，这丫头成天和自己过不去，正要掏钱，男人拒绝后匆忙离开，不给郭美佳赔罪的机会。

这种有风度的行为更让郭美佳兴奋不已，男人叫秦方。郭美佳念着这个名字，赶紧通知乔康不要再替自己安排相亲对象，自己有心仪的男人了！

“乔沫，我好像恋爱了。”

“看上去三十岁出头，个子一米七五左右，身形适中，在帝都拥有一家自己的甜品教室，事业有成，相貌端正，待人温柔，有包容心，完全符合你对另一半的想象。不过知己知彼方能百战百胜，你现在除了对方的名字和职业，一无所知。”

一盆冷水浇下来，将郭美佳拉回现实，冷不防手里的名片让人抽走，回头一看，是肖奇艺。只见他拿着名片递给卫子随。郭美佳气怵怵地将名片抢回来："烦人。”

卫子随笑着接起了手机。乔沫隐约听到酒吧、老地方之类的字眼，果然像郭美佳所说，卫子随长年累月流连于酒吧，身边有着形形色色的女人。乔沫想到第一次见面时天台的妖艳女，九成九也是在酒吧带出来的。他和自己，根本不是一个世界的人。

卫子随给肖奇艺使个眼色，两人走开。卫子随交代道："齐老冒和吴先生的协议复印件一定要收好，拍一份电子版存进电脑。”

“可是，一切都没有问题，协议的有效性齐太太也承认了，你还在担心什么？”

“他经手的事情从我这里过，我一定会留个心眼。没有人比我更了解他，他不会无缘无故地跑去上海帮人见证一份普通的协议。”肖奇艺被说服了，两人匆忙上楼。

这边郭美佳仍有气，她来到齐苗苗身边："喂，丫头。”

“我有名字。”

“齐苗苗，你为什么不喜欢我？我哪里得罪你了吗？”

“没有。”

冷冰冰的齐苗苗让郭美佳很受伤。乔沫笑了，一个喜欢自由自在，有时候没心没肺，冷冰冰的像座冰山，可她绝没有恶意，只是喜欢直来直往罢了；另一个呢，像一团热情的火苗，内外皆滚烫，两人其实挺合拍，只是需要一点时间适应彼此。

乔沫给二人调解一番赶紧回家。一进门，就听到乔康正在电话里给人赔罪。

乔康气得吹胡子瞪眼说女儿："你干的好事！”

“爸，您怎么不问下事情缘由就给别人道歉？”

“你这丫头，人家投诉你了，说你一杯咖啡泼人身上。你说说看，你对吗？”乔康已经先入为主，现在气不打一处来。

“他对美佳动手动脚，我看不惯才教训他，省得他以为女人好欺负，您给这样没有品行的人道歉，有必要吗？还有，您不要给美佳安排相亲对象了，她有喜欢的人了。”

乔康的计谋即将打水漂，急切道：“那你呢？”

乔沫早知道父亲给郭美佳安排相亲是醉翁之意不在酒，打算装糊涂，淡淡地说道：“这件事情到此为止，美佳有自己的取向，没有既定目标前，她可以接受相亲，一旦有了目标，她会横冲直撞杀过去。”

乔沫成功逃脱，乔康的计划全盘落空，手里的扇子“哗”地一下收起来，无奈地敲打自己的掌心，长长地叹了一口气。郭美兰暗自好笑，这么多年，还不了解自己的女儿吗？乔康是老思想，乔沫今年二十七，转眼间二十八，再过两年，三十！三十岁没嫁的女孩子就成了待人挑拣的对象，乔康受不了别人对乔沫挑挑拣拣，她是自己的宝贝，掌上明珠！

第二天一早，郭美佳早早地来到花店前，还给乔沫带了早餐，声音比平时嗲得多。乔沫起了一身鸡皮疙瘩：“美佳，有什么话直说。”

“昨天的秦方，经营甜品教室的那位，乔沫，你帮帮我吧，我一个晚上没睡好，干什么都在想他，都快丢魂了，你教教我，怎么接近他？”

“旁观者清一点儿也没有说错。”乔沫哭笑不得，“他的甜品教室对外营业招收学生吧？”

和乔沫一番交谈，郭美佳如醍醐灌顶，开窍了！

中午一下班，郭美佳迫不及待地冲向电梯，2206室，郭美佳匆忙按上电梯，来到甜品教室。橱窗里摆着的展示甜品，五颜六色，格外勾人食欲，马卡龙绚烂的色彩让郭美佳挪不开目光。边上的杯子蛋糕上面撒着糖霜，这是郭美佳最喜欢的类型，她正看得入迷，温柔的声音响了起来：“又见面了。”

郭美佳吓了一跳，想到吃货的本质暴露在心仪的男人面前，尴尬不已，仓皇地后退。

秦方一如既往地温柔：“欢迎你拜访。”

“昨天听到甜品两个字来了兴趣，今天过来看看。”郭美佳心如鹿撞，似乎要扑出胸膛，讲话也有些哆哆嗦嗦，“合适的话我想报名。”

秦方笑了，嘴角上扬，他没说话。郭美佳不禁失望。秦方终于开口：“你想学不用报名，我来教你，免费。”

天上突然掉馅饼，郭美佳不敢置信。秦方说教就教，趁她午休的时候，带她进教室体验了最简单的步骤，两人的一举一动都相当合拍，教室里始终洋溢着甜蜜的氛围，一边的学员忍不住交头接耳，郭美佳的耳根子都红透了。

秦方站在郭美佳的身后，气息吐在她的耳边，让郭美佳很难集中精神，他的手臂悄然蹭到她的皮肤，这让郭美佳既享受又如坐针毡。两人的暧昧指数随着杯子蛋糕的成型发酵……

一名学员大胆地说道：“秦老师，这是你女朋友吧？以前没听你提过，瞒得真严实。”

郭美佳正想解释，秦方握住郭美佳的手：“或许吧，要看郭小姐的意思。”

这是什么情况？郭美佳觉得头晕目眩，刚才发生了什么事情？秦方主动向自己表白？！

秦方笑意盈盈地压低声音：“下班后有时间吗？可以私人教学。”

“哦……”学员们开始起哄，有人趁机奉承道，“老师和郭小姐简直天生一对。”

“我有时间。”郭美佳将心一横，天赐良机，当然要把握。

郭美佳没想到自己的姻缘以自己最期待的一见钟情拉开帷幕，不过三天的时间，两人在“学习”中增进了感情，加深了彼此的了解。

让郭美佳意外的是事业有成的秦方丝毫不排斥婚姻，声称遇到合适的对象就能马上进入婚姻殿堂。待嫁的郭美佳遇上想闪婚的秦方，简直是一拍即合，事情发展之顺利超乎预料。

这一点，乔沫也没有想到。郭美佳将她拉到一边，告诉她要请假去见秦方的父母，她几乎不敢相信自己的耳朵。

“见父母？”乔沫彻底蒙了，“一周不到的时间，这么快？”

“乔沫，我要结婚了。”郭美佳难掩脸上的喜色，“其实我和他父母已经通过电话了，他们好开心，说见面后马上定时间，接下来我们一起回老家见我的父母，最终确定结婚日期。乔沫，花店简直是我的幸运地，自从搬来这里，我的好运来了！”

乔沫叹口气，爱情来得快，原来可以以光速行进。

郭美佳宣布闪婚，彻底沉浸在喜悦中，兴奋得不能自已，想到肖奇艺和卫子随目瞪口呆的情形，她就有说不出来的痛快。这两个一直唱衰自己的坏家伙，复仇的时间到了！

“我有话和大家说，我要结婚了。”

现场一片静寂，肖奇艺扑哧笑了：“美佳，别闹。”

郭美佳一反常态地没有还嘴。肖奇艺不可置信道：“真的？”

“秦方。”郭美佳一反常态不和肖奇艺计较，“二十二楼开甜品教室的老师，在花店偶然遇上的，之后嘛，反正就这样了，大家可以准备红包了，尤其是你，肖奇艺。”

“关我什么事？”肖奇艺吓了一跳，“姐姐，我可没诅咒你嫁不出去呀。”

“你平时总吐槽我想嫁人想疯了。”郭美佳早就憋了一肚子的火，这回趁机全部甩出来，“知不知道在我心里放了一块石头，越压越重，越压越重，现在好不容易甩开了，心里畅快多了。肖奇艺，红包少了，咱们走着瞧。”

沈骐扬的魂儿已经飞到九霄云外去了，眼前发生的一切好像和他没有任何关系，他呆呆地坐在那里，一言不发。

沈骐扬不知道下午茶时间是如何流逝的，也不知道自己怎么抬腿离开花店，走到门外，头顶的烈日格外刺目，刺得眼前一片漆黑！

“美佳！”一个男人的声音传来，三人循着声音看过去，只见一个拎着蛋糕的男人朝郭美佳跑过来。两人面对面站着，说话的空当恨不得将身子贴在一块，别提多腻歪。

此时，下午茶时间过去了，写字楼的男男女女加快步伐重回办公室。秦方突然扭头瞟了人群一眼，然后正了正自己的领口，这个小小的动作让卫子随很是在意，目光再落在秦方的鞋子上，若有所思。

“那个是美佳未来的老公吗？看上去很不错的样子。”沈骐扬已经彻底没精神，有气无力地说道，“咱们应该包多少红包？”

“红包？不用急。”卫子随按住沈骐扬的肩膀，“听说过金玉其外，败絮其中吗？安心。”

卫子随说完就笑着离开，沈骐扬疑惑不解，别人不知道，卫子随是一清二楚的，自己对郭美佳的心可鉴明月，初入事务所就对她一见钟情！难道他还有机会？

第7章　璀璨的玻璃假面

沈骐扬掏出钱包里的照片，长长地叹了一口气，还是舍不得把照片取出来，留着吧，大不了背上一个小偷的罪名。

卫子随走进办公室，打开电脑后在百度搜索，看到出来的一条条结果，脸上浮上一丝高深莫测的笑容，果然如此！

花店里，送走了过来选花的客人，乔沫看看时间，再过一个小时就要关门了，眼见曲蔓又是一整天没有露面，乔沫发去一条微信——还好吗？现在在哪里？

曲蔓只是发来一个笑笑的表情，一排九个，似乎象征十全九美。

乔沫无奈地摇头，曲蔓最近神神秘秘的，究竟在搞什么？这时身前多了一个人，乔沫吓了一跳，手机差点掉在地上。等看到卫子随的脸，她惊慌失措中往后仰。卫子随顺手揽住她的腰，之后又绅士地放开，举起双手："看到了，我什么都没做。"

这家伙以为自己会以小人之心度君子之腹吗？被看扁的乔沫有些恼："有事说事。"

"痛快，你和我一样，心里有些疑问，既然如此，不如咱们俩联手。"

"联手做什么？"

"明知故问，郭美佳是我的员工，你的朋友，在这个城市孤身一人，我们都希望她找到一个好归宿，更要是正确的归宿。"

两人面对面说话，丝毫没有察觉在外面的侯孝聪，他来得太是时候，不只看到卫子随钻进花店，连他飞速揽住乔沫腰的一幕也收入眼底，心底的酸意无法自控地涌上来。

卫子随向乔沫提出建议后离开，来到电梯边，一眼看到侯孝聪。卫子随笑道："师兄刚才怎么不进去？花粉过敏症不是好了吗？"原来，他早就看到他在店外踟蹰。

"可以告诉我原因吗？"侯孝聪正色道，"为什么是乔沫？"

卫子随一愣，电梯来了，两人同时迈进去，按下对应的数字后，侯孝聪说道："你没有回答的权利，但我有自己的好奇，游戏人生的卫子随为什么对乔沫感兴趣？"

"我没有义务回答你的问题。"卫子随冷冷地说道。

"逃避？"侯孝聪说道，"这不像你的风格？"

"我的风格自然和你不一样。"卫子随的话像刀捅进侯孝聪的胸口，"老师也曾说过。"

"我们的生活背景不一样，我和你最大的不同，上面没有一个声名已得的父亲。"

"所以呢？这成为你自卑的原因？"

犹如一记重拳打在侯孝聪的胸口，他烦躁地拉开领带，自卑？！

"有件事情你大概误会了，当年的机会是我自己争取来的，事实如此，你自行判断。"

卫子随当然记得当年的事情！大二的时候自己竞争过了大四的学长，获得了出国交换学习的机会，那位大四的学长正是侯孝聪。

侯孝聪是何许人也？校园里的风云人物，他出生于一个工人家庭，自小单亲家庭长大。艰苦奋斗的他，成长史足以书写一部自传，标准的学霸人物。自己刚一进大学校园就听过侯孝聪的传说，但没想到一次竞争让两人无法产生惺惺相惜的感觉，反而让两人彼此不相融。

以前的事情卫子随已经放下了，但侯孝聪一直没有释怀。当电梯门打开时，卫子随掷地有声道："师兄，喜欢的东西就要靠自己的能力守护，给予他人机会是你的无能，再见。"

电梯门合上了，侯孝聪的脸抖动了一下。过去那么多年，卫子随有一项能力从来未变——总能轻而易举地挑起他人的怒火！

卫子随回到办公室，面色铁青，从来不掩饰高兴与否。当他一进门，低气场顿时扩展到每个角落，就连天不怕地不怕的虹姨也闪到一边。

肖奇艺跟进卫子随的办公室，顺手带上门："怎么回事，吃火药了？"

"遇上姓侯的和我翻旧账，意气了一把。"

"多少年前的事了。现在你们俩虽然在一个行业，但从事的业务截然不同，也没有竞争关系，俗话说得好，一笑泯恩仇，对不对？"

"一个随时把自己置于受害者角色的家伙，疯狂起来不得了。"卫子随一字一句地说道，"不知道为什么，我始终不喜欢他。"

卫子随烦躁地抓抓头发，顺手抓起桌子上的文件扔到肖奇艺怀里："帮我处理，先走了。"

卫子随刚坐在车里，就扫到旁边一个熟悉的人影，正是刚才见过的秦方。只见他提着一盒蛋糕，进车后，小心翼翼地将蛋糕放在后排，盒子上面还系着一个粉红色的蝴蝶结。

卫子随侧头看着他的一举一动，见他拿出电话，卫子随也紧随其后掏出手机。见秦方开始通话了，他这才翻出郭美佳的电话打过去。

电话通了，郭美佳刚接起来卫子随就挂掉了。而另一边的秦方正热络地说话，显然他通话的对象并不是郭美佳。直到秦方通话完毕，卫子随脸上的笑容充满了兴味："有点意思。"

秦方终于启动车子离开停车场，卫子随尾随在后，前面的秦方不知道后面多了一只黄雀，怡然自得地驾车去了目的地—— 一家酒吧。

扫到酒吧的招牌，卫子随拿出手机拍下秦方下车及进去的照片，附上短小的文字，卫子随将照片发送到乔沫的手机里。

在卫子随的手机里，乔沫的号码赫然是——无名。

乔沫接到短信时，郭美佳正好来找她，相约去逛街。齐苗苗和郭美佳不对付，独自走了。乔沫淡定自若地合上手机："好啊，我陪你去。"

在百货公司，趁着郭美佳换衣服的空当，乔沫抽空给卫子随发去一条短信，在收到确定的回复后，乔沫陷入了沉思，随即删除短信。

郭美佳沉浸在即将结婚的喜悦里，不停地试衣服、鞋子，收获满满。看着这样雀跃的郭美佳，乔沫轻声说道："美佳，其实我对闪婚持保留意见，两个人相处没有多久，彼此了解不充足，婚姻容易产生问题。"

"第一次有一个男人让我毫不犹豫地扑过去，恨不得当天在一起，而且怀有永远在一起的决心。好想快点披上婚纱，从筹备到婚礼，最快能多久？"

"他之前的恋爱史你了解吗？"

"他主动交代，曾经交过两任女友，一个因为异地恋没有持久，另一个因为女方出轨结束。乔沫，你的问题太多了，我已经二十九了，就要面临三十岁的口子，有人接手，而且那个人是自己喜欢的男人，这是一件多么幸福的事呀。"

乔沫无言以对了，现在的美佳已经听不进去任何建议，除非找到确凿的证据。据美佳讲，秦方的爸爸是一名普通的公务员，母亲是一名医生。他是家中的独子，祖籍江苏，从爷爷一辈起驻扎在这个城市。他父母希望他从事与他们一样的职业，公务员或是医生。但他从小就喜欢做饭，尤其甜品，毕业后自己跑去做帮厨，一点一滴从底层做起，终于有了今天。

听上去如此励志，乔沫不再劝。送走郭美佳，正迟疑要不要联络卫子随，刚与酒吧老板聊完的卫子随已经发来短信——合作一把？

乔沫同意了，如今美佳就在深渊的边缘，只要伸出一只脚就将万劫不复，自己无论如何也不能让她掉进去，哪怕是和卫子随合作，也要拦下她。

卫子随回到家，靠在沙发上反复看着乔沫的短信，想想还是给她打电话吧，电话沟通比短信更有效。他兴冲冲地打过去，却听到冰冷的机械女声——"您所拨打的电话已关机！"

他的心情既失望，又如释重负，又忍不住笑出声，或许这才是最好的结局吧，如释重负的卫子随起身倒了一杯酒，喝完睡觉！

此时的乔沫已经陷入梦乡，床头柜上的手机安静地躺在那里……

第二天，乔沫单手撑在下巴上，一脸茫然地看着花店。何小峰打她面前走了三次，她连眼珠子也没动一下。齐苗苗和小峰面面相觑，也不知道乔沫为哪出。

"八成是为了郭美佳的事吧？不是要结婚了嘛。"

齐苗苗的眼神倏地变了，何小峰"咦"了一声："你吃醋了，你吃醋了是不是？女人的友情很微妙啊，话说回来，曲蔓姐都没吃你们的醋呢，她和乔沫姐才是原装的闺蜜。”

“她最近不出现，我觉得她对花店、对朋友没有一点儿责任感。”齐苗苗提起曲蔓，气不打一处来，“你看看，所有的活都是乔沫一个人干。”

小峰笑笑，时间长了齐苗苗就知道这家店的构成了。曲蔓就是那样，乔沫就是那样，恰好就是这样的两个人才配合得天衣无缝。

郭美佳蹦跳着进了花店，她兴奋地告诉乔沫，见秦方的父母格外顺利，明天要去看婚房，也是秦方现在居住的地方。

于是乔沫趁机提议一起过去，美佳原本就视乔沫为恋爱指导，求之不得。

等美佳一走，侯孝聪来了，他来买花。

乔沫已经知道侯孝聪的花粉过敏症并没有好转，迎出门外询问他的需求，侯孝聪说要去医院看望一位六十来岁的女性委托人，因病住院已经半个月，精神不济。

“医院的空气混浊，我建议送一盆绿萝。”乔沫说道，“绿萝属阴性植物，忌阳光直射，喜阴。室内栽培可置窗旁，但要避免阳光直射，适合在病房生长，绿色也能舒缓人的心情。”

“那好，听你的。”侯孝聪说道，“乔沫，有个问题好奇很久，能问你吗？”

乔沫已经走到花花草草前，挑了一盆长得正盛的绿萝出来，又选了一个漂亮的花盆。她问：“你想问什么？”

“卫子随他们为什么每天下午都来？”侯孝聪说道，“他们事务所不忙吗？”

“你有所不知，他们现在租的写字楼是曲蔓的，一开始下来喝茶坐坐是为了拉拢曲蔓，这点小心思骗不了人。”乔沫笑着说道，“现在大概是习惯了。”

侯孝聪接过绿萝，找齐苗苗付钱。乔沫又帮他在花盆上系上一个漂亮的蝴蝶结：“只要是女人，不管多大的年纪都喜欢漂亮的东西。”

“谢谢。”侯孝聪看着乔沫系蝴蝶结时谨慎细微的动作，感慨道，“其实我们第一次见面并不在花店。”

乔沫愕然地抬头，她清晰地记得侯孝聪第一次走进花店的情形，身形高大的他吸引了不少女顾客的注意。那次是两人的第一次相识，临下班前的一个黄昏。

“公司搬来大厦的那天，我在路上见过你。”

何小峰用胳膊肘碰了一下齐苗苗。齐苗苗没好气地横他一眼：“别多管闲事。”

听了侯孝聪的话，乔沫愣在那里。侯孝聪马上接过绿萝，淡淡地点头：“我先走了。”

见侯孝聪走远了，何小峰马上来到乔沫的身边：“乔沫姐，侯律师的态度很明确，他对你有好感，完全被你迷住了！”

“还有一单没送，谁去？”乔沫置之不理，转移话题。

齐苗苗淡淡地说道：“我准备好了，何小峰，你去送一下。”

何小峰觉得自己被齐苗苗吃定了，不愧是老江湖，轻而易举将最累的活留给自己，而且时机总是恰如其分，让自己无法拒绝。

侯孝聪的表达让乔沫有些慌乱，她仍没有做好任何心理准备，让任何男人走进自己的领域。她有些慌乱地回头：“小峰，动作加快，一会儿要下班了。苗苗，你再整理一下，还有哪些没有送的，今天能送完吗？”

齐苗苗突然笑了。乔沫转身，看到玻璃里的自己，马上明白了——自己的脸颊红得像涂了胭脂，连耳垂也是如此！

第一次，乔沫希望赶紧离开这里，回到自己的房间，那个不大的空间才是自己最舒适的地盘，可以无所约束，尽情表达自己的情绪。

下班后，乔沫让齐苗苗先走，自己到了另一个地方——影楼。

夜幕初降，华灯初上，橱窗里的照片蒙上霓虹的光，显得格外迷离，看着照片上自己的笑容，乔沫淡淡地一笑，当时的自己为何笑得那么开心？

目光挪到照片上的男主人公脸上，乔沫的眼神变得朦胧，水雾顷刻攻占眼眸，在眼泪涌出的前一刻，乔沫轻抚眼角，泪水生生地退了回去。她转身离去，走在人来人往的街道中央，背影格外凄凉，默默地走向下一个街口，刚刚走过去，一辆熟悉的汽车驶过去……

“咦，那不是乔沫吗？”肖奇艺眼尖，一眼瞅到人群里寂寥的背影。

卫子随下意识地看过去，只是匆匆一瞥，扫到乔沫忧伤的侧脸，心里某个地方被扯了一下，隐隐作痛。

“喂，红灯！”肖奇艺喝了一声，卫子随赶紧踩了刹车，抬头一看，前方红灯已亮！

“你搞什么鬼，想吓死人？”肖奇艺不停吐槽，“开车水平下降这么多，早知道开自己的车，对自己的命负责。”

“不想坐，现在下车来得及。”卫子随自有招架的能力。

“我只是说说，你吞了火药？”肖奇艺突然掏出自己的钱包，数着里面的现钞，“明天得取钱，早早地给郭美佳包个大红包，跟着咱们干，她也不容易，终于嫁人喽。”

“急什么，现在八字还没一撇。”绿灯亮了，卫子随踩下油门。

“闪婚，闪婚，我现在可算知道什么是闪婚了。”肖奇艺伸出十根手指头，“看看，两只手就能数得过来天数，才认识几天，就急着上门了，我这颗心啊……”肖奇艺一边摇头，一边感慨。

卫子随瞅他一眼：“舍不得？”

“开什么玩笑？！”肖奇艺的屁股着了火一般，险些跳起来，脑袋撞到车顶，赶紧重新坐好，“我拿郭美佳就当自己的妹妹，没有男女感情的成分。”

“所以才舍不得，不是吗？”卫子随反将一军，噎得肖奇艺无话可说。

“你这张嘴，连我也不放过。”肖奇艺嘀咕道，“让郭美佳听到，肯定误会我。”

“怕什么，她不是你的菜。”卫子随说道。

“其实我觉得乔沫不错，符合我心里对女神的想象。”肖奇艺说道，“纯洁得像百合一样，记得《金粉世家》的女主角吧，举伞回眸，清新淡雅，乔沫有点这个气质。”

肖奇艺沉浸在自己的分析中，丝毫没留意身边人的表情，继续说道：“可惜，女神只能放在心中欣赏，拉到现实中当女朋友，一定有差距。”

车子哧溜一下越过了酒吧停车场的路口，肖奇艺看着路标越来越远，不解道：“卫子随，你又放鸽子？这都第几次了？！”

“今天没兴致，你也早点回去睡。”卫子随说道，“最近有什么八卦的消息值得发展？”

眼看泡吧的机会飞了，肖奇艺悻悻地说道：“听说IT名企的长女即将大婚，有请证婚律师的打算，毕竟大场面嘛，可惜，他们指定要从香港找证婚律师。”

“证婚律师的业务是从香港一路向北发展，追本溯源很正常。”卫子随说道，

"事在人为。"

肖奇艺打开车窗，手伸出去，狠狠地握紧拳头，手再放回来的时候，心情已经平静了："送我去个地方。"

卫子随送肖奇艺到了指定的地方，那里是他情报的发源地。看着肖奇艺以一种坚定的气场走进去，卫子随忍不住笑了，不愧是自己的左膀右臂。

驱车回家，卫子随刚停好车，却看到卫天成正双手背在身后，在自己家门口徘徊。

卫子随的脸马上拉下去，他假装旁若无人地开门。门敞开，卫天成尾随进去，顺手关上门，进门的瞬间立刻环顾客厅，见收拾得整齐，心里松了一口气。

"有钟点工负责打扫，不会脏。"卫子随知道父亲的行事，马上嘲讽道，"怎么，家里的环境也要按你的取向来？"

"子随。"卫天成坐在沙发上，一脸沉重地看着卫子随，"听说你和齐老冒接触了。"

卫子随一脸深意地看着卫天成，嘴角微微上扬："终于说到正题了，我很好奇，你堂堂律师界的不败将军，为什么屈就给一个土财主的私人协议当见证人？"

"这个问题我不会回答。"卫天成说道，"我只想知道你和齐老冒做了什么交易？"

卫子随轻笑一声："交易？凡事在你的眼里全是交易？"

卫天成强忍住心头的怒火："我是你的父亲，能不能好好说话？"

"既然是父亲，首先要具备一名父亲应该有的样子。"卫子随冷笑道，"而不是在这里摆出父亲的高姿态，我和你没什么话可说，慢走不送。"

卫天成的目光落在一边的照片上，柜子上摆着一排照片，除了卫子随和母亲外，没有一张有自己的身影出现。

"你做事太绝对，爱就是爱，恨就是恨，给自己留一点儿余地才能立于不败之地。"卫天成心中隐隐作痛，"你妈在九泉之下一定不愿意看到我们父子俩搞成这样。"

"如果妈还在世，为了她，你会放弃现在坚持的方式吗？"

卫天成看着儿子，这是他第一次正式发问。自从收拾行李离开家之后，除了顶嘴就是顶嘴，心平气和的谈话几乎没有！

卫天成看着照片里妻子的笑容，再看看眼前的儿子，一字一句地说道："子随，我们必须败给现实， 这就是现实。"

卫子随笑了，低下头，笑声一直未停。不知道过了多久，卫子随终于开口："不早了，你早点回去，我要休息。"

不顾卫天成还坐在那里，卫子随进了洗手间。卫天成呆坐片刻，无力地站起来，走到照片那里，拿起一张全家福，照片里只剩母子俩，自己的部分被剪了。卫天成无奈地摇头："这脾气，就是年轻时的我，唉。"

卫子随听着客厅"砰"的一声后，松了一口气。此时，他正双手撑在洗手台上，镜子里的脸眉头纠结着，他伸手抚平自己的"川"形纹，打开水龙头，好好地洗了一把脸。

同样一个夜晚，沈骐扬在床上翻来覆去，难以入眠。乔沫已经早早入睡，准备第二天与郭美佳一起去婚房探险。而何小峰仍在手机上网，对着手机傻笑，社交软件里的漂亮妹纸让他魂不守舍。与乔沫一屋之隔的齐苗苗正拿着花卉书籍恶补中，不时在上面做出标记。

肖奇艺正与IT名企的一名高管碰杯，做业务不容易哪，郭美佳对着镜子化妆，女为悦己者容，想到接下来的婚姻生活，已然陷入自己的想象，不能自拔。同一时间，虹姨在潮湿的地下室里拿着存折计算着存款。至于曲蔓，正在某酒店，和男友相拥。这几个人各怀心事，好不热闹。

一夜过去，众人拉开新的帷幕，郭美佳一大早杀到乔沫家蹭早餐，顺便约上她一起去秦方家。秦方已经安排好一切，今天中午赶回家和她们共进午餐，她们可以随意看看房子，看看有什么改进的地方。

"他说了， 按我的想法布置房间，因为时间紧来不及重新装修，就用软装饰进行弥补。"

两人一边走一边聊，郭美佳全然成了被宠溺的对象，沉浸在幸福中，难掩喜悦，一路上全在讲秦方的体贴和深情。乔沫则成了彻底的聆听者，直到来到秦方家门口。

打开门后，郭美佳有些紧张，她也是第一次来，正式进入秦方的私人空间，看到鞋柜边上放着两双崭新的拖鞋，欣喜不已："你看，他替我们准备好拖鞋，真细心。"

房子挺大，客厅尤其敞亮，阳台对着花园，门一开，就有风迎面刮过来，客厅悬挂着几幅画，其中一幅吸引了乔沫的注意力。

沙发上方一共悬挂了三幅画，左右撇去不说，中间这幅画颇有些意思，六种颜色拼接而成，全部呈竖条，简单直白，赤，橙，红，绿，青，蓝，唯独缺了紫色。

此时，郭美佳叫道："乔沫，快过来。"

乔沫走到厨房，郭美佳怀里抱着一束娇艳欲滴的鲜花，她的脸被鲜花映射得满面娇羞，平时的大嗓门也收敛了不少："他给我的惊喜。"

乔沫的脑子飞速地旋转起来，现在若没有铁证，郭美佳一定不会信服，连带自己的诚信度也会受到影响，以后再想说服她，就难了。

"秦方中午几点回来？"乔沫给自己倒了一杯水，端起水杯，看着郭美佳的脸，"见过他的朋友吗？"

"嗯，偶尔。"郭美佳说道，"有朋友去甜品教室，见过几面，不算熟。"

郭美佳眼珠子一转："对了，我们去他卧室看看？"

"私人空间，不太好吧。"乔沫说道。

"有什么关系嘛，我和他马上就是一家人了，而且，他把钥匙给我，就是给予我百分百的权利，对不对？"郭美佳不由分说拉着乔沫的手在屋子里到处参观。

到了主卧门口，郭美佳兴高采烈地将手放在门把手上，冲乔沫笑笑，拧开，一推，却愣住了："锁上了？"

郭美佳又推了几下，门打不开，她终于心生狐疑："真奇怪，怎么不给我房门钥匙？"

乔沫也皱起眉头，睡觉的地方是绝对的私密空间，秦方依然死守最后的私密，某种程度来说，他并没有从心底真正接受郭美佳。

郭美佳的兴奋劲儿一下子过去了，乔沫发现家里一张照片也没有，再看时间，即将到中午，厨房里摆了不少半成品食物，所有的食物都装在精致的盘子里，对比自己家粗糙的摆盘，秦方家简直是高级餐厅水准。主菜与配菜的色彩搭配，精细水准令人发指！秦方无疑是一个相当注重细节和隐私的人，可能还有洁癖。乔沫扫一眼鞋柜，最容易无视的地方也一尘不染。

好一会儿，秦方终于回来了，他的衬衫没有一丝褶子，头发一丝不苟，皮鞋边缘也擦拭得干干净净，看到乔沫，温柔地点头："乔老板，欢迎你。"

乔沫顺手接过他手里的蛋糕放在餐桌上："打扰了。"

秦方往厨房走，走到餐桌边上，将蛋糕的盒子微微调整，让上面的蝴蝶结正对着客厅。

"秦方，你给我的怎么只有大门钥匙，没有房间钥匙？"

面对郭美佳的提问，1/25秒内，秦方上嘴唇上抬，眉毛下垂，眯眼，这个微表情代表厌恶——眼前这个男人并不喜欢美佳关于房间钥匙的话题。

乔沫看着在厨房忙碌的秦方，不行，再这样下去，只能睁睁地看着郭美佳掉进火坑。她默默地捏紧拳头，想起卫子随的话："顺便帮美佳多拍点儿照片，照片这个东西很神奇，人生微凉的时候，能拿出来看看过去的痕迹，哪怕年华不在，也有东西可追忆。"

乔沫靠在沙发上，沉吟了一会儿，卫子随这只狐狸！

终于，秦方准备好饭菜，两人帮着端出来，秦方始终表现得不卑不亢。

"不仅会做甜品，连饭菜也做得这么好。"乔沫虽然有心事，仍然真心称赞。

所谓色香味俱全，至少色与香已经具备，只差味而已。

"家常小菜，献丑了。"秦方示意两人坐下，"不要客气，开始吃吧。"

郭美佳率先拿虾仁开刀，扔了两个到嘴里，眼睛瞬间瞪大。秦方温柔地看着她。这一瞬，乔沫又捕捉到1/25秒，嘴角一侧抬起——轻蔑！此时，秦方突然将口袋里的手机掏出来放在桌子上，因为卡在口袋里，坐着不舒服。

三人各怀心事吃饭，郭美佳不时抬头甜蜜地看着秦方，秦方也抱以微笑，乔沫在心中想了无数个解决方案，直到秦方倒了三杯红酒，放在各自的面前。

秦方举起酒杯："为我们三人第一次正式聚餐，干杯。"

几乎是下意识，乔沫站起来的一刻身子前倾，没握住杯子，红色液体倒在秦方笔挺的衬衫上，缓缓往下滴！

"啊，对不起，对不起。"乔沫假装惊慌地放下杯子，郭美佳也跑过去拿纸巾帮他整理。秦方有些烦躁，依然保持脸上的微笑："没事。"

可是红酒洒在衬衫上格外醒目，乔沫说道："真不好意思，要不你先去换件衣服？"

"也好。"秦方说道，"红酒的污渍必须马上处理，不用等我，你们先吃。"

秦方一走，乔沫的目光落向桌子上的手机，她看着郭美佳，沉声道："美佳，接下来我做的事情会让你不能理解，但在出结果以前，不要发问，也不要阻拦，可以吗？"

郭美佳似懂非懂地看着乔沫："你说什么呀？听不懂。"

没有时间解释了，唯恐秦方马上走出来，乔沫一把将秦方的手机拿在手里。郭美佳的脸立刻变了："你做什么？这是秦方的手机！"

郭美佳有些慌乱，她不理解乔沫的举动，但以她对乔沫的了解，必定事出有因，她一时踟蹰起来。趁着这个空当儿，乔沫已经滑开手机，只是普通的解锁，没有密码！

乔沫的心也提到嗓子眼，面红耳赤，第一次干这种类似间谍的事情，既狼狈，又有些小小的期待，千万，千万……心里的堤坝垮塌了，秦方的手机相册里并没有如自己和卫子随想象的照片！

手机握在掌心就像烫手的山芋，怎么办，古老的哲学再次浮现——放弃，还是继续，这实在是个问题！乔沫选择继续，郭美佳如坐针毡，紧张地看向秦方的房门，房门推开了，郭美佳轻声说道："快放回去，他出来了！！"

可是，秦方又走进了洗手间，他换了一身新衬衫，拿着脏掉的衬衫去处理红酒污渍。趁着这个空当，乔沫继续手上的操作，查看其他的文件夹，一个也不放过，大概是潜能爆发，手指不再僵硬，十分灵活地滑动，终于，一个文件夹的名称引起了乔沫的注意力——QFLOVE。

马上点开，里面的照片一一显现，郭美佳看了一眼，浑身上下阴寒无比，就像掉进了冰窖，她首先怀疑自己的眼睛，声音也在发抖："这是什么？"

文件夹里是秦方与一个男人的合影，男人显得强壮，长相粗犷，秦方则一副小鸟依人的模样埋在他的胸前。两人赤着上身，对着镜头比画出胜利的手势，照片分明是自拍的，两个男人拍这样的照片本来就足够怪异，但理解为搞怪还能说得过去。但后面的照片越来越出格，两人居然舌吻！

照片的拍摄地点没有第三人，两人同处于狭窄的独立空间，无一不是亲密动作，或搂或抱，或同躺在床上，头挨着头。

郭美佳的脸变绿了，再仔细看这张脸，她想起来了，这个男人曾经去过甜品教室！

就在此时，秦方走了过来："继续吃饭吧……"

郭美佳拿过乔沫手里的手机，将屏幕里的照片朝向秦方："他不是你的普通朋友吗？"

秦方的脸变了："你偷看我手机？这只是朋友之间的玩笑罢了。"

郭美佳发起火来卫子随和肖奇艺也要有所顾忌，秦方显然低估了郭美佳的能量。她立刻反问道："你心虚了？照片很多张都是在卧房拍摄的，还有，贴脸，亲吻，甚至还有舌吻，这是玩笑吗？"

秦方说道："难道除了你，我不能有同性的友人？"

"是吗？"郭美佳的眼睛湿润了，"照片的备注出卖了你，Baby的生日会，Baby与我的三周年，这是正常的朋友关系吗？"

"老实告诉她吧，为什么急着闪婚？"乔沫指着客厅的那幅画说道，"六色画，其实不是画，是旗，六色旗是同性恋人的标志。我初开始以为缺少的是紫色，但缺少的是黑色。"

"同性恋者认为太阳七色中，青色代表黑色，同性的爱是光明正大的，他们不需要黑色，于是他们选择了六色为他们的象征。"乔沫直指核心，"你和美佳闪婚，其实是想找同妻，美佳对你的意义只是传宗接代，是不是？"

"怪不得，你一再和我说婚后让我当家庭主妇，这些都是你计划好的，是不是？"郭美佳将手机扔在地上，"事情从开始就很顺利，你的父母也是知情人？"

秦方直冒汗，背心发凉，突如其来的发问让他方寸大失，他的表情已经说明一切。郭美佳笑了一下，自己以前就听说过形婚，事务所也曾经接受过一对形婚夫妻的婚前财产说明，因为男女双方都是同性取向！

郭美佳看着无言以对的秦方，愤怒地吼道："骗子，你们全家都是骗子！"

瞅到一边的花，郭美佳拿起来，狠狠地打在秦方脸上，鲜红的玫瑰花瓣落了一地。秦方任由郭美佳攻击自己，一动不动，看到他这副模样，她反而更火了：“混蛋！”扔下玫瑰花束，郭美佳拿起自己的包，疯了一样冲出去，门也顾不上关。

乔沫怒视着秦方：“以后不要再出现在美佳面前。”

乔沫马上追出去，已经不见郭美佳的身影。出了电梯，乔沫飞速地往门口跑去，左右看看，哪里还有美佳的身影？

心慌意乱的乔沫只好打给卫子随，事务所的所有人都出来寻找美佳。沈骐扬一听说美佳不见了，脸色苍白，二话不说往外跑。

大家找遍了任何一个她可能去的地方，没有，就连秦方家的附近也找过了。沈骐扬抓着自己的头发，突然想到以前发生的一件事情，郭美佳曾经提到一个公园，她说过，那里平时没人，很幽静，离公司不远。

他不假思索地往那里跑去。到了社区公园，沈骐扬看到了坐在长椅上发呆的郭美佳，立刻松了一口气。他小心翼翼地朝郭美佳走去。她手里握着一罐啤酒，眼角微红，不时地抬头喝一口，然后低低地垂下头。

沈骐扬的心抽搐了一下，上前夺过郭美佳手里的啤酒罐：“别喝了。”

郭美佳已经微醺，抬头看着眼前的人，像隔着一层雾气，怎么也看不清。她一伸手，将沈骐扬拽到自己跟前，看清了，拍拍他的脸：“你怎么来了？”

“大家都在找你。”

“你知道什么？”郭美佳心底无数苦楚涌上来，“我不就是平时大大咧咧一点，说话不过脑子嘛，老天爷干吗这么对我！”

眼泪从郭美佳眼角奔涌而出，沿着脸颊落下，仍搞不清楚的沈骐扬只有安慰道：“美佳，不管发生什么事情，我，不是，我们都在你身边陪着你，有什么事情都会站在你这一边。”

“我知道，要不是乔沫，我就成同妻了。”郭美佳想到秦方，再想到手机里的照片，心如刀割，一头撞在沈骐扬的胸口，“那个混蛋，我真喜欢他，第一眼就喜欢上了，他为什么这么对我，为什么！什么都是骗人的，全是骗人的！”

“你说的是秦方？”沈骐扬恍然大悟，抱住郭美佳的肩膀，“他对你做什么了？”

第8章　旧时情谊

“他不喜欢女人，根本不喜欢女人，他……”郭美佳在酒精的作用下，终于崩溃，泣不成声，“他娶我，和我结婚只想让我给他们家生个孩子，我就是一个工具。”

“混蛋！”沈骐扬怒道，“亲爱的美佳，没事，我……”

“你，你刚才叫我什么？”郭美佳抬起泪眼朦胧的眼睛，问道。

“我没叫……”沈骐扬马上心虚。

“臭小子！”郭美佳借着些许酒劲给了他一耳光。

沈骐扬捂着火辣辣的脸哭笑不得。郭美佳不再说话，只是坐在长椅上嘤嘤哭泣。沈骐扬看着她，也不劝，只是默默地坐在一边，陪着她。不知不觉，沈骐扬的眼皮越来越重，终于头往后一仰，睡着了。

不知道过了多久，郭美佳终于缓过劲来，看到身边睡着的沈骐扬，恍如隔世，手按在脑袋上想了许久，今天的事情终于一幕幕地浮现。

她叹息一声，有气无力地靠在长椅上，扭头看着沈骐扬的侧脸，看到他张开的嘴巴，还有嘴角沁出的口水，忍不住失笑，正准备掏纸巾给他擦掉，沈骐扬的身子抖了一下，猛地惊醒！

他抹去嘴边的口水，咂巴着嘴巴，郭美佳实在无语：“笨蛋。”

“你醒了？”

“我只是清醒了。”

“你放心，我明天去找那个混蛋，我的拳头可不是吃素的。”

“吃荤的？”郭美佳终于笑了，“就你这样还敢和人打架，省省力气吧。”

想到自己之前的得意忘形，郭美佳“啊”了一声，双手捂住自己的脸：“怎么办啊，太丢脸了，明天怎么面对其他人，我辞职好了，对了，我还送他一块表呢，花了我两个月工资。”

“那你有和他发生实质性的……关系吗？”

“没有！”就像心被扯开让这个家伙撒盐，美佳要不是想到自己刚才甩过他一巴掌，再甩不太合适，现在就想修理这小子。

“这就好说了，把手表要回来。”沈骐扬说道，“咱们也没损失，是不是？”

“你别一口一个咱们咱们的，被骗婚的人是我。”

“咱们现在是一个阵营的，不分彼此。”沈骐扬正色道，“明天我陪你去，还有，他那个相好的要是在，我非得出手教训他。”

郭美佳终于笑了，一脚踢走脚下的啤酒罐。沈骐扬突然起身，吓了她一跳，他继续往前走，捡起地上的罐子扔进垃圾桶，然后笑着回头：“不讲公德。”

看着他的动作，郭美佳心里有些暖暖的。

此时，乔沫仍在街道穿行，尝试拨打郭美佳的手机，双腿发麻发木仍不自知。一辆汽车嗖地蹿到身边，卫子随降下车窗，低头叫她：“上车。”

乔沫直接坐到了后排。卫子随轻轻咬着嘴唇， 副驾驶有如虎，她才不肯坐？

“不用担心，沈骐扬已经找到美佳，恭喜你，成功了。”他表面波澜不惊道。

乔沫淡淡地说道：“看到美佳伤心难过的样子，并不值得开心，话说回来，第一次见面时你怎么察觉秦方不对劲的？”

“眼神和鞋子。”卫子随一边开车，一边说道。

“我第一次看到秦方，是结束下午茶时间出去时，他和郭美佳相会的时候，正好有一群白领回写字楼，男的帅，女的美，但他更注意男士。”卫子随说道，“还有他的鞋子，干净得不像话，虽然可以用洁癖解释，但是，我觉得不止如此。一个男人更关心男士，尤其身材健硕的男士，再加上他和郭美佳之间的相处，总感觉少了一点东西。”卫子随说道，“刚刚步入热恋的恋人一定有如下表现，距离亲近，而不是安全距离，直到郭美佳往前迈进一步，两人之间的距离才更近一步，但男方并未主动。”

乔沫反驳道：“这也可以理解成秦方是一个注重个人隐私的人，不愿意在公共场所有过多亲密行为。”

“对，光凭这些我只是有一个初步的想法，并不成熟。所以我回事务所后搜索了同性取向的典型特征，老实说，对上的不多，但是有一条，为了隐瞒自己的性取向，他们会故意表现得有男人味。这种强装出来的男人味，毕竟是假的。”

乔沫听出一些弦外之音，低头微微一笑。卫子随正好瞟到，嘴角也微微上扬：“我是直男，什么是真正的男人味，我比他清楚，假的就是假的。”

“后来很不巧，我和他同在停车场，亲眼目睹他去了酒吧，还提着恐怕是亲手做的蛋糕。”卫子随冷笑一声，“看到他在打电话，我想确认这个他十分珍惜的蛋糕是否送给郭美佳，所以在相同的时间，我也打了一通电话给美佳，结果证实，他们那天没有约会。因为好奇最终接收蛋糕的人是谁，我尾随他到了酒吧，就是你看到的照片，那家酒吧我早有耳闻，是有名的同吧。”卫子随说道，“到了这里基本确定，但需要最终的证据。”

乔沫语带嘲讽：“不愧是长期混夜店的人，对那个圈子很熟悉。”

该死的肖奇艺，什么都讲！

卫子随避开这一点，继续说道：“朋友的朋友传来消息，认证了他的身份。”

“我如果插手太不像话，美佳视我如猛虎，能和她亲近的人只有你。这个女人进事务所这么久，她的性子我们都知道，就是个傻大姐，爱幻想，认死理，不容易清醒。”

“因为时间紧迫，你选择与我合作，阻止美佳掉入火坑，手机里的照片是关键点，幸好秦方没有设密码才没有功亏一篑。”

“没干过这种事？”卫子随笑着问道。

好像被抓住了弱点，乔沫有些慌乱，心虚地看向车窗外。看到如受惊般慌乱的乔沫，卫子随内心窃喜，清了清嗓子，继续说道：“偶尔来一次也不错。”

乔沫并不吭声，车子正好驶过那个路口，熟悉的影楼和橱窗又在眼前，乔沫却在瞬间低下头，避开视线。卫子随悄然看了一眼，见乔沫低着头，眼睫毛颤抖着，咽下一口口水。

两人一时无话，乔沫微微侧头看着外面的风景。回到大厦的地下停车场，乔沫刚刚下车，便看到正从对面车位下来的侯孝聪，不知为何，她心里一紧，下意识地做出一个自己也意想不到的动作——藏在车尾，蹲在地上，一定没看到，一定没有！

卫子随哭笑不得，此时，侯孝聪已经往这里走过来，俨然一只好斗的公鸡。卫子随有些被动应战的感觉，想到身后藏起来的乔沫，他只有加快脚步迎向侯孝聪："真巧。"

侯孝聪甩开卫子随进了电梯。乔沫这才站起来，对上卫子随探究的眼神，不自然地咳了一声："那个……"

"不用解释，我没问你。"

乔沫被呛，淡淡地说一声"多谢"转身就走。来到花店，小峰朝她努努嘴。乔沫会意地冲向花房。已经清醒过来的郭美佳坐在花房里面，花花草草掩住了她大半个身子，因为喝过酒，脸上还微红，见到乔沫，扁着嘴站起来，委屈地叫道："乔沫……"她一下扎进乔沫怀里，刚才退下的泪水又重新涌出来。

乔沫说道："好了，都过去了，现在不是挺好吗？"

"对不起，让你们担心了，我听沈骐扬说了，你们一直在找我，我太烦，所以关机……"她越说越心虚，到最后，声音像蚊子叫。

"回来就好了。"乔沫说道，"还是沈骐扬机灵。"

郭美佳经历了一场浩劫，从云端坠落谷底，比坐过山车更起伏，就像做了一场梦，从美梦到噩梦，现在彻底清醒了。

其实，秦方更像一个适婚的对象，要说爱，就这么些天的工夫，能爱到哪里去。自己的怨恨与委屈全是因为恨嫁不成带来的，乔沫的拥抱让郭美佳如释重负，就到这里结束吧。只是，要怎么面对这些朝夕相处的朋友与同事？

第二天来上班的郭美佳一反常态地戴了墨镜。齐苗苗看见了，故意绕到她身后。郭美佳立刻恼了："你干吗！"

"大大方方地上去不行吗？大白天装什么酷。"

郭美佳被奚落也无话可说，悻悻然地上楼，鼓足勇气进了电梯。因为尴尬和紧张，整张脸变得红通通的，等来到事务所门口，郭美佳突然打了退堂鼓，缓缓往后退。

正犹豫不决时，卫子随突然出现："肖奇艺刚接了一单，客户马上过来，进去准备。”

郭美佳所有的尴尬在这一刻化开，没有比工作更能消散忧愁的，客户指定要喝黑咖啡，事务所没有，郭美佳马上跑出去买。

肖奇艺晓得卫子随故意用这招化解郭美佳的尴尬，是个好心人，偏偏嘴硬。

郭美佳一上午忙得连轴转，腰酸背痛，正准备去吃饭，沈骐扬突然飘到郭美佳面前：“走。”

“去哪儿？”郭美佳没恍过神。

“二十二楼！手表！”沈骐扬举起自己的胳膊，炫耀自己的肌肉，“看到没有，昨天晚上做了三十个俯卧撑，现在感觉很好。”

郭美佳只是随口说说，沈骐扬当真了。不知为何，郭美佳没有息事宁人的念头，两人一路杀到甜品教室，门口挂着今天暂时停课的通知，门是虚掩的。

沈骐扬一把推开门，教室里只有秦方一人，他颓然地坐在长桌边上，面前摆着一本小册子。看到郭美佳，秦方马上站了起来：“美佳？”

“手表还给她。”沈骐扬一个箭步迈到秦方跟前，直视着他的眼睛。

秦方默不作声地摘下手腕上的手表，先在沈骐扬面前扬了一下，然后扔进郭美佳的手里：“这种货色我不会要，品位不敢恭维。”

郭美佳好不容易熄下去的火重新烧了起来，正想发作，沈骐扬一拳挥过去打中秦方的鼻梁。秦方的身子往后一仰，撞到桌子停下来，秦方骂出一句脏话，冷笑道：“别自我感觉良好了，你觉得以你的条件能找到好男人，和我结婚还委屈你了？”

“年纪大了，姿色一般，还不是本地人，工作一般，从一开始你不就冲着我的条件来的嘛。”秦方抹了一把鼻子，掌心多了一抹血，他冷笑一声，抬头看着郭美佳，“就算我喜欢女人，你这种货色的女人，白送我也不要。”

郭美佳的眼眶红了，沈骐扬看着她的脸，转身扑过去，一把将秦方按在地上：“混蛋！”

两拳下去，沈骐扬已经觉得手疼，偏偏一只手伸过来，将他一把推到边上，沈骐扬爬起来正想骂人，看清眼前的人，顿时气短了一截，眼前这个家伙足有一米八！长得高就算了，浑身的肌肉发达，胸肌高高地鼓起来，面相凶狠，沈骐扬愣了一会儿，突然拉起郭美佳的手就往外跑！

沈骐扬甚至不坐电梯，拉着郭美佳从楼梯跑下去，一直下了五层，才停下来，气喘吁吁地说道："英，英雄，英雄不吃眼前亏，是吧？"

郭美佳看着沈骐扬，又看着手里的表，说道："沈骐扬啊，沈骐扬，你究竟是个什么人？刚才的威风哪儿去了？看到人家人高马大，你就尿了，说好的要帮我出气呢？"

"我，我怕连累你。"沈骐扬嘴硬道，"再说，我帮你教训秦方，没说连同他男朋友一起教训，那体格……"沈骐扬比画了一下，无奈地摇摇头，"我不是对手。"

郭美佳翻个白眼，无奈地说道："算了，反正手表拿回来了，发泄什么的其次，重要的是挽回经济损失，不过，那家伙居然说我没有人要！"

想到那番话，郭美佳又来气了。沈骐扬笑了："你的反射弧线太长了，现在才生气？"

郭美佳越想越来气，刚才秦方的攻击，哪一句都戳中心窝子，想着要再上去一趟，被沈骐扬拦住了。沈骐扬的肚子突然咕咕直叫，这才想起中午饭还没着落呢。

毕竟拿回手表止损，郭美佳决定请沈骐扬吃饭。一顿饭后，郭美佳的心情彻底放松了。等到下午，没有客户，也没有重要的事情要办，她索性趴在桌子上睡觉。虹姨也在杂物间打盹，肖奇艺和沈骐扬游戏对战中，而卫子随正上网冲浪。

一阵硬实的脚步声响起，正熟睡的郭美佳浑然不觉，转瞬间，那个脚步声就近到跟前。看着空荡荡的办公室，还有面前三人的散漫样子，卫天成的眉头皱起来，偏偏连没睡着的沈骐扬和肖奇艺也沉浸在游戏中不能自拔，谁都没看到进来的这位律师界大咖。

卫天成眼见得这一片萎靡之气，心头虽火也无可奈何，正准备转身离开，卫子随办公室的门开了，他走出来："肖奇艺……"

感觉门口有人，卫子随立刻扭头，看到父亲，双目凌厉。卫天成示意卫子随出去说话。空荡荡的走廊里，父子俩各自靠着一堵墙。卫子随一只手放进裤子口袋，一只手抵在墙壁上："有什么事？"

"在附近办事，顺便过来看看。"卫天成说道，"对下属仁厚是不错，但散漫就不对了，你看看他们的状态，睡觉的睡觉、玩游戏的玩游戏，像正经工作的人吗？”

“没有紧要的工作，没有客户，没有电话，休息片刻又怎么样？”卫子随不以为然，“只要工作进入之后，迅速恢复工作状态，有什么不行？难道一定要神经绷得紧紧的，把自己变成工作狂，就叫正经工作？这个世界，不是只有一种工作模式。”

刚才还稀里糊涂的一群人方才知道发生了什么，郭美佳身为前台最为自恼，居然没察觉卫天成的到来。沈骐扬更有些尴尬，两位都是自己的老板，维护哪一边都不太好，只有装腔作势地咳了一声，静观其变。肖奇艺见多了父子的对战，倒不以为然。

“卫子随，这就是你的人生态度？得过且过，没有任何标准，放纵自己？”

本想收兵的卫子随恰好被“放纵”两个字惹怒了：“放纵？如果从唯利是图、毫无是非的标准来看，您的确更胜一筹。”

“你就是这样，骨子里有一股清高的劲儿，这股劲儿必须被现实打磨得消失才能更上一层楼。你坚持过这种生活我也无话可说，你本可以成为最优秀的辩护律师，现在呢，窝在这间小小的写字楼里做什么财产公证、证婚律师，卫子随，你疯了！”

卫子随指着自己的太阳穴，手指握成枪状：“我这里太清楚了，清楚到我能看透自己和身边的人，道不同不相为谋，为什么总要来老生常谈？”

肖奇艺叹息一声，这爷俩一年四季没有一天不在过招的，就算没见面，一个在这端，一个在那端，根本是两个极端，和天天过招有什么区别？

“我前几天和东皇娱乐的人见面，听他们说你经常去他们公司所属的酒吧，每次还带不同的女伴，你以后检点一些……”

卫天成的话还没有说完，卫子随的目光猛地落向他身后，乔沫正拿着一束花站在走廊里，刚才的话她全听到了吧？！

这位突然出现的女孩也吸引了卫天成的目光。乔沫微微点头，默默走向电梯，卫子随的心狠狠地揪了一下，为什么在这个时候出现，这栋大厦足有四十层，为什么偏偏这个时候、这个地点，偏偏卡住那一句话的时候出现？

卫子随失去了和卫天成说话的欲望，沉着脸走进事务所，径自进了办公室，迅速地将门关上，身子靠在门上，脑海里挥之不去的是乔沫那张惊愕的脸！他颓然地低下头，心内的懊恼，那些若有若无的关心，其实自己早该察觉了，自己太关心那个女人了，因何而关心，这一刻已经有了结果。

虹姨站在卫子随的办公室前，正准备敲门，肖奇艺和沈骐扬一起跑过去，一人架着她的一条胳膊，把她抬到一边，没看什么情况嘛！

看着卫子随走进事务所，卫天成只有颓然地离去。在电梯里，他喉中涌动，微微闭上眼睛，往事一幕幕浮现，叹了一口气，无力地靠在电梯上。

电梯门一开，卫天成重新恢复了神态，依然是那个不败将军。刚走出去大厅，瞅到一个似曾相识的人影，他缓缓地停下脚步，朝花店的方向走去。

迎面走来的人提着保温壶，一边走，一边检查手上的东西，脸上始终带着笑意。一个阴影拦住去路，她便停下脚步，一抬头，看到这张脸，心里一震，手轻轻地扬起来："你，你……"

卫天成越发验证了自己的想法，顿时心情好了不少："是我，卫天成。"

来的人是郭美兰，她来为乔沫他们送糖水，看到这张熟悉的脸，再听到名字，瞬间将自己拉回到久远的记忆中。她摇着头，实在惊喜："怎么可能，你怎么在这里？"

"哈哈，郭美兰！我可记得你的名字，你不会连我的名字也不记得了吧？"

"怎么可能？卫天成。"

卫天成对郭美兰自然熟悉，上次乔李两家争端，她的名字赫然在纸上，本来以为上次的委托结束，不会有机会见面，天涯何处不相逢？

两人一番聊才知道卫天成的儿子就在楼上办公，郭美兰也说自己的女儿在这里开花店，说来也巧，两人都没提孩子的名字，直到乔沫迎出来："妈。"

是刚才楼上偶遇的女孩，怪不得，卫天成终于明白为何会在第一眼被这个女孩吸引，母女俩的气质十分相符。这次，轮到他对乔沫微微点头。

卫天成看着乔沫身后的花店，据沈骐扬所说，写字楼是这家花店老板的，卫子随也时常往花店跑，他更意味深长地多看了乔沫几眼。

郭美兰不无骄傲地向老同学介绍自己的女儿。不知为何，卫天成不想向老同学提及自己的儿子，乔家母女像一个模子刻出来的，长相、性格不约而同。

三人闲聊几句后，卫天成终于离开。

"妈，他是谁呀？"乔沫问。

“卫天成，我的老同学，是一名律师。”

卫天成，律师；卫子随，律师，两人关系不言而喻，看刚才两人对峙的架势，关系并不友好。据母亲说，卫天成是她高中时期的转校生，一入校就成了风云人物。

乔沫自然要追问两人是否有什么懵懂的感情，被郭美兰敲了一记脑壳：“胡说八道。”

郭美兰专程送来甜汤，却不见曲蔓的影子，想到曲蔓这回真可能嫁人，再想想自己的女儿，郭美兰莫名地感伤起来。不过，当郭美兰看到像变了个人似的齐苗苗时，颇是欣慰。

坚持等到乔沫下班，郭美兰和两个孩子一起回家，邀请齐苗苗到家吃饭，小丫头又拒绝了，哧溜跑进院子里。

郭美兰也不勉强，回家发现乔康在家当甩手掌柜，什么也不管，忍不住一番埋怨。埋怨归埋怨，郭美兰马上开始做饭。乔沫换了家居服去帮忙，母女俩一番忙活。饭菜端出去，院子里的桌子支起来，椅子摆得工工整整。饭菜一摆上，乔康马上坐下来，美滋滋地伸了一个懒腰，瞅着四菜一汤，满意地说道：“不错，看上去还成。”

郭美兰不吭声，默默吃饭，顺口提到遇上老同学。乔康敏感地追问男女，听说是男的，心情顿时不好了，闷闷的，听说姓卫，不禁吐槽是不是所有姓卫的人都去当律师了！

乔沫不开口，那句话总在耳边绕——“我前几天和东皇娱乐的人见面，听他们说你经常去他们公司所属的酒吧，每次还带不同的女伴，你以后检点一些……”

不同的女伴，仔细想想，仅是自己看到的，就有不少了吧？乔沫长长地叹了一口气，正在为老同学较劲的郭美兰和乔康齐齐地看过去，乔沫不自知。她心里若有若无的失望，还有那些隐约积攒起来的好感，似乎因为这句话慢慢散架，如同落入水里的冰，慢慢消融。

乔沫胃口不佳，郭美兰发现剩菜不少，马上趁着热乎装了一份迅速去了隔壁王奶奶家。齐苗苗没料到她来，赶紧冲进房里，将床上散乱的衣服塞到枕头下面。

郭美兰看到桌子上齐苗苗的晚餐，一碟咸菜，一碗炒饭，饭八成是剩饭，看上去干巴巴的。郭美兰有些心疼，赶紧将汤倒出来："温度刚好，喝吧。"

齐苗苗看着碗里的汤，终于接过去小口地吮着，暖暖的汤到了胃里，莫名地，连心也暖了。她吃饭的样子斯斯文文，和平时看到的样子截然不同。

郭美兰灵机一动，提议搭伙，齐苗苗第一反应拒绝，郭美兰早有防备，提议付费，周一到周五，周末自由安排，一顿饭十块钱。

齐苗苗在社会上摸爬滚打不少时间，知道这年头哪里还有十块钱能吃好的餐？郭美兰明摆着照顾自己，事实也是如此，郭美兰从乔沫那里知道齐苗苗无父无母，对她格外疼惜。

送走郭美兰，齐苗苗笑了，微笑绽开时，两行眼泪从眼角轻轻滑落……

正在床上坐着的乔沫打了一个喷嚏，紧接着又是一个，低头一看，手上的书居然是反的，她顿时心烦意乱，将书放在一边，躺在床上，看着头顶的天花板若有所思。

此时的卫子随同样躺在床上，手里握着手机，一颗心七上八下的，手机停留在短信操作栏里，接收号码是无名，下面的内容栏里，赫然写着一条——白天听到的那些不是真的，逗号之后再没有内容，时间悄然过去了五分钟，发还是不发，卫子随仍在纠结中。

终于，本就不长的短信被一个字一个字地删除，略迟疑了一下，退出短信栏，回到首页，看着手机屏幕上的一个个小图标，也觉得心烦不已。

折腾半天，卫子随也躺下，用相同的姿态看着天花板。

乔沫慢慢地进入梦乡，梦境里，自己身处一片绿色，白色的裙摆拖曳在草地上，头纱垂落，双眼被遮挡住，眼前的一切变得迷迷蒙蒙。她旋转着，白色的裙摆在地上旋转出美丽的图案，一切美轮美奂……睡梦中的乔沫嘴角微微上扬，露出一丝微笑。

"乔沫。"眼前突然出现男人的身影，站在她的对面，伸出一只手，"我在这里。"

身形似曾相识，但脸却模糊，乔沫抬脚缓缓走过去。对方笑了，身子往下坠，乔沫伸出一只手，紧紧握住他的手腕，身子却一沉，绿色消失了，无穷无尽的水涌了过来，白裙和头纱在水中打结，揉成一团，纷乱地漂在水下。一长串的气泡咕咚咕咚地冒出来，乔沫猛然惊醒，眼角已满是泪。

此时已是深夜，乔沫将头深深地埋下去，总是在深夜，那些不愿回想的过往浮上来，提醒自己那是无法规避的事实，哪怕时间匆匆而去，已过了不少光景。乔沫睁着眼睛直到凌晨四点才再度睡去。

第二天一早，郭美兰看到乔沫的黑眼圈吓了一跳，料想又是晚上没睡好。乔沫安慰一番后离开。

女儿一走，乔康便催促老伴去买膏药。乔康的腰痛是老毛病，时不时发作。他扶着腰，连连“哎哟”“哎哟”地叫着。他这点伎俩郭美兰一清二楚，她无可奈何地将抹布扔在桌子上：“行，我去，咱们乔康大老爷在家安心躺着哈。”

见郭美兰走了，乔康露出得意的笑容，悠哉地开始泡茶。

郭美兰往街口走，出门后右拐过了一条马路，来到那家熟悉的药店。乔康是个倔强的老头，只相信这家药店的膏药是正品，药店的小姑娘一看到她就掏出三盒药，还是老价钱。

郭美兰提着药转身，正好遇上从外面走进来的卫天成。他表情痛苦，按着胃，脸色白如纸，这可把郭美兰吓坏了！

原来卫天成正好在附近办事，他的胃本来就有点儿老毛病，今天忘记吃药，发作起来痛苦不堪。郭美兰向药店的小姑娘要来热水袋，又让小姑娘找出卫天成常吃的胃药，一番安置，卫天成总算缓过劲来，大汗淋漓道：“多谢了，老同学。”

“客气什么，平时没好好吃饭吧，以后千万注意，咱们的年纪不小了，得好好对自己。”

卫天成叹口气：“没办法，干我们这一行的看上去光鲜，每天忙得打转，吃饭没点，晚上经常加班，时间长了就这样了。”

郭美兰仔细地替他按着，卫天成慢慢舒缓下来。小姑娘好奇地看着两人：“阿姨，这位叔叔是谁呀？”

“我的一位老同学，几十年了，最近第二次见面。”郭美兰说道。

“长得真帅。”小姑娘调皮地说道。

郭美兰忍不住笑了：“那是当然，当年在我们学校可是风云人物。”

卫天成笑着摇头：“夸张了，夸张了，以前的事情我已经不太记得了。”

郭美兰见热水袋的水冷了，关切道："现在感觉怎么样？"

"好多了。你还是和以前一样，对身边的人总是很好。"

"你怎么知道？"

"送甜汤给女儿的同事，花店的小姑娘也和你很亲切，这些全看得出来。"卫天成说道，"有人说，时间会磨光一个人的棱角，但是……"

"我从来没有棱角。"郭美兰笑了，"我女儿经常这么讲。"

卫天成笑了。就在此时，药店的门被推开了，乔康大步走了进来，一进门就扯开嗓子说道："郭美兰，让你买药怎么来这么久？"

乔康看到眼前亲切的两人，一下子呆住了，郭美兰知道乔康的性子，马上说道："老乔，给你介绍一下，他就是我的……"

"老同学是不是？"乔康的气不打一处来，"第一次偶遇，这一次是什么？在这么偏的地方也能遇上，约好的？"

卫天成马上站起来："乔先生，你误会了。"

乔康已经听不进去任何话，他摆摆手："什么也不用说，我不傻，眼睛没瞎，我说郭美兰你买药怎么花的时间这么长，原来如此啊，遇上老同学，腿就迈不开步子了？"

药店小姑娘傻眼了，马上解释道："叔，你真误会了，阿姨先来买药，然后这位叔叔才来的，他胃病犯了。"

这下子乔康反而来劲了："一个前脚来，一个后脚就进，这是约好的？"

卫天成眼见郭美兰一张脸涨得通红，正色道："这位老同志看你有些年纪了，说话不能不讲道理，我和美兰是老同学，二次相见赶巧我身体不舒服……"

"你身体不舒服？"乔康嗤之以鼻，"我身体更不舒服，来药店是干吗的？"

"老乔，你讲讲理行不行，卫天成不舒服，胃病犯了，我作为老同学不能坐视不理吧？"郭美兰说道，"再说我也没做什么不应该的事啊，这种普通的关心难道不可以？"

"他不是街边的小猫小狗，你关心那些流浪动物可以，他是个活生生的人，还是个……还是个异性同学！"乔康越说越来气。

卫天成想开口，郭美兰连忙阻止："我家这口子就这性子，你还有事情要忙，赶紧走吧。"

“那行，我们下次……”看一眼乔康，卫天成无奈道，“算了，我先走了。”

卫天成上车后回头望着药店，没一会儿，郭美兰跟乔康走出来。乔康双手放在身后，气冲冲地走在前面。郭美兰提着药，悻悻然地跟在后面。看到这一幕，卫天成心里颇不是滋味：“唉，多好的人，怎么找这么一个暴脾气男人。”

乔沫结束工作回家，听说齐苗苗同意在他们家搭伙，高兴不已。门口她突然听到一个细小的声音：“乔沫，过来，过来！”

是老李，乔沫走过去：“李叔，你还没回家？”

老李“嘘”了一声，看一眼齐苗苗，拉着乔沫到更远的地方：“乔沫，我和你说啊，你得做好心理准备。”

乔沫的心一咯噔：“您儿子又反悔了？”

“不是这个。”老李说道，“你爸妈今天不对劲，中午的时候两人谁也不搭理谁，说话还得让我们这些人传，八成是吵架了，你回家得好好劝劝。”

“您知道原因吗？”乔沫倍感意外，两人平时没事就吵嘴，但较真格的时候少。

“不知道啊，怎么问也不说，你爸倔，可你妈不是这样的人，也和老乔一样较上劲了。”老李看看时间，“不早了，我先走了。”

乔沫目送老李离开，进了家门。郭美兰已经做好晚饭，与平时不同，乔康并没有按时将桌子撑开。乔沫和齐苗苗搬了桌椅出来，帮着端饭菜，忙得不亦乐乎，乔康权当没看见。

第9章　近在眼前的适婚男

郭美兰招呼两个姑娘吃饭，也不搭理乔康。齐苗苗不吭声，饭菜的美味超乎她的想象，不知不觉一碗饭已经下肚，正踟蹰的时候，乔沫说："去加饭吧。"

"嗯。"齐苗苗也不客气，自己去盛饭。出了厨房一瞅，乔康正探头探脑看院子里的动静呢，齐苗苗忍不住笑了。乔康赶紧缩回去，坐在躺椅上闭上眼睛，肚子却咕咕直叫！

"乔沫，叫你爸来吃饭，记得，只叫一次，不来就让他饿着。"郭美兰特别提高了音量，让乔康听得清楚，这是最后通牒。

乔沫走进客厅，见乔康闭着眼睛，双手放在肚子上，打趣道："爸，您不饿？"

"不饿。"眼睛不睁开，乔康赌气地说道。

"可是这是什么声音？"乔沫作势凑过去，"肚子咕咕直叫呢，有句话说得对，人是铁，饭是钢，就算生气也得填饱肚子，是不是？今天苗苗第一天过来吃饭，您就缺席，她多尴尬。"

"哪有，我刚才看到她添饭了。"乔康说道，"不像尴尬的样子。"

乔沫哭笑不得。乔康侧过身子："别理我，出去。"

乔沫知道父亲绝不会轻易妥协，默默地走出去。郭美兰冷笑，看他撑得了几时！

齐苗苗见势不妙，吃完饭帮忙将碗筷收拾进厨房就赶紧开溜。在厨房，郭美兰将今天上午发生的事情一一讲来，乔沫哭笑不得，爸就为这事生气呢，自己为难自己嘛。

郭美兰倒不至于真饿着乔康，剩下的饭菜装进保温饭盒放到一边。到了晚上，乔康自己抱着被子枕头到了客厅，乔沫与郭美兰面面相觑，她索性搬进乔沫的房间："我今天和你睡。"

母女俩躺在床上，乔沫看着母亲，她的耳边已经有了些许白发："妈。"

她一头扎进母亲怀里，贪恋着母亲的温柔。

"我帮您把白头发拔下来。"

乔沫轻轻地拔下白头发，郭美兰苦笑道："和你爸生活多不易啊，多磨难，头发都白了。"

"您只是说说。"乔沫笑道。

郭美兰抚着乔沫的头发："可不是只是说说，在一起生活几十年，太了解他的性子，像个孩子似的，自己有自己的一套，他并不知道这一套让周围的人很痛苦。"

"您是为人热心。"乔沫说道，"不过以后保持距离吧，爸明显是吃醋了，那位卫律师年纪不轻，可是气质好，职业也体面，爸在心里难免有些比较。"

郭美兰点头，老头子在乎的点她比任何人都清楚。乔沫靠在郭美兰怀里，比平时睡得更安稳。待到半夜，乔沫突然睁开眼睛，看身边的郭美兰睡得香甜，悄然起身，走向客厅，躺椅上的乔康已经不在了！

去厨房一看，保温盒里面的饭菜未动，本以为乔康会偷吃的乔沫叹了一口气。她轻手轻脚地走到爸妈的房前，轻轻地推开门，乔康正躺在床上打呼噜。乔沫笑了笑，一转身，正对上披着针织外套的郭美兰。郭美兰马上"嘘"了一声，母女俩一起回到房间，关上门后，郭美兰就笑了："你看看，自己知道躺椅睡着不舒服。"

乔沫担心道："可饭菜没动。"

郭美兰一怔："这老头子和我杠上了啊，真准备饿死不成。"

"要不您再劝劝，爸现在就希望您的态度软化一点儿，只要哄得开心了，自然吃饭了。"

郭美兰摇摇头。到了第二天，起床后，乔沫惊愕地发现乔康又躺在客厅的躺椅上，一副睡得难受的样子，此情此景弄得她哭笑不得。晚上重回房间，一大早又跑回客厅做戏，真是辛苦，可这些把戏都被瞧出来了。

乔沫附在父亲耳边，劝他有台阶就下。乔康已经骑虎难下，早知道认㞞，也不至于现在尴尬，其实，自己和郭美兰斗，哪次赢过?

此时，卫天成坐在车里闭上眼沉思着，想起昨天怒气冲冲的乔康和尴尬的郭美兰，他的心七上八下的，终于，他拿起手机，打给沈骐扬："是我。"

卫天成要了乔沫的电话号码，沈骐扬挂了电话，刚转身，被眼前的人吓了一跳——卫子随!

"卫，卫律师。"

"早上好。"卫子随假装如初，直到进入办公室，立刻掏出手机，按下熟悉的十一个数字。卫天成看到来电，颇是意外："找我什么事?"

"为什么要乔沫的号码?"卫子随说道，"你在打什么主意?"

卫天成不悦地绷紧嘴角："我做任何事情，你都觉得我没打好主意，我和乔沫的母亲是老同学，这事你知道。"

"所以，你的目的是乔沫的母亲?"卫子随口不择言。

"卫子随!"卫天成强忍怒气，"我找她只是关心由我引发的纷争，昨天因为我的出现，导致她的父母有了争执，在你眼里，我是这么不堪的人?"

终于，卫天成抢先一步挂了电话。卫子随看着手机懊恼不已，一碰上和她有关的事情，总是能让自己失控!

时间一晃到了下午，乔沫始终心不在焉，齐苗苗知道她正为家中的事烦恼，也不找她说话，能做的工作都自己做了，不能做的就指使何小峰，惹得何小峰一肚子的不乐意。

何小峰好不容易闲下来，居然看到曲蔓的新下落——她的朋友圈更新了!

曲蔓千呼万唤始出来，看照片背景在三亚，闪烁着银光的沙子，碧水银滩，椰树摇曳，曲蔓穿着比基尼坐在躺椅上自拍，身边有个没露正脸的男人，架着墨镜。

小峰和齐苗苗多少有些打抱不平，曲蔓一声不吭跑去度假，这么久才在朋友圈宣告消息—— 亲爱的伙伴们，我胡汉三要杀回来了，准备迎接吧!

论起来，这任男朋友是史上时间最久的男朋友，乔沫因为这条信息，心情好转不少。到了下午，郭美佳等人又下来打发时间，此时的郭美佳已经从被骗婚的冲击中恢复过来。所有人不再提那件事，权当没发生过，这让郭美佳舒服了不少，只有虹姨偶尔爆出几句金句，会戳一戳她的伤口。

沈骐扬突然用胳膊肘碰了一下郭美佳，示意她往外看。一辆大货车正准备开走，秦方和他那位壮硕的男朋友正说着什么，看样子准备搬走。

郭美佳怅然若失之时也如释重负，乔沫和卫子随心照不宣，这件事情就此了结！

下午，郭美兰提着菜篮，心事重重地往菜市场走，乔康那个倔老头早餐又没吃，看到他这模样，郭美兰表面上无所谓，心里还是难受的，临出门时还叫老李帮忙劝乔康吃饭。虽然老李拍着胸口说交给他，但郭美兰知道——那老头岂是轻易屈服的人？

郭美兰失魂落魄地走在路上，平时喧闹的菜市场今天如往常一般，只是在入口处，多了一个卖旧玩意儿的摊子。两个三十多岁壮硕的男人正左右张望，见到失神的郭美兰，两人交换眼神，悄然将一个瓶子用脚踢到边上，等郭美兰走过来的时候，丝毫没有留意脚下多了一个东西，绊了一下，只听到“啪”的一声，那个瓷瓶子碎了一地！

郭美兰吓得回过神来，看着一地的碎片，有些摸不清状况，只听到“哎呀”一声，其中一名摊主已经跳到她跟前：“我说阿姨，你走路不带眼睛？”

“不好意思啊，我不小心撞碎了，这样吧，多少钱，我赔。”

“你赔得起嘛，这可是康熙年间的官窑青花瓷，至少得这个数。”摊主伸出五根手指。

“五万？”郭美兰心里一颤。

“五万？这可是正儿八经的官窑，可不是啥民窑的烂东西。”这名摊主咄咄逼人，“五十万！知道我们多少钱收来的吗？”

另一名摊主适时地走过来，拉住那人的胳膊：“你别这么凶，你看阿姨也不是故意的。”

“是啊，小兄弟，我走路没当心，绝不是故意的。我这也没带多少钱……”

这名摊主说道：“咱今天必须得把这事解决了啊，就您这一出，今天的买卖全黄了。”

此时，看热闹的人群慢慢聚拢，大家你一言我一语地议论着。

郭美兰的脑子有些蒙，含糊地说道：“卡倒是带了……”

“这就好说了。”这名摊主说，“今天得把钱赔了。”

“这东西真值五十万？”郭美兰看着地上的碎片，有些怀疑。

这名气势汹汹的摊主一跺脚，走进摊位里面翻找一番，拿出一份证书：“你看看，这红章，你再看看鉴定结果，咱们这件宝贝可是上过央视鉴宝节目的，有专业的大师给掌眼过，价格不是我定的，是专家给定的，白纸黑字，一清二楚！”

看着上面清晰的五十万，还有几位鉴定专家龙飞凤舞的签名，再加上红彤彤的印章，郭美兰有些慌了。围观的人群越来越多，大家你一言，我一语，偏偏没有人帮忙拿主意。

“出了这事讲不清楚，报警吧。”

有人跳出来让两名摊主没想到，抬头一看，低声说道：“哪儿来的拦路狗？”

看着突然出现的高大年轻男人，郭美兰有些错愕。那男人一出来，就弯腰捡起地上的一块碎片，仔细瞧了瞧：“康熙年间的官窑瓷器？”

“证书在这呢。”摊主抖搂着手上的证书，音量越来越高。

“证书？”年轻男人摇摇头，“伪造文书会被追究法律责任，还有可能涉及诈骗，如果这个证书是假的……”年轻男人并不讲完，笑意盈盈地看着两人。

两名摊主面面相觑，其中一个已经想收，另一个却不知死活：“你懂什么，在这里胡说八道，有本事咱们去再鉴定一次？”

“不用。”年轻男人笑着掏出手机，调出里面的一段录影，“在这位女士过来之前，你们故意将瓷器往前推，交给警方会怎么认定？凡事讲究证据，如果两位有过前科，这事儿更简单了，还有，真要鉴定一次？”

两名摊主面面相觑，这家伙真是神了，怎么会提前录像？

那名沉着一些的摊主马上赔着笑脸说道：“误会，真的一场误会，没事，啥事没有。”

两人当下收拾所有的东西准备撤，年轻男人双手抱在胸前并不阻拦，郭美兰既觉得庆幸，也有些疑惑，问他：“不报警吗？”

年轻男人说道：“这回放过他们，多一事不如少一事。”

那两人生怕他们反悔，收拾完不多的行当马上跑，地上的碎片还扎了其中一个人的脚。那人哎哟一声，手里的东西掉了一地，顾不得捡就溜之大吉。围观的人群哄笑出声，年轻男人转身对大家说道：“大家以后也多注意，遇到骗子要懂得防范，没事了，大家散了吧。”

看热闹的人群散去，他将地上的碎片用脚拨到一边，这个小动作让郭美兰格外感动，这年头，像他这么有正义感而且细心的年轻人越来越少了。

她也帮忙将碎片收拾到一边，这里人来人往，万一扎到谁就不好了。

一边收拾，郭美兰一边感激道：“小伙子，多亏有你，没人商量我完全乱套了。”

“没事，阿姨，刚才就发现他们不对劲，再说，乔沫也是我的朋友。”

听到乔沫的名字，郭美兰自然惊讶不已：“你认识我女儿？”

“很偶然的机会见过阿姨一次。我姓侯，叫侯孝聪，是一名律师，就在花店的楼上办公。”

“你就是侯律师？”郭美兰惊喜地说道，“总听乔沫提你，今天终于见面了！”

“阿姨，以后一定要小心，像这种骗子一般在人流量大的地方摆摊，而且会将看上去是古董的仿货放在路中央。一旦有人不小心碰到，就会被讹上，证书是假的。十块钱就能买到，一个扮恶人，另一个扮好人，故意混淆让人无法判断，碰到这种情况一定要坚持报警。”

郭美兰想到这人是乔康心心念念的侯律师，灵机一动，主动邀请侯孝聪去家里吃饭，这样一来，老头子肯定高兴得忘乎所以，哪还顾得上生气？

侯孝聪满口答应下来，等郭美兰买完菜，坐上侯孝聪的车一同回家。眼看就要到家门口，他突然停下车跑出去，去而复返时手里拎着大包小包，郭美兰这才反应过来，不禁责怪他太客气，这人情债绕来绕去，越来越不清楚了，不知道谁欠了谁。

乔康半死不活地躺在院子里，假装哼哼。门推开，侯孝聪看到这一幕有些错愕。郭美兰咳了一声：“有客人来了。”

乔康睁开眼睛，看到眼前体面的年轻人，着实吓了一跳，一骨碌从椅子上滑下来。

“侯孝聪，侯律师。”郭美兰挤了一下眼睛，“上次老李的事情多亏他帮忙，不记得了？”

乔康的眼睛亮了：“侯，侯律师？”

乔康立刻上前握住侯孝聪的手：“哎呀，今天可算见到活人了，太好了。”

“怎么说话的？”郭美兰抱歉道，“不好意思啊，他说话一向这样，没什么正形。”

“没事，叔叔很幽默。”侯孝聪送上手里的东西。

乔康唉了一声：“来就来，怎么还带东西，我们家不注重这个，人来就好，对了，你们怎么碰上了？”

郭美兰一边请侯孝聪坐下，一边将刚才的惊险事件讲出来。乔康也起身替侯孝聪倒茶。没一会儿，两人悄然凑到一边，乔康说道：“郭美兰我和你讲啊，之前的事情就这么算了，现在是一致对外的时候，这小伙子比我想象的更好呀。”

“可不是，真讨人喜欢。”郭美兰斜了他一眼，“人家晚上留家吃饭，你还绝食不？”

“哪壶不开提哪壶，我告诉你，咱们现在就一个目标——撮合。”乔康兴奋地提着茶壶和茶杯出去，哼着小曲儿。可惜一连几顿没吃，两条腿直打晃，坐下去的时候，腰一软，身子不稳，差点摔倒侯孝聪马上起身去扶：“您没事吧？”

乔康自然不好意思说自己饿得，冲着侯孝聪这个举动，又给他加了几分。

借着郭美兰做饭的空当儿，乔康把侯孝聪的情况摸了个底朝天。侯孝聪，今年三十六岁，因为参加过两次高考，比同班同学的年纪大，这倒让乔康吓了一跳，从外形看完全不像三十六岁，顶多三十岁刚出头！

侯孝聪解释说自己因为毕业时年纪就较大，一门心思拼事业，不知不觉错过了结婚生子的年纪，至今还单着。

乔沫和齐苗苗下班正往家里走，路上收到曲蔓的微信，说自己在回来的路上，给大家带了礼物云云。其实乔沫内心隐隐不安，曲蔓在朋友圈里分享了不少照片，但每一张照片要么只有她自己，要么只有那个男人的侧脸，那个男人总是遮遮掩掩！可曲蔓的每条分享都处于欢悦中，乔沫也只有将心放下，等她回来再说。没想到乔沫进门才发现侯孝聪居然在自家的院子里，差点以为踏错了地方！

齐苗苗聪明，马上想跑，被乔沫一把抓回来："你跑什么，人多吃饭才热闹。"

齐苗苗只好跟进去。乔沫的心有些忐忑。齐苗苗说道："傻子都看得出来，侯律师对你有好感。"

"别胡说。"乔沫说道，"我现在还不想恋爱。"

"你是不想，可人家已经发动攻势了。"齐苗苗说道，"叔叔的嘴巴咧得快到耳朵根上了。"

齐苗苗说话向来简单直接，今天也说到点子上。乔沫心里清楚，相亲没有给自己带来任何变化，老爸已经急不可耐，今天，有得瞧了。

终于，郭美兰将一桌饭菜端上桌，拉开桌子和椅子。因为人多的缘故，平时清静的院子变得格外热闹，乔康一激动，把战友送自己的女儿红拿了出来。

乔康和侯孝聪左一杯，右一杯，相谈甚欢，一番细聊，才知道侯孝聪的家庭条件并不太好，出生在工人家庭，自小跟着父亲长大，高考失利，多亏复读才有上大学的机会，因为坎坷，比别人更懂得奋斗的重要性，从来没有降低过对自己的标准。

一番长谈，引得乔康感慨连连，酒不知不觉地入喉，两人喝得微醺。乔康喝得迷迷糊糊，一只手搭在侯孝聪的肩膀上："小侯啊，你还没有女朋友，觉得我们家乔沫怎么样？"

乔沫正准备夹菜呢，听到这话，手停顿在半空中。身边的齐苗苗看着乔沫的侧脸，赶紧低头扒饭。

"我的理想型。"侯孝聪话已出口，"第一次看到乔沫，已经有好感了，不过，我们的年纪差得有点大，而且，而且没有太多接触的机会，所以……"

"爸，妈，你们慢慢吃，我出去走走。"乔沫冷不丁地站起来，拉起身边的齐苗苗，两人夺门而逃，侯孝聪说了一半的话压住了。

侯孝聪眼见得乔沫离开，心里七上八下。院外，乔沫站在路灯下，灯光将影子拉得长长的，齐苗苗说道：“两位律师，你怎么选？慢慢想，我先回去了。”

乔沫在外面待了许久才不情愿地回家。侯孝聪叫了代驾返家，乔康喝了不少，已经进屋歇着了，乔沫帮郭美兰收拾，默默无言。

“沫沫，你爸的方式粗鲁了点，但至少知道侯律师有这个心思，现在就看你怎么想。论条件，论外观都是没挑的，虽然是单亲家庭长大的孩子，但知事理，能体谅大人的不容易。”

乔沫的态度淡淡的。

郭美兰又叹道：“爱情是爱情，婚姻是婚姻，有多少夫妻是靠爱情维持下去的，最终就是烦琐事，柴米油盐，平淡地过一辈子，能够和和美美就足够了。”

今天的事倒是最好的台阶，乔康不只踩上了，还踩得相当扎实。第二天醒来，乔康兴致勃勃地用保温壶装了醒酒汤，说是要给侯孝聪送过去，郭美兰拦不住，眼睁睁地看着他走。

乔康颇为自得，还好自己聪明，在侯孝聪临走的时候要了一张名片，今天可以直接杀上门。乔康远远地瞅到乔沫弯腰忙活着什么，加快脚步蹿过去，迅速闪进大厅。眼看着电梯门即将关闭，乔康冲进去，和里面的人眼对眼，卫子随！

两人面面相觑，卫子随心里别扭，被淋水的那一幕就像发生在昨天：“伯父，乔沫的店在楼下，您已经走过了。”

“废话，我女儿的店能不清楚吗？我要去找侯孝聪，侯律师。”

卫子随吓了一大跳，八竿子打不着一块的人，居然联系上了！

“你还不知道吧？”乔康故意说道，“昨天侯律师在我家吃饭，哎呀，不去还不知道，原来侯律师喜欢上我们家乔沫了，我和她妈一点儿意见没有，热烈欢迎啊！现在侯律师是我们老乔家的准女婿，论人品，哼，同样是律师，差距大啊。对了，昨天他喝得有点多，我们家那口子熬了醒酒汤，让我给送过来，丈母娘看女婿，越看越顺眼，对不对？”乔康拍着手里的保温壶，夸张地说道。

卫子随的心窝子被戳了一下，一颗心往下沉。此时，电梯门开了，卫子随朝乔康点头示意离开。电梯门一关，乔康摸了一把鼻子：“奇怪，怎么看到这小子就来气？”

乔康来到侯孝聪的事务所前，正在门口徘徊，眼尖的侯孝聪看到他，心下一喜，立刻迎出来：“伯父，您怎么来了？”

侯孝聪是业界的实力律师，虽然名声不如卫天成，但事务所规模在一众小辈里也是数一数二的，虽然还是上午，已经繁忙一片。乔康突然觉得自己不应该来，把手里的汤递给侯孝聪：“没想到你这么忙，来的时间不对，这是醒酒汤，你阿姨早上煮的，一会儿喝了醒酒。”

“真是麻烦你们了。”侯孝聪赶紧接过来，“进去坐一会儿吧。”

“不，不，不。”乔康连连摆手，交代道，“喝完了，把壶交给乔沫，让她带回去就可以。”

侯孝聪心里明白，乔康在替自己制造机会，这给了他莫大的勇气，正色道：“我一定会的，谢谢伯父伯母。”

“不必叫得这么见外，以后就叫叔叔阿姨，听得亲切。”乔康完了心事，开心地走了。

送走乔康，侯孝聪长长地松了一口气，看来那天的决定是正确的。

那天侯孝聪在附近找一位交通事故的目击证人，这才偶然经过那条街，车子暂停在路边，办完事上车正准备走的时候，却看到郭美兰失魂落魄地走过来。因为以前见过郭美兰一次，印象深刻。侯孝聪第一时间认定身份，心里一动，比起打破乔沫那块坚冰，从父母着手会不会更有利呢？

侯孝聪从小到大的性格是，虽然前期温吞，但一旦意识到目标，会酝酿到有足够的把握才行动。经过上次乔家与李家的纠纷，自己一定在乔家父母那里留下了印象，可谓先声夺人，剩下的是一个漂亮的亮相。老天爷帮忙，那两个碰瓷党帮了自己的大忙！

捧着醒酒汤进了办公室，侯孝聪给自己倒了一碗，抿了一口后得意地笑了。自己从小到大鲜少失手，卫子随抢走那次交换学习的机会，靠的只是背后的律师父亲。这一次，感情不能靠任何靠山，公平交手的机会来了。

卫子随却在办公室里怅然若失，肖奇艺叫他好几声，他都没回过神来。上午预约的客人即将到达，他的魂因为与乔康的偶遇丢了。

肖奇艺看在眼里，心里嘀咕起来，卫子随的心理素质一向极佳，细数下来，卫子随最失魂落魄的时刻只有两次：一次是他的母亲过世，一次是和父亲闹翻。两次都因为至亲的亲人，难道卫子随还有至亲的亲人？

卫子随心情烦闷，站到窗边透透气，正好瞅到乔康鬼鬼祟祟地避开花店往公交站台走，他心里一动，如果光明正大，何必躲躲藏藏？

虽然和乔康打过的交道不多，但从乔康的语言表达和肢体表达来看，这是一位性子直爽、不太会掩饰情绪、颇有些意气的老人家。

他既然声称乔沫和侯孝聪在交往，那么为什么送汤的不是乔沫本人？而需要老人家代办？不合乎情理，更何况，那个女人心里有道高高的壁垒，犹如坚冰，没那么容易被打破，那张脸上就写着四个字——生人勿近！

这么一想，卫子随的心好受不少，洗把脸，重新投入到工作中。

等到了中午，侯孝聪将洗干净的保温壶提上，下楼去花店。乔沫晓得他有花粉过敏症，主动迎出店，看到保温壶，着实吓了一跳，马上想到是乔康所为。

果不其然，乔康居然瞒着自己给侯孝聪送醒酒汤！乔沫尴尬得很，一时间不知道如何是好，接过保温壶后一直盯着自己的脚尖。

“从小到大我是节奏比较慢的人，所有心思扑在学习和工作上，对爱情我有自己的憧憬，一旦认定某个人就会坚定不移。乔沫，咱们认识的时间不长，也不算短，你是个聪慧的女孩子，我的心思你一定早看出来了。”

乔沫不语，明明有花粉症，还时常找借口来花店，他的心思自己如何不知道？

“侯律师，你有花粉过敏症，以后还是少来花店。这句话我老早想说，一直无法开口，身体要紧。”乔沫由衷地说道，“不要为难自己，我会不安。”

侯孝聪得了乔沫的关心，欣然离开。齐苗苗看着这一对，有种说不出来的感觉，看上去郎才女貌，十分般配，可总觉得少了些什么，理所当然中又有一丝欠缺！

卫子随外出公干，下午茶时间不见他，乔沫心里空落落的，听着众人闲聊时，自己不小心把花枝剪错，惹得小峰一通埋怨。又听到肖奇艺说晚上在酒吧就能见到卫子随，乔沫叹息一声。正如肖奇艺所说，身为一名男人，假如面前有一整座花园，是只愿意进门欣赏一朵花，还是绕完整个花园，再选择一朵最合你心意的花？卫子随无疑选择了后者。

自己和他完全不是一个世界的人，内心这种隐隐的期待来得莫名其妙。卫天成那天说的话一直响在耳边，现在听肖奇艺所讲，果然，那人也是万花丛中过，片叶不沾身！

无人留意乔沫的反常，就连她自己也悄然无视心中的纷乱。

此时的卫子随其实已经回来，独自坐在车里，听着车里的音乐响起，紧紧闭着眼睛，一直到下班时间，才通知肖奇艺过来碰头，直接驶向一家常去的餐厅。等吃完饭，夜色笼罩下来，暮色就像按下荷尔蒙开关，红男绿女涌进各大Pub……

卫子随与肖奇艺刚坐下来，旁边桌上的美女窃窃私语。没一会儿，一个身着紧身V领黑裙的美女走了过来，耳朵上的两个大S耳环格外醒目。她坐在两人对面，双腿交叉，让自己的身体曲线一览无余："晚上好，两位帅哥。可以请我喝一杯吗？"美女拥有健康的小麦肤色，健康有活力。

"走开。"

卫子随咬牙切齿的两个字让肖奇艺愣住，对面的美女更是觉得一盆冷水浇下来！

"想喝酒，自己买。"卫子随再次补刀。

美女终于确认自己没有幻听，气冲冲地站起来离开，回到隔壁桌没多久，一桌美女就找侍应生过去换了座位。肖奇艺目瞪口呆，眼看着送上门的美女飞走了，气不打一处来："卫子随，你故意的是不是？这，这是多好的机会呀，美女啊，自己送上来的！"

"我不只耳朵聋了，这里生病了。"卫子随手成枪状，指着自己的头。

"你别吓我，生病了？"肖奇艺慌张了，"医生怎么说？"

"出现幻象，错觉，外加心悸、心律不齐，偶尔伴随焦躁，没有食欲。"

肖奇艺喉咙"咕咚"响，大力咽下一口口水："你实话告诉我，还能活多久？"

"再这样下去，真的快死了。"卫子随端起酒杯，叹口气，放下去，"快疯了。"

肖奇艺的眼眶红了："伯父知道吗？"

“我抑郁而已，他有必要知道吗？”卫子随反问道。

还沉浸在悲伤中的肖奇艺突然恍然大悟，一拳打在卫子随胸口：“吓人有意思吗？”

“没意思。”卫子随颓然地躺下去，“如果一天内想念一个人超过十次，代表什么？”

“那个人一定欠你很多钱；如果想念的是个女人，肯定是爱上了呗。”

卫子随若有所思，颓然地举起酒杯：“喝一杯。”

肖奇艺与他碰杯，问道：“怎么，因为女人？”

卫子随并不说话，一天里想念她超过十次，她走过的地方，他总是不由自主地回望，渴求她的出现，自己是敢爱敢恨的类型，但在她面前却迟疑了。

卫子随的反应默认了自己的猜想，肖奇艺只觉得不可思议，卫子随居然收心了？哪家的女孩这么倒霉？

卫子随是什么人？对身边的女孩招之即来，挥之即去，一旦看穿，甩得一干二净，大家凑在一起打发时间差不多，一旦进入正题，想要离他近一些，对不起，闪人！

见卫子随的兴致不高，肖奇艺只有打量着场内来回走动的美女们，以打发时间。卫子随喝得比平时多，走的时候只能叫代驾。和代驾一起将卫子随扶上车，肖奇艺摇摇头，这家伙也有今天，他曾经害多少女人心痛买醉，这次终于轮到他自己。

卫子随回家后不久终于清醒了些，冲了冷水澡，神智回来了，茶几上有肖奇艺留下的字条，上面压着自己的车钥匙。肖奇艺给他备了粥，这家伙就是这样，看着八卦嘴碎，身上的闪光点比槽点多多了，所以才成为自己的伙伴。

可惜，粥熬得不黏稠，米是米，水是水，这种不叫粥，叫稀饭。因为是肖奇艺第一次的杰作，卫子随皱着眉头喝完了，当独自一人坐在空荡的大厅，卫子随觉得自己真的生病了。肖奇艺说得没错，过度思念一个人，对方不是欠钱，就是爱上了。

爱一个人，可以病入膏肓。

不由自主地站在窗边，希望一眼看下去，能够看到某个心心念念的身影，看到她站在别的男人身边，自己会莫名紧张；若是她对别的男人笑了，自己会莫名生气。看到她皱着眉头，自己就想揉平她的眉心；若是她失魂，自己也落了魄。

爱，从什么时候开始的？卫子随揉着自己的太阳穴，苦笑了一声：卫子随啊卫子随，你也有今天，万花丛中过，片叶不沾身，却让一根素藤绊住了脚！

第10章　终将爆发的爱意

此时的乔家，气氛不如平时，乔康的心情倍儿好，一个人喝着酒还哼着小曲儿。郭美兰瞅瞅乔康的脸，再去看乔沫的脸色，知趣地一言不发。

“爸，您可以以个人的名义和侯律师交朋友，但是，不能打着我的由头去找他，会让他误会。他有他的立场，但是我也有我自己的态度。爸，您不能代表我去说明立场，绝对不能！”

一场战火在即，齐苗苗和郭美兰同时欠了欠身子。果然，乔康手里的扇子收起来，然后打在自己的手心：“你这个不识好歹的孩子，为了你的终身大事，我和你妈愁得都有白头发了。你呢，成天不惊不淡，现在好不容易有个合适的人选，还不把握机会，你还在等什么？”

郭美兰听着这话头，生怕扯出那段不应该的往事，赶紧拉着齐苗苗收拾桌子：“都少说几句吧，吃完了就各自忙各自的，互不牵扯。”

乔康岂是拦得住的人？

“乔沫，我告诉你，你和侯律师的事我管定了！”

“结婚必须在彼此了解的基础上，你们仅凭这一面就认定是不是太仓促，还有，婚姻的主体是我。”乔沫的劲儿也上来了，父亲的倔强也继承不少，“您以后不要瞎掺和。”

乔康的脸变了，手里的扇子一下子拍到桌子上：“你刚才说什么？再说一次！”

乔沫一字一句地说道：“我的事情，您以后退到一边，不要擅自做主。”

“你这个丫头，谁从小把你养大，辛辛苦苦地供你上学？”乔康既气恼又委屈，“现在长大了，成人了，翅膀也硬了，希望你结婚图的是什么？还不是让你走入新生活，省得你自己成天闷在家里，家里和花店一条直线，有意思吗？”

郭美兰见场面失控，赶紧拦住乔康：“够了，人是个好人，作为结婚对象也够格，但乔沫说得没错，她才是婚姻的主体，她喜欢才行。我们退到一边，发表意见就好。”

乔康见自己失去了同盟，气得转身进屋。乔沫松了一口气，郭美兰一通安慰，父女没有隔夜仇，明天一大早两人准和好。

齐苗苗看着这喧闹的一家三口，心里不是滋味，自己的父母已经不在世上，想看他们吵架也是一种奢侈。这些天处下来，齐苗苗爱极了乔家人，倔强的乔康、温柔的郭美兰、善解人意就像解语花一样的乔沫，如果可以，真想永远和他们比邻而居。

到了晚上，乔康故意闹起了别扭，拿着早上看过的报纸坐在床头一言不发。郭美兰锁好门进来，见他这副样子，气不打一处来：“拿反了！”

乔康一看，可不是把报纸拿反了，既然演砸了，索性把报纸扔到一边，数落郭美兰是叛徒，明明之前也觉得侯孝聪不错，和沫沫一对正好，刚才却临阵倒戈当起了和事佬。

郭美兰直视着乔康的眼睛，他不敢直视，一直避开。郭美兰就晓得了，他今天去找侯孝聪肯定没那么简单：“我是叛徒，你就是暴君，说一不二，丝毫不管别人的意见，你今天去，到底还发生什么事？说，否则后面事败，我可不会帮你。”

“是，我今天去是说了一些不应该的话。”乔康终于小心翼翼地说道，“我遇到那个姓卫的律师，卫子随，到我们家来过一次那个，冲他炫耀了一下，说咱家沫沫和侯律师在交往。”

“你和他说这个干什么？”郭美兰激动了，“他们租的写字楼是曲蔓的，这话如果传出去，就成既定事实，毕竟没有明确关系，多不好。”

乔康也有些后怕：“当时也是奇怪，看到那小子就觉得不顺眼，不受控制地讲出来了。”

郭美兰气极了，躺下后转身，任凭乔康怎么哄也不说话。另一边，隐约听到父母房里的动静，乔沫苦笑一声，自己像被赶上架子的鸭子，现在站在架子上面不知道如何是好……

与乔沫的反应截然不同的是侯孝聪，沉寂了这么久的感情一旦爆发，已经一发不可收拾，尤其得到乔家父母的认同，这让他兴奋不已。

早晨驶向目的地的心情也与平时截然不同，乔康送醒酒汤的举动已经奠定了他在乔家父母心中的地位，这一点，很重要。

侯孝聪走进大厅，刚进电梯，门正要合上，卫子随和肖奇艺进来了，气氛突然微妙起来。侯孝聪与卫子随没有任何眼神交流，中间相隔半米，没有主动问好，倒是肖奇艺和侯孝聪互相打招呼，一如平常。

肖奇艺发现侯孝聪和卫子随同时将手放在身前，呈现警戒状态，肖奇艺也不是头一次见他们这样，见怪不怪，眼看电梯就要到卫子随所在的楼层，侯孝聪心里一动："如果我结婚，可以请贵事务所证婚吗？"

肖奇艺自然惊讶不已，卫子随的脑袋轰轰直响。侯孝聪淡淡地笑道："昨天我已经向乔沫表白，正在等待她的回复，甚至得到她父母的支持，想不到我也有闪婚的可能。"

肖奇艺兴高采烈地要了侯孝聪的名片。走出电梯，卫子随气不打一处来，自己也不是什么人的生意都做的。肖奇艺却不以为然，开门做生意，委托人越多越好，不能和钱过不去。

卫子随无言以对，像和自己赌气似的走进事务所，冲进自己的办公室。他像一阵风横扫，弯腰清扫的虹姨站起来的时候，身后那股风已经消失了，办公室的门关上了！

虹姨一脸不解，肖奇艺耸耸肩，郭美佳和沈骐扬也好奇地凑过去，等听完了，三人居然觉得乔沫和侯孝聪挺般配，要是成了也不失为一桩佳话。

卫子随贴耳听着外面的议论声，居然口径统一认为两人般配，这让他心里十分窝火，哪里般配了，那个求胜心切的侯孝聪真的适合乔沫？

正贴耳偷听，心中嘀咕的卫子随被一股强大的力道推开，脑袋撞在门上，原来是虹姨正推门进来打扫卫生。明明听到"咚"的一声，她回头一看，卫子随正揉着自己的脑门，一脸不耐烦，从门背后走出来，额头红通通一片。

扑哧，虹姨忍不住笑了，被卫子随撵了出去。他长长地吐出一口气，实在无法平静，乔沫还没有答应，这大概是唯一的安慰了。

此时，乔沫浑然不知两个男人的较劲，正给齐苗苗和何小峰商量今天的工作安排，门突然推开了，何小峰一抬头，几乎不敢相信自己的眼睛——曲蔓！

春光满面的曲蔓提着大包小包进来，经过海风的沐浴，黑了不少，她的情绪不错，进门将所有东西放在桌上，一声呼喝。大家都悻然地看着她，小峰和齐苗苗更是走开忙自己的活。曲蔓终于心虚，趴在乔沫背上撒娇道："我错了，以后绝不会一声不吭离开，辛苦你们了。"

乔沫拿曲蔓没办法，她这样任性也不是头一回。曲蔓见乔沫的表情好看了些，将礼物分给三人，气氛终于活跃起来，曲蔓趁热打铁检查店里的流水，好不乐哉。

曲蔓不只给他们带了礼物，还有乔康和郭美兰的，也算细心周到。乔沫的火下去了，想到那些不露正脸或是只有侧脸的照片，本想追问一番，看到从未如此幸福安定的曲蔓，终于忍了下去，不再提起。

曲蔓回来对花店的运营没有任何影响，一个上午过去，她对齐苗苗的变化大感咋舌。这个当初一身叛逆劲，说话总是带着火药味的女孩现在俨然在朝邻家女孩过渡，虽然还没有彻底褪去当初的稚嫩，比起刚来花店时，已是质的飞跃。

齐苗苗看到曲蔓对自己露出笑容，心里的大石头终于放下了。

等到下午，卫子随一行人下来，曲蔓又给大家派发礼物，气氛一派祥和，直到肖奇艺开始八卦——"乔沫，恭喜你。"

"恭喜我？"乔沫不明就里，"因为什么？"

"你要结婚了呀，我今天在电梯里碰到侯律师，你猜他说什么？他已经向你表白，只要你同意随时结婚，马上举行婚礼，还要请卫子随证婚！"

事情经过添油加醋，传了众人的口，已经有了新版本，乔沫无奈地想解释，大家已经议论开来。郭美佳不由得羡慕，侯律师多好呀，绝对直男。

沈骐扬扑哧笑了，自从经历秦方的事情后，郭美佳看男人的标准只有两个：直，或弯。

"乔沫，你撞大彩了，听朋友说，侯律师是律师界相当耀眼的人物，经常上杂志访谈，对了，还是电视台的法律嘉宾。"曲蔓说道，"大门不出，二门不迈，还有这种黄金单身汉找上门。乔沫，你太幸运了，这次机会一定要把握住。”

卫子随成了这出戏的旁观者，冷眼看着众人起哄，再看乔沫在众人的“包围”中局促起来，脸颊也微红，他猛地站起来，可惜无人理会，几个姑娘已经抢起伴娘的位置，视他如无物。还是沈骐扬见卫子随面色不佳，赶紧说道：“到点了，上楼吧。”

“你这个马屁精。”郭美佳凑到他耳边，不屑地说道，身上的香水味钻进沈骐扬的鼻子里，顿时让他飘飘然。他憨厚地笑笑，郭美佳看他一眼，冷言冷语道：“瞧你这傻样。”

“嘿嘿。”沈骐扬索性傻笑两声，郭美佳不再理会他，正准备走，沈骐扬也站起来，口袋里的钱包却落在地上，郭美佳见状弯腰去捡，沈骐扬一下子呆住了！他不管三七二十一将郭美佳挤到一边，郭美佳差点摔地上，多亏乔沫扶了一把，见沈骐扬猴急地将钱包塞回去，气得连连打了他几下。

沈骐扬面红耳赤，钱包里放着那张不能面世的照片，无论如何不能让郭美佳看到。卫子随暗自好笑，沈骐扬心虚地看着老板，又感激他至今仍守口如瓶。

曲蔓回来的第一天，难能可贵地没再出门，坐在角落里与男友发微信，你来我往好不热闹。何小峰手撑着下巴，痴痴地看着曲蔓的一举一动，连连叹气。

“你叹什么气？”齐苗苗问道。

“想不到曲蔓姐也有今天，你知道吗？她交往的男朋友从来都被她甩，甩人的理由从来不重复。”小峰说道，“像今天这种模样，第一回见。”

带回来的礼物还剩下两盒最大的，是曲蔓专门留给乔康和郭美兰的。结束一天的工作后，齐苗苗和乔沫跟着曲蔓去车库，刚锁上花店的门转身，身后传来刹车声，回头一看，是汪杰。

汪杰的衣服已经湿透了，因为长年体力劳动，肌肉发达。曲蔓直通通地说道：“想不到汪老板的身材挺好，比健身房的效果还好。”

汪杰的脸倏地红了：“好久没见你，去哪儿了？”

“和男朋友度假。”曲蔓的语气里充满着甜蜜，“临时决定的，刚回来。”

“真好。”汪杰尴尬地笑笑地说。

“我们还有事，先走了。”曲蔓迫不及待地拉着齐苗苗、乔沫离开。乔沫回头，发现汪杰的电动车一直停在花店门口，好一会儿才离去。她若有所思地转过头，其实，在刚才的1/25秒里，在汪杰脸上捕捉到了微表情——嘴唇抖动。虽然只是一倏，但这个表情在微表情里解读为失望。但这并没有结束，就在这个1/25秒后，马上迎来第二个1/25秒，右手迅速碰触了左手，然后马上挪开，手的摩挲，代表一种自我安慰的姿态。

汪杰的失望和自我安慰颇有些意味，这些情绪的主体是曲蔓。乔沫暗想，曲蔓现在仍不知道自己多了一位爱慕者，一位看上去与她的世界格格不入，生活在另外一个世界的爱慕者。但是，汪杰身上有曲蔓没有的脚踏实地，务实。

齐苗苗第一次坐曲蔓的车，她对年纪轻轻的曲蔓充满着好奇，还有一丝隐隐的忌妒。她听小峰说过，曲蔓的父母是商人，后来去了国外经营餐饮生意。曲蔓不愿意去陌生的地方重新适应，独自一个人留下来，家中所有的不动产都归她管理，每个月租金就是一笔不菲的收入。

人同命不同，齐苗苗知道这个道理。老家人常说，不怪自己命不好，要怪就怪投胎的技术差。齐苗苗想着，看着窗外的风景，一个招牌闪过，她心里一动，随即颓然地低下头，双手不停地揉搓起来，自己该不该为命运搏一搏？

同样心事重重的还有乔沫，一想到回家要面对老爸的嘀咕，已经压力山大，但愿今天曲蔓的到来能够让父亲忘记那一出。

与曲蔓相见让乔康十分高兴，尤其收到一套非常漂亮的茶具，当下就兴奋地用新茶具煮茶。曲蔓给郭美兰买了一条漂亮的珍珠项链，亲手给她戴上。

吃晚饭时，乔康问起曲蔓和男友度假的事，询问是否要准备结婚，齐苗苗无限同情地看着乔沫——知道她逃不掉了。

曲蔓和乔沫从高中开始就是好友，考上同一所大学，毕业后一起创业。虽然曲蔓经常搞出状况，但乔沫总能默默地替她搞定。两人的搭档完全互补，双方父母都曾感慨如果一男一女该有多好，佳偶天成。

曲蔓的父母一走就是五年，他们代替曲家父母照看曲蔓，但只能做到给一口饭吃，一口水喝，偶尔关切关切，要取代亲生父母，谈何容易？

乔康终于按捺不住向曲蔓打听侯孝聪，曲蔓看着乔沫的脸色，小心翼翼地说道："我和乔沫合伙，具体的事情全是她在管理，我就是甩手掌柜。侯律师有印象，但只见过几次而已，说话客客气气，看上去事业有成，就凭这几面给为人下定论，不太好吧？”

这个答案并不让乔康满意，奈何曲蔓也是猴精，几次三番地拐开话题。乔康眼睛一瞪，毕竟姜还是老的辣，他一眼瞅出曲蔓的用意，心中不悦。

这顿饭吃得极为压抑，好不容易等到结束，曲蔓拉着乔沫进房，关上门连连拍着胸口。乔康的眼神像雷达，时不时地扫过来，弄得自己七上八下，很不踏实。

“乔沫，你爱侯律师吗？”

“不爱，但并不讨厌，如果要结婚，我是拒绝的。”

“你对一个男人，有没有一些特别的想法，比如，会在意他的一举一动，想了解他的冲动，你不想恋爱，是不想和侯律师恋爱，还是不想和男人恋爱？两者的区别可大了——前者，是你对侯律师不来电；后者，是你对所有男人不感兴趣。”

乔沫没想到自己一时语塞，与此同时，一个男人的名字打心上迅速滑过，她自己也惊愕不已。曲蔓没留意到乔沫的异样，期待着她的回答：“前者，还是后者？”

“后者吧。”乔沫淡淡地说道，忽略刚才心悸的感觉。

那问题可大了，曲蔓伸手托住下巴，典型的厌男症。失去前任后，乔沫已对异性封锁心境，乔沫不想再纠缠与侯孝聪有关的事，反问曲蔓的新任男友。一般来说，曲蔓总会求着自己见她的男友，但这回有例外，迟迟不见这位的真容！曲蔓却故作神秘，不愿多说。

第二天，曲蔓再次消失，乔沫在一边呆坐，意兴阑珊。小峰和齐苗苗忙得像无头苍蝇。齐苗苗扔给小峰一张单，十一朵红玫瑰，需要立刻派送。

一身汗水的小峰瞅到地址，立刻傻眼，他刚从那个地方回来，不禁埋怨齐苗苗没有及早通知，害自己跑冤枉路。齐苗苗不甘示弱，客人打来电话就是这个时候，那有什么办法？

小峰只好认命，等他再回来时，眉头皱得紧紧的，脸色也不好看，一进来，就怒气冲冲地坐在高脚凳上。原来齐苗苗地址填错了，幸好电话是对的，害得小峰先跑错地方，再电话确认才找到正确的送货地址，道歉和谢谢的话总是难以启齿，齐苗苗脸红了。

看她手足无措的样子，小峰扑哧笑了，地址的确写错了，但也最终找到正确的客户，而且阴差阳错地成就一桩好事！

小峰走错的地方是一家婚庆公司，他们筹划的一场婚礼正需要鲜花，之前送货不满意，结果看到小峰怀里的玫瑰花质素上佳，立刻来了兴趣，准备来花店订花，一次就要整场婚礼的所有花束，包括新娘的捧花，负责人一会儿就到。

正如小峰所说，花店迎来了大客户，有了上一家公司蔫蔫巴巴鲜花的对比，店里娇嫩可人的花朵让婚庆公司喜上眉梢，一番商讨定下一批，定金也马上支付。

齐苗苗此时才对小峰道出对不起。小峰看着她，鼓足勇气道："其实每个人都有长处和短处。以前，我只看到你的短处，觉得你不懂得与人相处，成天板着脸，又很粗鲁。现在不一样了，齐苗苗，你有很多优点，你不怕吃苦，而且擅长学习，又讲义气。"

齐苗苗有些尴尬，第一次有人直接地点评自己，这让她没法反应。小峰抓抓头，自己又胡说八道了："嗨，其实我想说的是，你没必要看轻自己，以前的经历不算什么，我们不能选择父母，不能选择家庭，但是可以选择自己的将来。电脑有重启键，人生也一样，苗苗。"

这番话说进齐苗苗的心里，她微微一笑，没错，人生可以重来，按下重启键！

想到之前在车上看到的招牌，齐苗苗终于下定决心，这一次，由自己亲自决定未来，她要去上夜校，改变自己！

齐苗苗将这个想法告诉郭美兰和乔沫，她担心学习和工作产生冲突。乔沫替她开心，全力支持，并表示可以提前预支工资。乔康听了摇摇头，还支什么工资，夜校的费用，他掏！

齐苗苗一听连忙拒绝，其实她以前积攒了一笔钱，毕竟一直在打工，现在只需要预支一点工资就够了，她的上进心令乔家人振奋。

乔康又感伤了："沫沫，苗苗都能从过去的生活走出来，重新开始，你能不能放下过去，交个新男友，好好地结婚生孩子？"

齐苗苗愕然地抬头，新男友，难道她以前有过男朋友？

面对齐苗苗狐疑的目光，过去的一幕幕突然浮现在心头，乔沫的心狠狠地抽揺着。她转身走了，郭美兰的眼眶红了，想到那件事情，心里何尝不是绞痛，生怕里面的乔沫听到，抽出纸巾擦拭眼泪，双手捂住嘴巴，不让哭声传出来。

郭美兰如此悲痛，让乔康也愁上心头，他收了手里的扇子，坚定道："你骂我也好，打我也好，乔沫和侯律师的事情，我管到底了，只要乔沫可以交新男朋友，我当恶人！"

乔沫就在身后，听着他们的对话若有所思，凄然一笑。齐苗苗回头，乔沫的脸上有一种从未见过的坚定。

这一刻，乔沫心中最柔软的地方被触碰了，自己一味地活在过去，痛苦的何止是自己，看到母亲的泪、父亲的无奈，乔沫，你太自私了，重新开始吧。

次日一早，乔沫在花店外面看到正踟蹰不已的侯孝聪，鼓足勇气上前："早。"

"早安。"

齐苗苗目睹这一幕，知趣地离开，但也叹息一声，乔沫分明为了父母妥协！

"侯律师，你想和我交往，对吗？"

"没错，我希望和你以结婚为前提开始交往，你愿意吗？"

虽然是夏季，早晨的阳光并不热烈，照在身上暖暖的，温度刚刚好，并不炽热，却来得刚好及时，有一首歌叫迟到，歌词未必相符，但用在此时乔沫的身上刚刚好。他没有早到，也没有晚到，恰好在这个时间出现，可能就是他……吧？

"好。"

这大概是侯孝聪最想听到的字眼，他立刻提议，马上开始第一次约会，晚上一起看电影，共进晚餐，迅速展开这段关系，不能有任何迟疑，他有种莫名的危机感！

"侯律师，我们以结婚为前提开始交往，但并不代表我们一定会结婚，对吗？"

侯孝聪的心像平静的湖面突然惊涛骇浪，这一刻，自己离她好像千万里！还没开始，已经想到结束，乔沫对他们的将来极不看好，他故作镇定："当然。"

就算此刻她离自己的心千万里，他一定可以拽过来，不再松手！

乔沫做完决定，心里的石头突然搬开了，一整天的工夫都显得轻松不已，重新恢复了干劲，指导花店的工作井井有条，仿佛变了一个人。作为唯一的知情人，齐苗苗百感交集。

“苗苗，乔沫姐怎么了？最近时阴时晴，昨天雷阵雨，今天大晴天。”

“下班后有约会，当然不一般，她要和侯律师去看电影。”

门口，正准备进来的卫子随刚好听到这一句，趁无人发现自己，迅速走到一边，他觉得自己的脑袋轰轰作响，乔沫要约会了，和侯孝聪！

等到下班时间，卫子随自信满满地来到写字楼最近的一家影院，他对侯孝聪的品位和习惯略知一二。这片区餐厅林立，电影院环境上佳，是最适合约会的地点。两人第一次约会，不免要先进行一场浪漫的晚餐，再来欣赏电影，结束后，再送佳人回家，一气呵成！

卫子随吃了简餐，在电影院足足等了半小时，终于看到姗姗来迟的侯孝聪和乔沫，两人在欣赏电影海报，一排海报中，唯独在其中一张跟前停留了最长时间，卫子随看清楚片名，二话不说朝柜台走去！

卫子随报出片名，服务人员马上调出座位，赫然只有三个位置，卫子随不禁笑了，老天爷都帮忙，今天晚上有得瞧了。

“给我中间的位置。”

“中间？”

“对，就要中间的位置。”卫子随已经掏出钱包，服务人员费解地摇摇头，心里嘀咕起来，哪有人这么不识趣的，剩下两张分开，如果是情侣，多窝气。

打票的时候，卫子随朝身后看去，两人已经去买双人休闲套餐，他坏笑一声，先行入场，找到位置，堂堂正正地坐下，身子放松地靠在椅背上，悠哉地等待两人的到来。

侯孝聪和乔沫终于入场，两人拿着票寻找座位，侯孝聪一边走，一边说着换票的事，卫子随暗自好笑，换票？门都没有！侯孝聪直到跟前才看到卫子随，不禁愕然地站定。身后的乔沫探出头，表情立刻与侯孝聪同步，他怎么在这儿？

“师兄，乔老板，你们也来看电影？真巧。”

侯孝聪的双眼几乎喷火，以他对卫子随的了解，绝对是故意的！他上学的时候就有前科，一张毒舌嘴，什么人都敢吐槽，而且行事从不按规矩出牌，常常出其不意，你以为他漫不经心，其实精心计算，现在的一幕，他无心？才怪！

侯孝聪看着剩下的两个座位，卫子随精准地卡在中间，他平定情绪："我和你换位置。"

"对号入座。"卫子随淡淡地说道，"要开场了，快入座。"

乔沫盯着卫子随，奈何他连正眼也不瞧自己一下，她只有悻悻然地坐在卫子随的右手边，侯孝聪不甘心，试图和其他人换座位，都是情侣的自然不愿意换，再加上电影已经开场，站着的侯孝聪遭到后排观众的嫌弃，他只有先坐下来。

"你怎么会来？"乔沫坐下，身子下意识地往一边靠，离卫子随远一些。

这个小动作没逃过卫子随的眼睛，他不悦道："电影院开门迎客，我为什么不能来，经常去夜店也烦了，偶尔换换口味。"

话一出口，卫子随在心里暗骂自己，为什么管不住这张嘴？哪壶不开提哪壶！

电影开场，一出黑色公路喜剧，卫子随看着乔沫手里的爆米花："我可以吃吗？"

乔沫还没说话，卫子随就顺手吃起来，看着电影哈哈大笑。乔沫根本笑不起来，侯孝聪更是如坐针毡。全场哄笑的一刻，侯孝聪的脸也是黑沉沉的，卫子随的兴致特别高，一直到电影散场，爆米花吃光了，凡是有笑点的地方都笑了。

卫子随的笑声就像一柄锋利的剑，声声刺耳，声声刺心，侯孝聪别提多难受了。乔沫同样不好过，虽然从头到尾卫子随没正眼看过自己，但坐在他的身边无论如何也静不下心。电影一散场，她迫不及待地提出去洗手间，让侯孝聪等等她。

冲进洗手间，乔沫好好地洗了一把脸。不知不觉中，自己后背已经渗出汗水，掌心也是湿漉漉的，她长长地叹了一口气。

电影院大厅，侯孝聪与卫子随笔直地站着，中间相隔一米，两人没开口已经剑拔弩张！

终于，侯孝聪按捺不住："我不相信你这么巧会来电影院，更觉得你选择中间的票是有意而为之——分开我和乔沫，这么做不是你们卫家的风格，幼稚。"

"卫家的风格？我只代表个人，不代表卫家。我这个人吧，只要认定了，就会不顾一切地攻击，不顾一切地争取。"

"认定？"

“我爱乔沫。”

这个结论在心中打转许久，今天终于讲了出来。

“卫子随，如果以你对一个女人产生兴趣就叫爱的标准来看，一个月至少爱几次？三次，五次？还是十次？十次以上？”

“那种连逢场作戏也称不上的搭讪，你理解为爱的话，我只能承认你智商有缺陷。”

“好，就算那些不是你的真心，这一次，你确保自己交给乔沫的是真心？”侯孝聪摇摇头，“卫子随，别和我争，我输过一次，这次不会输。”

第11章　无意而为的错误

听到“争”这个字，卫子随无奈地摇摇头。侯孝聪始终没有接受解释，上一次所谓的“争斗”不过是他单方面的结论，自己从未争过，至于这一次正面碰撞的争夺，自己必赢。

卫子随清楚自己是什么类型的人——爱起来就像火山爆发，恨起来就是冰山一角。而此时，自己对乔沫的感情正是火山喷发出来的岩浆，已经倾泻而出！

面对侯孝聪的质疑，卫子随只是笑笑，转身离开。侯孝聪的一记猛拳打进棉花里，然后弹回来，反弄得他自己无所适从。

乔沫从洗手间出来时发现侯孝聪的表情不太对。不见卫子随，发现乔沫搜寻的眼神，侯孝聪突然抓住乔沫的手，不由分说地往外走。他的力气很大，乔沫的手腕被掐得很紧，有些疼，侯孝聪突然意识到赶紧松开。乔沫的手腕已经微红，他连声道歉，乔沫心中却有些微妙感觉，她想回家了。

侯孝聪又恢复了平时体贴温柔的模样，载乔沫回家。到了地方，他满以为乔沫会招呼自己进家坐坐，和乔沫父母话话家长，但乔沫只淡淡地说声再见，头也不回地走进巷子。

乔沫到家时，发现鬼鬼祟祟的爸妈挡在家门前，主动说道：“不用藏了，我全交代，晚上一起吃饭，一起看电影，他送我回家，刚刚走，两人正在彼此了解中，今天暂时没有新的发展，仅此而已，汇报完毕，我可以进门了吗？”

郭美兰和乔康对视一眼，双双让开。乔沫走进去，两人紧步跟随，乔沫猛地站定，两人也停下了。乔沫哭笑不得："三不准，不准跟过来，不准问晚上的约会详情，不准擅自做主请侯律师到家里来做客。"

前面两条没毛病，最后一条让人不解，但乔沫不给两人发问的时间，趁机离开。她清楚地知道，现在是和侯孝聪增进了解的时间，以前种种仅仅浮于表面，现在才是刚刚开始。

最关键的时期，乔沫不希望两位老人家的介入，加快事情进展，让简单的事情变得复杂。

卫子随回到家，站在落地窗前看着风景，刚才的告白一直在耳边响着。他烦躁地抓抓头发，懊恼地往回走，走到客厅中央，又是无限懊恼，真是疯了，这种告白应该告诉女主角，告诉侯孝聪算怎么回事，白白错过一次表白的机会！

卫子随颓然地坐下，好不容易正视心中的感情，却被侯孝聪捷足先登，要命的是侯孝聪不管从哪方面来说分数都比自己高。尤其在乔沫父亲那里，自己已经是负分值，侯孝聪已经好感值爆表，怎么比?

卫子随不知道侯孝聪的心情同样不安，正熬夜处理公务的他已然乱了心情，他懊恼不已。一旦遇上卫子随，事情就会朝与自己想象的截然相反的方向发展。这一次，是自己默默喜欢的女人，绝不能让步，他心里一激动，手上突然用了力，生生地将铅笔折成两截！

乔沫已然挑起两个男人心中的波澜，自己却睡得香甜，直到被手机短信惊醒。今天是曲蔓介绍男友的日子，一直遮遮掩掩的男友，终于可以见真容了。

乔沫格外挑选了衣服，打扮一新才出门。见乔沫意气风发地离开，乔康连连感慨，谈恋爱了就是不一样，今天穿的衣服颜色都亮眼多了。

临近中午的时候，曲蔓终于姗姗来迟，虽然不是头一次带男友见乔沫，但她表现得格外隆重，特别换了新买的衣服，换了新的包包，妆容也比平时精致。透过这些细节，可以看出她的用心，不过，她却是一个人来的。

一问才知道，那位正牌男友要晚一点儿到，曲蔓忙着交代乔沫别太犀利，又发现饮水机的水没有了，赶紧打电话叫水。乔沫有些敏感，这样一来——汪杰会来。

时间悄然流逝，店里只来了三位客人，还不见她正牌男友出现，直到三十分钟后仍不见人影的出现。曲蔓有些焦灼不安，双手抱在胸前，在店里走来走去，再过十分钟就是上午班的结束时间。曲蔓低头看表，不由得不耐烦起来，对方还不接曲蔓的电话。

小峰和齐苗苗已经不敢贸然出声，乔沫安慰说也许对方在开车，不便接听电话。曲蔓双手不停地搓在一起，满脑子想的是事故发生概率。

这时花店的门被推开了，一位四十岁左右的中年女性走了进来，她烫着大波浪，一身大花裙子，颜色艳丽，可惜身材微胖，尤其两条手臂，格外夸张。齐苗苗迎上前："您好。"

"我找人。"女人的声音低沉暗哑，隐约透着一股怒气。

齐苗苗见对方语气犯冲，也没了好脾气："我们这儿只有花，没有你要找的人。"

女人不说话，眼睛像刀一样看着齐苗苗，从上剐到下，恶狠狠地说道："我要找的人不是你，你们这儿是不是有个叫曲蔓的？"

大家下意识地看着曲蔓，她一头雾水："我不认识你。"

那个女人锁定目标后，一个箭步迈过来，一巴掌甩向曲蔓的脸上。"啪"的一声，曲蔓的左脸通红，隐约可见五个手指印。乔沫一把推开那个女人。那女人没想到乔沫的力气这么大，退后好几步，回头叫道："那个女人就在这里，快进来。"

还没等店里的人明白过来，外面又拥进来三个差不多年纪的女人。那个女人手指一戳，指着曲蔓，四个女人如同猛虎出山，来势汹汹地扑向曲蔓，扯住了曲蔓的头发。乔沫扑过去，扳开她们的手："不要动手，把事情说清楚！"

别看乔沫外表显得娇小柔弱，天天搬着花盆来来去去，力量可不小。那个女人被她抓住，动弹不得。何小峰和齐苗苗也跑过来："你们干什么，再闹我们报警了！"

"这个女人勾搭我的老公，这么不要脸！报警，好啊，让大家都来看看，这个不要脸的女人长什么样子。"中年女人不管三七二十一地朝曲蔓扑过去，一把抓住了她的头发，"臭不要脸的，还和我老公去度假，看我不打死你！"

度假两个字让曲蔓回过神来了，不知道哪里来的勇气推开那个女人："你胡说什么，我男朋友是你老公？"

"你少装糊涂，我老公说了，你们俩是在陌陌上认识的，是你一开始和他搭话勾引他的，去旅游也是你的主意。"中年女人一脸鄙夷，"老实告诉你吧，我男人以前有过前科，出轨过两次，你也不是他第一个外遇对象！”

乔沫担心地看向曲蔓，信息量太大，身为一名局外人，大致整理了基本情况：那个男人已婚，有妻子，瞒着妻子和曲蔓交往。非但如此，这个男人是一只习惯偷腥的猫儿，和曲蔓并不是他第一次出轨，在她之前，还有两个女人！

曲蔓的脸在抽动，齐苗苗的心情有些复杂。比起曲蔓，她更担心挡在曲蔓前面的乔沫，她太重视友情，不顾一切挡在曲蔓面前，眼前的几个女人明摆着出一口气才来的，完全豁出去的样子。

如此一来，万一乔沫受伤怎么办？齐苗苗这么想着，挡在了乔沫的身前，警惕地看着眼前的几个女人。小峰虽然是男人，奈何对方是几位大姐，他不好下手。人数上四比四看似公平，实则，曲蔓处于下风。

那个中年女人带来的同伴开始骂骂咧咧，污言秽语越来越多，乔沫气不打一处来，一方面恨曲蔓看人不灵，另一方面曲蔓也是受害者，自己认识她这么久了，有妇之夫一直是她避讳的，要是知道对方是有妇之夫，她绝不会看上！

乔沫挺身而出挡在曲蔓的身前。曲蔓心里一热，抓住了乔沫的衣服，头轻轻地挨在她的背上，眼泪在眼眶里打转，实在遏制不住，赶紧拨打那个男人的电话，却是关机。

场面变得混乱起来，小峰和齐苗苗也卷入混战。女人打架，一向是撕扯加抓，指甲是最好的武器。一番奋战下来，每人脸上都不太好看，尤其是曲蔓，头发散了，妆容晕开，衣服被扯得不成正形！

午餐时间到来，写字楼的人争相涌出，碰到花店这出好戏，岂有不看的道理。转瞬间，花店门口聚集了大量的人群，纷纷朝里面张望，曲蔓的脸倏地红了。

中年女人终于累了，气喘吁吁地指着曲蔓，各种数落和不堪入耳的辱骂，见曲蔓一直死死握着手机，冷笑道：“怎么样？关机了？告诉你吧，我来之前已经和他摊牌了，要么现在离婚，要么就踹了你，你现在知道他怎么选了？”

外面的人议论纷纷，曲蔓已经失了魂：“不可能，他说他离异，老婆死了，没有孩子。”

“你这个不要脸的狐狸精。”中年女人一下子怒了，再次不顾一切地扑过去，乔沫挡在曲蔓身前。齐苗苗见乔沫被围攻，一手揪住一个推到一边。而此时，花店的门突然被打开了，汪杰扛着水走进来，见到花店里的情景，不由得愣住，进退两难。

汪杰把水放在门口，目光落到一头乱发的曲蔓身上。她的脸上和脖子上被抓出一道道血痕，眼眶发红，脸更是通红，身边的乔沫也没好到哪里去。曲蔓眼前一片黑，她踉踉跄跄地朝门外走去，此时此刻，她只想离开这里，找个没人的地方藏起来。

身后的几名中年女人想追过去，被齐苗苗等人拦下来。为首的那名中年女人突然捞起边上的一盆小盆栽，顺手一扬，就朝曲蔓扔过去！

说时迟，那时快，汪杰顺势搂住曲蔓的腰，用力一转，花盆正好砸在汪杰的背上。“砰”，好端端的花盆碎成好几瓣，曲蔓听得清清楚楚，汪杰低喝了一声。

见砸中了人，四人踟蹰起来，乔沫大喝报警。齐苗苗目露凶光拦住四人，狠厉劲儿一览无余。四人推开齐苗苗拔腿就跑，她想追，被乔沫拦住了：“汪老板的伤要紧。”

汪杰的背被花盆碎片划伤，已经有血渗出。小峰要替他包扎，汪杰看着藏在怀里的曲蔓，叹息一声，外面都是人，她连头都抬不起来了。

汪杰二话不说拉着曲蔓逃离这里，围观的人群见没有热闹可看，终于纷纷散去。

齐苗苗看着狼藉一片的花店，盆栽倒了不少，刚才摔碎的花盆碎片溅得到处都是，她一脸无奈地看着乔沫。乔沫苦笑，率先开始收拾，不管汪杰把曲蔓带到哪里，只要离开就是好事。

曲蔓失魂落魄，任由汪杰把自己带到他的水店。在员工们诧异的目光中去了二楼——汪杰的住处。汪杰让曲蔓坐一会儿，自己进了房间。

到了陌生的环境，曲蔓这才回过神来，木木地朝房间走去。屋里，汪杰刚刚脱下沾血的衣服。门开了，曲蔓走进来，汪杰有些惊慌，赶紧拿衣服遮在身前。

“让我看看。”曲蔓眼角还有些许泪光，虽然眼泪没有流出来，但是泪花一直在眼眶打转，现在被汪杰背上的伤吸引，眼泪也退了。

曲蔓转到汪杰的背后，见他后背心红紫了一大片，不禁自责到眼眶微红，眼泪又再度涌出，连声道歉。

汪杰根本不以为然，这种伤对他来说只是小意思，只是现在衣衫不整才尴尬，他赶紧套上衣服，尴尬道："曲小姐，你先将就在这里待一会儿，晚点再回去。"

曲蔓哀凄道："早一会儿，晚一会儿，不都一样吗？现在所有人都知道我做了错事，成了破坏他人婚姻的狐狸精了。"

"曲蔓，这地方来来往往，每天发生的事情太多了，过一阵子大家就不记得了，而且……"

"而且什么？"

"你很少来店里。"汪杰不好意思地说道，"你人不来，大家怎么对你指手画脚？"

曲蔓居然被逗笑了，开始打量汪杰的住处。想不到他一个大老粗，家里书不少，大多是管理类的书，还有一些杂志。

曲蔓自嘲地说："乔沫一定对我很失望，我让大家失望了。"

汪杰拿出冰凉的饮料给她："喝点东西。"

两人并排坐在沙发上，中间还隔着两个人的距离，汪杰没什么话说。曲蔓情绪低落，不知道过了多久，她终于开口："你一个人住？"

"有时候父母会过来，他们在附近打工，过一阵子准备开一家自己的小食店，卖些家乡的小吃。过来就帮我打扫一下卫生，做顿好吃的，我这里太乱了吧？"

曲蔓来到这里，就像凤凰掉进了麻雀窝，她的手提包就能买下这里所有的东西。汪杰低下头，盯着自己的脚尖，板鞋有些脏了，他悄然将双脚缩了进去。

曲蔓有些无话可说的样子，又想到刚才被众人围观的情形，懊恼不已，百无聊赖地搓着自己的手指。汪杰后悔不已，早知道今天起床后好好收拾一下的，他迅速打量了一下客厅，楼上是小小的两室一厅格局，布置得简单甚至是简陋，屋子平时也收拾，但毕竟没那么细致。

他紧张得手心直冒汗，双手放在身前，一动不敢动，两人一时无话，面面相觑。终于，曲蔓由衷地说道："我父母都不在国内，最亲近的只有乔家人，真羡慕你。"

"那你的那些男朋友呢？"

问完汪杰后悔了，恨不得咬破自己的舌头，完全没话找话说，抬头看，曲蔓的脸都绿了。

“你把我当什么人了？我不是什么男人都带回家的。”曲蔓的声调瞬间上升八度，“除了这个，其余的所谓男朋友没有一个带回家过，这个男人……”

曲蔓有些说不下去了。汪杰说道：“你很认真。”

话不长，戳进曲蔓心里，她点点头：“我以为自己找到对的人，结果是一场骗局，还成为我曾经最讨厌的人——家庭破坏者。那个女人打我骂我都是应该的，但我觉得自己冤枉。”

曲蔓说不下去了，低下头，双手捂住脸。汪杰抽出纸巾递过去：“不要拿别人的错误惩罚自己，我从书上看到的，很有道理。”

曲蔓好奇不已，汪杰不像普通的水店老板，一问才知道，汪杰以前在银行当过大堂保安，后来在工地上做过工程助理，也端过盘子送过外卖，积攒了几年后，用这笔原始资金谋划自己的事业，最终选择饮用水，他的道理很简单——水是消耗品。

目前为止，生意最好的就是汪杰的水店，回头客越来越多。其实他并没有太多诀窍，保证水好喝，他亲自尝过多家品牌的水，只选口感最好的，为了打动第一批客户，不只发传单，还用邮件和传真，从最朴实的方法做起，直到现在。

两人闲聊着，不知不觉天暗了，曲蔓说该走了，汪杰恋恋不舍地送她下楼，直到看不到她的身影才转身进店里。几名伙计早就好奇得像猫爪子挠心，询问汪杰曲蔓的身份。汪杰半天都答不上来，两人是什么关系？客户和主顾？两人甚至连基本的朋友关系也不算！

曲蔓怀着忐忑的心来到花店外，见里面已经收拾干净，乔沫三人正等待她的归来。乔沫见到她，只是淡淡地招呼一起回家。曲蔓心怀感激，抓住乔沫的手说：“你信我吗？”

“我信你绝不会招惹有妇之夫，如果有，一定有内情。”

“那家伙从头到尾都在骗我！他说他离异，老婆死了，没有孩子，他说爱我，一定会和我结婚。我怎么就没有想到呢，他说自己不喜欢拍照，因为不上镜，死活不肯露脸，那时候就应该察觉不对劲了，我真傻。”

齐苗苗说道：“渣男，此仇不报非君子，难道咱们就忍这口气？”

“如果我老公在外面偷腥，我一定会杀上门，骂得比她们还难听，要怨，就怨这个渣男，故意隐瞒婚史，欺骗伤害两个女人。”曲蔓握紧拳头，“你们看着吧，这个仇，我一定要报。”

原来，曲蔓热衷晒幸福，常常在不同的场所拍照录像。虽然那个男人不露面，但声音被录下来。那个男人向竞争对手提供情报，透露本公司的竞标价格底限，向对方索取十五万元的报酬！

曲蔓虽然对渣男的家庭情况不清楚，可他工作的公司大名鼎鼎，公司总裁邮箱对外公开，她决定将这份录音发过去。当初听到这段话只是好玩才录，万万没想到，如今成为两人切割的起点！

齐苗苗和小峰目瞪口呆，乔沫却是见怪不怪，娇艳玫瑰刺儿更尖利，男人采摘需谨慎。

第二天中午，曲蔓坐在花店的角落，冷眼看着手机不断地振动。振动声越来越急，正如电话那头男人的焦急——越来越盛。

昨天，在自己最无助最迷茫的时候，那个男人狠心地关机，不发一言，事后连只言片语的解释也没有，现在，她也要让他体会绝望的心境！

手机停了，在最后的挣扎中无望地停止振动，但没过一分钟，手机再度响起来。这一次，曲蔓接起电话，声音已经云淡风轻，一如平时：“喂。”

“是我，见一面吧。”男人的声音沙哑，压抑着愤怒。

“有必要吗？”曲蔓说道，“你老婆全告诉我了，你没离婚，在我之前曾经出轨两次，我是你第三次出轨的对象，以后大家井水不犯河水，别再惹我。”

“既然井水不犯河水，我给竞争对手透露底价的事情是你爆给我们总裁的吧？”男人的声音既无奈，又愤怒，“我只在你面前讲过。”

“你的女人不止我一个，真的只告诉过我一个人？”

男人呆住。曲蔓说道：“这样吧，我们见一面，当面讲清楚，怎么样？”

“好，好，好，就现在。”男人说道，“你来我们公司，告诉我们总裁，一切只是误会。”

曲蔓冷笑，这个男人到最后都没有讲一声对不起，毫无歉意，只顾着保全自己的工作。挂了手机，曲蔓低头苦笑起来，引得乔沫一阵紧张。

再抬头时，曲蔓的眼睛通红：“我没事，乔沫，美佳说你曾经帮过她，现在，帮帮我。”

曲蔓还是害怕的，面对那个自己真正付出过的男人，既恨又怕。别看她平时大大咧咧的，又拥有女强人的强硬气质，一旦付出真情，投入的不比任何人少。

乔沫和曲蔓到了那个男人的公司楼下。男人像一阵风似的冲下来，上来就扳住了曲蔓的肩膀：“是不是你干的？是不是你干的！”

男人大约四十来岁，浓眉大眼，身材异常笔挺，浑身上下散发着沉静的气质。这种气质往往让女人产生安全感，对于独自生活的曲蔓来说，这份成熟的魅力极有吸引力。

这个男人甚至没注意站在一边的乔沫。曲蔓冷冷地推开她，站在乔沫的身边：“乔沫，给你介绍一下，这位就是让我产生嫁人冲动的何先生。”

男人淡淡地看一眼乔沫，全然不顾还有第三人在场，厉声道：“我听到音频了，里面有你的声音，这是我们俩在一块的时候偷偷录的，是不是？”

“偷偷？当时你亲眼看到我拿相机拍的。”曲蔓心如死灰，“事过境迁，变化真大。”

“何先生，你欠曲蔓一个正式的道歉，仗着迷惑人的稳重，肆意玩弄他人的感情。”乔沫看着一边的曲蔓，她的眼神里还有些许留恋，断然道：“现在谁甩谁？”

一语惊醒梦中人，曲蔓的痛苦与失望暂时丢到一边，看着这张伪君子的脸，用力地甩去一巴掌：“姓何的你听清楚了，现在，我甩你！”

男人脸上多了五根手指印，顿时恼羞成怒，真实的一面马上暴露出来，脏话涌出，让曲蔓失望至极，全身的怒火瞬间爆发出来，化为气力，听到“啪”的一声，和乔沫对视一眼，两人颇有默契地同时撒开步子就跑！

两人疯了一般往前跑，直到来到停车场，上车，锁好车门，全身才放松下来。两人瘫软在座位上，然后相视而笑，击掌！

“痛快，太痛快了！”曲蔓连声叫道，“乔沫，你看到没有，被戳穿后还想动手打我，活该，这回一定要让他丢掉工作，我眼瞎才看上这种男人。”

乔沫只是笑笑，曲蔓像个孩子似的靠在她身上：“你真帅气，乔沫，平时安静得像只兔子，发飙的时候像只母老虎。”

曲蔓认为今天值得庆祝，找家饭店吃饭庆祝离开渣男。不想刚坐下就收到姓何的短信——你害我丢了工作，我和你没完！

曲蔓只是笑笑，关机，取卡，剪碎了扔进垃圾桶，然后选酒，打开，两人你一杯，我一杯，小酌到天蒙蒙黑。乔沫的酒量一般，已经脸颊潮红，眼神有些迷离。而曲蔓也微醺："乔沫，我告诉你，我就是喜欢稳重的男人，一堆小鲜肉相处下来，就是没有一点儿感觉，经过这么多场恋爱，我懂了好多，好多……"

乔沫没有出声，曲蔓好奇地看过去，只见乔沫的身子窝在椅子上，头低垂着，头发落下来，盖住了她大部分脸。曲蔓伸手推她："你怎么了？"

乔沫仍然一动不动，曲蔓知道酒意勾起了乔沫的伤心事，紧张地放下酒杯，上前环住她的身子："笨丫头，不要再想了，过去的事情就是过去了，咱们都一样，狠狠地甩开。"

怀里的乔沫突然抖动起来。曲蔓一看，乔沫死死地咬住手背，两行眼泪已然落下。曲蔓拉开她的手，看到齿印，怒道："你疯了！你说你为了一个已经过去式的人，值得吗？"

乔沫的眼泪越发磅礴："曲蔓，有件事情我要告诉你。"

乔沫喃喃诉说着，曲蔓的脸一点点沉下去，最终紧紧地抱住乔沫，一言不发。乔沫已经哭成泪人儿，曲蔓训斥道："你为什么不早点说？"

"我无法面对，曲蔓，我看上去比谁都坚强，其实最脆弱的人是我，最没有勇气的人还是我，所有人只知道他走了，并不知道背后的事情，我一直不讲，但我真的好痛苦。曲蔓，这件事情只有你知，我知，任何人都不要讲！"

傻丫头，一个人承受了这么多，一直以来大家只以为她沉浸在爱人死去的痛苦里，背后的隐情却只字不提，曲蔓觉得相对比下自己被骗的痛苦根本不值得一提！

乔沫不清醒时，居然想到卫子随的结论，只有他看出自己心里藏着事，藏着人。他成功看破自己，自己精心隐藏的另一面，这才是自己想要远离他的真正原因。

乔沫难得诉说衷肠，醉意甚浓，终于沉沉睡去。曲蔓一下想到了侯孝聪，今天这么好的机会，你可要好好抓住。曲蔓翻出乔沫的手机，找到侯孝聪的电话打过去——竟然关机！

天降机缘居然如此浪费，曲蔓无可奈何，靠自己的力气是扶不动乔沫的，她只有出门找服务生帮忙。谁知刚出去迎面撞上卫子随，真是奇了怪了，该出现的人没有出现，不该出现的反而出现。曲蔓正要说话，卫子随已经透过打开的门看到烂醉如泥的乔沫。

曲蔓还没开口，卫子随主动说道："等我去卫生间再来帮你。"

这样正好，曲蔓打发了服务生，回到包间照顾乔沫，卫子随加快脚步走进卫生间，迅速拨通肖奇艺的号码："是我，马上联系曲蔓约她见面，不管什么理由，马上引她离开。"

卫子随回到包间，乔沫的眼角微红，还有泪痕残存，鼻尖微微发红，明显哭过，头发乱糟糟的，这女人的酒量有多不好？连耳垂也通红！

两人将乔沫扶起来时，曲蔓的手机终于响了，肖奇艺想破头才编出办公室天花板漏水的假话，哄得曲蔓只好先行离开，独留下乔沫和卫子随："手机和人都交给你了。"

"怎么，让我送？"卫子随假装不乐意。

曲蔓埋怨道："大家相识一场，何必这么绝情，你也听到了，你们事务所漏水，我先去处理，乔沫就交给你了，一定安全送到家，听到没有？"

乔沫睡着了，小巧的鼻翼轻轻抽动着，不吵不闹，安安静静，和平时清醒时的样子差不多。卫子随叹息一声，将乔沫横抱起来。乔沫的双手下意识地抱住了他的脖子。

卫子随的身子僵住，沉住一张脸往外走，快步下楼，将乔沫放在副驾驶位上，明明后座空无一人，横躺在后座会更舒适，但此时卫子随就像中了魔一样，只想趁她睡着之际，做一些自己平时不会去做的事，比如，让她离自己近一些。

关上车门，卫子随闭上眼睛，丝毫没有启动车子离开的打算，再次睁开眼睛，他扭头看着身边的乔沫，轻轻拂去她眼角流出的一滴泪。

"任何一种行为，都会相应产生一种以上的后果。任何一种控制行为的行为，也都会相应产生一种以上的后果。"卫子随嘴里喃喃念着，"任何一种不受控制的行为……"

卫子随停止念叨，看着乔沫的侧脸，她双眼微闭，因为醉酒，脸颊的绯红格外诱人，他咽下一口口水，没好气地将乔沫敞开的领口拿拢。正准备拿回手，看着她的脸，卫子随鬼使神差地俯身过去，轻轻地吻在乔沫的嘴唇上，仿如蜻蜓点水。

生怕被发现，偷吻的卫子随按着胸口，迅速坐了回去，长长地吐了一口气，因为偷吻得逞，又露出满意的笑容。此时，乔沫突然活动身子，头靠向车窗，卫子随心中一抖，见乔沫没有明显的反应，终于松了一口气，发动车子离开。

车窗映射得分明，乔沫的眼睛微微张开，露出沉思的表情，眼睛扑闪着，刚才的一吻虽然轻巧，但她的感觉是真实的，她不敢回头，生怕被卫子随发现自己已醒！

乔沫保持着僵硬的姿势，酒意彻底没了。直到卫子随停下车子，乔沫假装刚刚睡醒，自己打开车门下车，卫子随赶紧上前搀扶着她。

“不用，我自己进去。”

乔沫正挣扎时，门开了，乔康走出来。卫子随头皮一紧，为什么不是郭美兰？

乔康闻到一股酒气已经受到冲击，尤其喝醉酒的人还是乔沫，再看到卫子随更是一肚子问号：“沫沫，这怎么回事？你怎么喝酒了？”

乔沫还没解释，乔康已将火气撒向卫子随：“你怎么和沫沫在一起，还有，我的衣服呢？”

“什么衣服？”

“你上次从我们家离开，穿走我一套衣服，不记得了？一件汗衫，一条短裤！”

卫子随愕然，幸好自己从垃圾桶捡回来了。他正准备开口，乔康不耐烦地摆摆手：“算了，扔掉就算了，现在的年轻人没有一点儿道德观，别人的东西借用了不说谢谢，拿回去就扔！”

郭美兰听到外面的动静走出来，见两人又抬杠上了，再看到醉醺醺的乔沫，说道：“少说些有的没的，先把女儿扶进去休息。”

乔康愤然转身，铁门咣地关上了。卫子随哭笑不得，乔康也觉得自己奇怪，只要一见到姓卫的就浑身不对劲。他气道：“你说，我和姓卫的是不是犯冲？”

郭美兰正准备进门，听到这话，气得愣在那里一动不动：“什么意思？”

“你看，这小子姓卫，你那位老同学也姓卫，姓卫的一出现，你就跑出来打圆场，你自己说怎么回事？”乔康说道，“上次的事情要不是侯律师出现，我还没完呢。”

“姓卫怎么了，你一个长辈总和年轻人过不去，不怕人笑话？”郭美兰气不打一处来。

乔康被说到痛处，先把女儿扶进去再说，又觉得卫子随和之前略有不同，今天似乎客气了许多，反而显得来者不善，怪怪的。

乔沫被扶进房间，躺在床上后，难受得直哼哼。郭美兰懊恼不已，只是贴身照顾，等乔沫熟睡后才离开。

不知道过了多久，乔沫终于从熟睡中醒来，伸手触碰自己火热的脸庞，手指缓缓往下落在唇上，卫子随那个蜻蜓点水般的吻像一个火热的烙印，挥之不去。心底，有一股悸动的感觉悄然而生……

第12章　被中止的告白

乔沫有些慌乱，为什么偏偏是他，不可能，一定是自己的错觉，闭上眼睛，但唇间残留的余味让她再也无法入睡。

此时，卫子随在返回事务所的途中，脸上的笑容越来越灿烂，今天的这个吻反而让自己心里踏实了。爱了，就是爱了，他已经等不及了，就算有侯孝聪这只拦路虎又如何?

事务所里，曲蔓双手抱在胸前，不悦地站在郭美佳身边，卫子随一进来，她便翻个白眼。卫子随忘乎所以，已经忘记唆使肖奇艺打电话的事了。

“误会而已，奇艺，给曲小姐道歉，我还有事处理，先走一步，不好意思。”

什么? 肖奇艺几近崩溃，虹姨安慰道：“背锅是常有的事。”

卫子随离开事务所，走进附近的一家珠宝店，在琳琅满目的珠宝中挑了一条项链，她总是素雅的样子，很少佩戴首饰，一定不喜欢复杂的款式，这种简洁精致的就好。

等待店员包好项链的时候，肖奇艺的电话来了：“去喝一杯? ”

“不用了，今天晚上我想早点睡。”

“卫子随，你最近有病吧? ”下班时间，两人不再是同事关系，一对损友罢了，肖奇艺将憋住的气一股脑儿地撒出来，“你今天不对劲，很不对劲。”

“我有病。”卫子随坦白道，店员诧异地看过来，他轻描淡写地说道，“还是绝症，挂了。”

肖奇艺再一次目瞪口呆，这家伙已经第二次说自己得病了，不会是真的吧？

肖奇艺又邀请沈骐扬去酒吧，沈骐扬看着郭美佳的脸色，也一口拒绝。落单的肖奇艺万念俱灰，虹姨安慰道："听说一瓶洋酒就要好几千块，这喝多了还受罪，咱不去才是对的。"

沈骐扬附和道："是的。"

郭美佳默默地点头："看不出来嘛，你三观挺正。"

"嘿嘿，"沈骐扬不好意思地摸摸头，"其实我从小到大的评语都是听话、努力的孩子。"

"通常老师对学生无话可说的时候，就会夸他——努力。看来从小到大，你都挺平淡的。"

沈骐扬被戳中弱点，刚才的兴奋荡然无存。他低头的一刻，郭美佳忍不住笑出声来。就在此时，沈骐扬的手机响了，见是卫天成的号码，立刻捂着肚子走进卫生间。

这个动作出现的次数不下十次，连虹姨也知道代表什么，偏偏沈骐扬自己十分入戏。

卫天成的担忧不无道理，最近这些天，沈骐扬主动汇报的次数越来越少，恐怕他快忘记加入事务所的初衷，他不得不提点小伙子——千万晓得自己的身份和目的。

夜晚再次降临，又在斗转星移中迎来明媚的清晨，或许是心情使然，卫子随觉得天气格外晴朗，直到看着紧闭的花店大门，才发现自己来得太早。

项链早上没有送出去，卫子随静等着下午的时机。心中揣着心事，他已经没有心情工作。沈骐扬几次给他送打印好的合同，他全无心思看。

加入事务所这么久，从来只见到卫子随满有把握、活力十足的样子，还是第一次看到他失魂落魄一般的状态。沈骐扬拿着文件走出去，迎面撞上郭美佳。本想说一说，郭美佳不以为然，在这里干活的有几个对劲的，沈骐扬自己也不对劲。

卫子随不停地看时间，十点，十一点，十二点，一点……心急，还是心急，第一次觉得时间过得如此慢！终于到了下午茶时间，卫子随先行一步离开，冲进花店。

偷吻之后再见面，感觉有些微妙，乔沫庆幸还要招待客人，不敢抬头看卫子随的眼睛，等到客人离开，卫子随大步流星地走过去："乔沫。"

一想到昨天车里发生的事，脸颊发烫，乔沫不敢直视卫子随的脸："什，什么事？"

卫子随的手放进口袋，正准备开口，一个人影冲了过来，从后面一把抱住了卫子随的腰："亲爱的，我回来了！"

腰上赫然多了一双白皙的手，一股浓烈的香水味传来，卫子随放进口袋的手被生生地卡住了，他不得不松开手，转头一看，眼前的人儿让他失言。

对面的女孩一身大红色的紧身裙，大卷发，细高跟，妆化得偏浓，浓重的眼线，大红的唇，与花店的素雅气质相悖，身材却是极好的，紧致有曲线。火辣的身材让刚刚赶来的郭美佳连声赞叹，尤物！

"江冰宜？"肖奇艺哈哈大笑，"我说卫子随怎么魂不守舍，原来是她回来了。"

卫子随仰天长叹，所谓的猪队友便是如此吧，关键时刻永远帮不上忙，搅乱一池春水！

江冰宜笑意盈盈："你们是卫子随的朋友吧，我叫江冰宜，请多多关照！"

果然，卫子随从来不缺少女伴，乔沫暗笑自己天真，莫不是以为一时轻狂是真情？太天真了，乔沫从容地与江冰宜握手："你好，乔沫，你们慢慢聊，我还有工作。"

乔沫转身离开，卫子随喉咙涌动，解释的话无法讲出来。肖奇艺啊肖奇艺，不怕神一样的对手，就怕猪一样的队友，自己魂不守舍和江冰宜没有半分关系，这次误会大了！

肖奇艺仍不知道自己坏了卫子随的大计，兴冲冲地走过来，和江冰宜击掌拥抱："我的个天，变化真大，越来越洋派，不愧是海外留学派。"

江冰宜淡淡地一笑，看着其他人："介绍一下吧。"

除了刚开场热情的拥抱，她对卫子随不再那么在意。这让卫子随摸不着头脑。事情有些奇怪，计划被打乱后，气氛变得微妙，就连江冰宜看上去也十分可疑。

“给各位介绍一下，这位，江冰宜小姐，也是一位律师，打离婚官司的好手，是卫子随的青梅。卫子随呢，就是她的竹马了。”

乔沫听着，心突然变重了，就像挂了一块石头，在缓缓地往下落，心头苦涩。

“两人从小一起长大，而且现在在同一个行业工作，证婚律师，离婚律师，有意思吧？”肖奇艺说道，“不过我们冰宜小姐几年前出国学习，已经好久不见了。对了，说起来，你是我们卫子随的头号粉丝，我还记得……”

“小时候的事情不要提了。”江冰宜跳开这个话题，转身向大家问好。

郭美佳和沈骐扬过来介绍，何小峰拉着齐苗苗也去凑热闹。隔着人群，卫子随与乔沫同时抬头，触到对方的目光，几乎黏在一起。乔沫最先挪开目光，卫子随无可奈何地笑笑。

江冰宜突然回头叫了一声，一个高大的人影走进来，金发碧眼，五官却又偏亚化，眉眼俊朗，尤其身材挺拔，肌肉满满。他一进来就热情地冲大家挥手，虽然是与大家截然不同的面孔，但贵在笑容灿烂，一笑露出一排洁白的牙齿，一看就知道是外向的性子。

“大卫，中美混血，我们在国外认识的，刚刚确定恋爱关系。”

大卫张嘴是一口流利的中文：“大家好，我叫大卫，中文名钟子涛，很高兴认识大家。”

他顺势搂住江冰宜的腰，乔沫却发现江冰宜的反应有些奇怪。她横了大卫一眼，大卫嘟了一下嘴巴，不情不愿地拿开手，笑着对大家打招呼，一一认识。

两人的互动不太像热恋中的情侣，江冰宜看着乔沫的时候微微皱眉，进入花店时，她看到了卫子随的表情，她隐隐感觉到什么，才会冲进来抱住他的。

大卫是江冰宜的男朋友，肖奇艺觉得不可能，绝不可能！从小到大，江冰宜认定的男朋友只有一个人——卫子随，她是死心眼，浸染了国外文化几年，就想通了？

江冰宜嚷着要参观卫子随的事务所，一行人上楼，江冰宜到哪，大卫就到哪。终于，江冰宜不耐烦了，大卫耸耸肩，无奈地退到一边。

江冰宜的高跟鞋铿锵有力地踩在地板上，有入无人之境的气势，虹姨心疼地板。郭美佳看着也有些不乐意了，这女人初来乍到，居然摆出老板娘的架势！

眼瞅着江冰宜进了卫子随的办公室，八卦之神肖奇艺马上爆料："她从小喜欢卫子随，跟在他屁股后面打转，我们这些老同学没有一个不知道的，卫子随有喜欢的女生，她就会去找人麻烦，弄得乌烟瘴气，卫子随对她没有好脸色，她从不在乎。"

虹姨拿着抹布走过去，淡淡地扔下一句："吃了秤砣铁了心。"

大家都笑了，虹姨的文化层次不高，却总能一语中的！

郭美佳不懂了，既然这么喜欢卫子随，为什么说变就变，还领回来新男友，就算同为女性，也不禁感慨女人的心，海底的针——深不可测。

另一边，卫子随冷眼看着江冰宜和大卫的互动，人与人在相处的时候因为关系的变化会产生变化，朋友有朋友相处的模式，成为恋人后，会有所转变。别的不说，恋人之间的眼神交流时间会增加，肢体碰触会增加，彼此间的语言，询问多于命令。这两人，没有一条符合恋人的行为模式，百分百有猫腻。

江冰宜参观完事务所，又提出去他家里。卫子随马上说出江冰宜的父母曾经给她买过一套公寓，又表示要给大卫接风，撇开话题。

一行人离开大厦，卫子随眼尖地发现乔沫钻进了侯孝聪的车里，他心里一紧，不禁懊恼这两人来得不是时候，自己的计划完全被打乱了。"乔沫——"卫子随的呼喊落进了乔沫的耳中。当她回头，那一瞬的1/25秒，她的眼睑收缩，分明是高兴，还透着一丝兴奋。侯孝聪发现乔沫的失神，关切道："怎么了？"

乔沫摇摇头，奇怪得很，和侯孝聪待在一起总是缺少了一丝悸动的感觉，只像普通朋友。看着他的侧脸，乔沫正想开口，侯孝聪突然抓住她的手，紧紧地，这个动作一下子让所有的话都无法说出，生生地咽了回去。他说道："我想吃伯母做的饭了。"

"好，我们再约时间。"

侯孝聪终于松手专心开车。乔沫觉得自己大概有选择综合征吧，平时看起来独立自主，但遇到关键的抉择时犹豫不决，因为过于在乎人际关系的平和，总在表态的时候处于纠结。

另一边，卫子随坐在包房里一样怅然若失。大卫是个开心果，放得开，玩得开，再加上只是半个中国通，闹出不少搞笑的事情，惹得气氛直线上升。

肖奇艺摸不透江冰宜的想法，这次回国属于度假，还是归国发展？江冰宜没有把话说死，只说走一步，看一步。大卫则兴致勃勃地想去潘家园，沈骐扬愿意带路，坐等放假成行。

江冰宜突然陷入沉默，好像四周的喧闹与自己无关，她意兴阑珊地拨拉着碗里的菜，没什么胃口，面对大卫的关切显得没有多少耐心，气氛突然降到冰点。

郭美佳踢了一脚仍在奋战的沈骐扬，吓得他赶紧放下筷子，饭局就这么结束了。卫子随送大卫和江冰宜回酒店。直至车子不见影子，江冰宜才转身。大卫扶住她，刚才的嬉笑全然不见了，他心事重重：“冰宜，没事吧？”

江冰宜自顾自地往前走，进电梯，出电梯，开门，进去后关门。大卫看着紧闭的房门，无奈地走向隔壁房间。

卫子随离开酒店，在经过两个街口以后，往与回家截然不同的方向驶去，不一会儿，将车停到乔家所在小巷子的附近。趴在方向盘上，他看着巷口，掏出手机看看时间，已经晚上十点。

以乔家老爷子的性子来看，乔沫绝对是在严加管教中长大的，夜不归宿不可能，晚归也不可能。看着时间一点点逝去，卫子随越来越沉不住气，这么晚不回来，难道……

他正胡思乱想的时候，一辆汽车停在了巷口。乔沫走下车，身后是侯孝聪。直到乔沫走进巷子里，侯孝聪也没有离开。他站在昏暗的路灯下，形同木雕，直至五六分钟后，侯孝聪终于转身上车离开。卫子随若有所思，这一对像江冰宜和大卫一样——诡异！

手机嗡嗡作响，卫子随见是陌生来电，并不理会，酒店里的江冰宜拿着手机怅然若失，为什么不接电话，为什么？为什么？

乔沫的心情同样纷乱。进门经受了父母的拷问后，好不容易躺在床上，曲蔓来了电话，受不了姓何的骚扰，她决定出国躲几天，过一阵子再回来。

这样也好，顺便换换心情，曲蔓满心愧疚，这样一来，花店又是乔沫一个人打理了。

这一夜，梦境来回交错，三个人的脸在梦中来回出现。

“乔沫，我们以结婚为前提开始交往。”

“乔沫，我爱你，我们结婚吧！”

“乔沫……”

“不行，不可以……”乔沫满头大汗，身子突然变得轻飘飘的，无数的水草袭来，将她的身子牢牢裹住，扑通，水流激荡，熟悉的身影坠入水中，他面色惨白，手脚无力地浮在水中。乔沫只觉得心痛不已，却无法发声，不可以，不可以！

“沫沫，沫沫。”一个熟悉的声音响起，有人剧烈摇晃着她的身子，是妈妈。

乔沫已经一头大汗，睁开眼，眼前的一切影影绰绰，郭美兰的脸模模糊糊看不真切。她无力地合上眼睛，现在是哪一天，几点了？

“你这丫头，现在已经九点半了，谈恋爱后连作息也乱了，幸好是自己的生意，要是上班……唉，你别着急，自己的店慌什么。沫沫，你吃不吃早餐？”

乔沫手忙脚乱地离开家，来到花店时已经十点二十，这是她第一次迟到！

进了店门还没来得及解释，小峰给她使个眼色，大卫正百无聊赖地蹲在地上，拿手拨弄着一盆花。齐苗苗双手抱在胸前，一副不耐烦的模样。

大卫自称没地方可去，没有人理他，所以来到这里打发时间。看到乔沫，就像看到救世主，请求她做自己的向导。乔沫觉得奇怪，江冰宜去哪儿了？

大卫顿时委屈了，早上他醒来去找江冰宜的时候，她已经不见了。卫子随忙着处理公务，没时间理他，他彻底落单了。乔沫看着可怜兮兮的大卫，终于心软：“你想去哪儿？”

潘家园是老外们魂牵梦萦的地方，大卫突然发现老电影里才会出现的掌中雷，兴奋不已，一边逛园子，一边吃美食。一天下来，大卫格外尽兴，坐在公园的树荫下，满足地大叫。

如此外向的表现引来路人的侧目，大卫并不在乎，他已经交到新朋友了——乔沫。大卫对她分外感激：“乔小姐，就算我离开也不会忘记你的。”略一迟疑又说，“乔沫，你是我的朋友，我不想骗你，其实我根本不是冰宜的男朋友，不过，我喜欢她，这一点是真的。”

“为什么说谎？因为卫子随？”

"没错。冰宜爱他，爱得很深很深，她说从小就喜欢他，虽然他只拿她当妹妹。但在她的心中，卫子随是她的爱人，从未变过。我只是她的好朋友而已。"

"假扮江小姐的男朋友出现，其实是为了刺激卫子随？"

怪不得两人的表现奇怪，刻意昭告却又下意识地淡漠，江冰宜会不习惯地推开大卫的手。

"对不起，我不喜欢撒谎的，我希望她成功，可如果那样，我会心痛。"

"我懂，你希望她幸福，但又不能忍受失去她。"

"乔沫，你太厉害了。"大卫由衷地说道，"这正是我的想法，你可以替我保密吗？"

乔沫松了一口气，伸出手指。大卫学着乔沫的样子伸出小指，两人勾勾手。大卫痴痴地看着乔沫，看着她黑漆漆的眸子，居然有丝丝心动。

大早上失去踪影的江冰宜终于出现，打扮一新来到事务所，坐在卫子随的办公室里喝茶。良久，卫子随将整理好的文件放在一边："你来有什么事？"

"我和大卫即将结婚，你就没有一点儿表示吗？"

"红包还是礼物，需要我当你们的证婚律师吗？免费，肖奇艺可以担当司仪。"

江冰宜的眸子一片暗淡："你真希望我结婚？"

"大卫开朗，有正当职业，关键他爱你，可以好好地照顾你。"

此时，沈骐扬正与卫天成通话，平静了这么久，江冰宜的到来终于掀起了涟漪。江冰宜，她又回来了，卫天成还记得几年前发生的事情，本以为会闹得鸡飞狗跳，现在如此平静，究竟是想通了，还是另有玄机，卫子随能看透吗？

大卫来到事务所时已临近下班时间，意外发现江冰宜，他欣喜不已，急着汇报自己一天的行程。可惜江冰宜并没有听进去，倒是卫子随听到乔沫的名字，颇有兴趣。又听到只有乔沫一个人，并没有侯孝聪，更是欣慰。卫子随趁机将冰宜交给大卫，自己溜之大吉。肖奇艺快步追出去，在电梯口堵住了卫子随。

卫子随生怕江冰宜追过来，赶紧拽着他进电梯，肖奇艺一本正经地说道："我有事问你。"

"说。"

“我实在忍不了了，江冰宜突然回国不对劲，带个男朋友回来更不对劲，你也很奇怪，一直关注乔沫和侯孝聪，我在想，你是不是……”

卫子随意味深长地看着肖奇艺，隐约期待从他嘴里讲出正确答案。

“你不会和侯律师杠上了吧？”

卫子随连连摇头，笑出声来：“肖奇艺啊肖奇艺，你的大脑构造太了不起了，实话告诉你吧，我，卫子随，找到要厮守终生的女人了！夜店，以后不去了，没错，我是和侯孝聪杠上了，谁让我们爱上同一个女人——乔沫。”

“等等，你说你得了病，难道是相思病？”

“不然呢？我现在生龙活虎，精力无穷无尽，”卫子随冷笑道，“想我死，还早着。”

肖奇艺瞠目结舌，这几天他默默地和侯孝聪搞好关系，就想等他开一单，现在卫子随横插一杠子，双角恋变成三角恋，这种行为和撬墙角有什么区别！

吐透了心事，卫子随的脚步格外轻快、痛快！他来到花店外，晚了一步，齐苗苗说乔沫已经被侯孝聪接走了，项链到底还是没送出去。

明明相隔这么近，总是差了这么远，卫子随无奈离去。刚钻进车里，手机响起，他意兴阑珊地接起来，是卫天成：“有什么事，说吧。”

卫天成知道儿子对自己没有耐心，直接进入主题：“冰宜回来了，你好好处理。”

“我知道怎么做，一如既往，我的心意不会因为其他元素改变。”

卫子随果断挂了电话。那头的卫天成无可奈何地收起手机。他并不知道，卫子随挂了电话后掏出自己的钱包，抽出一张隐藏在最里面的照片，小小的一帧。

照片上是十四五岁的卫子随，平头，青春年少，阳光逼人，身后站着的父母仍然年轻，母亲格外有古典美，直到现在，卫子随也认为鹅蛋脸很美。再看父亲，那时的卫天成已经事业有成，踌躇满志。那时的自己以父亲为荣，时光倏转，关系已经大不同。

卫子随还是将照片收到钱包最深处，驱车离开，远远地看到侯孝聪的座驾，两人正在蛋糕店里挑选甜品，几乎头碰头。他心内怅然，车后传来喇叭声，他竟然不知不觉地停下车子。身后的喇叭声越来越急切，车主将脑袋探出来，已经没什么好话。卫子随只好开车走人，来到僻静处停下，脑子里满是两人肩并肩的影子。

忌妒原来是种心酸的感觉，卫子随头回尝到这滋味！

另一边，郭美佳等人正找地方吃饭，虹姨正兴致勃勃地提到自己给儿子买婚房的计划，引得郭美佳连连感慨，攒钱给儿子买房娶媳妇已经成为中国父母的独家特色。年轻人有主动啃老的，也有被动啃老的，父母无不是为了子女燃烧自己，奉献自己。

虹姨也是其中的一员，她并不觉得辛苦，反而觉得快乐，有成就感。大家七嘴八舌讨论着三观。步入餐厅便看到乔沫和侯孝聪，郭美佳正要打招呼，肖奇艺拦住她："少多事。"

奇怪，肖奇艺之前还和侯孝聪套近乎，这突然间态度一百八十度大转弯。这也难为肖奇艺了，好兄弟和侯律师喜欢上同一个女人，潜在客户成了对头。

郭美佳了解肖奇艺，无风不起浪，事出必有因，她追着肖奇艺问个究竟。肖奇艺的八卦之火熊熊燃烧，终于没有忍住："三角恋。"

两位律师，一位花店老板，肖奇艺比画比画，郭美佳的眼珠子快掉出来了，三角恋的核心是自己最信任的人——乔沫！

可是乔沫正和侯律师交往，岂不是你爱的人不爱你，爱你的人你不爱他的狗血桥段？

"有好戏看了。"肖奇艺幸灾乐祸道，"一向是女人围着卫子随转，第一次，我和你们发誓，这绝对是卫子随第一次主动出击，不得了。"

"你不担心吗？咱们老板应该不是侯律师的对手。"

"为什么担心？卫子随是心理学专家，也是一个行为学专家，任何蛛丝马迹都逃不过他的眼睛，只要他出手，妥妥的。侯律师碰上对手了，老冤家二次交锋，咱们看好戏。"

郭美佳又追问两人的上一次交锋，肖奇艺把两人的前尘往事讲了一遍，直到上菜才打住。郭美佳长叹一声，乔沫不用抛头露面，追求者自送上门来，自己勇敢走出去，结果倒好，一个没捞着，命运可嗟！

侯孝聪与乔沫共进晚餐后如常送她回家，趁机轻握住乔沫的手，俯身欲吻，乔沫下意识地扭开身体避开。扑了一个空的侯孝聪失望地松开手，目送乔沫返家。

乔沫的抗拒如此清晰，他后悔当初所说的不合适就分开，尊重彼此选择这样的鬼话，轻而易举地放手，绝不可能！

乔沫走到家门口，发现侯孝聪仍没有离开，心里也有些难过，这段贸然开始的感情不如自己的预期，自己内心的抗拒再明显不过，或许应该更干脆些。

乔康笑眯眯地看着约会归来的女儿，已经开始幻想未来的日子，一切按照想象进行就好。

齐苗苗上夜校，今天不过来吃饭，一家三口倒有些不习惯了，乔康埋怨乔沫没留侯孝聪吃饭，哪里晓得女儿心中的苦衷——明天这样的约会还要继续，她并不享受。

日子还是这么一天天地过着，曲蔓的逃离终于画上句点，那位何先生与他相忘于江湖。曲蔓在国外一个人待着也是没劲，确定对方不再找麻烦，马上飞回来了。

乔沫下班就看到曲蔓，正和父母谈天说地，好不热闹。因为好久不见，曲蔓做好了夜宿乔家的准备，提着简小的行李来的。

到了晚上，两人躺在床上，曲蔓脸上敷着面膜，啃着苹果，十分悠闲。乔沫才晓得那位何先生被公司炒了鱿鱼，之前出轨的对象也找上门大闹一场，结果原配居然致电曲蔓，说要和她联手整治第三个女人。曲蔓是个明白人，不想再蹚浑水，抽身而退。

曲蔓还有些犹豫，上次闹出那么大的动静，还怎么在花店露面，唉。

乔沫却不以为然，素颜就好了，保准大家认不出来。曲蔓抽起枕头朝乔沫扔去，两人嬉闹着，打成一团。听到屋里的笑声，郭美兰庆幸乔沫还有曲蔓这样的好朋友，可以没心没肺地一起笑，一起哭，只要女儿开心，自己心情也好。

乔康却是叹道：“可惜啊，咱们家只缺一样东西——孩子，听说嫁女儿的时候一定会哭。我现在特别想大哭一场，我的命啊，怎么这么可怜。”

又来劲了，郭美兰知道不能搭理他，越搭理越来劲，只得转身走了。

乔沫和曲蔓并排躺在床上，心情轻松不少，不约而同地保持沉默。不知道过了多久，曲蔓的目光瞟向桌上的台历，扫到描红的日期，嘴角抽动了一下，正想说话，乔沫已经合上眼，那样子已然睡着了。

曲蔓起身看着日历，描红的日期边上用红笔画了一个圈，这个日子触目惊心，让曲蔓想到了那段不堪回首的日子。再看看熟睡的乔沫，她只有叹息一声，轻手轻脚地躺下。

第二天一早，曲蔓没有素颜，化了裸妆，惹得乔沫一直笑。曲蔓只有叹息，现在只有这个办法试试了，总不能一直藏着不见人。

今天注定是不平凡的一天，曲蔓的到来让店里多了不少客流量，估计全是来看女主角的，害得她一直缩在角落里整理花花草草。

等到了下午茶时间，非但事务所的人来了，江冰宜和大卫也过来了。大卫还提了一盒点心，说是给乔沫的谢礼，本就不算大的花店人满为患。

肖奇艺暗自好笑，要是侯孝聪一来，所有当事人全齐了，这是一出大戏。角色各自就位，就等喊开机了。江冰宜一直默默打量着乔沫，眼神不太友好。恰好乔沫抬头，她马上挤出一个笑容："洗手间在哪里？"

乔沫起身带她去洗手间，正准备转身，江冰宜打开水龙头开始洗手。乔沫瞟了一眼，发现她取了洗手液，从指尖开始揉搓到手腕，狠狠地洗着，因为太过用力，皮肤已经发红。江冰宜扭头看过来，乔沫淡淡一笑，走开了。

江冰宜转身，看着镜子里的自己，越发用力揉搓起来。

大卫突然横在乔沫面前，然后将她拉到一边："乔沫，包一束玫瑰，要快。"

乔沫还以为什么事呢，当下选择了十一朵玫瑰精心地包起来，再悄悄放在众人看不到的地方，多亏江冰宜在洗手间的时间格外长，等她出来时，一切准备就绪。

"冰宜，嫁给我。"大卫迅速拿走玫瑰单膝跪在江冰宜面前，一手献花，一手拿着戒指。

大家面面相觑，乔沫也大感意外，江冰宜一脸不耐烦："你疯了吧？"

"没有，我很认真的，要娶你，我们两个结婚。"大卫一本正经地说道，"我们现在是男女朋友，再往前一步，就是夫妇，对不对？"

大家伙乐了，回来没几天，大卫对中文的理解突飞猛进。

江冰宜接过花束，一脸漠然地坐下。大卫看着手里的戒指，手足无措。良久，他失望地站起来往门外走。肖奇艺站起来，卫子随扯住他，乔沫立刻追出去——大卫！

"看到了吗？有人多管闲事。"卫子随笑了。

他嘴角的笑容分明暴露真实的心境。江冰宜看得清清楚楚，心里狠狠地揪了一下，某个念头油然而起，她愤愤地握着手里的花，恨不得把花捏得稀碎！

此时，乔沫已经冲出花店，环顾四周，二话不说朝最近的公交站台走去，那里是他离开的必经之路。走得近了，终于看到大卫，他正坐在路边的台阶上，双手托着下巴看着车来车往，一脸挫败。听到脚步声，大卫抬头，目光哀凄。

"去更安静的地方，那里没有火辣辣的太阳。"

大卫被乔沫牵着，慢慢地不想松手，一股莫名的感觉涌上来，让他有些迷惑。直到来到社区公园，大卫依然紧紧牵着乔沫的手，就像可怜的流浪猫咪找到了新主人。乔沫也才发现两人的手始终握着，笑着抽出手："好了，这里很安静。"

大卫感动得想哭："你可以告诉我，怎么求婚才能成功吗？"

"当她想嫁给你的时候。"乔沫说道，"大卫，你很清楚地知道，她想嫁的人是卫子随，成为他的新娘是她的夙愿。"

"夙愿是什么？"

"一个人的愿望，非常强烈而且急切。"乔沫心里一动，"大卫，我有话问你，在你看来，冰宜是一个什么样的女孩？"

"她，漂亮，可爱，她可以交很多朋友，但是……"大卫摇摇头，"有时候很固执。"

"比如呢？"乔沫问道。

"她会强迫自己做很多事情，明明锁好的门窗会不停地回去检查。我亲眼看到她锁上门，是她亲手锁上的，但是她不相信自己。还有，走在路上，就像刚才的马路，车子那么多，她会突然闯到马路上，知道那有多危险吗？"大卫说起这些事情，如数家珍，"有一次我们去山顶看日出，她告诉我，她想跳下去！她真是一个特别的女孩，就是这样，我才爱她。"

乔沫面色平静，心中已起涟漪，这种种迹象并不简单！

与大卫一番攀谈才知道，大卫之所以答应江冰宜演这出戏，只想她失败自己就有机会。大卫之所以求婚，也是看出来了——卫子随对江冰宜没有感觉。

人人都爱活在幻想和理所当然中，失败并不代表江冰宜一定接受他，这出仓促的求婚太失败了，况且，卫子随早就识破两人的伎俩。那个男人一向如此，漫不经心地揪住漏洞。

大卫的情绪平复了一些，待在乔沫身边有如沐浴春风。拦下出租车离开，坐在车上，大卫盯着自己的手，刚才，这只手一直被乔沫牵着，老实说，感觉不赖。

乔沫翻出手机，找到卫子随的号码，迅速编辑一条短信。卫子随的手机响了，他只是扫一眼，并不理会，就张罗着大家回去工作。

也是巧，刚走出店门就看到侯孝聪，两人相见，空气中似乎爆出火花，溅落在两人的眼里，彼此不动声色，默默地擦肩而过。

直到走进大厅，卫子随才发现自己的拳头紧紧捏着。他缓缓松开拳头，站定，回头看到乔沫正从外面回来，侯孝聪正宣告主权，牵着乔沫的手。

这一幕落在卫子随眼里，在他心上点燃一把火，现在越烧越旺，已经一发不可收拾。江冰宜终于上前，激动地抓住卫子随的手腕："你说，你是不是喜欢上别人了？"

"冰宜，别在我身上浪费时间。"

卫子随毅然转身离开，留下后面的三人面面相觑。高潮来得比预计的早，肖奇艺看着浑身瑟瑟发抖的江冰宜："我送你回去。"

"不要，我只要他送我。"江冰宜喃喃念道，"我只要卫子随。"

肖奇艺安抚着她的情绪，刚刚抓住她的手腕，江冰宜的眼神倏地变了，她用力推开肖奇艺，嗓门越来越高，反复重复着刚才的话。郭美佳和沈骐扬见势不妙，赶紧围过去，见江冰宜咬紧牙关，一副和自己较劲的样子。

"江小姐，你是不是不舒服？"

"我说过了！"江冰宜歇斯底里地吼道，"我只要卫子随，只要卫子随！"

手指掐进肉里，江冰宜还不为所动，只是冷笑，双眼失去焦点。她的样子让郭美佳一怔，下意识地退后一步。肖奇艺暗道不妙，给沈骐扬使了一个眼色，两人架着江冰宜离开。

肖奇艺虽然蒙了，但神智清楚，到了没人的地方，一把将她按在角落里："冰宜，你越是这样，他离你越远。是，我知道你一定放不下他，但我以为你至少可以正常地面对他。我错了，你还和以前一样！你太让我失望了！"

江冰宜的眼神呆滞，喃喃念道："是，我还和以前一样——那么爱他，离不开他。"

“别说了，我送你回去。”

江冰宜反常地没有反抗，乖乖地跟在肖奇艺的身后。回到酒店碰到大卫，肖奇艺如遇救兵，再三交代大卫要守在江冰宜的身边，半步也不许离开！

第13章　百般纠缠的爱

这么大的事件，沈骐扬必然上报给卫天成。当他离开事务所后，事务所里只剩下卫子随，乔沫上来的时候，正是说话的好时机。

坐在卫子随的对面，乔沫浑身不自在："有话快说吧，不是你叫我上来的吗？"

"你发的短信我看到了，抱歉没有及时回复，因为不知道从何说起，你猜得没错，冰宜的确有强迫症，专业一点的解释，是一组以强迫思维和强迫行为为主要临床表现的神经精神疾病，其特点为有意识的强迫和反强迫并存，一些毫无意义、甚至违背自己意愿的想法或冲动反反复复侵入患者的日常生活。"卫子随十分熟练地解说强迫症的定义，"虽体验到这些想法或冲动是来源于自身，极力抵抗，但始终无法控制，二者强烈的冲突使其感到巨大的焦虑和痛苦，影响生活和工作。"

"强迫症的症状主要可归纳为强迫思维和强迫行为。"卫子随终于放慢语速，"江冰宜的情况属于前者，强迫思维，但思维与行为不可能分家，因为她的思维定式，会导致她出现一些行为的异常。"

"当她站在高处想跳下去，看到川流的汽车，想走到马路中央，洗手的时候，必然从指间到手腕彻底清洁，反复揉搓。"乔沫说道，"这些都是强迫症的症状。"

"对，她怕脏，会在脑子里胡思乱想很多东西。"卫子随说道，"看上去很像抑郁症和精神分裂症，确实也会出现类似或互相影响的情况。许多强迫症患者同时患有抑郁症和精神分裂症，她的情况并没有这么糟糕，否则，她当不了律师。”

“但她对一种情况特别偏执，在潜意识里告诉自己——只有你才是她的男朋友。”

卫子随喉咙涌动，只字不言。

乔沫说道：“她认定这个思维，并且以此为前提做出了一系列行为，这些行为暂时无伤大雅。”

“只是暂时而已。”卫子随说道，“我必须保证自己的态度，不给她产生幻想的机会，否则，以她的性子，任何事情都有可能发生。”

原来如此！他的冷漠事出有因，想到老李家的事，再想到后来郭美佳的事情，一件件，一桩桩，这个家伙，其实并没有多差劲，他只是不爱解释，不屑于解释罢了。他总在身上披着一层放荡不羁的外皮，隐藏自己的善良。

乔沫直直地看着卫子随的脸：“你早知道一切，但一直没有采取行动。”

“大卫是她的假男友，她的强迫症根本没有好转。”卫子随摇头道，“知道并不代表我必须积极地应对，面对她，冷处理是最佳方法。”

“你对行为学和心理学很有研究，我大概多管闲事了。”

“大卫很相信你，你很容易与人打成一片，获得别人的信任。”卫子随淡淡地说道，“感谢你关心我的朋友，还有我朋友的朋友。”

他又在嘲讽自己了，乔沫觉得自己脑子被驴踢了，一定，一定！在听到看到之后，为什么要将结论发给卫子随？

卫子随看着乔沫的动作，她的身子往后靠，始终保持两人处于安全距离当中，而自己的身体则往前倾，似乎更迫切与她接触，一人进攻，一人防守。

在感情上若是如此，进攻的一方已经输了，卫子随苦笑，难道自己已经输了吗？

“你准备怎么办？”乔沫问道。

“冷静地对待，让她去看医生。”卫子随说道，“大卫是不错的人，可以陪在她的身边。”

“你想当红娘？”

“这么无聊的事情，我没有兴趣。”卫子随淡淡地说道，“我和你不一样，只做好自己的本分，从不多管闲事。”

乔沫无语。此时，手机响了，卫子随的身子往后倒：“接吧。”

“不用了，我直接下去。”乔沫说道，“再见。”

“是他吧。”卫子随控制不住自己的嘴，“好好约会。”

话里泛着酸，空气已然变味，乔沫一愣，嘴角微微上扬：“我会的。”

乔沫拎包离开，直到脚步声远去，卫子随才抬起头，悻悻然地靠在沙发上。有什么事情比看着自己中意的女人和别的男人出双入对更难受？

卫子随回到家的时候，看到肖奇艺双手抱在胸前，正在自家门口走来走去，走两步，叹一口气，走两步，又叹一口气，丝毫没有察觉卫子随的归来。

啪，门锁打开，肖奇艺终于回过神来：“你回来了。”

两人一前一后进入客厅，肖奇艺无奈道：“子随，江冰宜的病又犯了，今天在大厅又哭又闹，非要你送她不说，情绪完全失控，自己都没法控制，我担心这样下去……”

卫子随转身时，手上多了两罐冰凉的啤酒。肖奇艺不耐烦地推到一边：“我开车，不能喝，还有，你别这么漫不经心的好不好？就不担心吗？”

“担心，所以看到她进来，我没有向乔沫表白。”卫子随无可奈何道，“她的出现打乱了我所有的计划，现在的局面是我最不想看到的——乔沫和侯孝聪打成一片。”

肖奇艺一屁股坐在沙发上：“我当然知道你担心乔沫惹上麻烦。记得上大学时疯传你和校花罗子美有一腿，江冰宜听说后害得罗子美不敢上课，看到你就和躲瘟疫一样，避之不及。她着魔了，要不，你将就一下，收了江冰宜？”

卫子随的表情就是最佳答案。肖奇艺无奈道：“你现在最担心的是她会影响乔沫。卫子随，江冰宜是什么人？她浑身都是敏感神经，你的一举一动都落在她的眼睛里，恐怕乔沫马上会暴露，该死，早知道我就不多嘴了，她怎么会回来！”

卫子随的脸变了：“我爱上乔沫的事情你都和什么人讲了？”

“事务所的人都知道了，包括虹姨在内。你知道的，我是无八卦不欢的类型，现在说什么都晚了，你看这样，我给他们俩打电话，让他们把嘴巴锁得死死的，好不好？”

“现在已经来不及了，怎么办，难道要重复三年前的悲剧吗？”

三年前，因为自己第N次的拒绝，江冰宜冲动之下吃了安眠药，多亏及时发现送去医院。那之后，她毅然放下自己刚刚起步的事业远赴海外，一方面疗治情伤；另一方面，她对自己的控制能力失望，希望借此机会重筑信心。

“奇艺，我担心冰宜对她不利，不乐意侯孝聪离她太近，就算她和男客人笑笑，我心里也不痛快。每次走到窗边，都控制不住往楼下看，希望看到她，哪怕只是一个小小的背影。她可能是老天爷派来惩罚我的天使，还是一只折翅的天使。”

折翅的天使，肖奇艺听不懂。门铃响起，肖奇艺一看是卫天成进来就知道自己该走了，他可不想卷进父子俩的战火里，赶紧逃之夭夭，门砰地关上了。

卫天成走进客厅，并不坐下，直接进入主题：“我长话短说，江冰宜的事情必须好好处理。我们和江家也是世交了，两家父母看着你们长大成人。三年前的事情已经给两家关系造成非常大的影响。事到如今，希望你们成为平行线，最好不要相交。如果相交，希望你在保全对方生命安全的情况下处理。卫家的儿子不能再次成为间接杀人犯。“她为你自杀过，这是她和你的人生中无法抹去的痕迹。”卫天成正色道，“抹掉过去不容易，那就让未来变成崭新。我会和她的父母商量，劝她继续深造或在国外定居，送她离开是最好的办法，至于你，知道怎么做。”

“为了避免接下来可能产生的矛盾，采取防守吗？”卫子随终于开腔，“江冰宜的情况不算恶化，但是比以前严重。经过三年的治疗，她应该学会控制情绪，改变观念，但这次回来，很明显没有，既然这样不如彻底了结。”

“不要胡来。”卫天成恼怒道，“让她离开是最好的办法。”

“委曲求全或是投机取巧，不是真正的解决办法，这是你的做派。”卫子随冷冷地说道，“我有自己的想法和处理方法，不用你管。”

“你的方法是什么？让她再为你死一次，事情弄得一发不可收拾的时候再寻求所谓的解决方法？”卫天成恼怒道，“非要两家的关系彻底决裂才好？！”

“所以，你想送走她以绝后患？她是个有血有肉的人，她有支配自己行动的能力。”卫子随冷冷地说道，“我不会重复三年前的悲剧，绝对不会！”

“好，让我看看你的本事。”卫天成不屑地说道。

“收拾不了局面的时候，不会找你。”卫子随索性将后路斩断，“我自己负责。”

卫天成转身就走，临到门口，头也不回地说道：“听说最近你总爱往楼下的花店跑。”

“你对我们事务所的行动规律挺清楚。”卫子随反将一军。

卫天成一时语塞，拉开门，大步流星地离开。

此时的江冰宜并不知道卫家父子关于自己何去何从展开如此激烈的争辩，她坐在落地窗边，双手抱住腿，身子紧紧地缩成一团，望着楼下的灯火，那股想一跃而下的冲动再次涌起……

大卫警觉地看着她的一举一动，关切地问道：“冰宜，你饿吗？”

江冰宜一言不发。大卫仔细一看，她两只手揉搓在一起，手指深深地扎进掌心，已经掐出好几个指印，整个手掌红通通的，他赶紧拉开她的手：“为什么这么折磨自己？”

“你的中文水平越来越好了，知道什么是折磨吗？”江冰宜自言自语般低声呢喃，“因为病痛、困难等在精神或肉体上受打击，就是折磨。他在折磨我，无休无止地折磨我，什么时候才能到头？难道，还要为他死一次。”

三年前的那个晚上好像回来了，当时的自己被卫子随甩在大街上，看着他毫不留恋地离开，心碎成了八瓣。十三年了，打从自己十六岁那年，看到前来做客的卫家父子，一眼就喜欢上了这个男生，当时仍是少女的自己发誓要和卫子随在一起。

一根筋的自己果然信守这个誓言，一直尾随着他。他考上法学院，自己也搏了一把，虽然没能成为他的师妹，却在同一个专业中；他成为律师，自己也加紧时间，终于成了小有名气的离婚律师。因为爱他，连自己真正要什么、喜欢什么，已经看不清楚了。她只知道自己就是卫子随身后的小尾巴，他到哪里，自己就要到哪里。

那天晚上，卫子随说的话至今仍清晰在耳：“江冰宜，不要再跟着我，不要影响我的生活，以前，现在，将来，我都不会爱上你，死心吧。”

江冰宜不记得那天晚上是如何回到家的，也不知道自己是如何打开安眠药的瓶子，事情就那样发生了，捡回一条性命，让卫子随挨了卫天成狠狠的一记耳光，这些都像发生在昨天。

自己就这样灰溜溜地走了，放弃事业，抛下所谓的爱情，把自己藏得远远的，可是，自己一定生了病，怎么也放不下他，拼命忍了三年，还是想着他！满以为自己足够坚强，可以坦然地面对卫子随，但是，依然是他高高在上，自己摇尾乞怜！

计划被完全打乱，大卫的利用价值并没有达到预期，卫子随的态度依然和三年前一样，而且，身边还多了一个叫乔沫的女人。之前的那些所谓情敌，都敌不过这个叫乔沫的女人，他看她的眼神，明显充满炽烈，是扑不灭的火。

大卫倒水送给江冰宜，她抬头，眼神凶狠，这让大卫心里发颤，这样的她，从未见过！

“冰宜，中国人有句话，强扭的瓜不甜，对不对？”大卫无可奈何地说道，“我们要吃甜瓜，他不爱你，就放手，多么简单的一件事。”

“我不会放弃的。”江冰宜坚定地说道，“哪怕他不爱我，我也会等他。”

“计划已经一塌糊涂，你一见到他就失控，根本没按计划走，我们的计划已经没有任何意义。放手吧，冰宜，我们马上回国，回到之前的日子，当一切没有发生过。”

江冰宜摇头，自己曾经差点付出生命的代价，怎么能当一切没有发生过？可是，她也无法忽视对大卫的依赖，若是他不耐烦地走开，自己将会更糟。

此时，乔沫正在家中上网，不停地搜索某个关键词，手机响起，是卫子随：“我在巷口，有话和你说。”

就在卫天成走后，卫子随鬼使神差地开车到了巷口，又像个贼一样将车停在暗处。他不会擅自闯入乔家，乔康一见到他就会展开防卫！

乔沫向父母随便编个理由跑出去。看到她时，卫子随居然觉得嘴唇发干，看到她的脚步停滞，居然心生害怕，唯恐她会转身离去，走进那个自己不敢踏进去的院子。

幸好，乔沫终于过来了，卫子随做了一个让自己都意外的举动——他用最快的速度下车，打开车门，请乔沫坐进副驾驶。乔沫暗自惊奇，又觉得好笑，扑哧笑出声，上车后赶紧收了笑意，一本正经地问道：“找我什么事？”

“还是先讲你要说的话吧，女士优先。”卫子随建议道。天杀的，要是知道自己跑过来只是因为一时冲动，乔沫会怎么看自己?

“关于江小姐，我有话想说。”乔沫说道，“我知道自己多管闲事，可是她的状态让人不安，她患有强迫症的同时，可能还有感情洁癖。”

“所谓感情洁癖就是对一个人的占有欲极强所造成的结果。”乔沫说道。

卫子随从未想过这点，他迅速掏出手机查询结果，相关的解释是感情洁癖是时下常见的一种情感心理，它的表现方式也是多方面的。有些人希望自己是另一半的初恋，有些人见不得自己的伴侣和其他异性走太近，有些人听不得恋人在自己面前提到任何关于前男友或前女友的只言片语。

“江小姐对你的执着，类似于这一条。”乔沫凑过来，手指指向手机屏幕上的一条，她肯定刚刚洗过头发，发香明显。卫子随突然有种冲动，想将她拥入怀中。

乔沫就在此时缩了回去：“江小姐希望自己是你的新娘，就像有人希望是对方的初恋一样，这种强烈的执着一定程度上加深了她的强迫症。所以，她到底爱不爱你?”

“你是想说，她其实未必真心爱我，但因为当初的欲望一直影响自己到现在。”

“只是有这个可能而已。”

“那你帮我排除这个可能。”卫子随说道，“你之前帮过美佳，现在帮帮江冰宜，帮帮我。”

“帮你？你是心理学和行为学的专家。”乔沫觉得自己快掉进陷阱。

“但你懂得识别微表情，1/25秒就可以洞察真相。”卫子随想为自己的机智点三十二个赞，江冰宜没那么容易对付，她的眼睛一直盯着乔沫，而且突然失控，除了自己的态度，她可能还察觉到了什么，“不要和她正面对上，只告诉我你的分析，她爱不爱大卫。”

“为什么不直接观察她是否爱你?”乔沫问道。

“我百分百肯定地告诉你，她爱不爱我不重要，我心里没她。”卫子随突然将脸凑过去，“怎么样，看到了吗？我的微表情。”

他孩子般的稚气举动让乔沫哭笑不得：“没有。”

“下次记得看清楚我的表情，抓住我最真实的想法，这是你的绝招。”

“她不爱大卫，求婚时的种种举动已经看出来，这样足够了吗？”乔沫痛痛快快地说道，“这就是你要的结论，结束了。还有，微表情不是像你这样刻意做出来的，不经意捕捉到的更真实。你呀，做作，时间不早了，我先回去了。”

“等等。”卫子随猛地抓住乔沫的手，指尖触到肌肤的一刻，两人同时缩回手，乔沫的脸像着了火，脸颊滚烫！

“晚安。”卫子随深情满满地说道，“明天见。”

目送乔沫离开，卫子随的心情有轻松，也有失落。离开这里的时候，心情有些迫切，但也十分痛快，直到把身后的乔沫抛得远远的，卫子随莫名地笑起来。这种落荒而逃的心情，多少年了，还是第一次，像极了情窦初开时。

这一夜，乔沫没有做梦，第二天一早和齐苗苗一起去公司。这一阵子齐苗苗格外忙碌，在公交车上有点打瞌睡，惹得乔沫一阵心疼：“累吗？”

“我底子差，跟不上，只有自己多下点功夫了。”齐苗苗无可奈何地说道，等下了公交车，齐苗苗犹豫半天，终于开口，“我听郭美佳说了一件事情，你有必要知道。”

“什么事？”

“那个江冰宜是个疯子，你能别管大卫和她的闲事吗？”齐苗苗直截了当地说道，“昨天她在写字楼大厅大闹一场，知道有多吓人吗？她有病的。”

“我知道她有病。”乔沫说道，“我也不会管她的闲事，事件的关键在卫子随，与我们无关，或许作为旁观者，我们只能希望事情往好的方向发展。”

齐苗苗放心了，乔沫发现她和郭美佳的关系好转不少，甚至偷偷加了微信。早知道她们其实性子相投，只需要彼此了解，一个自由自在，相当自我，有时候没心没肺；另一个直来直往，只要双方适应彼此的模式，会很合拍。

正说话呢，大卫来找乔沫了。他琢磨半天了，自己太想念乔沫陪在身边的时候，连他自己也迷惑了——难道自己爱上乔沫了？在以前的认知里，自己对江冰宜一片丹心哪。

大卫直来直往，一说话，把乔沫弄得哭笑不得：“你，你爱我？“

大卫结结巴巴地说道：“昨天晚上我太孤单了，一直想着你，如果有你在身边就好了。乔沫，我居然像以前想冰宜那样想念你，这太不寻常了，我可能爱上你了。”

不远处是并肩停下的卫子随和肖奇艺。卫子随的眉头微皱，并没打算干涉。乔沫突然笑了起来，笑得前仰后俯。大卫委屈地扁着嘴，大为不解：“你笑什么？”

“你不爱我，大卫。你知道人在说一个结论的时候抿嘴代表什么吗？代表模棱两可，单肩抖动说明不自信，其实你只是怀疑，可能有一瞬间的感觉，但是，这不是正确的结论。”

“你在说什么？”大卫有些迷糊了，“不自信，动摇？”

“你遇到困难了，所以想转向容易一点的目标，但你根本不爱我，只是因为我能安慰你，你在我这里觉得轻松自在。”乔沫说道，“友情和爱情的界限其实很小。大卫，咱们之间的感情属于友情，我可以在你烦恼的时候给你建议，给你安慰，但绝不是爱情。”

大卫似懂非懂，摸了一把自己的鼻子之后，似乎有些明白了。齐苗苗听着他们的对话，此时居然长长地舒了一口气，这都是什么事啊！

“所以，我们是朋友。”乔沫利落地给出结论，“你赶紧回去陪在江小姐身边。”

卫子随不禁笑了，乔沫是一道春风，沐浴之后很难不沉醉。大卫被打发走了，这也是卫子随希望的，江冰宜一个人在酒店，他并不放心！

“给冰宜打电话，这个鬼佬一点儿也不可靠，根本不懂寸步不离的意思！”卫子随突然心悸，催促肖奇艺，“我有一丝不祥的感觉。”

肖奇艺替卫子随着急，从认识到现在，从来是卫子随替自己收拾残局，唯一一次看到他溃不成军，就是三年前江冰宜自杀那次，现在，再一次的考验到来了。

江冰宜没接电话，让大卫打酒店的电话，一样没有人接，大卫并不以为然。肖奇艺开始忧心，三年前不就是这样的情景吗？先是失去联络，等破门而入的时候，江冰宜已经不省人事，他马上对着大卫大喊一声：“愣着干什么，快回酒店！”

两人一鼓作气地来到酒店，来到江冰宜的房门前，肖奇艺疯了一样按着门铃，门铃声大作，里面却静悄悄的。他再也按捺不住，猛地拍打房门：“冰宜，江冰宜！”

隔壁房间的住客拉开门："吵什么吵，人早出去了！还让不让人休息了？”

“不好意思，真的不好意思。”肖奇艺赔上笑容，马上说道，“这都快十点了，还睡啊？”

对方一愣，恶狠狠地将房门关上，“砰”的一声，震得人心脏都在抖，大卫的脸都红了。肖奇艺呵呵一笑："没事，那位大哥八成是睡神，走吧。”

“江冰宜没出事就是最好的消息。大卫，记住，一定要寸步不离，她曾经为了卫子随放弃生命，她已经爱疯了，又不擅长放弃，如果不放弃，死磕没有好结果。”

“她是那么可爱的女人，对人很好，热情大方，为什么她这么脆弱。”

“你心疼了？”肖奇艺问道。

“胸口有些痛。”大卫似乎明白刚才乔沫的说话，爱一个人，会因为爱他觉得甜，爱他觉得苦，爱他觉得痛，现在，自己痛了。

人不在酒店，两人很是头痛，想着她可能去找卫子随，又扑了空。卫子随突然心悸，起身就跑，来到花店，不见乔沫的身影，心里一紧。

幸好，乔沫突然出现在门外，卫子随如释重负，心里热流涌动，一把将乔沫拥在怀里，没事就好，江冰宜的状态不稳，她也许会伤害乔沫！

卫子随的手抚过乔沫的头发，让她的头紧紧地贴在自己胸口。乔沫听得到他的心跳，声声急促，她的手不自觉地抱住卫子随的胳膊。卫子随的目光飘向前方，身体微僵。

乔沫回头，心“咯噔”一下。江冰宜正站在花店外，目光呆滞地看着两人。她的眼神已经不再转动，露出苦楚的笑容。她缓缓后退，转身离开的时候正好撞上大卫。大卫先看着店里，画面感如此强烈，他当下马上明白过来："冰宜，你要去哪里？”

江冰宜不由分说往外飞奔，大卫赶紧跟过去。肖奇艺懊恼地拍着自己的脑门："千算万算，卫子随！你要坑自己到什么时候？第二次，第二次了！”

乔沫才反应过来一把将他推开，呼吸也变得笨重。齐苗苗和何小峰早已呆在那里。乔沫甩手就是一巴掌："你疯了吗？”

大卫追着江冰宜走远了，肖奇艺冲进店内将卫子随拉走："我的祖宗，赶紧找人去！”

乔沫颓然地坐下，看着远去的一群人，百感交集。齐苗苗和小峰再好奇，也不敢上前。

乔沫担心江冰宜，现在事情要怎么收场？安慰人并不是齐苗苗的长项，她只好坐下来，默默地坐在乔沫身边。

肖奇艺一路喋喋不休地埋怨卫子随，那个拥抱对江冰宜来说是多大的刺激？

卫子随第一次失去了判断的自信，刚才只担心江冰宜会找乔沫的麻烦，担心她会对乔沫不利，确定乔沫安全的一刻，自己的心完全乱了，根本没有控制自己的情绪。

老天爷总爱开玩笑，三年前，三年后，事情的发展都脱离了自己的控制，他并不是十项全能。他第一次爱上一个女人，卫天成的警告还响在耳边，事情还是弄得一发不可收拾！

卫子随闭上眼睛，冷静，冷静，人的行为有一些重复的特性，比如生气用摔东西的方式，那么几乎每次生气都会摔东西。这一特性几乎不会改变。

江冰宜生气的时候最爱喝酒，她以前常去的酒吧就在附近，只是三年时间变迁，他们赶到时，发现那家酒吧已经不复存在，取而代之的是一家小吃店！

大卫倒是追过去了，可他没国内的手机，无法联络。事情发展到这一步，千算万算，只是算漏了乔沫，自己有多担心冰宜为难她，天知道刚才那一刻有多紧张，情绪爆发出来的一刻，哪里顾得上控制。偏偏江冰宜那一刻过来，偏偏让她看到，这根本是自己躲不过去的劫。

就在此时，两辆出租车一前一后到达，先是江冰宜失魂落魄地从出租车上下来，紧接着，大卫惊慌地从后面的出租车下来。他上前抱住了江冰宜，两人顷刻间搂在一起，大卫毕竟是男人，江冰宜怎么挣脱得过他，当下被大卫控制得死死的。

“冰宜。”得来全不费功夫，肖奇艺欣喜若狂。

看到卫子随跟过来，江冰宜死死地咬着自己的嘴唇，推开大卫，一步一步走过去，还没开口，眼泪已肆意涌出：“你爱上她了？”

“是，我爱她。”

“我爱你，一直爱你，十六岁起就认定你是我的男人。”江冰宜痴痴地说道，“这么多年了，我一直在等你，为什么你不肯接受我的爱？”

“江冰宜，你不爱我！”卫子随沉声说道，“你以为你爱我。”

江冰宜哽咽了：“十三年了，从十六岁到二十九岁，我的坚持只有你一个，我不爱你？”

“强迫症加上感情洁癖的作用。江冰宜，如果你想为了我再一次自暴自弃，舍弃自己的事业，甚至威胁自己的生命，我不会拦你，如果我需要为此承担所有人的指责，我毫无怨言。”

“强迫症，感情洁癖？”江冰宜的眼神呆滞，痴痴地问道，“你是说我有病吗？”

“没错，你有病。”卫子随刚刚说完，就被肖奇艺狠狠地掐了一把，卫子随不理会，继续说道，“看到车多的地方，你想走进车流里；站在高处，你想往下跳；洗手一定要从手指尖开始，而且反复揉搓；你念旧，去过的酒吧会一直去，餐厅只关照那几家……”

“不要再说了，不要再说了！”江冰宜怒吼道，“你以为自己是谁，什么事情都知道吗？你以为我爱你，就可以随意践踏我吗？刚才故意抱着那个女人给我看，是不是？”

“不是。”卫子随坦白道，“我担心她，关心她，爱着她，所以才会抱着她。”

肖奇艺几乎崩溃，这小子想让事情越来越糟糕吧？就是想这样，才故意这么讲！疯子，他就是个疯子！

江冰宜果然失控，张牙舞爪地扑过来。大卫拦腰抱住她，她无法前进，右脚不停地朝卫子随蹬过去。知道她腿没这么长，卫子随岿然不动，冷冷地看着她：“我有很熟的心理医生，希望你去接受治疗，如果不然，轮到双方父母出手就不好了。”

“我没病！”江冰宜怒吼道，“为什么这么对我？”

“你不爱我，只是因为你的第一次心动对象是我，就强迫自己必须嫁给我，时间久了，这种想法已经成为你的习惯。但你有没有认真地想过，是否真的爱我？”卫子随指着大卫说道，“你和他待在一起的时候，是否更自由轻松，和我在一起的时候，心脏有没有紧缩？你爱的人究竟是谁？现在回去睡一觉，好好想想这个问题，等想明白了，再来找我，像疯子一样的你，我不想再看到了。”

江冰宜已经呆若木鸡，卫子随的话像一记记重拳，每一拳都打在要害处。卫子随转身，看着陌生的小吃店：“人要学会变化，你的习惯没变，可是对象不会随着你的习惯不变，酒吧可以变成小吃店，你的习惯也该改改了，肖奇艺，我们走。”

上了车，肖奇艺还一阵后怕，亲眼看到大卫和江冰宜上了出租车，如释重负，再看卫子随，无数话语想说，开不了口，这局面，说什么也没用了。

另一边，大卫护送江冰宜回到酒店，这一次，她不再像昨晚那么激烈，呆呆地走进房间，任由大卫跟进去，她一言不发地坐在床上，手里的包“砰”的一声掉在地上。

大卫帮她拾起来，坐在她旁边，和她一样一言不发。

不知道时间过去了多久，江冰宜缓缓转身看着大卫：“你爱我吗？”

“爱。”大卫坚定地说道。

“回答得太快了。”江冰宜失笑道，“太假了。”

“如果我回答得慢，你会说我不够坚定，对不对？这个也不对，那个也不对。”

江冰宜愣愣地说道：“我想休息一下。”

“我陪你，寸步不离，肖奇艺教我的，四个字的意思是一步也不要离开。”大卫一本正经地说道，“我早上犯了一个错，现在不会了，一步也不会离开。”

江冰宜一言不发地走进洗手间，紧紧地关上门，抬头看着镜子里的自己，头发蓬松，眼线已经模糊了，脸色苍白，没有一点儿精气神。

她过去洗手，胳膊扫过去，一个东西“啪”地落下去，是刮胡刀，和一盒剃须刀，盒子散开，一些刀片散了出来，看着刀片锋利的边缘，江冰宜喉咙涌动，慢慢地蹲下去。

她伸手拨弄着刀片，锋利的刀片滑过手指的感觉很奇异，如同鬼使神差，她拿起一枚刀片，将锋利的一面比在自己的手腕上，慢慢地滑动，直到来到动脉前，只需要稍微用力，刀片就能切进去……

“看到车多的地方，你想走进车流里；站在高处，你想往下跳；洗手一定要从手指尖开始，而且反复揉搓；你念旧，去过的酒吧会一直去，餐厅只关照那几家……”

“你有病，强迫症加上感情洁癖的作用。”

“我有很熟的心理医生，希望你去接受治疗。”

第14章　爱的痛症

卫子随的声音响在耳边，让她的脑子轰轰作响，眼泪再次不受控制地流下来。当眼泪打在手背上，她死死地咬住嘴唇，眼睛闭上，手微微颤抖着，握紧了手里的刀片，正要狠狠地割下去，洗手间的门被拍得“砰砰”作响：“冰宜，你还好吗？”

江冰宜狠狠地抽了一口气，手上的动作停止了，她无力地坐在地上，埋头不语。

得不到江冰宜的回应，大卫的魂儿都要吓飞了，越发激烈地拍着门：“冰宜，你还好吗？”

“我没事。”江冰宜终于挤出三个字，并用最快的速度收拾好地上的刀片，摆在原来的位置，打开水龙头，飞速地洗着脸。打湿了整张脸后，她颓然地抬起头，再次看着镜子里的自己——狼狈不堪，可怜兮兮。

大卫靠在门口，不再像刚才那样束手无策，寸步不离四个字，他懂了，就像现在这样，守在门口，站在离她最近的位置，就是寸步不离！

水龙头没有关，水哗哗地流着，江冰宜在哗哗的水声中找到了宁静的感觉，她终于伸手关了水龙头，好好地擦拭自己的脸，梳理好头发后拉开门。

“你没事吧？”

江冰宜抬头：“求你，抱抱我。”

大卫张开胳膊，江冰宜慢慢地将头靠在他的怀里，听着他的心跳声，慢慢地闭上眼睛。他一动不动，哪怕身子已经僵硬，足足十分钟后，大卫听到怀里传来细密的鼾声，低头一看，她居然睡着了！

大卫无可奈何地耸耸肩，将江冰宜抱到床上，细心地替她整理睡姿，然后坐在地板上，就这么靠在床边，直至困了，累了，趴在床头。

江冰宜醒来的时候，看着坐在地板上，头往后仰着熟睡的大卫，心里一动，撑起身子仔细看着大卫的脸，虽然认识这么久了，两人只是好酒友、旅游的玩伴，自己几乎从未仔细看过他的脸。这么看起来，五官并不亚于卫子随，而且因为混血的缘故，更有一种独特的魅力，介于男人与少年之间的魅力。

她正看得入迷，大卫突然动了一下，江冰宜顿时心虚，猛地躺回去，紧紧地闭上眼。

大卫全身酸痛，站起来活动了一下四肢，见江冰宜还睡着，俯身过去看着她的脸，嘴里自言自语道："睡着的样子真好。"

肖奇艺和卫子随回到事务所，事情暂时告一段落。郭美佳见气氛不佳，张罗着叫下午茶，今天也不去花店了，她突然伸手一捞，从沈骐扬的办公桌上拿起他的钱包，扬了两下："沈骐扬，今天轮到你叫外卖了，让我看看钱包里有多少票子，够不够？"

"给我！"沈骐扬心里一紧，飞扑过去，顺势一夺。可惜，郭美佳早有提防，轻巧地避开之后，转了一个圈停下来，得意地握着他的钱包："舍不得？"

"不是，现在外卖服务这么专业，还可以刷卡，现金够不够不重要。"沈骐扬一想到照片藏在里面，心急如焚，"先还给我。"

郭美佳觉得可疑："为什么这么紧张？"

沈骐扬激动得手心满是汗水，就在此时，一只手伸过来，轻而易举地取走了郭美佳手里的钱包，扔回给沈骐扬，是卫子随。他不耐烦地说道："饿了，叫外卖，快点。"

得救了，沈骐扬感激地看着卫子随："我请客。"

气氛直线上升，卫子随表面上轻松，要说不担心江冰宜是假的，万一她再次想不开伤害自己，自己的罪名就大了。回到办公室，他想到了乔沫，被搂住的她眼神是那么惊慌，像一只受惊的兔子。自己一定吓到她了，以她那种温吞的性子，现在一定陷入自责中不能自拔。

卫子随等不及了，这样拖拖拉拉不是他的风格。他加快脚步进入花店，今天周三，花店例常有活动，白领们挤满了花店，还有些在门外看热闹的。

他推开人群，大步朝乔沫走过去，推开挡住自己的一位斯文男性，他来势汹汹。人群突然安静了，乔沫看着他，手脚蜷缩。

“从现在起，好好地记住我说的每一个字。我，卫子随，爱上你了，爱上乔沫，我知道你和侯孝聪在交往，但希望你能给我一个公平竞争的机会，我爱你。”

人群哗然，好事者举起手机，齐苗苗和小峰更是愕然，最近花店太热闹了。

“你的决定根本不重要。”卫子随又霸气地说道，“我看似一匹脱缰的野马，实则懂得分寸与原则，绝不轻易妥协，爱起来就像火山爆发，恨起来就像冰山一角，不管你同意还是不同意，我追定你了，就这样，我回去了。”

卫子随倒是走了，乔沫成为众人的焦点，现场的一幕已被同步直播，乔沫避无可避。好不容易熬到大家散去，收到消息的曲蔓赶回来，毕竟朋友圈里都传疯了。

冷面律师的表白霸道，乔沫毫无招架之力，这下热闹了，两位律师同时示爱！

曲蔓能看到的侯孝聪也看到了，卫子随还是老样子，看准了就全力出击，事务所的员工窃窃私语，他故作镇定，不能再等了，卫子随是匹狼，攻击性十足。

侯孝聪翻出一张名片：“陈总，对，是我，一会儿想去你们店里挑一枚戒指，钻戒，对，需要指围？我不带人，但我估得出来，好，就这么说好了，咱们六点半见。”

挂了电话，侯孝聪松了松领带，闷哼一声：“卫子随，你凭什么和我争！”

肖奇艺的手机循环播放着那段视频，边看边笑。卫子随冷冷地看着他，一言不发。肖奇艺笑够了，连连摇头：“卫子随，你为了女人下战书，准备披上盔甲去战斗了？这段视频传得到处都是，侯孝聪肯定会看到。”

“就怕他看不到。”卫子随说道，“我现在有三座大山需要逾越，从难易度来说，分别是乔沫，乔沫的父亲，侯孝聪最末。”

“不懂，侯律师应该是第一座大山吧？现任男友。”

“乔沫和他之间少了一点儿东西，只要乔沫爱上我，他不是问题。反而是乔家的老爷子会成为横在我和乔沫之间的大山，他讨厌我。”

肖奇艺没忍住笑，那盆水泼得精彩，叹为观止！

乔沫回家后没什么胃口，躺在床上辗转反侧。卫子随表白的那一幕令她措手不及。她该怎么办？台历上的标红日期比平时更触目，这个日子就是她人生的分界点。

卫子随不再找江冰宜，那边也没有任何消息。直到周五，卫子随还没起床就被门铃吵醒，开门后看到拉着行李箱的大卫和江冰宜。

江冰宜冷冷地看着卫子随：“恭喜你，你如愿了，我要去香港看病，熟人根据我的情况推荐了一位香港的医生，你没有说错，我得的是病，我再也不想被你左右。”

卫子随大大地松了一口气，用毒舌的方式戳中她的软肋的确可恶，但还有更好的办法吗？给她假象只会让情况恶化，如果她真的出事，自己一样会伤心流泪，她是朋友，是人生经历里不可抹去的回忆，重要的朋友。

洒脱道出再见的江冰宜又展现出离婚律师的风采：“我走了。”

送走江冰宜和大卫，卫子随就像发了一场梦，江冰宜或许还会回来，视她的治疗程度，但她的出现直接促进自己迈出一步，论起来，还要感谢她。

卫子随回过神后，终于雀跃起来，上班时间到了。

此时，曲蔓正开车驶向花店，因为乔沫被表白的缘故，大家似乎忘记之前自己被正室找麻烦的事了。乔沫说得对，人总是喜欢新鲜的东西。

眼看就要到停车场，路边传来一阵喧哗声，看到熟悉的电动三轮车翻在一边。曲蔓赶紧停车过去，是汪杰，看情况是自己摔的，已经在路人的搀扶下休息，脑门摔得青紫。

曲蔓推开人群过去，汪杰的摔伤不打紧，但额头滚烫：“汪老板，你发烧了。”

怪不得头晕失去控制，汪杰习惯这种小病小灾，不以为然地站起来。刚一站起来就头晕眼花，曲蔓不许他再工作，强行拉上自己的车，送他去医院。

卫子随过来时，曲蔓已经开车去了医院，晚了一步。他只想问问曲蔓，今天乔沫为什么没来花店，刚刚告白结束，乔沫不见踪影，之前的兴奋劲全没了。

小峰只知道每年这个时候，乔沫总不来店里，她到底去了哪里呢？卫子随在花店苦苦等了一小时，送汪杰去医院的曲蔓都回来了，还是不见乔沫。

“哟，卫律师，等乔沫？”曲蔓笑道，“今天真热闹。”

“可不是，刚才侯律师也急匆匆地来了，还拿着一个小巧的盒子，八成是戒指。”

不愧是侯孝聪，反应迅速，顿时向曲蔓逼问乔沫的去处。身为乔沫最好的朋友，听说其失踪的消息丝毫不紧张，说明心中有数。

曲蔓死活不松口，两人正僵持时，乔沫回来了。卫子随迎面冲过去，一把将她抱进怀里。乔沫在这个特殊的日子里格外悲伤，面对突如其来的拥抱，全身充满抗拒：“松手！”

“侯孝聪准备向你求婚，你会答应吗？”

乔沫意外，卫子随继续追问。乔沫咬牙不语，答应与否是自己的事，和他没有任何关系。看着这个倔强的女人，卫子随突然捧着她的脸，狠狠地吻上去，乔沫的眼睛瞬间瞪大，他却不给她喘气的机会，直到自己心满意足才松手：“身体的反应可以说明爱情，我信。”

乔沫气急攻心，一巴掌甩过去，卫子随不避不躲，任由脸上多了五道手指印。

“卫子随，你是不是疯了？”

“我是疯了。”卫子随看着乔沫的眼睛，无奈地说道，“因为你，我现在没有工作的心思，没有去夜店的心思，其他女人在我眼里什么都不是，事务所的工作因为你一再延迟，我甚至差点对客户失约，这一切的一切都是因为你。”

乔沫无言，在今天这个特别的日子里，她无力面对任何情况。花店里的三人看着这一幕，个个手足无措。曲蔓抱着乔沫：“卫律师，你先走吧，今天，至少今天不要让乔沫烦恼。”

此时有客人走进来，曲蔓暗道这名客人来得及时，等看清来人的样子，乔沫发现曲蔓不对劲，正要转身，被曲蔓捂住了眼睛：“别看！”

晚了，乔沫已经转身与对面的客人对上眼。熟悉的感觉浮上来，乔沫觉得掉进了冰窖，周身凉凉的，眼前的这张脸赫然是梦里时常看到的那一张，怎么会？她只觉得天旋地转，身子软绵绵，不由自主地倒在曲蔓怀里。

那个男人手足无措，卫子随一把抢过昏倒的乔沫，抱着离开花店，径自往医院走，曲蔓晚了一步，眼睁睁地瞧着卫子随的车子绝尘而去！

曲蔓只好驱车追过去，在医院的走廊里看到焦急等待的卫子随，他衣衫凌乱，双眼已经没有焦点，正焦灼地走来走去。从未见过卫子随如此失魂落魄，曲蔓有一丝丝感动，这个男人也像自己一样关心乔沫，爱护乔沫，紧张乔沫。

“卫律师，多谢你。”

“一个人的行为与语言骗不了人，她在有人的时候，永远保持温暖的笑容，但一转身，就会收了笑容，还有她的眼睛，里面根本写着——我有心事！今天到底什么日子，刚才的男人有什么特别的，你们认识？乔沫看到他后为什么反应这么激烈？”

卫子随的问题一个接一个，曲蔓招架不住了，她有种强烈的感觉，把一切告诉这个男人是对的，这个男人值得信任！

“刚才那位客人很像一位故人——乔沫的前男友，确切地说，应该是乔沫的丈夫。”

“她结过婚？”卫子随想到了那张婚纱照。

“换句更直截了当的话，乔沫，她是寡妇。她结过婚，但对方已经不在人世。”

石破天惊，卫子随的头隐隐作痛，乔沫结过婚，还是寡妇？！他哧哧地笑着，这绝不可能！曲蔓无限同情，这可是卫子随，天塌下来也未必变色的男人，人啊，为情所困就像变了一个人。

“三年前，乔沫和男友已经登记结婚，即将举办婚宴，一切都有条不紊地进行中。在我们眼里，他俩是天造地设的一对，但老天爷太残忍，两人在婚前最后一次出游时出了事故——如你现在看到的情况，只剩下乔沫一个人，一方淹死了，可是……”

“她并没有从那段回忆里走出来，至今深陷。”卫子随总算知道她内心藏着什么人，藏着什么事了，也好奇，如果侯孝聪知道这件事，会作何感想？

说曹操，曹操到，侯孝聪抱着一束花火急火燎地走进来，怀里的火红玫瑰是用来求婚的，红色与医院雪白的墙壁对比鲜明。看到卫子随，他停下脚步：“你也来了？”

乔沫还在昏迷中，情况不妙，中暑加上休息不足，现在挂上生理盐水，睡得正香，曲蔓夹在两位律师中间左右为难，索性借买水躲开。

侯律师、卫律师并排而立，侯孝聪放下手里的花：“你怎么在这儿？”

“我送她来医院，今天不是偶遇，从早上就在找她。”

“你到底想干什么？”

“师兄不是已经知道了吗？传得沸沸扬扬了，师兄不会不知道。”

“为什么是她？”

“我也想问师兄，为什么是她？这个女人不像你看到的这么单纯。”

“收起你轻浮的一面，不要污蔑她，你以前对待女人的种种手段，不适用于乔沫。”侯孝聪气不打一处来，“我和乔沫很顺利……”

乔沫闷哼一声，悠悠醒来，她隐约听到两人的对话，强撑着坐起来：“你们别吵了，我有话说，先对侯律师讲吧——我们不合适，分手吧。”

侯孝聪已经将戒指握在手里，听到这话，他已快疯了！

“侯律师，我努力了，但真的好累，”乔沫说道，“坦白说，我在父母的压力下选择和你交往，这本身就是一种自私的行为。每天强颜欢笑已经成为一种负担，我不敢想再这样下去会怎么样，不想做拖泥带水的女人，彼此痛快些，或许更好。用长辈的眼光来看，你是合适的适婚对象，长相，经济条件，为人，都无可挑剔，但是，这只是停留在对象的程度上，我们之间缺少爱情。”乔沫肯定地说道，“经过这几天的相处，我确定，我不爱你，我们分手吧。”

侯孝聪颓然地后退一步。乔沫看着卫子随：“剩下的话是对你说的，我现在没有办法展开一段新的感情，你说得对，我拥有看似坚固的外壳，但也把自己束缚其中。我现在不想出来，希望你以后别再为难我，我们可以做朋友，这是我最终的想法。”

平局！今天两军对垒，因为乔沫的干净利落打成平手，谁也没有占到便宜！

曲蔓估摸着时间差不多赶回来时，两位律师均已离去。曲蔓有些心虚，自己擅作主张把那件事情告诉卫子随，她知道了肯定和自己急。

等听到乔沫一口气拒绝了两位大律师，曲蔓的下巴都快气掉了："乔沫，伯父知道这件事情，一定要气炸了，吵翻天是必然的。"

"顾不得那么多了，我警告你，不许抢在我前面把这件事情告诉他们。"

"放心吧，我多少把柄在你手里，不作不死，不会作的。"曲蔓趴在床沿上，呆呆地说道，"好好的两支绩优股，全给抛了，唉。"

卫子随已经上车，从倒车镜里清晰地看到自己的笑容。他伸手捏住下巴，好好地调整了一番，这才将手机开机，马上肖奇艺的电话就打来了。今天约了客户，眼看要到点，不见卫子随的影子，肖奇艺别提多郁闷，一见面就好生埋怨一番。

卫子随的心情不赖，嘴巴快咧到耳朵根子上，只说有一件好事，一件坏事，先说哪件?

肖奇艺觉得有陷阱，迟迟不肯开口，非逼卫子随主动开口!

"坏消息，你流失了一对潜在客户——侯孝聪和乔沫分手了；好消息，他被自动淘汰，你嘴里的第一道壁垒，已经不攻自破。"

"卫子随，知道你现在的行为举止像什么吗? 幼儿园抢到糖果和玩具的孩子，未成年，幼稚！"肖奇艺抹了一把脸，"这年头，展开业务太艰辛了，这么稳妥的一单，飞了。"

幸好刚才谈妥了一单，一对小情人闪婚，马上就要举办婚礼。因为彼此交往的时间不长，要先想财产公证再登记结婚，现在刚拿到双方资料，马上就能展开工作。

闪婚是闪电式结婚的简称。从认识到结婚时间相当短。有的只认识一天就结婚，关于闪的概念，有一个大体的范围——认识不到三个月就结婚的都是闪婚。

这对情侣虽然是激情结婚，但也瞻前顾后，可谓激情与理智并行。两人如约到达约定地点，对方已经提前一步到达。

眼前的一对男女半生半熟——半生，因为男人不认识；半熟，女人是肖奇艺刚刚分手三个月的前女友雪儿。

雪儿长发披肩，长相秀丽，淡妆，十分素雅的样子，对着未婚夫甜甜地笑，压根没留意两人的到来。肖奇艺心里头酸酸的，雪儿看到他们，兴奋地招手。

雪儿的未婚夫叫陈翔，戴着黑边眼镜，貌似羞涩，浑身上下都是IT男的标志，格子衬衫，休闲裤，休闲皮鞋，还有黑色的电脑包。

离开自己的雪儿找了一个IT宅男，他的话不多，一直由雪儿主导。肖奇艺一向话多，今天却鲜少开口，谈话由卫子随主导。

谈话结束，雪儿主动和肖奇艺握手，只是轻轻一触，她就抽手挎上了未婚夫的胳膊。

送走两人，肖奇艺的心里颇不是滋味。卫子随看出他的心思，跟他分析——陈先生虽然话不多，但是一位良好的聆听者。雪儿在肖奇艺这里也是这样的角色，从来是肖奇艺讲，她只有听的分儿。肖奇艺忙，陪她的时间少，雪儿极度缺乏安全感，在未婚夫这里，她得到了。

人缺少什么就会寻找什么，雪儿找到了，肖奇艺必须从以前的身份里抽离出来，公是公，私是私。再说了，找一个宅男，肖奇艺不平衡；要是找一个比他强的，恐怕他又觉得自己成了受害者。雪儿是个媚财的人，一切都是自尊心作祟。

肖奇艺也怨，卫子随一定是老天爷派来惩罚自己的，丢了侯律师的单，现在还要替自己的前女友做财产公证，唉，世事难料，世事难料！

沈骐扬偷偷地溜出了事务所，在一家偏僻的咖啡店里见到了卫天成，他十分谨慎地看向四周，确定没有熟人才坐下来。

卫天成放下手里的杂志，淡淡地说道：“不好意思，不应该在工作时间找你过来。”

“没事，卫律师。”

“江冰宜给我打了电话，我知道她决定接受治疗，已经去了香港。”卫天成说道，“但我也听说另外一件事情，急于向你求证，冰宜说卫子随爱上了花店的老板乔沫，是真的吗？”

沈骐扬顿时松了一口气，想想，身为父亲却不知道儿子的近况，还要从旁人这里打听，也真够可怜的。惊觉自己有这种想法，沈骐扬吓了一跳，不可妄自菲薄别人的生活。

沈骐扬找出那个视频，卫天成看完了，长叹一声：“这阵子辛苦你了，只要你愿意，可以随时回来，我会给你更多机会，帮助你的成长。”

卫天成不急着让他做决定，他离开后，沈骐扬颓然地坐下，想当初挤进卫天成的律师事务所，自己兴奋得不能自已，到后来被卫天成派来做如此私密的工作，更让他觉得是得到卫天成的赏识，可是现在，明明有撤离的机会，为什么，心里这么犹豫不决？

如果回去，有现在的这层关系，一定会更上一层楼吧。沈骐扬掏出钱包，抽出最里面的照片，轻轻抚摩着郭美佳的脸，叹了一声，真舍不得。

沈骐扬回到事务所，进门就看到郭美佳。见他魂不守舍的，郭美佳打趣道：“你魂丢了？”

沈骐扬正悲怆中，看着她，脸也臊红了，默默地走开。虹姨凑过来：“一个大小伙儿在一个大姑娘面前脸红，话也说不清楚，还能因为什么，他，八成喜欢你了！”

“怎么可能？”郭美佳吓了一跳，“我比他大啊。”

“不就大三岁嘛。女大三，抱金砖，咱们老家的俗话，三岁算什么。”

郭美佳呆住了，沈骐扬？自己和他？虹姨还告诉她，沈骐扬经常对着前台傻笑，她是身在福中不知福，到处寻寻觅觅，身边已有良人。

医院里的曲蔓趁着乔沫睡着，偷偷地去了另一间病房，可是病床已然空了，一打听才知道汪杰已经出院了。前脚汪杰固执地出院，后脚睡着的乔沫输完两瓶生理盐水，也吵着要回家。曲蔓拗不过她，只有送她回去休息。

见乔沫是被扶着回来的，可把乔康和郭美兰吓得够呛，听说是中暑，已经输过液才松了一口气。乔康的气不打一处来，郭美兰记得今天是什么日子，示意曲蔓赶紧带乔沫进房。

房门关上，乔康的眼泪在眼眶里打转，那是个多么好的孩子啊，就那么没了，还是在那么关键的时刻，当初两家人伤心得像世界塌了，那个孩子也是自己的半个儿子，心也疼。三年一晃过去了，逝者不能生还，活着的人总该幸福吧。

乔沫听着父母的窃窃私语，毅然走出去。曲蔓吓坏了：“你真要讲？”

“我不能瞒着他们，让他们盼成一场空。”

乔沫固执时谁也拦不住，曲蔓晓得这一点，默默地让开。乔沫向父母坦诚和侯律师分手的事。乔康只是叹了一口气，默默地坐在躺椅上。郭美兰对老伴的反应大感奇怪，她以为又会是大闹一场。

乔康摆手，乔沫走了，连她也没想到父亲会轻描淡写地带过去。郭美兰更是惊讶，老头子转性子了？其实知女莫若父，女儿不愿意屈从，更不愿意虚心以待，只是可惜了侯孝聪那么好的对象，可惜了。

曲蔓待在乔沫身边有些魂不守舍。乔沫就笑了，刚才自己抓到无数个1/25秒，担心，紧张，焦急，已经一股脑地涌出来了。

“有事就走吧，我已经到家，有爸妈照顾。”

曲蔓早等着这句话，赶紧离开，直接去了汪杰的水店。他不在医院养着，贸然出院，高烧哪有这么快缓解，不要命了！

汪杰正躺在床上闭目休息，店里人手不足，本想回来帮忙，结果还是体力不支，无奈放弃工作的念头。恍恍惚惚中闻到一股香水味，睁开眼，曲蔓已经走到床边，他吓了一跳。

曲蔓放下手里的水果，责怪道：“不在医院好好待着，就爱逞强，你不舒服，躺着吧。”

汪杰早就支撑不住，头重脚轻，浑身火烫，并不勉强自己，马上躺下，或许是那股香气的原因，他马上就合上眼睛，沉沉睡去。

曲蔓在房间里转来转去，瞅到桌子上面的日记本，按捺不住好奇心，小心翼翼地翻开一页，只见上面写着——分店规划方案。

她忍不住打开，汪杰的字迹钢劲有力，里面写着汪杰的最新规划，但不仅停留于计划，而且已经进入实施阶段——第三家水店的选址。回头看着熟睡的汪杰，曲蔓对他刮目相看，现如今，眼高手低者大把，务实者反而少寡，她脸上不经意地扬起笑容。

汪杰醒来的时候，已经不见曲蔓的身影，床头柜放着纸条——按时吃药，早日康复，我先走了，曲蔓。

汪杰抿紧嘴唇，不知道为什么，心中感动不已，他视若珍宝地将纸条收好。

午餐时间，天公作美，卫子随和侯孝聪又遇上了，情敌相见，气氛颇为凝重。二人索性坐到了一张桌子上，有些话必须得当面说说了。卫子随不觉得愉悦，他主动邀约，大方地让侯孝聪点菜。

侯孝聪也不客气，点的全是招牌菜。服务生前脚刚走，卫子随率先前攻：“关于乔沫，你知道多少？”

“不会比你少。”侯孝聪坐得笔直，一副戒备状态，顺手端起茶杯喝水。

“有件事情你一定不知道。”卫子随狡黠地一笑，“她有过婚史，前夫已经去世，我们钟爱的这个女人，其实是个寡妇。”

水已入喉，听到这话，这口水差点喷出来，侯孝聪看着卫子随：“不要随便乱讲。”

“她的闺蜜亲口所说，三年前，她和已经登记结婚的丈夫出行，发生溺水事故，一死一幸存。”卫子随说道，“这个女人，浑身是伤，心门紧锁，你现在知道她为什么封闭自己了吧？”

“那又怎么样？”侯孝聪将茶杯狠狠地放在桌上，“想让我知难而退？”

“看你怎么理解。”

“卫子随，你也有这么幼稚的时候？还是抢走别人的东西会不自觉上瘾？”

“被迫害妄想症，”卫子随说道，“现在尚无证据表明遗传因素有重要作用，多在精神因素，如意外事故、挫折或失败作用下开始发病，因此精神因素可能起着促发作用。”侯孝聪的脸扭曲着，卫子随继续说道，“这种患者会认为自己遭受陷害，跟踪，一件小事就能理解为阴谋，而且做出不必要的联想，也因此变得极度谨慎和处处防备。”

“这和我有什么关系？”侯孝聪反问道。

“我只是想起来，随便说说而已，师兄别介意。”

“这一次，最后的赢家一定是我。”

“那就走着瞧。”卫子随淡淡地说道，“感情的世界没有输赢，只有爱，或不爱。”

花店里，乔沫狠狠地打了个喷嚏，齐苗苗没忍住笑意。乔沫知道她在幸灾乐祸，成天看别人的优缺点，替别人解析压力，现在轮到自己反而六神无主。

在齐苗苗看来，二选一不是很简单的事情嘛，为什么轮到乔沫自己就无法选择呢？齐苗苗注定不懂得乔沫的选择痛苦，吃片面包会犹豫抹哪种酱；走到路口会犹豫选择哪条路线；选择交通工具，也会算算公交还是步行，还是打车……任何一种选择，乔沫都很认真。

卫子随来了两次，被拒绝的他显得格外兴奋，早晨送来咖啡，还有一张随手贴，上面是他龙飞凤舞的字迹——压力过大时，让自己暂时轻松一下，早安。

下午，卫子随又送来曲奇饼干，还是自制的笑脸图案。肖奇艺手快，率先抢了一块，被卫子随一巴掌打下来。肖奇艺气极，骂他见色忘义。

卫子随见乔沫无所适从，索性把她拉出花店，到了空旷的地方，终于拿出之前准备的项链。

乔沫打开盒子："很漂亮，是我的风格，你花心思了，谢谢。"说完却把盒子还给卫子随，"心意不会晚，但它需要时机，我们的时机不对，与其开始一段痛苦，不如在这段感情未开始前就扼杀掉，这样省去不少麻烦，对大家都好，不是吗？"

"你在逃避。"

"是，我承认，希望以后不会在花店看到你。"

乔沫转身就走。远处，曲蔓将一切尽收眼底，她惶惶不安，也替乔沫觉得庆幸，知道实情的卫子随还是一往深情，这是一件好事。

曲蔓回到花店缠着乔沫晚上去她家过夜。乔沫看出曲蔓有心事，自然要给地这个机会，转头看到心情不佳的沈骐扬，他也是心事重重。

沈骐扬接到卫天成的提议后一直左右为难，天平其实已有所倾斜，等回到写字楼，鼓起勇气给卫天成回电，果断拒绝了他的提议。

卫天成颇感震惊："卫子随的事务所只接民事委托，最赚名利的离婚官司他也不做，仅靠婚前财产公证和证婚，你觉得有多大的前途，他那里到底哪里好，让你舍弃回来的机会？你要知道，我的事务所，不是随便能进的，二次返回的机会更少。"

"卫律师，您愿意履行当初的承诺，我很感激。"

"那只是一个小小的不求上进的事务所，你要赔上自己的前途？沈骐扬，你疯了？"

"可这里有人情味。"沈骐扬的音调忍不住上扬，"大家都很好，懂得为对方着想，虽然大家是不同的处世风格，但大家是善良的。还有卫子随，他是一个很正直善良的人，有他自己独有的处世风格，就算所有人不喜欢，但不能改变良好的本质，我愿意跟着他工作。”

“所谓独有的处世风格是指放荡不羁，浪费自己的才华，流连夜店吗？”卫天成嗤之以鼻，“这也是你个人追求的境界？”

“他虽然放荡不羁，但从未让客人失望；虽然流连夜店，但从来没有惹上桃色纠纷，清楚懂得分寸。”沈骐扬不知道哪里来的勇气，居然与卫天成辩起来，“他浪费自己的才华……嗯，这个我的确不知道原因，但是，能让他做出这么重大的决定，起因一定不简单。”

卫天成愣住了，握着手机的手抖动起来，他必须极力控制自己的情绪。沈骐扬虽然唐突，但他说中了一点，能让卫子随浪费自己的才华，甘心沦为一名民事律师，起因不简单！

第15章　草食女与肉食男的初次约会

话已出口，沈骐扬恨不得一头撞向墙壁，自己一定是疯了，疯了！卫天成是自己最尊敬的律师，如同至高神高高在上，自己只能仰望的神，自己居然和他顶嘴，而且……天啊，沈骐扬拍了自己一巴掌，都说了些什么啊！

电话那头没有动静了，沈骐扬紧张道："卫律师？"

"我不会强人所难，不想回来，就待在那里好好干。"卫天成说道，"只是，你依然领着双份薪水，继续向我汇报卫子随的情况。"

沈骐扬大着胆子说道："卫律师，这份活儿，我不想再做了。"

卫天成再次愕然，话已经到了这个分儿上，沈骐扬索性说到底："虽然很对不起您，但我不想再偷偷摸摸地做人了。我对不起他们，一直在欺骗他们。这样的日子再也不想过了，以后，我只是卫子随事务所的一名普通员工，不再是无间道，谢谢您这些日子的关照。"

托卫天成的福，双份薪水很好，解决了不少现实的问题，沈骐扬的感谢发自内心！

卫天成挂了电话，父子俩不能无话不谈吗？沈骐扬年轻，但话说得有道理，可要自己迎难而上，太难了！卫子随，他有什么魅力，让沈骐扬对他死心塌地？自己并不懂儿子。一个外人都能看到他的好处，可自己没有。卫天成心乱如麻，无奈地扶着头。

沈骐扬拒绝了卫天成，心脏还怦怦乱跳。这时郭美佳突然拍了他一下，沈骐扬的脑子一片空白：“你，你怎么在这儿。”

“厉害啊，小子，维护老板，敢和大名鼎鼎的金牌律师顶嘴，够厉害！”

“你都听到了？”

“傻小子，你进事务所的第一天，大家都知道你是什么人了，每天坐在马桶打电话，多亏马桶结实。既然决定留下来了，以后好好干，咱们是真正的自己人了。”

沈骐扬欲哭无泪，这些天的自鸣得意简直成了笑话。看着兴高采烈的郭美佳，他不知道哪来的勇气，冷不丁地抱住郭美佳：“是，以后是自己人了。”

“喂，你这小子。”郭美佳想推开他，奈何他抱得太紧。

沈骐扬抱完兴奋地松开，马上退到一丈开外，转身就跑。郭美佳看着那小子的滑稽背影，不自觉地露出一丝笑容。

下班曲蔓要去乔家过夜，其实自己很心虚。她透露了乔沫的秘密，总是习惯性地用余光看乔沫，双手不自觉地握紧方向盘，原来人心虚的时候，手心会出汗，心跳也乱了频率。

乔沫早已看出来了，曲蔓有心事，不止一次打量自己的表情，吃饭时也小心翼翼。洗完澡，两人穿着睡衣坐在床上，乔沫扳过曲蔓的身子，说道：“有什么话尽管说吧。”

“我觉得你有病。”曲蔓开口就像小辣椒，“三年了，你为他守了三年，足够了，发生的那些事也到头了。不管真相是什么，你都该让自己释放出来，压在心里，不重吗？不疼吗？”

“你不止想说这些吧？”乔沫突然笑了，“说点你真正想说的。”

曲蔓出师不捷，悻悻道：“我做了一件事情，心里很不安，现在必须告诉你——我把你的事情告诉卫子随了。乔沫，对不起，我错了。”

“你说什么？”

“我把你和成浩的事情告诉他了，因为我真的感觉到他爱你，比侯律师更热烈。我那天大概是晕头了，全讲了。他，他知道以后还是那么热烈。乔沫，卫子随真的爱你。”

没有听到乔沫的声音，曲蔓扭头一看，她已经泪流满面。乔沫难以说明现在的心情，固然知道曲蔓是为了自己好，可是，就像当众被扒了衣服，将最不愿意坦露的部分曝光，尤其对方是自己最不愿意接近的人——卫子随。

这两天自己的固执看在他的眼里，已经成了笑话吧。他洞察一切，像看戏一样看着自己的“抵抗”：“曲蔓，这件事情，你不要再管了。”

乔沫固执地不看曲蔓一眼，这点早在曲蔓的意料之中，自己可是戳中了乔沫的痛处，违反了保密条例，她自知待不下去了，乖乖地收拾东西默默离开了……

她委屈，讲出来是不对，可初衷是好的，那个坏丫头，看到自己走也不拦着！不知道往哪里去的曲蔓鬼使神差地将车开向水店。虽然是深夜，汪杰仍在独自忙活，听到汽车的引擎声，他好奇地回头，伸手挡住刺眼的灯光后，惊喜不已——竟然是曲蔓！

店里没有其他人，两人第一次真正单独相处。

“你有心事？进去坐坐吧。”两人面对面坐着，汪杰的手指绞来绞去，“愿意的话，和我说说吧。”

“有一对好朋友，其中有一个拥有深埋三年不为外人知道的秘密，家人也不怎么碰触。这个朋友，她虽然不是家人，但也知道这个秘密。直到有一天，因为某个原因，她一时冲动将这个秘密告诉了一个外人，那个外人爱着她的好朋友。”

“有人出于好的目的将朋友的秘密告诉了第三个人，对吗？”

汪杰的理解能力超乎曲蔓的想象。曲蔓兴奋道：“是，好朋友生气了，你觉得应该吗？”

汪杰马上笑了，说出秘密的人就是曲蔓，至于好朋友，理所当然是乔沫了。

“可是，秘密之所以称为秘密，当然因为它的隐秘性，对不对？那位好朋友觉得被出卖了，所以感觉很受伤，这是理所当然的。有多重视友情，就有多受伤，初衷是好的，但必须更谨慎一些。我想，那个秘密是朋友内心的伤痛吧，不然反应不会这么大。”

曲蔓眼圈微红。汪杰继续说道：“朋友一定不会责怪彼此，真正的朋友没有过不去的坎儿。”

“唉，我怎么管不住自己的嘴。”

“本来是一番好意，但没有得到认同，所以才觉得委屈，尤其对方是你真正在乎的朋友。”汪杰一本正经地说道，“委屈的话大吼一声就过去了，人和人哪能一点儿摩擦没有？和自己的父母还犟嘴呢，明天呢，一切如常，别太当回事。”

曲蔓的心轻快许多，看时间不早，告别汪杰离开了。她刚上车手机就响了，见是乔沫的号码，立刻开心得眼泪流出来：“你怎么才来电话？不是不理我了吗？”

“我什么时候说不理你了？刚才你不声不响走了，快回来吧，我爸妈知道，又该训我了。对不起，曲蔓，我知道你为了我好，但是它封存得太久，已经成我的伤疤。这道伤疤只能让你看到，突然有外人看到，我不太适应。”

曲蔓开心得笑出声来：“乔沫，有你真好，都怪卫子随那个家伙，干吗那么爱你，我真的觉得，他好像比侯律师更爱你，害我控制不住。”

乔沫召唤后，曲蔓赶紧开车回去。乔沫一直在门口等着，重新相见虽然有些尴尬，但乔沫主动上前一个拥抱，两人又和好如初。

折腾到大半夜，两人又重新躺在床上。曲蔓撑起身体看着乔沫的脸：“我的直觉，卫子随可能是成浩派来拯救你的，你同时拒绝两位律师，理由一定不同。”

乔沫不说话，曲蔓来劲了：“两位律师之间，你对卫律师更动心，对不对？”

乔沫用同样的问题反问自己，那个家伙的放荡不羁曾经让自己不屑，但他与自己的交锋中，却又看到不同的一面。他骨子里是个善良的人，他犀利的洞察力让她无所逃避，就连内心的壁垒也被轻易看出。

他说，爱也会反映到身体，不管是他轻轻的偷吻、霸道的强吻，都让自己心动不已，但是，内心依然害怕。

曲蔓倒觉得，既然可以给侯律师一个机会，公平起见，应该给卫律师一个机会，尝试以后才知道自己爱的是谁，顺便把自己从过去拽出来。

这个夜晚注定难眠，乔沫没睡好，第二天一早，黑眼圈都出来了。刚进花店，卫子随就进来了，一巴掌将两张电影票拍在桌子上：“今天晚上七点半，情侣卡座。”

“我不是和你说清楚了吗？”乔沫瞪他一眼。

边上的曲蔓重重地咳了一声，这个乔沫就是嘴硬。这时齐苗苗插话了：“为什么能陪上一位侯律师，这一位就不行？一人一次机会，公平。”

“不想去？”齐苗苗见乔沫不吭声，直接过去拿电影票，“那我和同学去看。”

“谁说我不去？”乔沫一下子把票盖上了。

卫子随邀约成功，兴高采烈地回到事务所。郭美佳见他那兴奋劲啧啧道：“今天有喜事。”

有肖奇艺在，事情马上传开：卫子随和乔沫要约会，第一次就情侣卡座，不可思议的是乔沫答应了！作为回报，肖奇艺把沈骐扬脱离卫天成队伍的消息告诉了卫子随。

这一点颇让卫子随意外，多少年轻人想跟着卫天成打混，谋求好的出路，毫不夸张地讲，从卫天成的律师事务出去找工作，都会比别人高一个起点。

下班后，卫子随踩着下班的点冲到花店，让乔沫吃惊的是，卫子随并没有带她去什么高级餐厅，而是一家小食店。

“这里的东西很好吃，虽然环境一般，吃东西看本质，食物的本质在于味道。”

乔沫突然轻松了：“下午你没来，是不是因为我上次说的话？”

“前阵子因为你的缘故耽误了不少工作，现在必须马上解决掉，不然哪有时间约会。”

乔沫的脸微微发烫，卫子随熟练地点餐，之前在这里吃过，直接解决试餐的麻烦。卫子随不抬杠了，乔沫有些不习惯：“你今天太顺着我，我不太习惯。”

“要不要来一次专业的对决？微表情其实也属于心理范畴。从某种角度来说，你只是小众，我才是大家，你已经输了。”

“但这一块恰好你不会，是你的弱点。”乔沫说道，“不是人人可以捕捉到1/25秒。”

“是，我不能。”卫子随说道，“这一点上我输了，结果——平局。”

两人相视一笑，用餐的氛围更轻松了。吃完饭，两人往电影院走去，刚一进去，不知道打哪里飘来的一股酒气，卫子随还没有反应过来，一团软绵绵的东西冲进自己怀里，然后不管三七二十一地抱住他的腰：“老公，你怎么才来！”

乔沫一看，一个醉醺醺的长发女人痴缠在卫子随怀里。她看上去二十岁出头，五官精致，只是妆花了，显得有些狼狈。她穿着超短裙，尖利的高跟鞋，上半身只穿了一件背心，此时丰满的胸部正挤压在卫子随的胸口，场面那叫一个香艳！

“小姐，你认错人了。”卫子随难得慌张，谁让乔沫在这儿，今天是撞了什么大运，第一次正式约会就遇上这种乌龙。

“老公，你怎么不认识我了？我们上次还一起去酒吧，你不记得了吗？”女人索性抱住了卫子随的脖子，痴痴地看着他的脸，酒气直往卫子随的鼻子里钻。她自己浑然不觉，傻傻地念道，“才这么几天，你就不认识我了？你怎么这么无情呢？”

乔沫耸耸肩，一副与自己无关的样子，甚至退到一边。卫子随急了：“乔沫，我不认识她，你还不过来帮帮我？”

乔沫只是笑笑，卫子随懂了，她这是想看自己出洋相！

卫子随用力扳开女人的手：“这位小姐，你看仔细一点儿，你不认识我，对不对？”

“不对，你是我老公！”女人一把鼻涕一把泪地说道，“你当初对我说过的话都忘记了吗？你说会爱我一生一世，永远不会离开我，那些你都忘记了吗？你怎么可以爱上别的女人？”

“这个男人真是，脚踩两只船。”

围观的人越来越多，议论声纷纷响起，卫子随暗道不妙，这样跳进黄河也洗不清了。

女人的神经越发敏感，感觉卫子随要走开，突然冲着他又拍又打，拽着他的领口说道：“你这个没良心的东西，我肚子里已经有了你的孩子，你连孩子也不要，就要跟着那个女人走，你还有没有一点儿良心，你这个混蛋，混蛋！”

四周谴责声四起，卫子随往四周看看，电影院周边有不少餐厅，这女人喝多了才冲出来，究竟是从哪一家跑出来的？

卫子随问四周有谁认识这位女士，人群骚动，议论纷纷，却无人认领。

看热闹看够了，眼见得卫子随无法抽身，乔沫也往四周张望，终于看到人群外有俩人正寻人，手里还拿着一个女式包，再看这个女人没有拎包，马上将那俩人引过来。

围观的人群里三层外三层，将卫子随和那个女人围得水泄不通，乔沫扒开人群，那俩人看到女人赶紧将她拉住："不好意思，她喝多了，认错人，不好意思。"

得救了，卫子随看着乔沫，她还一脸幸灾乐祸的样子。看热闹的人群散了，女人被朋友架走，乔沫意味深长地说道："女人缘挺好的。"

电影还有十五分钟开场，两人抓紧时间过去，卫子随靠在乔沫身边："有个懂得微表情的女朋友真好，第一时间就能判断我的清白。"

要不是看出是误会，乔沫早转身走了，哪有看热闹的心情?

"那个女人出现时，你在第一时间下颌下垂，嘴唇和嘴巴放松，眼睛张大，眼睑和眉毛微抬，这是惊讶的微表情。当然，仅凭此仍无法判断你们是否认识，毕竟约会中有相好过的女人突然出现，也会惊讶。"

相好过的女人？卫子随才知道自己在乔沫的心里是何等形象。也是，一件事情接着一件事情，方向早就跑偏了，可乔沫内心也有自己的判断，所以才答应约会。

"但你接下来有另外一个表情——瞳孔放大，这表示你很愤怒，同时提高右边的眉毛，说明你很疑惑，你很好奇这个女人是谁，如果认识就不用如此了，不认识即误会。"

"厉害，谢谢你帮我找到她的朋友替我解围。"

"举手之劳，还有，我懂得微表情，但是，我现在不是你女朋友。"

卫子随笑笑，现在不是，迟早是。

两人的第一次约会出乎意料地顺利，乔沫比预想的更干脆利落。回家的路上，乔沫睡着了，路边的霓虹映射过来，她的脸变换着颜色，看上去格外俏皮。到了地方，乔沫没醒。

卫子随轻轻地将她拉过来，让她的头靠在自己的肩膀上，不知道时间过去多久，乔沫终于醒来："我睡了多久？"

卫子随的肩膀又酸又痛，悄悄地活动身子，漫不经心地说道："一个小时而已。"

卫子随率先下车替她拉开车门，乔沫打趣道："对你的女伴都这么绅士吗？"

"女客户外，你是第一个。"卫子随正色道，"独家特权，你永远不会是我的客户，我不会给自己的婚礼证婚。乔沫，我们到底什么关系？你否认女朋友，那我们是什么？”

“我和你之间隔着第三个人。”

“看来曲蔓向你招供了，是，我已经知道你的过去，你现在的身份有些特别——是一个寡妇，还是一个生活在过去不愿意出来，面对感情开始自卑逃避的寡妇。我相信除了你前夫的死，还发生了一些事情，这些事情才是你不愿意面对的，对不对？”

乔沫不作声，心却被扒拉开一道长长的口子，鲜血淋漓！

“就像江冰宜患有爱情病症一样，你也有病，同样需要去看心理医生！沉浸在过去对你没有任何好处。曲蔓没有告诉我真正的核心，你听我的建议，想从过去走出来，就把它摆在台面上，哪怕它不堪入目，会戳中你最痛的地方，不要对自己留情。”

乔沫强压住打人的冲动，卫子随一字一句地说道：“你的事，我管定了。”

“乔沫，你和谁说话呢？”一阵急促的脚步声传来，这个声音让卫子随猝不及防——乔康，真是越怕什么，越来什么，典型的墨菲定律。刚才一路来的时候，卫子随已经在盘算，如果遇上乔康会怎么办？现在好，真遇上了！

两人站在路边，连躲的地方也没有。乔康步步靠近，看清眼前的人，他气不打一处来：“乔沫，你怎么和他在一起，他送你回来的？”

“伯父，您可以问我。”卫子随暗道自己倒霉，但也不能看着乔沫被追问，他急声说道，“我只是和乔沫吃了一顿饭，看了一场电影，顺便再送她回家，毕竟这么晚了，不能让她一个人回来，我不放心。”

“你不放心？”乔康拍着自己的胸口说道，“我是她爸，该不放心的人是我，你到底是个什么意思？对我们家乔沫打什么主意？”

“我爱乔沫，现在正在追求他。”卫子随豁出去了，“希望获得伯父的同意，我本来想确定乔沫的心意后再登门拜访，现在提前了，我正式向您请求，希望您能同意我和乔沫交往。”

“你，你，我发现姓卫的都不是好东西，之前有个老的，姓卫，缠着我们家那口子，现在倒好，冒出来一个小的，姓卫，缠着我闺女！我呸，卫这个字就不吉利。”

“爸，别乱说话，卫律师是卫子随的爸爸。”乔沫赶紧说道。

“你说啥？敢情他们是爷俩？”乔康嘿嘿一笑，不屑道，“怪不得都一个德行。”

乔沫突然呆住了：“妈。”

乔康一愣，转身一看，郭美兰就站在离他们两米不到的地方。她呆若木鸡，冷眼看着三人，手里还拿着一件汗衫，看尺码就是乔康的。乔康一时语塞，却还嘴硬：“我又没有说错，老的挂念我的老婆，小的挂念我的女儿，都不是好东西！”

卫子随无语凝噎，所谓气运有变数，自己今天是先扬后抑，现在气运全无，而且心里憋着一团气，为什么乔沫的母亲也被牵扯进来，还有那个人？

郭美兰听到乔康的中伤，心火直冒，转身就走。乔沫示意卫子随赶紧走，撇下乔康去追郭美兰。路灯太暗，母女俩并肩走在巷道，看不清对方的脸。郭美兰拉起女儿的手：“放心吧，我没事，你爸那张嘴我还不知道嘛，从来狗嘴里吐不出象牙来。”

乔康远远地跟在两人身后，三人的影子落在地上，长长的，斜斜的，前后到了家。进了屋，郭美兰像没事人一样进了房间。乔沫拽住刚进来的乔康：“爸，您得好好给妈道歉。”

乔康还是嘴硬，心里早就急得像热锅边的蚂蚁，走进卧房，见郭美兰已经躺在床上，闭着眼睛，想了一下，老毛病又上来了，实在开不了口的他自顾自地睡了。

天明时，乔康下意识地伸手一摸，床边是空的，他打个激灵，郭美兰不在。他趿着拖鞋来到院子里了，天微明，还不到早餐时间，厨房也没有人。

听到外面的动静，乔沫走出来，父女俩一通找，不大的院子真没人，乔沫这才反应过来——郭美兰离家出走了。

一问乔康才知道，他昨天晚上根本没向郭美兰道歉！他一而再、再而三地挑战郭美兰的底线。两人等到八点，郭美兰没有回来，倒是齐苗苗过来了，看到爷俩的状态，感觉不对劲：“怎么了？阿姨怎么不在？”

听说郭美兰离家出走，齐苗苗着急，要立刻出去找。乔沫叹息道：“苗苗，我妈没有可去的地方，这些年，她一直围着家打转，兢兢业业，从不出去跳舞打牌，总是在家里操持家务，关心我们的生活，老同学什么的早就断了联系。”

齐苗苗和乔家打交道这么久，不用想也知道是乔康惹怒了郭美兰，她气上来，直通通地说道：“您就是这样，阿姨做饭，您挑三拣四，没有一句好话，成天挑挑拣拣。这下好，积少成多，阿姨平时受的气太多，现在爆发了！”

乔康被呛，居然老实地一言不发，谁让齐苗苗全说到点子上。

此时，郭美兰独自一人走在大街上，茫然若失，她不知道自己能往哪里去，终于，她怅然若失地停下来，不知不觉中，眼泪已经流出来。

“美兰。”一辆汽车停下来，车窗落下。

是卫天成，郭美兰觉得造化弄人，偏偏在这个时候遇上他！看到她满脸泪水，卫天成马上推开车门下车，他几乎是脱口而出：“他欺负你了？”

“他就那个脾气，我也是一时气不过，出来走走。”郭美兰抹去泪水，“让你见笑了。”

卫天成晓得她的性子，她善良，不会说谎。卫天成把她拉到车里，一番开解后，执意要送她回家。郭美兰本来也知道自己没有地方可去，迟早要回去。她哪知道卫天成执意送她回去的目的。

只是，看到带着郭美兰回来的是卫天成，乔康的脸都变了。倒是卫天成大大方方，一步步走向乔康：“老乔，我在路上遇到她，现在把她交给你了。”

“熟人才叫我老乔，再说了，你们俩怎么又在一块？路边遇上的？和上次一样，好啊，郭美兰，你前脚刚走，就去找他了？”

“你闭嘴。”卫天成气沉声道，“她没有地方可去，如果不是遇上我，她现在还在街上漫无目的地走。她是你的老伴，我们都说老伴就是老来有伴，一个陪在你身边几十年的女人，默默地为这个家庭奉献了几十年，一直对你忠心不二的女人，你怎么可能怀疑她？我现在无法想象，如果我今天没有走那条路，不经意瞥到路边流眼泪的她，她会怎么样？咱们的年纪不小了，到头来儿女长大都有自己的生活，不再围着咱们转，唯一陪着自己的就是老伴！”

卫天成毫不客气，上来就是一通教育，乔康一时反应不过来，只是被动接受这番“狂风骤雨”。乔沫和齐苗苗都痛快不已，这番话，从卫天成的嘴说出来，远比她们说更有作用、更有效果。

“我知道你在想什么，担心我把美兰抢走。是，我和美兰是老同学，年少的时候，我暗恋过她，所以重新见到她真的很高兴。但是咱们得搞清楚，那些是过去发生的事情，我有爱人，有儿子。我的心只有这么丁点儿大，所爱的人只有我过世的妻子，不会有其他人。你明白妻子离开的感受吗？简直生不如死，我有多后悔，后悔以工作太忙为借口，只有丁点儿时间陪伴她；后悔吃饭的时候，接到一个电话就走；后悔她生病的时候，我还在法庭上口沫横飞，却没时间关照她好好吃饭，注意身体。”

郭美兰听得清清楚楚，眼泪不知不觉地落下。乔康嘴巴微张，一句话也讲不出来。卫天成长长地叹了一口气：“在有生之年，彼此好好珍惜对方，不要等失去再后悔，很多事情不能逆转，错过了再终生后悔。美兰，你怎么说，走，还是留？”

郭美兰也是一愣，卫天成冲她使了个眼色。乔沫也看得清清楚楚，不得不佩服卫家父子都是有手腕的人，一言一行中已经将局势牢牢把握！

郭美兰心领神会，抹去泪水，说道：“我也是受够了，忍了你大半辈子的臭脾气。我就想着，你就这样的脾气，忍一忍吧，两口子过日子哪能十全十美？可是，现在临老了，女儿都这么大了，还让你数落得不清白，这日子还能过吗？”

“美兰，我错了，真的错了，你不会想和我离婚吧？”乔康吓得魂都飞了，“我昨天晚上说的是气话，这不是看乔沫拒绝了侯律师，和那个姓卫的小子在一起，所以来气嘛。”

卫天成嘴角动了一下，没了沈骐扬这个耳目，错过了这么重要的消息。

郭美兰存心要给乔康一点颜色看看：“现在离婚真是亏大发了，你要是有大把的钱赔我也好，现在有什么？这套小院，还有女儿？”

“美兰，我太不是东西了，都是我的错，苗苗说得对，我对你态度差，挑三拣四，以后我全听你的，你别不要我呀。这样吧，我马上，马上做饭给你吃，你也挑我一回。”

“你做的饭人能吃吗？我也没别的要求，你以后能稍微理智一点儿就好。”

乔康惊喜道：“你原谅我了？”

郭美兰无可奈何，这种事情点到即止就好，他非要打破砂锅问到底！

乔沫说道："好了，爸，还不请卫律师进去坐？"

乔康这才反应过来，面对这位曾经的"情敌"有些尴尬。卫天成倒是大大方方地坐下，好奇地看着四周。乔康闷声说道："咱家也没什么可看的，一般人家。"

乔沫替卫天成倒水，正准备送过去，听到卫天成说道："其实我早有过来的机会，但是，让给了我儿子——卫子随。"

杯子里的茶水溢出来，乔沫惊讶地回头，所有人的目光聚集在卫天成身上。他淡淡地说道："之前有位李钢找到我，有一桩民事索赔的委托，起诉的对象是乔康。"

乔康倏地站起来："你说啥？"

"因为老同学的关系，我自然希望将大事化小，但我不方便出面，毕竟是老相识，所以找了我的儿子。"卫天成说道，"我们父子俩几乎水火不相融，我让他做的事情他从不会答应，唯独两次例外，第一次，就是我请他出面处理这宗纠纷，务必做到私下调解，完美解决。"

乔沫端茶给卫天成，卫天成看着她，笑了一下："连我也很意外，为什么会痛快地答应呢？最终的结果也不错，他发现关键在于当事人的儿子身上，得知产权关系与亲子关系之后，亲自上门找了李钢夫妇，整件事情就这么顺利地解决了。"

乔康和郭美兰对视一眼，郭美兰说道："原来是这样？"

"难道有假？"卫天成说道，"然后是这一次，我偶遇美兰是真，但我原本也要来的，因为昨天晚上接到他的电话，请我出面解释，以免造成你们的误会，第一次，他欣然答应我的要求，这一次，居然破天荒地主动求我。"

乔沫意外得很，昨天她的确向卫子随提起父亲对卫律师的误解，卫子随马上行动，今天卫天成就来了。乔沫手心冒汗，脸也烫烫的。

"我这个儿子和我关系不佳，在我面前鲜少服软，都因为你们乔家，不，确切地说，因为乔沫。"卫天成感慨道，"都说女大不中留，儿子也一样。"

大家的目光同时看向乔沫，她尴尬地笑笑，不由自主地缩了缩身子："谢谢您来。"

既然把话讲开了，卫天成索性捅破那层窗户纸，继续说道："我想他找我只有一个理由，他遇上难题了，因为乔先生对他有意见，第一次的民事纠纷让两人站在不同的立场，俨然敌人。知道他怎么说吗？他说是我把他卷进来的，现在有必要替他澄清。”卫天成笑了，大力地摇头，“他呀，是一个从来不屑解释的人。乔沫，作为一名长辈，原本不应该掺和年轻人的感情，但我希望你好好想一想，你认识的卫子随，究竟是个什么样的人？他的本质是什么？大家口中的他，是真正的他吗？”他说着端起茶喝了一口，又放下，“我还有事要处理，先走一步，打扰了。”

第16章　知女莫若母

乔康还没有反应过来，前后不到半小时，就像坐过山车，忽而高，忽而低，其余三个人都起身送卫天成到门口，唯独他还傻傻地坐在原地不动。直到郭美兰回来，没好气地踢了他一脚，他才反应过来，一脸蒙。

郭美兰摇摇头："江山易改，本性难移，我也不指着你洗心革面，就这样吧，唉。"

"就像卫天成说的，你得看本质，我本质不是那个意思，就是口无遮拦乱说话而已。"

乔沫的肚子咕咕直叫，郭美兰听得清楚，赶紧说道："饿了吧，我赶紧给你做早餐。"

"不用了，您休息一下，我去买。"乔沫步出家门，脸上浮上一丝笑容，刚才卫天成的每句话都打在心口上，让她动容。

那个不喜欢解释，只按自己风格行事的家伙，原来在他的心里，自己是这么与众不同。

此时，卫天成重新回到车上，掏出手机打给儿子。第一次，儿子接电话的速度是如此迅速，卫天成暗自好笑，真是一物降一物，能够降住自己这个儿子的人终于出现了。

"怎么样了？"卫子随迫不及待地问道。

"全都解释清楚了，看起来乔沫的父亲也接受这个解释。"卫天成说道，"只是时间比预计的早，时机有些微妙，关于你的心意，我也向乔沫转达了，当作是赠送。”

“你和她说了什么？”卫子随的心揪起来。

“你亲自向她确认吧。”卫天成抢先挂了电话，突然有一种莫名的满足感，他哈哈大笑，终于找到卫子随的命门了！

放下电话卫子随打定主意火速赶往乔家！卫天成上午替自己点了一把火，趁着火势没下去，他得赶紧继续往下烧，把乔康心里的铁烧热了，烧熔了！

下午，卫子随先走进麻将室。

突然出现的卫子随让一众打麻将的老头老太太瞪大了眼睛。乔康更不用说，不过没等他开口，老李就率先问道：“老乔，这位长得又高又帅的小伙子是什么人，不会是乔沫的男朋友吧？”

乔康一愣，其余的老头老太们一起附和道：“是啊，长得一表人才，你还让我们给乔沫介绍对象？都有这么好的对象了。”

大家的赞美之词让乔康一愣，再看卫子随瞬间与大家融为一体，丝毫没有律师的架子，端茶送水不说，而且笑话张口就来，惹得大家伙儿笑得前俯后仰，倒让他感觉一丝惊奇，这小子的两面性太强了，这还是之前那个混小子？

卫子随在乔家卖了一天的力，送走老头老太太们后，自然地拐回院子里，就像乔家的一员。

“这些叔叔阿姨挺可爱的。”卫子随额头还有汗，顾不得擦，笑眯眯地看着乔沫。

“都没你可爱。”乔沫嗔怪道，“突然跑过来吓人一跳，又在这里工作了一下午。”

卫子随心里一喜，方才乔沫的语气更像撒娇，这个变化让他心跳加速。他正想开口，乔康晃过来，淡淡地说道：“没什么事就走吧。”

卫子随二话不说就离开，丝毫没有赖下来的意思，这又让乔康吃一惊。等他出门后，乔康自言自语道：“这小子真让人看不懂，我以为他是个无赖呢。”

郭美兰笑笑，手机响了，她低头看看，马上心虚地收起来，若无其事地走进厨房。她没有讲，刚才的短信是侯孝聪发来的，约自己明天中午见一面。

这一天注定不平凡，乔沫睡前收到卫子随的晚安短信，现在的卫子随就像一座喷发的火山，热情四射，之前的骄傲、自得荡然无存。乔沫的手指划过短信，迟疑良久还是放下手机。

没有等到乔沫的回信，已在卫子随的意料之中，抬头，对面的肖奇艺正瞪着他！

“工作时间，你去乔家打杂工，卫子随，事务所的事情你还管不管了？知道我今天是怎么过来的吗？你这个重色轻友的家伙！”

卫子随置若罔闻：“还有一件事情必须弄清楚，明天中午我出去，事务所归你管，时间不早了，你是不是应该回去了？”

肖奇艺无语地离开，之后卫子随打通了曲蔓的电话。听到他的声音，曲蔓抱怨连连，都是这家伙，害得自己和乔沫险些翻脸。卫子随马上邀约，有些话他还要找曲蔓谈。

曲蔓的命门也是乔沫，只听说和乔沫有关，对她好，什么都顾不上了，一口答应见面。

这天中午，侯孝聪约了郭美兰，卫子随约了曲蔓，两边的见面地点就隔了一条街，差了一刻钟。

此时，郭美兰已经到了地方，侯孝聪做事稳妥，提前订桌。郭美兰是瞒着乔沫和乔康过来的，分秒必争，菜一上齐就催侯孝聪进入主题。

“既然您赶时间，我直说了，相信您已经知道——乔沫向我提出分手了。”

“这孩子不会对我们隐瞒，已经第一时间告诉我们了。”郭美兰说道，“侯律师，你是个好人，年纪轻轻就事业有为，为人谦逊，你和乔沫没有缘分，我和乔沫爸都觉得可惜。”

“其实分手是乔沫单方面提出来的，我本人绝对没有分开的意思，我喜欢乔沫很久了，好不容易获得交往的机会，不想轻易放弃，希望伯母可以劝劝乔沫。”

“我知道你的心思，但我太了解自己的女儿了。你可以直接告诉我想法，阿姨真的很高兴，所以有些话我也会直接讲出来，不绕弯子。”

侯孝聪的心咯噔一下。郭美兰说道：“我就直接讲了，现在你和卫律师都在追求乔沫，论表面的条件和为人处世，我们做长辈的的确倾向于你，但是婚姻真的可以脱离爱情存在吗？作为一名母亲，我希望女儿可以因爱结婚，而不是为了结婚而结婚。”

“我爱他，这还不够吗？”侯孝聪找郭美兰自有他的道理，乔家表面上看起来是乔康做主，他为人强势，好像处处是郭美兰让着他，其实，他早看出来了，乔家真正的主心骨是郭美兰。乔康也好，乔沫也好，对她的依赖性是最大的。所谓攻城先攻墙头，他自然将火力对准了郭美兰，希望用侧攻帮助自己回到乔沫身边。

“小伙子，爱情必须是双方的，你爱她是不够的，乔沫爱你吗？”郭美兰说道，“我女儿一向理智，她对自己的感受是最清晰的，一定是想通了才会提出分手，不愿意耽误你的时间，而且，我认为她心里有人了。”

“谁？”侯孝聪脱口而出，“卫子随？”

郭美兰叹了一口气：“知女莫若母，乔沫的每一次情绪起伏都因为卫律师。她很少生气，却常常被卫子随气得跳脚，也会因为他不安，辗转反侧。但我也看得出来，这恰好是她心动的表现，只是不愿意承认罢了。”

侯孝聪双手放在一起，左右手慢慢握紧。郭美兰看得分明，叹息道：“她爸神经大条，看不出来就算了，我既然知道她的心思，就不能强出头，强扭的瓜不甜。你别再固执了，以你的条件可以找到更好的女孩子，以后，在乔沫这里就不要费心了。”

一街之隔的餐厅里，卫子随正在等待曲蔓的到来，约定的时间已经过去半小时，服务生不止一次过来要求点菜，卫子随无奈地看看时间，只好再等。

“啪”的一声，桌子上面多了一个小包，曲蔓终于来了。

“你可是迟到了，你不来，我会杀去你家里找你。”卫子随瞪眼说道，“不达目的不罢休。”

“你这个人真是……”曲蔓无可奈何地骂道，“无赖。”

“不饿吗？”卫子随淡淡地说道，“先点菜，咱们慢慢聊。”

卫子随叫服务生过来，也不问曲蔓的意见，自顾自地点了一桌，全是什么贵点什么。

曲蔓将双手抱在胸前：“你可以啊，卫子随，拿一桌好吃的贿赂我，想让我吃人的嘴短。”

“没错。”卫子随毫不掩饰道，“找你来当然有目的，不好好拉拢怎么知道真相？”

真相两个字让曲蔓警觉起来：“你想知道什么？”

“很简单，比上次更深层次的东西。”卫子随说道，“你说的事情我仔细想过了，如果是亡夫之痛，三年的时间也该淡化了，但乔沫依然视这件事情为禁忌，反应太过激了，你知道治愈伤痛最好的方法是什么吗？”

“时间。”曲蔓脱口而出。

“三年时间，她作为一个有事业的年轻女性，也不是没有男性表示好感吧？毕竟条件也不差，为什么拒绝所有男人的追求呢？第一年这样我能理解，但是已经三年，人的记忆能力会退化，心理感受会淡化，她这么放不下，除非……心理有伤害。”

曲蔓心虚，不敢看卫子随的脸。卫子随就晓得猜中了：“心理伤害的后果是在自己周围建起一道墙，来抵抗进一步的痛苦，并因此变得担惊受怕或与世隔绝。我现在想知道造成乔沫心理伤害的原因到底是什么？”

“还能是什么，当然是已经登记结婚，但结婚对象没有了呗。”曲蔓故意淡淡地说道。

“你这么紧张做什么？”卫子随用下巴点着曲蔓不断揉搓的双手，“要破皮了。”

曲蔓赶紧松手，这家伙太贼了！

“把她从泥沼里拉出来。”卫子随说道，“你就想眼睁睁地看着她陷进去？有一位擅长心理学的男朋友，对她的帮助最大。”

“就你？”曲蔓说道，“每次乔沫见到你都会生气。”

“那你仔细想想，他见别的男人时，也会生气吗？”卫子随颇为自得地说道，“好像生气是她在我面前的独家专利，这恰好说明她有过纠结与矛盾。我和她根本是两情相悦，但是，现在摆在我们面前的最大沟壑，就是当年发生的事情，真正让乔沫放不下的原因！”

曲蔓纠结不已，不停地抓着包包的带子，松开又捏紧，反反复复，终于，她说道：“我上次和你说过，她结过婚，只是男方意外去世，两人没有真正地在一起生活过。”

卫子随不说话，期待着接下来的内容。曲蔓咬牙道：“上次她喝醉酒才告诉我另外一件事情，乔沫在成浩去世后收拾遗物的时候，发现了成浩和一个陌生女人的合影，两人举止亲昵，而且跨越的时间很长，足足三年。你要知道，乔沫和成浩交往也就大学四年时间，可是成浩在相同的时间里还和另外的女人保持亲昵关系！这是出轨！三年了，她抱着一个寡妇的名号，拒绝和任何男性交往，我们都以为是成浩的死带来的创伤太大，也就没勉强她相亲什么的。她每到成浩的生日，还有成浩的忌日，就会情绪不佳，他生日，她就当他还活着给他订蛋糕，忌日那天就不工作，到他墓前拜祭。”

“成浩的忌日是她晕倒的那天？”

曲蔓默然点头：“乔沫喝酒后放声痛哭，第一次释放出来，我们都不知道她真正的苦，其实她早感觉成浩对她的态度有些变化，有心事不说，而且还说谎。乔沫觉得成浩已经不爱她了，和她出游的时候还告诉她有话想说，你说，会不会是分手宣言什么的，他想悔婚？”

“我怎么知道一个死人的心思？”

“乔沫说两人同时落水，当时她的脚被水草缠住，是成浩拼了命一样潜下去替她扯开水草，也因为这样，他比乔沫晚出水，错过了生机，而且成浩将她推到岸边，让她抓住了路人抛下来的绳子，自己因为耗尽力气沉下去了……乔沫一方面恨成浩的背叛，一方面又因为成浩为她付出生命而难过，所以她整个人很崩溃……

卫子随懂了，成浩留给乔沫的是背叛，又牵涉生死，心理创伤程度较深，要解决这个问题，只能找当事人问清楚。成浩已死，剩下的线索只有一个人了——照片上的这个女人。

他也有考虑，万一这个女人真是成浩出轨的对象，乔沫将会受到第二次伤害，真相要么惨烈，要么感人。但真相就是真相，如果丑陋不堪，弄清楚后，乔沫可以彻底撇开成浩；如果另有隐情，正好解了乔沫的毒。乔沫中了爱情的毒，卫子随当然希望自己是解药。

推进事情进展必须拿到照片，二人商量后开始分头行动。

曲蔓从餐厅离开，立刻去找郭美兰。郭美兰刚刚结束和侯孝聪的会面，前脚刚进家门，曲蔓后脚跟进去，一把抱住了她！

把郭美兰吓了一大跳，不等她说话，曲蔓将她拉进乔沫的房间。看她鬼鬼祟祟，郭美兰不解。曲蔓便把和卫子随见面的事讲出来，连同卫子随的分析一起告诉她。等听到成浩和其她女人有合影的事，郭美兰的身子打了一个踉跄，险些站不稳。

三年了，乔沫只字不提！

郭美兰平静心神后，毅然决定帮卫子随一把，也帮乔沫一把，照片在哪儿她知道，被乔沫藏在柜子里，必须想办法拿到钥匙。

送走曲蔓，趁着乔康下棋还没回来，郭美兰拉开衣柜下面的抽屉，那个盒子就躺在那里，可惜上了锁，不知道钥匙收在哪里。找了一番后宣告失败，她只有放弃，等晚上再说。

乔沫下班回来，郭美兰已在心里盘算钥匙的事，主动提出帮乔沫收拾一下房间，把不用的旧东西扔掉。乔沫抗拒不已："妈，不用了。"

"就是，成天收拾，不累啊？"不明就里的乔康附和道。马上惹来郭美兰一个白眼："收拾也是我在干，又不需要你帮忙，哪来这么多话。"

乔沫抬头，发现郭美兰有些不耐烦，唯恐引发战火，只有妥协。

晚饭后，打发走父女两人，郭美兰马上钻进乔沫的房间，可算在乔沫的枕头里面摸到一把钥匙，看大小和盒子的锁孔差不多，头一次做这种事，郭美兰的手直抖！

打开盒子，郭美兰尽量按顺序翻动，这些照片全是乔沫和成浩的合影，根本没成浩和其他女人的合影！郭美兰费解不已，趁着父女俩没回来，赶紧将盒子锁好放回去。

做戏要做足，郭美兰索性认真收拾起来，拉开床头柜的抽屉，里面一本旧日记本映入眼帘。她顺手拿起来，日记本打开，夹在中间的一张照片落入眼中。郭美兰的心顿时塞住了，这张照片，赫然是成浩与一名陌生女孩的合影！

郭美兰的手又抖起来，心中的愤怒油然而起。想当初，成浩和乔沫是公认的一对，成浩在他们心中是一位诚实正直的青年，乔康格外喜欢成浩，简直拿他当亲生儿子。就是这么一位"亲生儿子"，现在往他们的心里插了一把刀！

父女俩回来时，郭美兰坐在沙发上叠衣服，表情平淡，乔沫见她心情不是很好，只以为还在生闷气。郭美兰的确在生气，那张照片让她坐立难安，眼下叠的不是衣服，而是怨气。

乔康有了前车之鉴，过去关切一番，不问还好，一问郭美兰几乎要绷不住了，满心的委屈、愤怒，还有心疼，但一想到乔康的性子，只有忍下去，说自己收拾太累，休息休息就好。

等睡觉时，郭美兰翻身用背对着乔康，顺手关了灯，房间变得漆黑，郭美兰的眼泪终于涌出来，心里不住地叹息，可怜的乔沫，可怜的女儿……

第二天一早，送走了乔沫和齐苗苗，郭美兰马上给曲蔓打了电话。听说得手，曲蔓兴奋不已地跑过来，拿了照片就联系卫子随，两人在公园见面。

卫子随接过照片，照片上的男人分明在哪里见过。“影楼的橱窗。”卫子随自言自语道。

世上果然没有两片一模一样的叶子，婚纱照上酷似乔沫的女人，正是她，那个不认识的男人也是这张照片的主人公——成浩。

卫子随一股无名火起，再看照片上的两人，成浩与这个不知名的女人坐在公园的长椅上，女人的手搭在成浩的肩膀上，两人的头挨得很近，照片是自拍的，这种程度已经相当亲昵了。

曲蔓并不乐观，人海茫茫，要找到这个女人，太难了！

“人不是以个体存在的，他与社会必然产生千丝万缕的联系，我们现在只要做到抽丝剥茧，就可以了。”卫子随说道，“告诉我成浩的基本信息，还有，成浩的朋友。”

一个小时后，卫子随坐在办公室，仔细梳理着成浩朋友的名单，这中间有一个是成浩的死党，叫陈昊，现在经营一家体育用品店。据曲蔓说，他和成浩的关系最密切，彼此间没有秘密，体育用品店的名字叫——金昊。

卫子随拿出黄页，同名的有四家店，依次打电话过去确认，终于确定一家，他迫不及待地离开办公室。肖奇艺和他迎面撞上，手里拿着一叠待签的文件，没来得及开口，只能目送卫子随背影离开，除了叹气也无可奈何，这家伙，彻底被乔沫征服，人已经疯了。

卫子随终于找到了那间店，店里的生意清淡，两名店员聚在一起交头接耳，一名看上去老板模样的人正拿着计算器算账。见有人进来，两名店员迎过来。

卫子随单刀直入，直接走到老板面前：“陈昊你好，你不认识我，但我们都认识成浩，我是为了他来的，方便聊一聊吗？”

陈昊，成浩，两人不愧是铁杆好友，就连名字也有异曲同工之妙，一个亡故三年的人，一个熟悉的名字，陈昊百感交集点点头：“好。”

两人心情复杂地落座。卫子随马上掏出那张照片，指着上面的女人说：“她是成浩的女朋友，是吗？”

“怎么可能，她只是成浩资助过的一位贫困女学生，叫刘婷婷，成浩过世的时候，她连葬礼也没来参加，真是没良心的女人！成浩资助了她几年，到头来就是这样的结果，成浩爱乔沫，不可能还有女朋友，还是和刘婷婷，绝不可能！”

“为了乔沫，把你知道的全告诉我吧，我是乔沫的朋友。”

“你是乔沫的朋友？怎么不早说。”陈昊欣喜道，“她一直不愿意和我联络，我知道，她怕触景伤情。其实这张照片我以前见过，成浩当时很苦恼，还说最好不要和资助人产生联系，把简单的事情变复杂化，所以，他们的来往并不算频繁。”

并不算频繁的交往，却留下这么亲密的照片？

“这位刘小姐现在哪里？”

“我听成浩说她毕业后在本市的一家知名房地产公司工作。大公司，能进去都不愿意轻易离开，或许还能找到她，替我向乔沫问好。”

卫子随赶紧开始查那家公司，一查才发现那家公司的法律顾问正是自己认识的朋友，一找到头绪，他马上开车去了那家房地产公司。一番交涉后总算知道刘婷婷所在的部门，再一打听，她却刚刚辞职了！卫子随接着打听她住的地址。

一番折腾下来已经天黑，卫子随松了一口气，决定第二天再去找这位刘婷婷。而此时，乔沫已经在吃晚餐，郭美兰到底心虚，整顿饭吃下来，没怎么开口。

乔沫早看出妈妈有心事，怕又和父亲有关，不敢开口问。临睡前，乔沫的目光落在抽屉上，鬼使神差地打开抽屉，看一眼里面原封不动的日记本，她随手翻起来，却又觉得哪里不对劲。再次翻了一下，她才猛然想起里面少了那张照片！

照片会跑哪去了？她费解不已，她看着衣柜，再想到昨天晚上发生的事情，觉得这事不对劲。

乔沫压制了焦灼的心情，去找母亲。郭美兰呆呆地坐在沙发上，电视里放着什么她根本听不到，看不到。

“妈，您是不是拿了我的照片，日记本里夹着的那张。”

郭美兰猛地回头，这一瞬间，1/25秒滑过，下颌微垂，嘴唇和嘴巴放松，眼睛张大，眼睑和眉毛微抬，这是惊讶；紧接着，另外一个1/25秒滑过，嘴巴和眼睛张开，眉毛上扬，鼻孔张大，她在害怕。

“您以前不会私自碰我的东西，更不会不打招呼就拿走。”乔沫有些生气。

“就是因为不碰所以现在才知道！”郭美兰的眼泪流出来，她伸手抹掉，“夹在日记本里，天天自己看着，心里难受也不告诉我们，这事你还打算瞒多久？”

乔沫低头，郭美兰这才告诉她，照片已经交给卫子随。乔沫一听害怕了，他做事从来不照规律和套路，万一惹出事怎么办？

“妈，你疯了吗？”

看着乔沫的焦急，郭美兰实在不懂，女儿是害怕验明那个女人真是成浩的相好，还是担心卫子随惹事，这两点，哪一点她更在乎？这个孩子什么都好，就是太专情，太较真，就算成浩真有人，那都是过去的人和事，人死如灯灭，事儿弄清楚，自己心里就和明镜似的，可以坦坦荡荡地活下去。

“我没疯，我就是要解开你这个心结！”

乔沫知道自己的心，事情过去这么久，她在乎的不是成浩是否爱上别人，而是他欺骗自己。如果不爱，大可以讲出来，自己会放手，这份欺骗压在心底，好沉，好痛。

乔沫没有联络卫子随的勇气，他雷厉风行，一定在寻找真相的路上。

第二天一早，乔沫如往常一般平静，只是吃完早餐就早早地出发往花店去，甚至没有等齐苗苗。

乔沫下了公交车快速往花店走，却看到卫子随已经到了。见他正往楼上去，乔沫马上跟过去，换乘下一趟电梯上去。等到了事务所门口，看到卫子随正和沈骐扬谈话。

卫子随将今天要处理的事务一一交代给他，沈骐扬第一次承担重任，忧心忡忡，也好奇卫子随最近几天总往外跑的原因。卫子随避而不答，只是笑笑：

“好好干。”

眼看着卫子随即将离开，乔沫迅速移动到楼梯间，而后尾随他下楼，只等他开车出来，立刻拦下一辆出租车跟在后面。

出租车司机只以为是女朋友跟踪男朋友，见多了这种情形，十分配合，几条街跟下来，虽然好几次让红绿灯阻断，但多亏在市区，红绿灯频繁，总能及时跟上。

此时的卫子随并不知道身后多了条尾巴，循着地址找过去，来到一处单身公寓，卫子随往外看了一眼，已经瞅到楼号，马上停好车往里面走。

出租车也停下了，乔沫付钱离开，司机还好心交代她别冲动，这让她哭笑不得，转身就跟上卫子随的节奏，电梯停在六楼。

乔沫出了电梯一看，公寓里有条长长的走廊，两边是密密麻麻的房间，每一间都不大，大约十几平方米。麻雀虽小，五脏俱全，因为租金便宜且管理还算正规，颇受欢迎。

卫子随已经敲开其中一户的房门，一个女孩懒洋洋地靠在门上，虽然与照片上的长发披肩截然不同，但卫子随一眼认出来，她就是照片上的女孩。

她还没睡醒，短发齐耳，长相还算清秀，但嘴唇薄且苍白：“你找谁？”

“刘婷婷，我是成浩的朋友。”

“我是他的女朋友，怎么没见过你？”刘婷婷意外道。

听完这句话，乔沫的脑子轰然响了一声，顾不得听后面的内容就仓皇转身，先是撞到了走廊里摆放的花瓶摆设，然后身子往前一踉跄，差点摔到电梯门口。她急促地按下电梯，必须马上离开这里！

走廊深处，刚才碰撞产生的动静让卫子随捕捉到一个熟悉的身影，他立刻像一只捕食的豹子冲出去，在电梯门关上前挤进去，乔沫连连后退：“你满意了？”

“乔沫……”卫子随有话要讲，看到乔沫如纸的面色，不敢再说话。

“不要再说了，这样的结果也在意料之中，但是，如果不是你多管闲事，我也不需要面对这么不堪的事实，剥开别人的伤口，看着血肉模糊，鲜血淋漓，你很痛快，是不是？”

电梯门开了，乔沫走出去，神情木然。卫子随快步追过去，一把将她扯住：“乔沫，你成天充当别人的心灵导师，其实你就是个彻头彻尾的失败者、胆小鬼！”

“是，我是一个失败者、胆小鬼，但也轮不到你来指责我，你不是我的什么人！”

卫子随的脸变得阴沉，愤怒地说道：“这样的你真让人失望，冷静理智到哪里去了？”

说完手一松转身就走。乔沫终于无力地蹲下，泣不成声，那个曾经最爱自己的男人，在死后给了自己最尖利的一刀，直捅进最脆弱的位置。如果心脏有泪，此时已经决堤，鲜血满溢。

卫子随坐进车里，懊恼不已，自己刚才的态度实在有点儿吓人。他一拳砸向方向盘，喇叭声尖厉地响起。

乔沫此时的心情用恨铁不成钢形容刚好合适，一个冷静睿智的女人却在影响自己人生幸福的问题上来回拉扯，优柔寡断！

晚些时候，卫子随整理好心情再去找乔沫，花店里没有她的身影。曲蔓倒是想到一个地方——成浩的墓地。

两人马上赶过去，成浩的墓碑伫立在风中，照片上的男人保持微笑，眉眼都是温柔的。四周却没有乔沫的影子。卫子随气不打一处来，一拳打在墓碑上，手背立刻渗血。

曲蔓颇是不屑，和一个死人较什么劲，有这份力气还不如赶紧找人。

乔沫会去哪里？连曲蔓也不知道，卫子随彻底失去方向。

一直到入夜，大家都徒劳无功。卫子随慌乱了，从心理学的角度来说，心理创伤患者如果平时表现得越平静，说明内心越压抑，她不会真想不开吧？站在事务所的窗边，对面写字楼楼顶的灯光让他灵机一动，楼顶！

城市的灯光与月光融为一体，直直地洒在楼顶。乔沫站在那里，微微闭眼。她果然在这里！卫子随的心抽搐了一下，猛地上前，一把抓住乔沫的手腕，将她横抱起来，然后一个转身。

乔沫惊慌得眼泪掉出来：“你……”

剩下的话还没有出口，就让卫子随的吻堵上了。他紧紧拥着她，就像她是失而复得的珍宝。感觉到有湿润的液体滴在自己脸上，乔沫睁开眼睛，两行眼泪从卫子随的脸上淌落。

乔沫推开他，卫子随摔到地上，他反而顺势躺下去，张开双臂看着头顶的星空："真好。"

见卫子随笑了，乔沫不耐烦道："你笑什么？"

"笑自己傻，刚才的一刻还以为你要自杀，现在想想，你不是会自杀的类型，我多害怕会失去你，就代表我有多爱你，我笑自己才知道。"

乔沫心如鹿撞，眼泪模糊了视线："你说得对……我才是那个最需要帮助的人。"

卫子随再次抱住乔沫，两人紧紧抱在一起。抱得累了，两人索性都躺下，仰头望着头顶的星空。写字楼的灯光渐灭，头顶的星空更显璀璨，不知不觉中，疲惫的两人先后睡去。

乔沫睁开眼睛时，天已经蒙蒙亮，她吓了一跳，赶紧找出手机开机，接二连三的短信，她火速发短信给众人报平安。卫子随慵懒地伸个懒腰，翻身看着乔沫的侧脸。

昨天一天的尴尬因为共度一夜都消散了，卫子随也当什么事没发生过，从容不迫地送她回家。郭美兰一直在门口焦急等待，她早早交代乔康不许责骂，不许发火。

乔沫的归来让乔康把满肚子的牢骚和好奇压下去，不去追问昨晚为什么和卫子随在一起，催促女儿好好休息。乔沫默默地走进房间躺下，却又睡不着，脑子里都是卫子随的话。他说得对，自己就是胆小鬼、失败者！

她终于起身，拉开抽屉，将那本记录着自己与成浩过往的日记本拿出来，放进了那个封闭的盒子里锁上，眼不见为净！

大家都以为乔沫一定会难过得死去活来，曲蔓甚至做好了第二手准备，交代齐苗苗和何小峰接下来的工作安排。至于自己，只有舍弃其他娱乐活动，专心待在店里照顾生意。

可是，乔沫就像一只浴火重生的凤凰，只是休息了一天，就精神抖擞地上班了。治疗心理创伤的最好方法就是撕开伤口，卫子随的方法没用错。

第17章　终于现身的第三人

这天下午，一个陌生女孩走进花店，曲蔓一眼认出——她正是照片上的女孩刘婷婷，不禁担心地看向乔沫。乔沫脸上划过一丝讶异，从容地走向女孩："你怎么找来的？"

"你们怎么找到我，我就能怎么找到你们。人与人的关系总是交错的，打听一下而已。"

乔沫请她坐下，刘婷婷打量着花房，冷笑道："环境挺不错，开在这种地方，租金也不少吧，你的命挺好。我不废话了，今天来很简单，和你把事情讲清楚。"

乔沫已经消化事实，只觉得可笑。

"成浩一直想和你分手，可他是个长情和优柔寡断的人，你们毕竟有四年的感情，这句话一直没讲出口。"刘婷婷的嘴唇发白，说起话来却像锋利的刀片，句句伤人。

她就想知道乔沫的心哪个地方最痛，她就想往哪里捅。乔沫却只字不言，面无表情。刘婷婷有些恼："我上大学的时候，他第一次来找我，我们就好上了，其实没什么，爱就在一起，不爱就分开，我来找你没有其他意思，人虽然不在了，但是事实得说清楚，不能让你不明不白的。"

撇下这番话，刘婷婷起身就走，齐苗苗恨得直咬牙，多亏小峰制止，否则又是一通乱战。曲蔓与刘婷婷四目相对，刘婷婷的眼神异常凶狠，曲蔓的心咯噔一下。

刘婷婷达成目标，走出花店，脸上露出一丝狡黠的笑容。而她没有发现，就在自己上公交车后，一辆车悄悄追了上来，车里坐着的正是卫子随和肖奇艺。

一行人原本是下楼喝下午茶的，没想到刘婷婷突然出现，卫子随当下让郭美佳和沈骐扬回去，自己和肖奇艺躲在一边，现在更是玩起了跟踪。

“这女孩就是你说的那位？”肖奇艺好不容易在人群里瞅到目标，“你干吗跟踪她？”

“有些疑问没有解开。”卫子随说道，“我那天在她家门口，虽然没有进去，但看了一下她的客厅，她家的布置很简单，但墙上却挂满了照片，十分密集，全是她和成浩的合影，这些照片有不少张有蹊跷。”

“什么意思？”

“照片中的女孩热情活泼，十分外向，成浩则表现得内敛沉静，甚至有些强颜欢笑的意思。”

“这是怎么回事？”肖奇艺有些兴趣了。

“说明两人之间的关系产生了微妙的变化。刘婷婷一直主动，但成浩从最初的坦然到慢慢变得不自在，从他们照相的姿势能看出来。”

“我明白了，如果他们真心相爱，真背着乔沫搞在一起的话，动作不会这么不自然！”肖奇艺打了一个响指，兴奋地说道。

“两人的关系有一个渐变的过程，却不是往好的方向发展。从照片来看，成浩对她的态度并不像爱人，反而像是在逃避。现在的表面现象未必是真的，我们要相信自己的耳朵和眼睛，但也要学会分辨真假。”

卫子随没有说完全部，他有疑问。成浩去世三年，女孩专程打听乔沫的所在地挑明关系，个性非常极端。还有，成浩最亲近的朋友也不知道乔沫在做什么，她是怎么打听到的？

肖奇艺听完卫子随的分析已经起了一身鸡皮疙瘩，这个女人怎么会一直知道乔沫的情况，这说明三年时间，刘婷婷一直关注着乔沫！听上去有些可怕。

公交车停下了，刘婷婷下了车。刚走几步，前面跑来两个追逐的小女孩，其中一个跑得太快，直接撞到了刘婷婷的身上。

“对不起。”小女孩不过七八岁的样子，马上脆生生地说道，“姐姐，对不起。”

“你眼睛瞎了吗？”刘婷婷突然怒吼起来。

小女孩没想到刘婷婷突然发作，吓得手足无措，两人对视一眼，手牵着手，往后退了几步。刘婷婷往前迈了几步，一直逼到两人跟前：“你们的父母呢，在哪里？”

她额头上的青筋都暴起来，两个女孩吓得眼眶都红了。就在刘婷婷伸手抓住她们的一刻，她们一起转身，飞速地奔跑起来，只留下一串低低的抽泣声……

“开什么玩笑，这女人是不是疯子？”肖奇艺几乎不敢相信自己的眼睛，“她和一对七八岁的小女孩这么来劲？你看看她，恨不得要打死对方一样，怪不得小女孩转身就跑。”

刘婷婷余怒未消，踢着路边的花草，嘴里不干不净地骂着。卫子随让肖奇艺去她的前公司打听打听，主要看她平时与人相处的状态。

肖奇艺马上领命而去，卫子随独自留下继续观察。傍晚时分，刘婷婷再次走出家门，她板着脸，线条绷得紧紧的，一只手握着包包的带子，另一只手紧紧地压在包上，一副紧张、克制的样子。

卫子随赶紧开车尾随过去，刘婷婷果然去了花店。乔沫刚好下班，刚出来就看到刘婷婷加快脚步冲自己走过来，她的表情充满憎恨。突然她从包里掏出一把刀，冲过来！

“小心！”卫子随抱住乔沫，用力一转，将乔沫挤到一边，刀尖划开了卫子随的衣服。

“为什么你要拦在我和成浩中间，凭什么你现在过得这么轻松自在！”刘婷婷杀红了眼，疯了一般挥刀砍过来。卫子随伸手一挡，刀刃刺破手臂，血淅淅沥沥地流下来，或许是血让刘婷婷恢复了些许理智，她终于后退几步，转身就跑。

手机响起，是肖奇艺：“卫子随，情况不妙，我问了她以前的同事，说她在工作期间就没有相好的同事，个性比较偏执，发怒的时候很吓人，歇斯底里，你最好小心点。”

乔沫见卫子随还有心情接电话，已急得双眼通红，赶紧跑过去捂住他的伤口。卫子随笑笑，从袖子里抽出一本杂志，多亏这本杂志包着手臂，不然伤口会更深，原来卫子随早有防备。

乔沫如释重负，赶紧拿出医药箱给卫子随处理伤口，幸好伤口不深，只划破了皮，留下长长的一条刀伤，衣服也被划破。卫子随却满脸不在乎，乔沫心痛道："知道刚才多危险吗？"

"人在攻击对方的时候首先冒出来的是念头，是想法，然后在付诸行动前，心理会产生变化，情绪行为也会相应发生变化。看到她死死地捂着包，我其实已经预感到了，我不会让你有事，自己也一样，这点小伤不足为道。"

什么时候了还逞英雄，乔沫将绷带打成一个漂亮的蝴蝶结，又催促他去医院彻底处理伤口。卫子随不肯，只肯进店休息一会儿。

肖奇艺赶过来时，看到挂彩但没有大碍的卫子随，暗笑英雄救美也要付出代价，他这次去收获颇丰，刘婷婷离职还有内情——她是被辞退的。

刘婷婷在公司为人霸道、专横，凡事必须按照她的心意来，就算和上司相处，也不会退让，是一个极难沟通的人，而且有一些古怪的行为。她经常对着镜子自言自语，会在没有发生冲突的情况下发脾气、摔东西，平静下来后却又表现正常，对人笑容以待，反差极大。

卫子随听完了，已有自己的判断——躁狂症。躁狂症属于心理疾病的一种，严重时伴有幻觉、妄想、紧张症状等精神病性症状，偶尔会伴随暴力倾向。

"毫不客气地说，每个人的心理都不是百分百完美的。"卫子随指着肖奇艺，又指着自己，"你，我，我们可能都有心理疾病，当它反映到某一件事物的时候，会出现不同的行为，继而对自己的生活造成影响。刘婷婷的行为危险，必须马上找到她。"

大家报警后，不过半小时后，警方传来消息，刘婷婷因为反应异常被人发现，她划伤卫子随的同时也伤到了自己。

卫子随的伤不重，构成不了轻微伤，治不了刘婷婷的罪，再说他也看得出来，乔沫对刘婷婷的感觉微妙，担心多于恐惧和愤怒。

一行人来到医院，医生将他们叫到一边，医院帮刘婷婷处理伤口时发现她曾经割脉，而且胳膊上有多条划痕。这个女孩有自残的习惯，她的情绪也不像一般病人，很不受控制。医生处理伤口时可谓胆战心惊，建议联系她的家人或朋友，转到精神病院看诊。

卫子随微抬了一下下巴，焦虑、紧张、不安、痛苦等情绪得不到化解时，有些人会选择自残的方式转移压力，这是一种很不正常的发泄方式。最要命的是，这种行为一旦开始，如果不接受心理治疗，很难停止，对它的依赖性会越来越高。其实几乎所有人都有自残倾向，但更多人停留在想法，不会付诸行动，刘婷婷已经付诸行动。这情况，不想进精神病院，很难。现在倒省事了，不用走程序申请让刘婷婷远离乔沫。

据警察说，刘婷婷离开花店后，拿着刀在街上乱走，看到警车心虚逃跑，被抓时暴力顽抗，还弄伤了一名警员的脸。

警察从刘婷婷的手机里筛查出一个号码，对方是她标注略亲热的朋友，叫小苏，警察通知她赶紧过来。小苏是刘婷婷的大学同学，对她的情况最了解。

从大学时期起，刘婷婷没有多少朋友，唯一亲近的人也只有小苏。但刘婷婷的资助人死后，为人更加古怪，小苏也和她疏远，现在她的情况需要大笔的费用，她是孤儿，又刚刚失业，小苏本人只是普通的上班族，无力承担，也没有义务承担。

卫子随这时慷慨道："我出医药费，请帮她办转院手续，她是孤儿，只能接受义举。"

乔沫惊愕不已。小苏怯怯地开口："卫先生，她闯出这么大的祸，你还愿意帮忙？"

"让她待在精神病院好过在外面游荡伤害人，更何况，乔沫会成为她的一号目标，我不是帮她，而是保护自己心爱的女人而已。"

好一番爱的告白，乔沫的脸红透了。

从警局出来，卫子随和乔沫，还有小苏，三人找个地方坐下慢慢聊起来。

小苏是刘婷婷大学唯一的好友，也是知道成浩存在的人："成浩第一次来学校看她，她就爱上了，特别执着。她一直盼着毕业后去找他，和他在一起。她把两个人的合照当成宝贝收藏起来，成浩用过的杯子、毛巾也收集起来。毕业后，她找到第一份工作马上联系成浩。成浩已经要结婚了，但是她死缠烂打，不止一次用自杀来威胁成浩，手腕的伤就是那时候留下的。那次割脉大出血，我和成浩一起送她进医院，临进手术室前，她还死死拽着成浩。"

乔沫的脸在霓虹的映射下，已看不出表情。卫子随微微一笑，说道："所以，用一句话总结就是——她单方面爱恋成浩。"

小苏说道："这么痴狂的行为已经影响成浩的正常生活，他曾经来找我，希望我劝劝婷婷。后来，在成浩登记结婚的那天，婷婷又一次割腕。”

乔沫瞪大了眼睛，所以，那天他匆忙离去，撇下自己一个人在民政局，就是因为这事?

“因为这次自杀让成浩认识到婷婷的不可挽救，所以在医院铁了心，他告诉婷婷，以后绝不会再见她，自己的心里只有未婚妻，自杀就如同威胁，他不会妥协。这是婷婷最后一次见成浩，之后不久就传来成浩的死讯，婷婷伤心欲绝，好长一阵子都把自己关在屋子里，严重影响了工作和生活，然后，一年前……”小苏的目光闪躲，不敢直视乔沫的眼睛，“她做了一件让我们最终分裂的事情。她告诉我，她找到成浩的未婚妻了，现在开了一家花店，很受欢迎，生意很好，她很愤怒，不能理解为什么成浩死了，未婚妻还能生活得这么幸福。”

乔沫毛骨悚然，卫子随淡定些，正如自己所想，这个女人早盯上乔沫了!

“但我想说的是，这都是婷婷一厢情愿，成浩一直没有跟她发展什么……”

乔沫强忍的泪水终于决堤，成浩没有对不起自己，他有苦衷，那阵子他很难熬，却不敢告诉自己。他拼尽全力救了自己，用生命证明了自己的爱，可自己呢，因为那张照片陷入猜忌的漩涡，错了，一切都错了……

回到家，召集一家三口，乔沫将最近发生的事情，一件件、一桩桩，全部讲得清清楚楚，乔康终于体会到郭美兰之前的感觉，悬着的心终于放下了!

郭美兰庆幸不已："多亏卫律师化解危机，他的伤不要紧，不然我心里也过不去。想不到，那个女孩子这么执着，已经盯了你一年多，幸好卫律师找到她。”

“那小子精明得很，一看眼睛就知道，滴溜溜地转，和老鼠一样，真是神了。”乔康笑道。

郭美兰也心疼成浩，独自承受了那么多，临死都没有机会解释一切，带着遗憾离去；再想到卫子随，心又豁然开朗，乔沫的选择没错。

说完这一切，乔沫终于可以安心地入睡。睡梦里不再有水草，只有一张笑脸，在绚烂的阳光下冲自己张开双手，是成浩，熟悉的笑脸，熟悉的温柔。

一大早，闹钟不适时地响起来，乔沫睁开眼，怅然若失地坐起来。屋外传来说话声，声音重叠在一起，听得不太清楚，她迷迷糊糊地走出去，卫子随已坐在了客厅!

郭美兰扭头一看，哎哟，眼睛不肿了，可是脸色不好，头发乱糟糟的，还穿着昨天的衣服，一副邋遢模样。卫子随一脸兴味地看着她：“早。”

乔沫对上母亲的眼神，终于反应过来，匆忙转身，慌不择路，一头撞在洗手间的门上，额头都红了。乔康“哎”了一声，他替女儿尴尬，头发都没梳，眼角还有眼屎，哎哟，再看卫子随在偷笑，尴尬地咳了好几声，坐下后埋怨郭美兰没早点叫乔沫起床。

好不容易收拾好自己，乔沫走进房间换衣服，焕然一新地走出来：“你来做什么？”

“今天刘婷婷转院，我觉得你们有必要正面接触一下。”

郭美兰踟蹰道：“安全吗？”

“伯母放心，医院有专业的医生和护士，还有我在。”

三人协商的时候，乔康上下打量着卫子随，边伸手去端茶，眼睛也没看，手指直接探进了滚烫的茶水里，他“嗷”一声，险些跳起来。但马上忍住，另一只手捂住烫到的手指，强装镇定，汗水却已经从额头滚下来。卫子随看得分明，同样故作镇定，假装没看到。

直到用早餐时，乔康的手指还是红的，幸好卫子随和乔沫颇有默契，迅速喝完小米粥，匆忙离开。两人前脚刚走，乔康马上冲进厨房，手指放进凉水里，长长地舒了一口气！

郭美兰边上看着哈哈大笑，乔康一定要和卫子随杠上，活该吃苦头。乔康突然扭头说：“美兰，今天的卫子随看上去好像顺眼不少，和以前不同了。”

“不知道。”郭美兰没好气地说道，“好话坏话都由你讲。”

乔沫坐在卫子随的车上，不由得讲起昨晚的梦境，梦里成浩的脸从模糊到清晰，代表着自己对他的看法，成浩的形象在记忆里鲜活起来。

“对不起，乔沫。”

卫子随突如其来的道歉让乔沫意外：“你，对不起我？”

“我以前总爱和你作对，故意挑衅你，看着你憋着火就觉得很开心，其实想想挺幼稚的。”卫子随说道，“明知道你藏着心事，我还要把它剥开，就像小学生。”

“知道就好。”乔沫笑笑。

“我现在才知道自己为什么那样，我可能比自己预计的更早爱上你。可能是你玩杯子游戏的时候，也有可能是在天台。天台那么多人，你好像身在其中，又不在其中，那时候就对你产生了好奇，这个女孩心里在想什么，藏着什么？为了你，我撒谎骗曲蔓离开，害肖奇艺背黑锅；为了你，我向水火不相容的父亲求助；为了你，我已经体会到茶饭不思……乔沫，我爱你，给我一个机会照顾你。我并不想取代成浩在你心里的地位，但我会尽全力做得比他好。”

乔沫的脸全红了。

卫子随看着乔沫红通通的脸：“别着急，我们还有时间。”笑着抓住了她的手。

两人到达精神病院时，刘婷婷的初诊结果已经出来了——精神分裂症，是一种持续、通常慢性的重大精神疾病，是精神病里最严重的一种，是以基本个性，思维、情感、行为的分裂，精神活动与环境的不协调为主要特征的一类最常见的精神病。而刘婷婷的情况属于其中的偏执型，敏感多疑、关系妄想、被害妄想为主要特征，表达方式为忌妒和暴力倾向。

主治医生惊叹不已，刘婷婷的情况早就应该就医，这样的情况发展下去，要么自杀，要么伤害别人，情绪极不稳定，有严重的暴力倾向！

两人与刘婷婷的会面也必须在男护工的陪同下进行。病房里，刘婷婷一身病服，坐在床沿上，手里拿着一本画册，画册里全是抽象的图案。她的注意力根本不在画册上，眼神迷茫。

听到开门声，刘婷婷扭头看到乔沫，瞳孔瞬间放大，倏地站了起来。她猛地朝乔沫走过来，卫子随马上拦在两人中间，两名护工也站了过去。

“你别紧张，我只是来看看你。”乔沫轻声说道。

“来看我的狼狈样子吗？他们说我有病，我没病！”刘婷婷的声音变得尖厉起来，“成浩是我男朋友，他是我男朋友，为什么你们不信，为什么！还有你，成浩不爱你，他不爱你！！”

“或许吧。”乔沫未置可否，“到了现在，爱与不爱已经没那么重要了。”

“可是他死了，你却过得很好，这不公平。”刘婷婷大怒，“是你害死他的！”

“好与不好，冷与暖，只有自己知道，不要活在过去了，我们都犯了一个错，活在过去不能自拔。在自己构设的想象里，不愿意面对真相，然后让成浩变得那么不堪。他本是善良的人，为了我们一直在克制自己，压抑自己，你真想这样对待他吗？我错了，因为我不应该怀疑他，你也错了，你不应该强迫他。”乔沫摇头，“我们都太自以为是了。刘婷婷，如果你想让成浩变得不堪的话，继续虐待自己，怀疑自己，活在忌妒中吧，如果还有一丝丝对他的爱意，请善待自己。”

乔沫说完转身就走，卫子随快步跟上，预想中的激烈场景并没有到来，两个女人比想象的平和。

一直到停车场，乔沫才停下来，大口地喘着气：“我刚才怎么样？”

“即兴发挥，表现不错。”卫子随牵住她的手。

自责了，发泄了，乔沫感觉心里莫名地舒畅，两行眼泪却悄悄淌下来，她自己伸手抹了：“我没事了，有件事情和你商量，刘婷婷的医药费，我来负责。”

“一人一半。”卫子随淡淡地说道，“就这样定了。”

乔沫看着他，卫子随猛地凑过去：“再看下去，说不定你真的爱上我。”

送乔沫去花店后，卫子随去了一个地方——影楼。再次看到橱窗里的那张婚纱照，看着成浩的笑脸，这是让乔沫哭、让乔沫笑的人，她爱他，他爱她，但以后，乔沫只能爱一个人——卫子随。

他走进影楼，出钱买走了照片。这照片多年无人认领，有人愿意花钱买走，影楼求之不得。将照片搬进车子后备厢时，他看到相框边微微鼓起，下意识地按了一下。这是一块正方形的印痕，卫子随心里一动，打开相框，一个折叠成方正形状的信纸露出来，上面写着三个字——乔沫启。他一惊，可从小被老师、家长教导，不要偷看别人的信件，他撇了下嘴，将信纸扔在后座上，不能辜负师长的多年教育。

卫子随的意外发现自然要和乔沫分享，他亲手交到了乔沫面前。

只看到信封上的三个字，乔沫的悲伤情绪已开始弥漫。卫子随见状坐进了车里，打开音乐，他知道要给她空间。

乔沫，最亲爱的老婆，我们终于走到了今天！有件事情我要向你坦白，这些日子，你一定发现我心神不宁、欲言又止，希望你不要怀疑我与你结婚的决心，因为，我遇上一些麻烦事，但不能把你扯进来遭受威胁。

我赞助了一个女孩，错就错在我不应该和她见面，导致她盲目地痴恋我。现在，她不断地用自残甚至自杀的方式威胁我和她在一起。我纠结过，毕竟那是一条生命，我不能看着她断送自己。可惜我选择了妥协，这让她觉得可以达到自己的目的。

如今她变本加厉，我不能再这样下去了。我们的婚礼在即，我想好了，最近一定要和她讲清楚，让她离开我们的生活，希望你看到这封信的时候，能够知道，我，成浩，一直爱着你，从未想过对你有任何隐瞒！

爱你的老公

“看完了吗？”卫子随跳下车，把信夺走，一鼓作气地看完了，骂道，“这家伙，最后关头还要扯着你不放，喂，从现在起，脸上的笑容可以和心里的笑容保持一致吗？”

乔沫点点头，卫子随笑了，她的心跳突然加速，他脸上刚才划过的1/25秒，是由衷高兴，因为自己，能这么开心吗？

“感动了？感动的话可以以身相许。”卫子随说道，“照片我买回来了，我做一回义务劳工，一顿晚饭总可以吧。”

乔沫笑着点点头。

卫子随把乔沫带回了自己的家，乔沫独自坐在客厅左右环顾，卫子随的家色调简单，比想象的工整。拉开衣柜，角落里放着乔康的那件汗衫和短裤，已经洗得干干净净，折得整整齐齐。卫子随将汗衫装进袋子里，这才回到客厅。

发现卫子随提了“礼物”，本想好奇地看看，他捂得严严实实，先卖了一个关子，两人一躲一闪，卫子随觉得心内有一道电流滑过，猛地握住乔沫的手腕，想去亲她。

乔沫被他吓到了，赶紧推开门走了出去。卫子随用力摇摇头：“疯子。”

乔康没想到卫子随会来，倒是一群老头老太太再见到他高兴得很，尤其是老李，马上招呼卫子随帮他看牌。卫子随把手中的袋子放进乔康怀里，啥也不说，就和老李研究去了。乔康打开一看，顿时一愣。乔沫也看到了，哭笑不得，这就是他的礼物？

送走了老头老太太们，郭美兰进厨房准备做饭，乔沫也跟进去，剩下卫子随和乔康收拾残局。棋牌室收拾得整整齐齐后，乔康拿眼斜他一眼："你来是想干吗？"

"追乔沫。"卫子随一本正经地说道。

乔康嘴巴微张，这小子不按规矩出牌啊，哪有这么直接撂话的！

"你少献殷勤，这次帮了乔沫不假，今天请你吃顿饭就当答谢。"乔康没好气地说道，"以前让你小子气得够呛，我现在还记得。"

"以前的事情都过去了。"卫子随笑着说道，"再说，结果都是皆大欢喜，对不对，伯父？"

乔康心里一惊，这小子和侯孝聪完全不一样。他脸一沉，默默地走出去，卫子随也跟出去，和乔康坐在院子里。

厨房里，乔沫正担心地看着院子里的情况。郭美兰说道："放心吧，你爸已经知道怎么回事，不会为难他的，就是不喜欢卫子随太随意。"

"我没担心。"乔沫说道。

"上次侯律师找我了。"郭美兰一边处理蛋清，一边说道，"他让我劝劝你，我和他说了，爱情是两个人相互的事情，如果一方撤退，说明没到那分儿上，而且，你对现在这个更动心。"

"妈，你……"

"不要骗妈了。"郭美兰说道，"妈是过来人，看得清清楚楚，要是喜欢，就承认和接受，不然，当初何必拒绝侯律师，多好的人啊，不就是因为不够爱吗？"

乔沫不吭声。郭美兰说道："看看吧，我现在倒觉得他也有可取之处，就是不懂得妥协，看他和你爸耗着，有意思不？"

"他们觉得有意思就行了。"乔沫忍不住笑了。

齐苗苗上课去了，没有回来，乔康自己一个人喝着闷酒。卫子随风卷残云一般，碗里的菜几乎没有剩下的。乔沫见他左一筷子，右一筷子，只想笑，好像三天没吃饭一样。

终于，卫子随心满意足地放下筷子。但凡有人吃得香，就是给足面子，郭美兰笑得合不拢嘴，乔康得意道："至今为止，还没有人说不好吃的，美兰做了几十年的饭，有我把持水平标准，肯定不会差。"

卫子随只是笑笑，郭美兰翻个白眼，说得有他的功劳一样，说道了几十年，评论了几十年，连炒个鸡蛋也不会，就会嘴上功夫！

“卫律师，平时怎么吃饭？”郭美兰问。

“我一个人住，晚上偶尔做饭，大部分时间在外面解决或外卖，我和爸并不在一块住。”

郭美兰也听卫天成提过几句，父子的关系不佳，现在看来是真的：“其实父子俩住一块，彼此有个照应，老卫是我的老同学，看着事业有成，但也是个小老头子了。”

卫子随只是笑笑，郭美兰也避讳，怕乔康瞎想，打住这个话题：“沫沫，卫律师的衣服还在咱们家呢，快拿过来。”

乔沫拿着干洗好的衣服过来，放在卫子随手里，看着上面的干洗标签，卫子随知道不是随便处理的，乔沫细心着呢。

饭局已到了最后，卫子随没有离开的意思。乔康提示时间不早，下了逐客令。卫子随不急不缓，郭美兰索性说切点水果再坐坐，有风，院子里说说话不错。

有郭美兰的支持，卫子随坐得更踏实了。乔康心里别扭，坐在躺椅上，手里摇着扇子，闭上眼睛，摆出“生人勿近”的架势，冷眼听着三人说说笑笑。

三人谈天说地，好不热闹，乔沫头回发现卫子随讲话风趣幽默，挺接地气的。三人正聊得兴起，传来一阵鼾声，一直闭着眼睛假装小憩的乔康，真睡着了！

时间真的不早了，卫子随只好恋恋不舍地起身离开。回到家，肖奇艺却堵在门口，一见面便吐槽：“你最近能不能认真一点儿？事务所的事情你就像撒手了一样，我一个人很辛苦，是，我有沈骐扬和郭美佳，可是他们能和你比吗？我又当爹，又当妈，可是嗷嗷待哺的孩子太多了，我顾不过来，我！真的好累！”

大半夜跑过来说这些，肖奇艺的情绪已经到顶点了，卫子随只好让他留宿在客房。第二天一早，卫子随心情大好，哼着小曲儿对着镜子刮胡子，情绪高昂。

还未平静的肖奇艺长叹一声，恋爱后的卫子随一面魔鬼，一面天使，对待乔沫是天使，对待同事是魔鬼，毫无人性！

“放心吧，乔沫的事情已经解决了，从今天起，我按时上下班，做什么都向你汇报。”

肖奇艺的目的无非也是这样，押解卫子随到公司。进了公司就听到虹姨说儿子有女朋友了，正张罗着在郊区给他们张罗婚房呢。

正说着，沈骐扬和郭美佳一前一后进入事务所，卫子随看着沈骐扬的一头汗水，知道他为了和郭美佳“凑巧”上楼，一定跑得上气不接下气，这不，刚进来就扶着桌子。

虹姨拉住美佳说：“我看啊，小沈喜欢你喜欢得不得了，他看你的眼神，就像我儿子看他的女朋友。”

“喜欢我？他不说，不讲，不作数。”郭美佳转身走了。

虹姨打扫完房间，钻进了杂物间，关上门后拿出口袋里的一个布包，打开，里面是一个存折，还有一张银行卡，她小心数着存折上的零，这些年的积蓄全在这了。她握着存折贴在自己的胸口，开始想象未来儿媳妇看到新房的情景，还有大胖小子向自己招手，脆生生地叫奶奶……虹姨的脸上露出笑容，自言自语道：“好得很，好得很！”

周末，乔沫正在家里帮郭美兰绣十字绣，听到敲门声，又是卫子随，手里还拿着一箱水果。乔沫意外地说道：“既然来了，进去坐坐吧。”

卫子随求之不得，进屋率先寻找乔康的所在。乔沫暗自好笑，说乔康不在家，出去下棋了。他这才松了一口气。

此时，侯孝聪已经在巷口停了车，瞅到路边一辆熟悉的汽车，又是卫子随！他的手停在那里，良久，他关上车门，坐在原地一动不动……

第18章　从不曾云淡风轻

那一天，郭美兰的话让侯孝聪记忆犹新，人生里绕不过去的卫子随，抢走学习机会，入行后抢尽风头，退出辩护律师的行列后却要抢走他爱的女人，为什么？！

侯孝聪的愤怒无以复加，愤然开车离去。卫子随狠狠地打了一个喷嚏，鼻水差点喷出来。

侯孝聪离开乔家，并没有回事务所，而是去了一家餐厅，刚进去就看到一个熟悉的人影——齐老冒。侯孝聪伸手道："齐先生，你好。"

此时，卫子随又狠狠地打了一个喷嚏，郭美兰和乔沫对视，乔沫赶紧走进厨房给他煮姜茶，卫子随跟进厨房，默默地看着她的一举一动。

"别看。"乔沫娇嗔道，"不自在，喝完姜茶走吧，我爸要回来了。"

卫子随在心里已经撩起袖子，准备和老爷子大战一场。说曹操，曹操到，大门推开，乔康兴高采烈地走进来，正和郭美兰说刚才下棋的事，老李赖皮，他连让两次还赢了。瞅到小桌上的茶杯，乔康一愣："有客人？"

乔沫扔给卫子随一个幸灾乐祸的表情，他自信满满地走出去："伯父，我来了。"

"你，你，你……"乔康错愕不已，"怎么又来了？"

"陪您下棋啊。"卫子随说道，"我让您悔棋三次，怎么样？"

被小瞧了！乔康手里的扇子"啪"地拍到桌子上："美兰，你听到没有？

这小子居然挑衅我，让我三次？一次也不用，看我打得你落花流水，咱们现在就来！”

厨房里的乔沫听得清清楚楚，暗自好笑，老爸最擅长的就是象棋，下了几十年，卫子随搬起石头，一定会砸了自己的脚。

刚开始没几分钟，乔康就感觉不对劲，这小子是行家，他不禁后悔，说道：“刚才不是说好了嘛，你让我悔三次棋，对不对？”

郭美兰翻翻白眼：“我明明听到有人说不用。”

“我……”被自己人插了一刀，乔康索性耍起无赖来了，“我年纪大，他让着我不是应该的吗？美兰，你别在一边凑热闹。”

“你这叫恃老行凶。”郭美兰淡淡地抛过来一句，噎得乔康说不出话来。

“好，您悔一步。”卫子随主动将乔康的棋子放了回去，“接着来。”

“算你痛快。”乔康这下舒坦了。

乔沫煮好姜茶出去，乔康双手托着腮帮子，皱着眉头，十分苦恼。卫子随俨然胜券在握，十分悠闲，乔康咳了一声：“悔棋。”

“好。”卫子随再一次痛快答应。

这一次，乔康却不怎么高兴了：“你看不起我的水平？嘿，我还不和你玩了。”

乔康一伸手，把棋子推到一边，拿着扇子站起来：“饿死了，美兰，你还不做饭？”

眼看着败局已定，乔康索性推棋不续，郭美兰都替他脸红，一听乔康又打发自己做饭，有些不欢喜。卫子随趁势提议出去吃，乔康不乐意，郭美兰倒乐意。乔康不愿意挨饿，还是跟着去了。

卫子随心里感激涕零，丈母娘可以抬高房价，也可以用杠杆支起一个世界——感情的世界！乔家的状况他看清楚了，讨得丈母娘的欢心，就打败了未来岳父！

饭桌上，乔康觉得自己被孤立了，另外三个人有说有笑，自己就像在嚼冷饭，很不是滋味。一顿饭结束，卫子随满意地送三人回家后离开了。

卫子随走了，乔康把火发在郭美兰身上：“你看你，非要吃他一顿饭，俗话说得好，吃人嘴短，拿人手软，以后……唉！”

“人情这种东西，你来我往，不是很寻常吗？我看你下棋也好，吃饭也好，都挺开心的。”

乔康语塞，良久才迸出一句：“不吃白不吃！”

周一，卫子随早早起床，对着镜子整理头发。古人说女为悦己者容，其实太片面，谁说只有女人会为爱人梳妆打扮美化自己？其实男人也一样，在爱人面前注重形象。

他来到花店时，乔沫已经打开店门，正将喜阳的植物搬到门外。卫子随悄然看了她一眼，不去打扰她，静静地往大厅走，却发现身边多了一道影子，是侯孝聪。

“早，师兄。”卫子随嘴角上扬，看在侯孝聪眼里却是十足的挑衅与炫耀。

侯孝聪这次失了风度，不加理睬，抢先一步进入电梯，卫子随则静等下一趟电梯。等进了事务所，他才发现自己并不是第一个到的，虹姨已经在抹桌子了。听到自己进门的动静，她立刻扭头笑了一下，直勾勾的眼神让卫子随打了一个寒战。

虹姨直来直往，常常让自己难堪，今天的笑容却充满了讨好的意味：“老板，我有事和您商量。”

老板？卫子随将手指探耳洞，这是太阳打西边出来了，从进公司起，虹姨从来直呼卫子随或是你，把自己当成自家儿子一样，偶尔还使唤使唤。今天叫上老板了，必有事相求。

“虹姨，您有话就直说吧。”

“我想预借工资，不多的，就两万块。我和儿子周末去看了房子，挺合适的，首付没带够，只交了五万的认筹金，这不，人家让一个月内带齐首付过去，我还差一点儿。”

“认筹金？”卫子随皱起眉头，“认筹是指开发商正式销售前通过一些折扣让购房者交纳认筹金等费用的行为。根据规定，任何形式的认筹都是开发商在没有取得预售许可证之前的非法活动，是国家明令禁止的。所谓的折扣，其实就是诱惑你们认筹，再将你们套牢，虹姨，你确定要买那套房子？”

“便宜，位置又好，套牢了也不怕。”虹姨苦着脸说道，“我就差一点儿钱。

交五万，可以帮我拿到一个九六折，可以省不少钱，条子都给我写好了，那个小伙子有关系，经理是他舅。”

虹姨索性掏出两张条子：“老板，我没说谎，你看，这个是认筹金的收据。”

卫子随拿起来一看，面色一变，顺手抽出一边桌上的文件，抽出一页来。虹姨也瞧出不对劲了，那份文件上是事务所的章，颜色鲜艳，圈线粗细适当而且均匀，印文显得平滑清晰，粗细一致，再看这张收据上的公章，外圆圈粗细不均，圆圈不圆，时断时续，时轻时重，线条毛糙，模糊不清！

此时，事务所众人已经到达，围拢过来，虹姨的心慌了，让大家帮忙看看，沈骐扬也点头，收据上面的章是假的，还有所谓经理写的条，上面的签名是模仿的，笔画有断层。

虹姨这下慌了，赶紧打电话给销售员，电话关机，虹姨手足无措，郭美佳赶紧安慰，可能在开晨会，晚点再打。

卫子随双手抱在胸前，肖奇艺坐在电脑前，开始查询楼盘信息，不查不知道，虹姨所说的楼盘是小产权房，房价远低于市场价。小产权房的销售人员来源五花八门，远没有正规商品房来路正，流动性也大。肖奇艺和卫子随交换眼神，知道情况不妙。

半小时，虹姨再打电话，手机仍关机。卫子随当机立断，打公司电话询问，一问才知道，接待虹姨的销售员已经辞职，今天就没去上班！再问认筹金的事，对方一查，根本没有收到他们的认筹金，更没有开收据！

虹姨瞬间没了力气，瘫软在椅子上，脑子一片空白。五万，白白送了人，自己的工资不高，存了多久才得了这么多。

看着失望和无助的虹姨，卫子随拿上车钥匙：“去售楼处看看情况，假公章都准备好了，不可能只有一名受害者。你一个人报警，金额太少不能引起重视，如果是群体性事件，反而好办，你们留在这里，虹姨，我们走。”

两人到了郊区，售楼处门口横七竖八地停了几辆车，拦住出车道，里面吵闹的声音此起彼伏，虹姨惶惶不安，卫子随示意她安静，先听听里面吵什么。

“让姓沈的小子出来，你们说他辞职了，就想推卸责任吞了我们的认筹金？”

“电话不通，还说和你们没关系，谁信啊，今天不把我们的钱还回来，别想再做生意。”

“砸了售楼处，让他们骗人！”

现场一片喧闹，卫子随拉着虹姨退到一边，说道：“果然不止骗了你一家，这些全是被骗的，售楼处说得没错，他们没吞钱，钱早让那小子卷走了。”

“那怎么办？”虹姨拍着自己的大腿说道，“我一年也存不了五万块呀！”

“在最短的时间里抓到人才能减少损失。卷了钱，一开始是不敢花的，怕被抓，等他感觉没问题了，就会迅速消费这笔钱，到时候就晚了，抓到人也很难挽回损失，我先报警。”

这些吵吵闹闹的人根本搞错了重点，卫子随通知警方过来，一番折腾下来，总算登记到场的受害人有十四个，认筹金都是五万，用他们的话说，五万换来九六折划算，大家都没有怀疑，再加上拿出来的收据是有公章的，个个放下警惕心上了套。

卫子随走向一边的宣传栏，上面是所有售楼人员的照片，姓沈的刚辞职，照片还摆在上面，卫子随掏出手机拍下照片，这家伙的面部有典型特征，就是眉毛上的痦子。拍下照片，卫子随提议先回去，虹姨想到儿子和未来儿媳的期待，抹起了眼泪，现在房子没了，五万块钱打了水漂，凑齐首付本身就不容易，现在又少了五万块。

“虹姨，五万块我先挪给您，您拿钱再物色其他的房子，最好是商品房，钱不够，尽管开口，找人的事有警察，回家和儿子、媳妇讲清楚事实，别瞒着，他们会体谅的。”

卫子随带虹姨返回事务所，大家围过来询问情况，他将肖奇艺拉到一边，亮出骗子的照片：“合理地利用朋友圈，如果有人看到他，第一时间通知我们，有点儿像海底捞针，但能做的就做吧，人与人的圈子是相关的，一个扩散一个，范围会越来越广。”

“对了，转发的时候备注一下，不要发放在公共论坛等任何公开的平台上。”卫子随说道，“注意尺度，让美佳陪着虹姨。”

虹姨现在情绪低落，卫子随担心她想不开。郭美佳带虹姨去茶水间，给她冲了一杯热牛奶，这个可以平缓情绪，虹姨还在絮叨着自己的无能，以及对未来的担忧。

“虹姨，您儿子如果生气，那是他的不对，不是您的不该，看房子是你们一起去的，被骗也不是您一个人的责任，您白天一份工，晚上一份工，不容易，这些钱大部分是您的血汗钱吧？他要是生气，我这个外人也看不过眼！老板说得对，主动讲出来商量最好。”

虹姨抹抹眼泪，捧着手里的牛奶，好半天才喝完，抹抹嘴，她哆哆嗦嗦地掏出手机，拨通了儿子的电话。虹姨的儿子自然有些错愕，幸好，没有责怪母亲的意思。虹姨心中的大石头总算落下了。此时，朋友圈的寻人信息正肆意传开，乔沫看着手机，替虹姨心疼，齐苗苗拉拉她的胳膊，示意她往外看——门口正是侯孝聪。

乔沫只好走出去，侯孝聪的过敏症不适合待在这里，两人找了个僻静的地方站定。侯孝聪单刀直入：“我找过伯母，希望她帮我劝你改变心意，可是，她告诉我，虽然她认为我是不错的对象，但是，强扭的瓜不甜，你不爱我，让你动心的人是卫子随。”

乔沫暗自吸气，讶异母亲的直白，同时也感叹知女莫若母。

“那只是伯母的猜测，我要你的答案。”侯孝聪正色道，“你心里是怎么想的，你爱他吗？我们之间，你是否选择了他？从什么时候开始知道答案的？”

乔沫叹口气：“当初答应和你交往，的确有尝试新开始的想法，父母和朋友都认为你是不错的对象，所以，我想给自己一个重新开始的机会，你或许不知道我的过去……”

“我知道。”侯孝聪说道，“你的过去，卫子随已经告诉我了，想让我知难而退。现在怎么样，卫子随已经取代那个人了吗？”

“侯律师，你的问题我一一回答，那个人在我生命里是不可抹去的存在，我做了选择，将他放在心里重新开始生活，你是我第一个想尝试的对象，但对不起，我在你身上找不到心动的感觉，虽然很心安，觉得很安全，但是，那不是爱情。你的爱很浓重，为了我忍受花粉过敏症，每天到花店和我打招呼，关照我的生意，这些我都知道。”

“所以，你产生了压力，在大家的劝告下，选择和我交往？更像是被动接受。”

“的确是这样，所以在交往的过程中，我更像在完成任务，大家交给我的必须重新开始，所以进行尝试的任务。”乔沫说道，“我很内疚，对不起，我没有爱上你。”

“我希望你告诉我，你，爱卫子随吗？”

“我现在很乱。”乔沫说道，“我，或许……现在没法确定，心里有些奇怪的感觉，从一开始认识他，总是让他扰乱我的情绪，让我莫名地生气，但对他的印象，一点点在改变，从初开始的不近人情到后来他的善良正义，我好像看到他不同的一面，然后被慢慢吸引……我有抗拒过，因为他的放荡不羁，这绝不是我喜欢的类型，可是……”

可是两个字扯住了侯孝聪的心，这一刻，心脏几乎扑出胸膛：“可是什么？”

“可是我好像看到真正的卫子随，然后为他心动，我现在也错乱了。他可以为我挡刀，让我想到了曾经的那个人，我可能，或许会爱上他。对不起，是我的错。”

“不关你的事。”侯孝聪睁开眼睛，“事情总有意外，但次次意外，或许它并不是偶然。”

“你说什么？”乔沫听不明白。

“没什么，谢谢你的坦白。”侯孝聪说完突然上前抱住乔沫，他的力气很大，让乔沫几乎喘不过气来：“侯律师……”

侯孝聪丝毫不管不顾，手上的力气越来越大，乔沫捶打着他的背：“松，松开……”

一只手伸过来，猛地将侯孝聪扯开，顺势一拳打过去，卫子随出现了，他额头的青筋暴出来：“师兄，你有必要控制自己的情绪，停止无谓的臆想。”

侯孝聪身子往后退了好几步才停下来，鼻间一热，伸手一抹，满手血！

卫子随将乔沫拉到自己身边，她的脸通红，被捂得上气不接下气，现在才能吸口气，惊魂未定，但仍按住卫子随：“别冲动。”

侯孝聪冷笑一声：“卫子随，你真是无处不在。”

说来也巧，就在卫子随靠在窗边尝试捕捉乔沫身影的时候，还真看到了，可惜她身边还有个男人，一把忌妒的火烧上来。他不管三七二十一冲下去，找过来的时候恰好看到乔沫无法呼吸的一幕，自然无法忍受，直接发作，一拳挥出！

“侯律师，身为一名律师，该好好约束自己的行为。”

“对不起，乔沫。”侯孝聪喘着粗气，“我刚才失控……没错，我应该好好约束自己的行为。”

“没关系——”

乔沫还没有说完，卫子随愤然道：“没关系？如果我晚来几分钟，你现在还能喘气吗？”

“够了。”乔沫说道，“适可而止，我没怎么样，他也受了伤。”

卫子随咽下一口口水，转头对侯孝聪说道：“离她远一点儿。”

侯孝聪冷笑道：“只要她还是单身，我就有追求她的权利，就算结婚了，还可能离婚。”

“你几时变得这么无赖，以前云淡风轻、从容大气的侯孝聪到哪儿去了？”

侯孝聪转身离开。卫子随不懂，能让侯孝聪失控，一定有了不得的起因，追问乔沫。乔沫如何能说出对他动心的话，只是红着脸不说话。

卫子随太了解侯孝聪，平时在人前，他就像设定好程序的机器人，绝不允许自己出错，失控一定因为受到刺激，定然是乔沫和他讲了什么。见乔沫想溜，他不想放过这个机会，拦在乔沫面前：“你不说实话，我不放你走。”

刚才没有打过草稿，完全凭心说出的话一个字不漏地闪现在脑海里，乔沫咬着嘴唇，摇摇头。卫子随见她不屈服，作势要去找侯孝聪，他晓得乔沫的性子，最害怕引发冲突。

果然，乔沫拉住他的手：“他问我为什么放弃他，是不是爱上你？”

卫子随顿时心乱如麻：“你怎么说？”

“刚才随口说的，话很长，有些不太记得了。”

“那，就说你记得的那部分。”卫子随就像看到猎物的秃鹫，不咬住绝不罢休。

“我说你一开始不近人情，但是后来，好像还是善良正义的家伙。”

“家伙？”卫子随无可奈何地说道，“好吧，我们一开始见面的方式太……特别。”

“你放荡不羁，肯定不是我喜欢的类型。”

乔沫这句话让卫子随的心往下沉，所幸的是，乔沫的话还没有说完：“发生这么多事，我好像看到真正的你，还不赖，所以，我……或许会爱上你，花店正忙，我先走了。”

卫子随站在原地，满意地大笑。

墙角处，躲在暗处的侯孝聪握紧拳头，掏出手机：“小李，帮我约齐先生见面……哪位齐先生，齐老冒！”

卫子随仍沉浸在喜悦中，一整个下午情绪高涨，就连呆萌的沈骐扬也看出不对劲，可惜冰火两重天，虹姨的事情还没有解决。

沈骐扬经过卫子随门口时，看着卫子随拿出一条项链在眼前晃啊晃地，项链是上次买的，一直没送出去。卫子随正看得开心，项链被肖奇艺一把抢过去：“再看就成斗鸡眼了！”

“还给我！”卫子随赶紧夺回来。

肖奇艺知道这情绪和乔沫有关，不想说太多，转告卫子随江冰宜的消息——江冰宜和大卫去香港后一直接受治疗，她第一次直面自己的心理疾病，之前她一直相信自己的控制力，多亏她这趟回来失控，要不是意识到危险的程度，她可能永远逃避现实。还有一件事情，肖奇艺说虹姨提出早点下班，现在损失了一笔钱，她想多打一份工挽回损失。

卫子随摇头不允，肖奇艺意外，他不是不讲人情的类型：“为什么不同意？”

“她的心情没有平复，再加大工作量，看上去没什么，但身心双重折磨，容易生病，人能不能找到，钱能不能找回来，现在还不一定，不用着急。”

“卫子随，你真的变了，你以前不会这么耐心解释的，刚才简直是和风细雨，春风拂面，这叫什么来着？暖男？你是彻底换了路线，爱情的力量太了不起，还有，我怎么觉得你和乔沫不像在谈恋爱，倒像在过招，你一步，她一步，拉拉扯扯，来来回回。”

肖奇艺一语道破天机，乔沫的一举一动，他也随着她一举一动，想想不禁想笑。

此时，曲蔓正和汪杰坐在一起研究报表，几名水店的员工在他们身后嬉笑着。曲蔓和汪杰在一起，正应了一句老话——癞蛤蟆想吃天鹅肉，但这帮伙计却觉得不错。

汪杰外形不错，只是不爱打扮，水店开了好几家，也算事业小有所成，只是与曲蔓相比差了些。身后伙计们的议论落进两人的耳中，两人对视，尴尬地挪开目光。

“你看看这家水店的装修怎么样？”汪杰赶紧开口。

“这些人，平时对他们太好，就知道顶嘴。”汪杰说道，“你看，新店这么装修怎么样？”

“我以为你没有头绪才叫我来商量，原来的想法已经很棒了，我只能在软装饰上给你一些建议。再过一个月，新店正式开张，记得通知我。”

“我一定请你，对了，我看到朋友圈里转发的微信了，虹姨被骗钱的事儿我们也知道了，我刚把照片给伙计们，到时候他们帮忙找找看，多少能尽一份力。”

“虹姨不容易，大家都帮帮忙，也不知道能不能找回来，要不，明天中午咱们一起去看你的新店，光看照片能看出什么，实地看才能提出详细意见。”曲蔓微笑道。

汪杰心里一喜，紧张得舌头打结，话都说不出来：“那，那……”

“那明天见。”

曲蔓欢快地走了，汪杰的眼睛半天收不回来。

曲蔓回去接乔沫和齐苗苗，一同去乔家蹭饭。吃饭的时候铁门突然响了，乔康马上拍着大腿说道：“卫子随那个小子又来了？”

外面传来孩子们嬉闹的声音，郭美兰说道：“看你疑神疑鬼的，人家还能天天来吗？”

“他不来，我还有点不习惯。”乔康嘟囔了一句，“这孩子虽然讨人嫌，可是挺有趣的。”

听完这话曲蔓的眼睛亮了，吃完饭，她拉着乔沫进房间：“乔沫，什么情况？卫子随搞定你爸了？”

“别说那么难听，只是有了一点点小小的进展。”乔沫说道，“爸和他还是水火不相容。”

“这叫越爱越虐，我看咱爸有点想卫子随，这是很好的趋势，真没有想到，当初吊儿郎当的卫律师，居然打败了完美男人侯律师，厉害。人都是有无限可能的啊！你看齐苗苗现在读夜校，当初的小太妹也知道好好学习，天天向上了，这个世界还有什么不可能的？”

“嗯，你都让汪杰拴住心了，还有什么不可能的？”乔沫打趣道。

曲蔓吓了一跳，脸红了，心也乱了，连忙解释只是和汪杰进行经营方面的交流。乔沫不说话，曲蔓解释的时候摸了脖子，人在说谎的时候最下意识的动作就是摸脖子！

曲蔓和汪杰是两个世界的人，她用的包包是什么牌子汪杰不知道；她用的香水前味是什么，汪杰闻不出来；曲蔓出国旅行的次数汪杰不知道……曲蔓的条件对普通男人来说是一种压力，除非对方想吃软饭。汪老板自力更生，要想走捷径早走了，何必等到现在？

女强男弱是一个自古以来的难题。男性的自尊极容易崩塌，乔沫隐隐担心，这段刚刚萌芽的爱情可以熬得过现实吗？

曲蔓走到乔沫身边："假如我和汪杰在一起，我是说假如，你们会怎么想？”

“我不会怎么想，但我爸一定说，曲蔓怎么找了一个穷小子，还有些人说汪杰运气真好，钓到一个白富美，太厉害了！还有一些人会说，看，这个男人就是吃软饭的。”乔沫说道，“这涉及一个久远的话题——门当户对。”

曲蔓长长地叹了一口气："电视剧看了不少，那些门不当、户不对的爱情未必不会成功，但是婚姻一定家长里短、乱七八糟的事情不少，想想都可怕。”

“反过来想想，汪杰也有这样的考虑，两个人相爱，但两个人合适吗？”乔沫说道，“双方父母会同意吗？在一起后，婚姻生活能幸福吗？我们的心里一定会藏着很多的问题。”

“天哪，我只想谈恋爱。”曲蔓说道，“一旦涉及婚姻就会变得复杂，只恋爱，不结婚？”

曲蔓说完笑笑，只恋爱不结婚，更难！

乔沫心里也有隐隐的担心害怕，卫子随每晚在酒吧流连，对人冷嘲热讽，怎么也都是个浪荡子，她无时无刻不在判断他的话是真是假。要做恋爱的达人，必须先做心理学的达人，好累。

这天曲蔓和汪杰约会，乔沫灵机一动，提醒她穿随性一些，这样可以拉近和汪杰的距离。曲蔓连连点头，她从衣柜里挑出一套休闲短衫，再配上运动鞋，看着倒也不错。

不过等汪杰来花店找曲蔓时，大家的下巴都要惊掉了，他穿了一身正装，浑身不自在，走进来时畏手畏脚，样子很滑稽。大家看他皮鞋擦得锃亮，衬衫的领子雪白，一看都是新买的。

曲蔓想着配合汪杰换了一身运动衫，汪杰却是同样的想法，为了配合曲蔓平时的打扮，换了一身正装。两人大眼瞪小眼，曲蔓终于笑了："你怎么穿成这样？"

"你，你不也一样，平时不是这么穿的。"汪杰面红耳赤，赶紧把领口的扣子解开。两人一商量，决定先去店里瞧瞧，再找地方吃饭。曲蔓开着车，汪杰坐在副驾驶位上，屁股底下像有针，怎么坐也不自在，他不停地调整位置，额头直冒汗，曲蔓笑了："你干吗？"

"我，我有点热。"汪杰擦擦额头的汗，"空调能开大点吗？"

曲蔓抿嘴偷笑，目光顺便打量了一下汪杰，还别说，他一身正装撑起来像模像样，哪里还像之前的那个土老板？

毕竟待在狭小的空间，对方的一呼一吸格外明显，为了缓解紧张，汪杰一直往窗外看。眼看就要到新店了，汪杰突然"呀"了一声。曲蔓说道："怎么了，怎么了？"

汪杰飞速地掏出手机，翻出一张照片："你开慢一点儿，我看看。"

曲蔓放慢速度，悄然往路边停靠，汪杰振奋道："马路对面那个家伙好像是卫子随他们说的骗子，眉毛上面有颗痣子，位置一模一样!"

曲蔓一个急刹车，两人身子往前一蹿，还没稳住，曲蔓就往外看。汪杰指着对面的一家小房产中介公司，那家伙穿着白衬衫，黑裤子，打着领带，正双手背在身后看着经过的行人。

"就是他。"曲蔓激动道，"好大的胆子，这么快进了新的公司，我先报警，你盯着。"

汪杰眼睛也不眨，一直盯着那个家伙。此时正是午餐时间，那家伙在外面盯了一会儿，然后独自朝一边的小巷走去，似乎要去吃饭。汪杰着急道："不好，他走了。"

这边，曲蔓已经将地址告诉警方，挂了电话，说道："咱们跟过去。"

曲蔓停好车，下车后马上挎上汪杰的胳膊。汪杰的身子一僵，曲蔓解释道："你别误会，咱们扮成情侣进去看看，你别僵住呀，放轻松。"

汪杰的腰挺得笔直，曲蔓哭笑不得，一巴掌拍到他的尾椎骨上："自在一点儿。"

"我没法自在，你离这么近。"汪杰委屈道。

两人走到对街，就像情侣闲逛一样，四处走走看看，马上就看到那家伙坐在一家小饭店里，悠哉地等着上菜。汪杰低声问道："怎么办？"

"还能怎么办，一会儿他还跑了不成？"曲蔓十分老到，"盯着他的动静，只要他回店里，一抓一个准。"

"你胆子真大。"汪杰说道。

曲蔓一巴掌拍到他胸口："你上次替我挡花盆的勇气跑哪儿去了？"

"情况不一样。"汪杰说道，"那是你有危险，现在咱们面对的是一个犯人，骗子。"

"他在吃饭，咱们找地方等一等，那有个甜品摊子，走。"曲蔓十分自然地握住汪杰的手。汪杰一喜，默默地握紧。

坐在简陋的摊子边上，一人一碗甜汤，曲蔓喝了一口，惊喜地说道："嗯，好吃。"

"你平时不吃小摊子？"汪杰好奇地问道。

"怎么，你以为我只去高级餐厅？"曲蔓说道，"没开花店之前，我和乔沫吃遍了大街小巷，其实最好吃的还是街边的这些小摊，家常手艺。后来不是忙嘛，乔沫周末要陪爸妈，陪我的时间就少了，我就自己打发时间……"

曲蔓吐吐舌头不说了，她用来打发时间的方法就是交男朋友。

两人喝完甜汤，那个骗子也吃完饭，正大摇大摆地走出来。两人赶紧结账走人，快步跟过去，只见他没回店里，反而钻进一家网吧。两人对视一眼，没进去，就守在外面，等骗子重新出来。

不过十来分钟吧，那家伙突然跑了出来，一副惊慌的样子。汪杰奇怪道："怎么回事？"

两人马上跟过去，只见骗子一边走，一边打电话："老徐，快帮我买一张去上海的汽车票，不要火车，实名制的不要，就汽车，最好是半道上车的那种，安全！嗯，老子的照片都让人放网上了，妈了个蛋的！”

曲蔓不禁在心里骂人，不是备注说得清清楚楚嘛，不要转发到网上公开的论坛，总有人不守规矩。看样子他不准备回店里打算直接开溜，曲蔓正在犹豫怎么办的时候，汪杰突然拉着她一路狂奔，眼看离那家伙近了，他一把将曲蔓推过去，正好和那家伙撞个正着。她正晕头晕脑的时候，汪杰怒气冲冲地揪住那家伙的脖子：“你敢非礼我女朋友？”

曲蔓一怔，什么情况？

那个骗子也是一头雾水：“我什么时候非礼你女朋友了？”

曲蔓这时明白了，马上配合地“呜”地哭出声，指着这个男人说道：“老公，他刚才故意撞我，还摸我！”

汪杰越发不松手，把那骗子抵到树干上：“你敢碰我老婆，媳妇，报警！”

第19章　挥之不去的过往

一听报警，骗子的脸色一变，一头撞到汪杰的肚子上，然后往前冲。曲蔓一个箭步冲出去，一把揪住这家伙的后领子。这家伙恼羞成怒，居然转身一拳打向曲蔓。这可不得了，汪杰气得七窍生烟，一把拧住这家伙的手腕，用力一探，曲蔓趁机逃脱，躲在汪杰的身后，入戏太重，趴在汪杰的后背说道：“老公，揍他！”

汪杰肌肉壮实，骗子吓得够呛，只想趁机逃脱，赶紧讨饶道：“大哥，这是误会，刚才是嫂子自己撞过来的，我没碰她一根毫毛啊。”

“走。”汪杰拽着他不放。不远处终于传来警车的声音，骗子脸色一变，恶向胆边生：“妈的，你们搞什么东西，给老子放手！”

曲蔓有汪杰撑腰，壮胆道：“你还敢骂人？”

“别和他废话，叫警察过来。”

曲蔓转身就跑向警车，汪杰将骗子死死地按在地上。骗子欲哭无泪道：“大哥，咱们素不相识，男人何苦为难男人。”

“现在认识了。”汪杰坏笑道，丝毫不敢松手，再让他跑了，未必有好运气了。

骗子想挣脱，汪杰冷笑一声，自己可是干体力活出身，一身筋骨皮，想跑，没那么容易！

骗子气疯了，自己怎么就碰上这两个主了。曲蔓抓紧时间带警察过来，彻底把骗子拿下。

两人这一通忙活，又出体力，又耗脑力，坐在车里已上气不接下气，曲蔓才想到通知卫子随。挂了电话，汪杰脱口而出："媳妇，咱们现在去哪儿？"

曲蔓扑哧笑了，汪杰脸红得要滴血："演得太真，叫顺口了。"

放下电话，卫子随步出办公室找虹姨。自打出事，虹姨就像魂游九天，此时正无精打采地抹着桌子，卫子随叫了好几声也没听到，还是郭美佳提醒，她才回过神。

听卫子随说抓到骗子，虹姨也没反应过来，好半天才结巴道："真，真的抓到了？"

"老天爷开眼，曲蔓和汪杰一起去看铺子，结果看到那个骗子，就在刚才，骗子已被抓住了。曲蔓说那家伙非但没跑，又进了一家小型地产中介公司上班，看样子准备继续行骗。"

虹姨没忍住，眼泪花花直冒。二人马上赶往警局。

几天的工夫，事情整理得清清楚楚，那个销售是个惯犯，以前坐过牢，有前科，沈小伟是假名，身份证也是伪造的，长年流窜各个地产中介公司，利用一副老好人的样子骗人交认筹金拿折扣，百试不爽，得手后马上辞职走人，再换一家。为了避免自己现形，他专门找一些小型的中介公司，尤其经营小产权房的公司，人员流动本来就大，人员管理松散。因为以前成功不少次，这次拿到钱也没逃跑，换一家公司继续。

警方现在已正式立案，赃款都在，会走流程一一返还。虹姨的心总算落下了，对大家感激不尽。尤其卫子随，她早看出来了，虽然他表面放荡不羁，骨子里是个好人。就拿现在来说，事务所的事情不管，陪自己来警局询问情况。虹姨抹抹眼泪，催促他赶紧回去，事务所一堆事情要忙。

两人回到事务所，刚刚下车，冤家路窄他一眼看到侯孝聪。两人相见，侯孝聪的手立刻摸了一把自己的鼻子，一脸嘚瑟："贵事务所这么闲吗？卫律师有空到处闲逛。"

"贵事务所繁忙，侯律师不也一样到处闲逛，哦，不对，贵人事多，一定是见客户了。"卫子随玩味地看着侯孝聪的鼻子，"鼻子怎么样了？"

"不劳操心。"侯孝聪冷冷地说道。

卫子随耸耸肩："想关心侯大律师的人大把在，多我一个不多，少我一个不少，虹姨，我们不打扰侯律师赚钱，走吧。"

侯孝聪进办公室，关上门后，将手里的文件狠狠地砸在地上，他松开领带，坐下后拉开右手的抽屉，戒指摆在里面，他伸手扶着头："乔沫，再给你一次机会，最后一次。"

正在端花盆的乔沫花盆没拿住，一下掉下去，正好砸中自己的脚，花盆碎片散落一地，花盆里的土溅得到处都是。齐苗苗紧张地跑过来，一看，乔沫的脚扎破了，出血了。

突然一只手伸过来，替乔沫捂住伤口："怎么这么不小心。"

是卫子随，花店是回事务所的必经之路，他正好看到，顺势将她的脚放进怀里，乔沫面红耳赤："有医药箱。"

"先止血。"卫子随说道，"独家密方。"

"是独家蜜方吧？"齐苗苗没好气地说道，"甜蜜的蜜！还没到下午茶时间呢，就迫不及待地跑下来，你们事务所不用工作吗？"

"这丫头真是，你从哪里找来的？说话犯冲，还失忆，也不想想当初谁帮她脱身。"

齐苗苗顿时心虚，默默地走到一边，卫子随得胜，心满意足地笑笑，再看乔沫的手指也破了，他赶紧把乔沫扶到桌边坐下，将她的手指放进嘴里吮了一下。乔沫忙推开他，被旁人看着她实在不好意思。卫子随笑笑开口道："乔沫，骗虹姨钱的骗子抓到了，曲蔓发现的，我陪虹姨去指认，不过钱拿回来还需要一段日子。"

"太好了！能拿回来就好。曲蔓这次立大功了。"乔沫发现卫子随直勾勾地看着自己，"怎么了？"

他在她脸上抹了一把："有泥。"

乔沫发现齐苗苗和小峰正扭头偷看，尴尬道："我自己来就好了。"

"伯父有没有想我？改天和他下棋，还有，咱们应该来一次正式的约会，这个周末。"

"我们已经有过一次正式的约会了。"

"那次不算，我想去你和成浩曾经约会的地方，你们最爱去的公园、最爱去的餐厅、最爱看的电影，你们之间彼此的恋爱小游戏、小花样，我们花一天时间去体验。”

“为什么？”乔沫怔怔地问道。

“给你一天回忆的时间，”卫子随说道，“这一天，我允许你好好地怀念他。”

“然后呢？”乔沫似有所悟。

“和过去告别。”卫子随正色道，“永远告别，允许你偶尔想起他。”

和过去告别，开始一段新的感情，乔沫的眼神同样炽烈，乔沫的心变得柔软，点头同意。卫子随兴奋地跳起来。

汲取了曲蔓和汪杰的经验教训，乔沫额外交代一句，两个人都穿休闲装，省得闹乌龙。卫子随笑笑把她拥在怀中。

齐苗苗吐槽道："与其在这里浪费时间，不如去讨好未来的岳父和岳母，尤其是岳父，我看叔叔一点儿也不喜欢你。"

卫子随闷哼一声："你知道？"

"那天门响了一下，叔叔就怀疑是不是你来了，多警觉。现在乔沫是球门，你是想攻破球门的人，可是必须过了守门员，加油吧。"

齐苗苗的语调充满了看戏的意味，卫子随冷哼一声："我从来不打没有把握的仗。从心理学来说，两个不同立场的人一旦找到共同点，会成为最坚实的盟友。恋爱是一门技术活，有战术，有战略，还要学会深谋远虑，必要的时候止损，你懂吗？"

齐苗苗被噎得说不出话来，拉着乔沫的胳膊："他说什么，我听不懂。"

卫子随笑了："人类作为一种社会动物，当遇到为之心动的人时，心潮澎湃，热情似火，身体也会随之发生变化。所以，爱情产生于脑部，而脑部的活动会影响人的心理行为，你的话也没有错，所以男女双方在交往的过程中，会揣摩对方的心理，投其所好。"

像曲蔓和汪杰，就是最好的例子，彼此猜测对方的心思，考虑对方的立场，结果反而弄巧成拙。

乔沫说道："投其所好，有时候不一定为了爱情。"

"但人有判断的能力，是否爱情，自己做出判断就好。"卫子随说道，"就像你真实地面对自己的内心，决定和侯孝聪斩断关系，就是正确的判断。"

乔沫知道卫子随的用意了，他是用这番话用来敲打自己。扔下这番话，卫子随终于离开。

下午茶时间，郭美佳来了。她拎着一盒蛋糕兴冲冲地进来。看到蛋糕，齐苗苗的笑容微妙："蛋糕？郭美佳，有新男朋友了？又是蛋糕师？这次千万别再被骗了。"

哪壶不开提哪壶，郭美佳把蛋糕一放，上去就掐齐苗苗的嘴。齐苗苗也不是省油的灯，马上缩在柜台里面不出来。沈骐扬笑哈哈地站在两人中间："好了，不要闹了。"

"让开。"郭美佳在气头上，一把推开沈骐扬，他一个不稳，摔到地上。郭美佳马上笑了，"你呀，让你多管闲事，起来。"

她伸手拉他起来。沈骐扬笑笑，口袋里的钱包掉在地上。郭美佳立刻弯腰帮他捡起来："你怎么回事，总是掉钱包。"

沈骐扬呆若木鸡，卫子随正走进来，一脸坏笑地看着这一幕。沈骐扬求助地看向卫子随。卫子随权当看不见。钱包握在郭美佳手里，就像一枚定时炸弹。沈骐扬讪笑着伸手，郭美佳闪躲："怕我拿你的钱？大家要吃什么，今天沈骐扬请客，除了蛋糕，再来点小食？"

大家一呼百应，沈骐扬大汗淋漓："我请，我买单，美佳，钱包给我。"

"不行，你反悔怎么办？先把钱拿出来。"郭美佳往外抽钞票，一张，又一张，再一张，沈骐扬钱包里总共只有五张现钞，郭美佳一口气往外抽，藏在最里面的照片终于掉出来！

郭美佳狐疑地捡起照片，翻过来一看，当场呆住："沈骐扬！"

"在！"沈骐扬双脚并立，身子一僵，"我，我，我，我可以解释的，你听我说，这张照片是我，我……"

郭美佳突然露出一丝笑容："你现在坦白来得及，老实交代，为什么偷我的照片？别说是捡的，照片丢了很久，我还问过你。"

这时肖奇艺走过来哈哈大笑："沈骐扬，被抓个正着，我们没办法帮你，保重。"

"因为照片好看，所以我拿过来收藏，原因很简单……"沈骐扬的心扑通直跳，"我，我喜欢你，真的，美佳，我喜欢你很久了！"

郭美佳抿紧嘴唇，脸上却洋溢着笑意。沈骐扬吼出最后一句话后，死死地闭着眼睛，双手举起来，生怕郭美佳打他。等了许久，没有动静，沈骐扬小心翼翼地睁开一只眼睛，郭美佳依然站在原地，一动不动，其余人都像被按了静止键，只有眼珠子眨个不停，一脸兴味。

“我，我，我，那，你愿意当我女朋友吗？”沈骐扬终于悟到了，“愿意吗？”

“反正也没得选，试一下也成，不过事先说明，我比你大三岁，又没钱，职业也没有太大的前景，不能在事业上帮助你，和我交往占不了便宜，你可想清楚了。”郭美佳一股脑地说道，“我这个人没有其他的爱好，就爱逛街，必须有人作陪，大家都觉得我是傻大姐，所以经常得罪人也不知道，还会上当受骗，这样你也愿意？”

“我愿意，我愿意！”沈骐扬欣喜若狂。

“相亲相了这么多男人，哪一个像样？只要能吃上饭，不至于住天桥，爱我是首要条件。”郭美佳大大咧咧地一拳打他胸口，“秦方的事情发生时，就猜到你小子喜欢我，可是你死活不肯说，害我以为是错觉，等了这么久，原来真是的。”

沈骐扬憨笑，齐苗苗扑哧笑出声：“哎哟，这回皆大欢喜，怪不得今天买蛋糕，好了，为了庆祝我们的老姑娘嫁出去，来，切蛋糕！”

“齐苗苗，你看不得我好是吧？”郭美佳转身，正好齐苗苗打开了蛋糕，手指沾着蛋糕，一把抹到郭美佳脸上，然后调皮地伸出舌头：“来打我呀。”

卫子随趁机握住乔沫的手，乔沫没能抽脱，只有任他抓着。肖奇艺双手抱在胸前，连连摇头：“公司总共三个男人，两个恋爱，就剩我自己，我看要立个规定——禁止办公室恋情，你们觉得呢？”

卫子随没有意见，乔沫不是事务所的人。刚沉浸在喜悦里的郭美佳被淋了一盆冷水，正欲发作，肖奇艺又说不禁止办公室恋情也可以，换个前台。

大家哄笑，闹成一团。花店外，侯孝聪默默看着众人欢呼雀跃的场景，急促地掏出手机：“喂，是我，进展怎么样？好，两天后给我结果，尽快！”

新的一天，乔沫站在镜子前，小心地整理着衣服。郭美兰进门，看到这身打扮，欣慰地点头。她由衷地替女儿高兴，独自一个人承受着沉重的心事，心里淌着血也不告诉任何人，现在好了，事情都过去了，成浩是个好孩子，乔沫也是，卫子随，也是。如果不是他坚持寻找真相，事情可能一发不可收拾，那个孩子面冷心热，相处久了才发现他的诸多好处。乔康虽然成天埋怨，其实对卫子随已经有好感。郭美兰母亲的天性与直觉告诉她，这次女儿或许找到了真正的归宿。

此时，卫子随已经停好车，十分熟练地推开乔家的大门。刚一走进院子里，乔康“嘿”了一声："你这小子拿这里当自个儿的家？进来不会敲门啊？”目光一转，扫到卫子随手里拎着的盒子，“这是什么？”

“酒，”卫子随将手里的东西放到乔康怀里，“听说您以前在山西当过兵，正宗汾酒。”

“你特意买的？”乔康的心情略好，语气总算和缓一些。

“今天早上偶然发现的，我喝洋酒多，这瓶酒一直放在酒柜，没动过，送个识货的人。”

乔康心情大好，识货二字击中他要害，他抬抬下巴说："乔沫在里面。”

卫子随带着肚子来的，尝试过郭美兰的手艺后，外卖已经无法满足味蕾。坐在餐桌上，卫子随如坐针毡，对面乔康的眼神就像尖刺，不停地扫过来，弄得他浑身上下难受，怪不得别人说，女婿就是贼，岳父大人是兵，兵防着贼，直到结婚才兵贼一家。

郭美兰注意到乔康直勾勾的眼神，捅了他一胳膊肘，这么死死盯着，还让不让人吃饭了？

卫子随没说来吃早餐，细心的郭美兰还是预备了他的分儿。丈母娘看女婿，越看越喜欢，可惜，岳丈大人像防贼一样防着他。

出了大门，卫子随悄悄扶着乔沫的腰，她身体僵住，避开他的手，正色道："不许动手动脚，你在酒吧对别的女人也这样吗？还有天台的那位。”

“天地良心，那个女人和我一点儿关系也没有，我在酒吧喝酒，她在隔壁桌上聊天，说自己有朋友可以介绍写字楼，事务所正寻找新的办公地点，所以我和她认识了一下。”卫子随拦住乔沫扳着她的肩膀，“你仔细看看，抓住我的微表情，看看我说的是不是真话。”

乔沫盯着他的脸，卫子随继续说道："那天下了天台，她帮我联系朋友，我就让她下了车，我，卫子随，绝没有带任何女人回过家，也没去过任何女人的家里！”

乔沫看得认真，卫子随正色道：“怎么样？看出来了吗？”

“卫子随，这个方法在你这里不奏效。”乔沫摇头道，“当你有准备的时候，你的控制力会控制自己的行为，包括表情，只有自然流露的时候，才是真正的心境。”

“乔沫，你耍我？”

“杯子游戏的时候，你就用这招让我失败。”乔沫正色道，“刚刚不算数。”

乔沫越过卫子随往前走。卫子随懊恼不已，杯子游戏，该死，那时候不应该出头挑衅！

两人的第一站是湖边公园。早晨的阳光披散下来，波光粼粼，湖边的垂柳落到湖面，幽绿与碧绿相得益彰。

乔沫看着幽绿的湖水，嘴角微微上扬：“我和成浩最喜欢在这里骑自行车，也会绕湖走一圈，那时候有说不完的话题，每次绕湖一圈，就能说到好多将来的事。我和他有很多共同的梦想，我们要开一间花店，要在阳台摆上桌椅，午后可以喝茶晒太阳。我们还要生两个孩子，最好是一儿一女，我们的人生规划是在绕湖的过程中完成的。”

乔沫提到过去，想到成浩说过的那些话——

“乔沫，我们的第一个孩子最好是女儿，她会像你一样贴心懂事，不让我们操心，将来有了弟弟妹妹，她能帮我们管教小的，我们在家里种满鲜花，让她从小在鲜花香气中长大。”

“乔沫，我爸妈想见你，明天去我家好不好？”

“乔沫，我找到工作了，离你家很近，以后晚上能去蹭饭吗？”

“乔沫，我爱你，一定没有人比我更爱你！我们结婚吧！”

不知不觉中，眼泪流出来。卫子随停下来，乔沫悄悄抹去泪水。这时卫子随看到远处的自行车租赁处，拉她过去，一辆自行车，两个人环湖一周，再去吃乔沫最喜欢的红豆冰。

那是街边的一家小店，大门紧闭，门上挂着转让的牌子。乔沫呆若木鸡，三年不到，时过境迁，透过缝隙看进去，里面的桌椅堆在墙角，破败不堪，地上覆满了灰尘。

卫子随唯恐她触景伤情，赶紧提出去下一站。乔沫摇头："你说得对，时过境迁，许多事情已经改变，你没有必要陪我走下去，过去的回忆我会好好地放在心里，默默地怀念。"

"既然已经出来了，约会继续，不要辜负好时光，下一站我做主——我家。"

乔沫还在迟疑，卫子随拉着她便往停车场走。乔沫被强行塞进车，卫子随替她系好安全带，其实下一站并不是卫子随的家，而是超市。卫子随推着车子，十分轻松地走在里面，调味品也好，肉食也好，十分熟练，看样子经常来。

卫子随也要吃饭，酒吧不能填饱肚子，虽然也叫外卖，偶尔也要自己做。两人穿行在超市里，卫子随拿起一盒罐头食品，看乔沫一眼，默默地放回去："你们家一定不吃这个。"

"有我妈在，拒绝一切半成品。"乔沫笑着说道。

"真幸福。"卫子随苦笑道，"已经不记得我妈妈烧的菜是什么味道了，她走得早，她在的时候，我们家也看不到任何半成品。"

"她是怎么走的？"乔沫小心地问。

"生病。"卫子随说道，"人生无常，发现的时候已经晚了，我爸放弃一切工作陪在她的身边，直到她离开，这件事情我很感谢他。"

"既然这样，为什么现在你们父子……"

她曾亲眼见过这父子俩剑拔弩张，言语交锋激烈，根本没有父子俩的温馨。在她看来，卫天成一直想亲近卫子随，可卫子随就像一座冰山，丝毫不为之所动。

卫子随往饮品区走去，悄然避开这个话题。乔沫心知肚明，人在逃避时会选择转移话题，他不想说，自己不能强求。

两人满载而归，到了卫子随家。乔沫先好奇地探头进去看，发现客厅空荡整齐，出乎意料地干净。卫子随放下手里的东西，打开鞋柜，里面清一色的男鞋，拖鞋也只有男式的。没有女式拖鞋，更看不到其他女鞋的影子，乔沫抿嘴一笑，这家伙没有说慌，要么，来之前已经收拾过了，清理了所有与女人有关的痕迹？

"我没有收拾，原来就是这样。"卫子随洞察了乔沫的心思，乔沫顿时心虚，换好鞋进去，就像进了大观园，双手背在身后好奇地打量四周。卫子随正整理买来的东西，看着一脸好奇模样的乔沫，自己也笑容满面，"我的房间在那里，要不要进去看看？”

乔沫立刻脸红，过去帮忙整理买来的东西。卫子随有些手忙脚乱，颇为生涩。乔沫比他熟练多了，生食放在一起，喝的放在一边，生活用品放一边，卫子随索性退出。

乔沫拿着食材走进厨房，看着厨房表面的一层灰，哭笑不得，做饭？一个月最多两三次吧。乔沫正要开始，卫子随将她推出去，按说好的，他负责主场。乔沫只好任他去。

乔沫独自待在客厅，走到一边的柜子前，上面摆着几幅照片，大多是卫子随的照片，从童年到青少年，再到成年的成长轨迹，除此之外只有母子俩的照片。卫子随的母亲很有古典韵味，看上去温婉可人，年轻时头发微卷，眼睛明亮有神，嘴角总是微微翘起，面带微笑。再看茶几下面，全是关于心理学的杂志与图书，有些内容做了标注和备注，乔沫颇意外，卫子随也属于学究型的，自称精通心理学，看来并不仅仅是自称。

厨房里传来切菜的声音，一会儿又传来水声，暂时没有什么异动，乔沫好奇地走到厨房门口，手放在把手上一拉，竟然锁住了！

她贴耳听进去，切菜的声音颇有节奏，没有停顿，水声大小合适，乔沫回头看到卫子随的房间，耳边想到他刚才的说话，随便参观？

乔沫走到主卧，门已经打开，屋内的摆设以灰和黑为主基调，比较低调，看着衣柜，乔沫强忍住打开查看的心情，那样自己成什么人了？其实回想一下与郭美佳拜访秦方家的情景，两相对比，豁然开朗。秦方面对郭美佳有保留，所以表面上开放了自己的私人空间，却把主卧上了锁。

相较之下，卫子随把所有的房门敞开，大有将自己的私隐完全暴露给自己的意味。这份表达，乔沫感觉到了，内心已经心潮澎湃，但仔细一想，这难道不是他的策略吗？

“哗”，厨房传来下锅热炒的动静，乔沫长长地吁出一口气，走进洗手间。稳定一下情绪，出来后坐在沙发上，默默看着电视 ，厨房里的动静一阵接着一阵。

终于，厨房的门打开了，卫子随已经满头大汗，乔沫赶紧抽出纸巾替他擦汗，卫子随心里一热，顺势吻过去，转身将乔沫抵在墙上，乔沫避开：“我饿了。”

三菜一汤摆在桌上，乔沫盛饭，两人面对面坐着，气氛莫名地有些尴尬。菜肴的颜色比想象的好很多，在卫子随满怀期待的眼神中，乔沫终于尝了第一块肉，出乎意料道："挺好。"

"太久不做，所以手生，用的时间比较久，味道嘛，其实我挺自信的。"

说谎，乔沫低头一笑，笑容已经藏不住。卫子随知道自己被识破了，无奈地说道："太久没做，所以不只手生，对味道也没自信，这盘肉是返工的。"

乔沫笑出声来，卫子随也笑了："在你面前没法撒谎，我以后老实一点儿。"

"其实懂得微表情的人只是视觉神经更敏感，但与心理学联系后，就能看到更多东西，解读别人一瞬间的真实想法，听上去很有趣，其实会给自己带来不少困扰，因为人不能只凭一瞬间的反应判断对方的人品，这样太武断。"乔沫说道。

"不要将它放大。"卫子随说道，"就像谎言，它也分善意与恶意，同样是说谎，可是背后隐藏的意味不一样，必须往下深挖才能知道真相，所以，你不能将它认定为唯一的标准。"

"你说得对。"乔沫说道，"可是，有这个优势就能提前避免很多危机或风险。比如你，在我来之前，你一定考虑过我的想法，所以你把所有的门打开，让我产生信赖感，这也是你的策略，不是吗？你充分考虑了我的立场和想法，研究了我的心理。"

"呃……"卫子随被饭粒卡住了，心思被她看得清清楚楚，就像小偷被当场逮住。

乔沫淡淡地一笑，两个人的心理战已经拉开。

乔沫吃饭的时候，目光下意识地扫向一边的照片，卫子随说道："没有他的照片，觉得很好奇吧，为什么我和他会反目成仇，水火不相容，你对我还有多少好奇？"

"我听侯律师提过，你以前是一位有名的辩护律师，在业界已经小有名声，但突然转型做起了证婚律师，这一块业务在国内刚刚兴起，市场并不大，所有人对你的决定表示不理解，包括你爸。"乔沫说道，"为什么做这个决定？"

"从市场来说，新兴的业务当然市场相对狭小，但是从长远来看，它必定有流行的一天，到时候我就是第一个吃螃蟹的人，占尽所有的优势。”卫子随说道，“现在事务所的委托越来越多，就是最好的证明，证婚律师在香港已经很普及，它一定会在内地越来越兴起。”

避重就轻，乔沫看得清清楚楚，他在刻意绕开核心的东西。她吃好了，放下筷子：“你一个人住，为什么不请个人帮忙？”

“有钟点工替我打扫卫生，你是不是想知道为什么我不叫他们负责做饭？”卫子随说道，“我不习惯他们在我的厨房，那里是我妈的地方。那里以后也是我老婆的地盘。”

卫子随意有所指，乔沫笑了。卫子随说道：“还有时间，我想说说主题——从今天开始，忘掉过去，把成浩深埋在心里，以后，我会继续爱你，连同他的那分儿。”

乔沫看着卫子随的眼睛，这一刻，她突然如释重负，就像郭美佳终于等到沈骐扬的表白，显得那么急不可耐。自己也明白那种感受，当心意已经确定，是那么渴望证实的一刻。

“好。”乔沫说道，“卫子随，我们正式交往吧。”

卫子随兴奋地站起来，快步走进房间，拿出一个盒子：“记不记得有一天，我突然冲进花店叫你的名字？”

“江冰宜和大卫回来的那天。”乔沫点头说道。

“那天我带着这个去找你，本意是向你表白，可是江冰宜的出现打乱了我的计划，我和她从小一起长大，对她的心理疾病知道得一清二楚，如果她知道我爱你，一定会将矛头对准你，我只有临时改变主意。”卫子随打开盒子，“今天终于可以送给你。从今天起你就是我的正式女朋友！”

卫子随替乔沫戴上项链，决定趁热打铁，马上去乔家宣告主权。

乔康听说两人从今天起以结婚为前提进行交往，一口气血上涌，棋牌室的一群老头老太却喜欢得很，齐齐起哄。

乔康的高血压似乎要犯了，在众人的哄笑声中意识也越来越模糊，多亏郭美兰发现及时，提前赶走诸位街坊邻居，关门说话！

乔康坐在躺椅上恍恍惚惚，听着郭美兰和卫子随、乔沫说话，他只听了个大概，大意是只要他们两情相悦，父母的意思并不重要之类的。乔康生气，可一口气撒不出来，火也不知道往哪里发，眼睁睁地听着郭美兰替两人做了主。

乔康气怵怵地，手里的扇子甩出去，卫子随机敏地避开："伯父，一个女婿半个儿，我以后努力一点，争取当一个儿。"

"你看看，这小子多厚脸皮。"乔康长叹一声，正如郭美兰所说，小年轻自己谈上了，老人家再怎么拦也没用，"我拦不住，但至少要知道你们家还有你的底细。"

卫子随二话不说，把家里和自己的底细掏得干干净净 ，父亲律师，母亲病逝，自己有一家律师事务所，比不上大型事务所，但是负责两人的生活完全没有问题，目前有房有车，没有贷款，以前交过两个女朋友，大学时期一个，工作后一个。第一任女友赶上分手季，毕业后分道扬镳；第二任女友是卫子随在律师事务所实习时认识的，算是办公室恋情，因为她与前男友藕断丝连，因此分手，单身至现在。

论情感经历，卫子随并不算多，但乔沫只谈过一段，乔康撇嘴，郭美兰瞧出他的心思，说道："乔沫和侯律师也相处过一段时间，二比二，打平。"

乔康总算平了这口气。郭美兰连连摇头，这个老头子就是小孩子脾气，其实他的想法简单，他们感情走得顺，乔沫离家的日子就近，他舍不得，看着乔沫找到爱的人既欣慰又伤心。

卫子随来的时候又带了酒，女儿红，酒是有意义的——宋朝时，绍兴是有名的酒产地，绍兴人家里生了女儿，等到孩子满月时，就会选酒数坛，泥封坛口，埋于地下或藏于地窖内，待到女儿出嫁时取出招待亲朋客人，由此得名女儿红！

乔沫心里有数，卫子随故意的，女儿红是用来嫁女儿的酒，提醒乔康，随时要带走自己！

乔康万万没有想到，自己最看不顺眼的人居然要成为自己的女婿。乔沫见父亲情绪不佳，催促卫子随先走。卫子随前脚刚走，侯孝聪的电话就来了。

乔沫迟疑着接了，恋人做不成，还可以当朋友。侯孝聪约乔沫晚上见面。

侯孝聪大概晓得乔沫的性子，她不喜欢对抗，也不绝情，相约见面，吃顿饭没有问题，果不其然，乔沫虽然迟疑，还是同意了。

两人都有时间观念，按约定的时间，侯孝聪过来接乔沫，坐在车里，他一言不发，车里的气氛有些尴尬。乔沫不时小心地打量侯孝聪的侧脸，见他专心致志地开车，不再开口。

到了餐厅，刚刚入座，侯孝聪等菜上齐，将装着戒指的盒子推到乔沫面前，乔沫原本放在桌上的双手立刻抽走：“你这是？”

“算起来，这是我第二次向你求婚，乔沫，我想再问你一次，愿意嫁给我吗？”

“侯律师，我不能答应你。”乔沫正色道，“其实我上次已经说得很清楚了，我对你没有男女之间的感情，就像可靠的朋友，如果你愿意，我们可以当一辈子的好朋友。”

侯孝聪的眼神变了，一瞬间脸上滑过的失望与愤怒让乔沫隐隐觉得不安：“侯律师，对不起，我给你的只能是这三个字，你值得遇上更好的人。”

“因为卫子随？”侯孝聪冷冷地问道。

“和他无关，就算没有他，我和你之间的感觉依然如此。”乔沫说道，“侯律师，我尊敬你，你的人品让人信服，你对我很好，为我忍耐了很多，这些我都很感动。可是，感动毕竟不是爱，它有本质的区别，婚姻必须在爱情的基础之上，我没法答应你。”

第20章　固执己见的恋爱观

“乔沫，你知道我对你一见钟情，一直忍受着花粉过敏症，每天走进花店对我是多大的折磨，你知道吗？我为了你，从来没有抱怨过，我错了，真的错了，如果我知道他会来，我应该早早地向你表白，就没他什么事了，为什么？为什么我所有的事情他都要横插进来呢？”

“我觉得你弄错了，侯律师，我们的感情与他无关，只是我们双方的事情，我刚才也说过了，就算没有他，我们也不可能在一起的。”乔沫急促地说道，“两件事情不能混淆。”

“我究竟哪里不够好？”

“与人无关，”乔沫坚定地将戒指盒推回去，“爱情里，没有优秀与否，只有爱或不爱。”

侯孝聪闭上眼睛，脸上的肌肉微微颤抖：“没事，以后我们还是朋友，吃饭吧。”

乔沫仔细看了一下他的脸，没有捕捉到任何异样的情绪，才松了一口气。此时，侯孝聪看到她脖子上的项链，乔沫以前没有戴过，看样式也是新的。侯孝聪笑了，不能收下自己的戒指，却收了卫子随送的项链，她到底选择了自己的老对头。

这顿饭对乔沫来说并不轻松，结束饭局回到家，从侯孝聪的车上下来的一刻，如同重获自由，紧绷的侯孝聪让乔沫十分紧张：“再见，侯律师。”

目送乔沫走进巷子，侯孝聪拿过公文包，暗自看着里面的照片和文件："只有这样了。"

乔沫在家门口看到熟悉的影子，卫子随靠在墙上，微微闭着眼睛，听到脚步声，立刻迎过来，似笑非笑道："回来了？"

"怎么不进去？"

"听伯母说你和侯孝聪有约，我实在坐不住了。"

"他向我求婚，我拒绝了，拖泥带水对彼此都不好，希望他可以找到更适合的人。"

卫子随有丝丝不安，这位师兄的性子他知道一些，自尊心强，不服输，平静地接受分手不像他的风格："他没说什么吗？"

"初开始有些激动，后来就镇定了，或许太失望，吃饭也好，送我回来也好，一路上没有一句话，气氛僵冷到极点，表现不失风度，相信他会没事。"

郭美兰站在院子里，外面的对话她听得到，直到乔沫送走卫子随，进门时才发现母亲，乔沫嗔怪道："妈，您偷听？"

"不小心听到的，你们说得火热，我也不便打扰，沫沫，我有一丝担心。"郭美兰想到上次和侯孝聪吃饭的情形，有些惴惴不安，"他考虑事情比较多，我担心他钻牛角尖。"

"没事的，妈，我以前也钻过牛角尖，整整三年，所以我才知道要直接一些，不能拖泥带水，希望对他有帮助。"乔沫说道，"不能让他走我的老路，您说是不是？"

"是，希望侯律师尽快找到合适的对象，要不，咱们帮他介绍？"

"您又来了，感情的事情还是随缘分吧，您看美佳，他就和同事沈骐扬好了，兜了一个大圈子，在身边找着了。"乔沫推着郭美兰进去，"顺其自然，顺其自然。"

正如乔沫所说，感情的事情顺其自然，曲蔓也顺其自然地决定开始一段新恋情，对象正是水店老板汪杰。汪杰是农民工二代，奋斗二代，学历不高，头脑灵活，做事扎实稳重。

曲蔓看中他的真诚和拼搏劲，既然动心，就要尝试一把，哪怕失败也不会后悔，曲蔓就是这样的行动派。

曲蔓向乔沫宣布自己的决定时，郑重其事，就像马上要和汪杰结婚一样。乔沫知道感觉来了，就要践行，这是曲蔓的一贯原则。

放手让曲蔓和汪杰试一把，好过拦着不让她面对现实的困难，真正感受现实的痛苦。

得到乔沫的支持，曲蔓二话不说开始和汪杰正式交往。乔沫也发现成浩这个名字不再是大家的禁忌，就连乔康也问女儿要怎么处理和成浩的婚纱照。

这个名字一再出现，乔沫已经从容坦然，照片还是收藏起来吧，放在家里的某个角落，用以缅怀。

曲蔓和汪杰的进展神速，每到中午两人必相约吃午饭，自从两人一起抓了诈骗犯后感觉就好似一家人一样。

曲蔓已经迫不及待地想见汪杰的父母，她看似勇敢，其实忧心忡忡，她的眼角微微下垂，眼神闪避，预想到的困难就在眼前，哪能不担心?

乔沫建议曲蔓迅速拜访汪杰的父母，家庭背景是两人无法逾越的鸿沟，体验汪杰家庭的氛围可以深入了解汪杰的为人。如果是条死路，没有必要硬撑到头，非得撞到头破血流再收手。既然人无完人，也没有百分百完美的爱情，行不通，趁早放手。

两人正合计时，侯孝聪在店门外驻足，略一沉吟返回办公室，将公文包里的照片和文件放入一个牛皮纸袋，叫来助手："替我叫快递公司。"

助理习惯性地拿起快递纸袋，侯孝聪拦住了："让快递员进来，我要亲自寄。"

助理好奇地看了一眼，快递纸袋里面似乎是文件，今天的侯孝聪不太寻常，助理也说不上来，只能照办。

此时，卫子随正在接待委托人，今天来委托的是一对半路夫妻，各自有过婚史，各有一个孩子，都归前妻（前夫）抚养，经济条件都不错，或许是有过不痛快的婚史，两人在财产分割与归属上十分谨慎。

两人的财产清单十分清晰，不只存款和首饰，就连电器也分得一清二楚，空调谁的，落地扇谁的，微波炉谁的，再往后看，得，就连桌椅也分得清清楚楚!

女方想用财产公割避免自己第二次伤害，从刚才两人说话的频率来看，女方多，男方少，显示这件事情是女方做主，男方想用证婚来表示自己的心意，可惜一涉及钱，女方过于敏感，主动提出AA制，反而让心意打了折扣。

这位女士与前夫在经济方面发生过不快，甚至是纠纷，既然吃过亏，二次婚姻必须格外注意，可惜过犹不及。太计较会伤害彼此的感情，但男方如果能够体谅她的初衷就平安无事。

卫子随叫虹姨进来，交给他一张名片："有位朋友父亲从国外回来，想找人照顾，每天晚上打扫卫生，再负责做一顿晚饭，老家和你一个地方，饮食习惯一样，自己联系。"

"老板，你，你不要我了？"虹姨吃惊道。

"虹姨，你想太多了，他只想吃顿合胃口的晚饭，你下班后过去完全来得及。"

虹姨这才明白卫子随的用心，感动道："我知道，你以前不爱笑，板着脸，说话又不中听，时间久了才晓得你是个好人，刀子嘴，豆腐心。"

"虹姨，您，不要夸我了，听着别扭。"

"真奇怪，不爱听好听的话。"虹姨看着名片，欢喜地走了。她前脚出去，肖奇艺后脚进来，面色忧然，带来一个不算太好的消息——江冰宜要回来了。

经过了一个疗程的治疗后，江冰宜迫不及待地回来，肖奇艺的心已经提到嗓子眼，她并没有彻底痊愈，心理疾病岂是一个疗程可以解决的?

她之前歇斯底里的样子还历历在目，肖奇艺忧心忡忡，卫子随倒是淡然，总不能因为她病未痊愈，强迫她一辈子不能返回家乡。卫子随这么想得开，肖奇艺觉得自己白操心了。

肖奇艺刚出去，卫天成的电话追来了，他有些恼，卫子随拜托自己当和事佬解决了乔家父母的心结，他倒好，事后连一通感谢也没有!

卫天成的埋怨引不起卫子随的兴趣，他只好转移话题。原来他刚刚从郭美兰那里得知儿子和乔沫的进展神速，卫天成替儿子欣喜，忍不住先打电话来。

"子随，我想请乔沫吃饭，毕竟她现在是我的准儿媳妇了。"

"准儿媳? 我们刚刚交往，离结婚还早，现在没有见家长的必要，还有，不要未经我的允许去找乔沫，她不清楚我们的情况。"

“子随，沈骐扬上次说了很多话，我很有感触，”卫天成叹口气，“他说我和你的沟通没有必要通过一个外人，我应该和你直接沟通。”

“你承认他是你派来的人了？”

“我派他去只想知道你生活得怎么样，工作情况怎么样。你拒绝和我沟通，我只能用这种方法，父子没有隔夜仇，你就这么恨我？”

“人为了目的可以用各种手段，但仅限于正当的手段，而你，一直在用非常规的办法。沈骐扬初进事务所，你就把他送到这里来，这里是什么地方？是你嘴里所说的冷宫！你有可能断送一个年轻人的前程，而他，把你这位不败律师当偶像，对你言听计从，但你，有想过他的前程吗？”

“我想过，所以叫他回来，是他自愿放弃机会！”

“事后的弥补？这个计划从一开始就是极其不负责任的。”

卫子随挂了电话，又是一次不欢而散。卫天成扶着头，思来想去给郭美兰打了电话，他想上门拜访，依乔康的脾气，有必要提前报备。

卫天成要来，郭美兰自然要问乔康的意见，乔康一跺脚：“行，你收拾家里，我去买点水果。”

太阳打西边出来了，乔康对卫家父子的态度说变就变！

卫天成来的时候，小院收拾得整齐干净，桌上摆满水果，郭美兰已经煮好水，只等客来冲茶。

“卫律师，你说得急，我们也没准备什么，先坐吧。”郭美兰一如既往的淡雅，从进门起，她就发现卫天成一直看乔康的脸色，“你是为了沫沫和子随的事来的？”

“无事不登三宝殿，你看，他俩交往的事还是通过老同学知道的，你们估计也看出来了，我和他的关系不怎么样，但我毕竟是他爸，终身大事不能不理会。”

乔康与郭美兰对视，的确，卫家父子关系不和谐，卫子随在这里待着的时候，从来不提父亲，哪怕郭美兰主动提及，他也巧妙地避过不谈。

“天成，我们是老同学，现在儿子女儿也多了一层关系，我就直言不讳了——父子没有隔夜仇，爷俩有什么不能说的？你们之间发生过什么？”

“我和他都是律师，在工作方面的理念不太一致。”卫天成说道，“我们挑战了彼此的底线。说来话长啊，他妈走得早，我和他相依为命这些年，没想到落到父子反目的一天。我看得出来，相较于我，他更在乎你们的看法和想法，这个儿子就拜托你们了。”

“你这人真是奇怪，自己的儿子自己照顾，关我们什么事？”乔康手里的扇子挥起来，“论起来，他是乔沫的男朋友，但不是老公，还不是我们女婿。”

郭美兰赞同地点头：“天成，你们父子俩好好聊聊，解铃还须系铃人。”

“不可能了。”卫天成无奈地说道，“我尝试直接和他接触，但一次次碰壁，美兰，大哥，这个孩子以后多劳烦你们了，他听乔沫的，也会听你们的。”

这时门突然被推开了，卫子随走进来。卫天成愕然地站起来：“你怎么来了？”

卫子随指着自己的头说道：“按照你的做事模式考虑一下，不难想到，从你打电话说是从伯母这里知道我和乔沫交往开始，我就在想，你接下来会怎么做？”

郭美兰和乔康对视一眼，茫然不知所措。卫子随说道：“你很精明，从我最柔弱的地方下手——乔沫和他的家人，比起乔沫，你和伯母的关系更有渊源，而且他们是长辈，对我更有说服力，从他们入手是个不错的选择，对不对？”

卫天成的嘴像被缝上了，无法张开。郭美兰和乔康不吭声，毕竟这是别人家的家事，可看卫天成在儿子面前露出怯意，心中也心有戚戚，可怜天下父母心！

卫子随怒气上来了，火力全开：“你的第一招，利用人脉动员，没有成功；第二招，派沈骐扬到我的事务所，盯着我的一举一动，让他随时汇报，第一天就被我识穿，沈骐扬也厌倦这种生活，你再一次以失败告终；现在，你想到了新的办法——乔沫和她的家人，如果我们属于两个阵营，能不能各自为营，不要彼此干涉？我能做到，也希望你一样做到。”他转身看着乔康和郭美兰，“伯父，伯母，你们没有任何责任和义务对我负责，希望这件事情不会给你们带来心理负担，我先走了。”

说完卫子随转身就走。

走出去没有多久，卫天成追出来了：“站住！”

卫子随冷笑着转身：“被我猜中下一步棋，现在恼羞成怒了吗？”

“把我逼到走投无路，不得不求助乔沫父母的人是你！”卫天成无奈地说道，“不管我用什么法子，你总拒人于千里之外，咱们以前不是这样的。”

“我以前不知道你用什么法子混在律师圈，现在知道了。”卫子随冷笑道，“以前和现在之所以发生变化，是有原因的，你的两面人生，我不愿意参与，就这么简单。”

“非要做到这个地步？撇去工作上的事情不说，我们是父子，血缘关系明明白白，法律也规定子女对父母有赡养义务。”

“那等您需要赡养的时候，我不会逃避责任。”卫子随说道，“这样可以了吗？”

卫天成僵住了。卫子随迈开步子离开。不知道过了多久，卫天成仍处于震惊之中，终于缓缓地闭上眼睛，身后响起脚步声，转身一看是乔康。

“那个……你没事吧？”乔康说道，“那小子一直挺愣的，没想到对自己老子也一个德行，孩子易生不易养，想开一点儿。”

“让你们看笑话了，我不应该来，太心急了。”卫天成叹口气，“我实在没有办法了，这孩子的心就像一块石头，你们就像我最后的一根救命稻草，乔沫的出现，我很感激，第一次，这孩子在我面前屈服，都是因为乔沫，他爱乔沫，肯定就能听你们的，你们是乔沫的父母啊。”

“道理好像没错。”乔康隐约有些得意。

卫天成的心情被儿子破坏了，当下决定离开，乔康夫妻俩一番挽留也没用。看着卫天成远去的背影，乔康似有所悟，比自己有能耐有什么用，一样有解不开的结。还有，卫天成说乔沫是唯一能克住卫子随的人。这代表将来女儿不会吃亏。乔康的心踏实了。乔康从父子俩的争执里能看到乔沫的大好势头，这让郭美兰哭笑不得。

卫子随坐在车里，伏在方向盘上死死地闭着眼睛，再抬头时，正好看到卫天成颓然无力地走出来，上了车。他的背部微佝，卫子随心里泛酸，强忍住流泪的冲动。

目送卫天成的车子离开，他掏出钱包，取出全家福，照片上的女人笑意盈盈，卫子随的眼眶发红，将照片收起来。

返回事务所，他进了电梯，电梯停在四楼，正好在四楼送完货的乔沫走进来，怀里还抱着两束花，按下16楼的按键，马上看了他一眼，愕然道："你哭过？"

"怎么可能？"卫子随眨眨眼，"沙子进眼睛了。"

"说谎。"乔沫沉声道。

"好，骗不了你。"卫子随说道，"刚才见到我爸，闹得不大开心，就这样。"

电梯匀速上行，乔沫默默地跟着卫子随来到事务所，趁着卫子随驻足之时，踮起脚尖在卫子随脸上轻轻一吻，马上转身跑开，就这么地，卫子随心头的阴霾彻底消散了。

这就是恋爱的乐症吧，都说与痛症相随，卫子随只感觉得到甜，这一幕被肖奇艺看到，一脸羡慕，他缠着卫子随口述一遍刚才的情景，而听到的却是与卫天成的恩恩怨怨。

父子俩火星撞地球，又是一出火花，但这样都能撞到乔家，也算心有灵犀，肖奇艺始终觉得卫天成不容易，言语中有些偏袒。

卫子随的愤怒又被点燃，自己与他的关系如何，都不能成为他去打扰乔家生活的理由！

肖奇艺老生常谈，说无论如何都是父子，血缘的关系断不了。他不知道卫子随的痛点恰恰在血缘上，因为卫天成是父亲，不是路人，他才不能理解父亲一面和他讲着仁义道德、正义公平，另一面却成了一个不折不扣的伪君子。

乔沫送完两束花下楼，在电梯里想到卫子随纠结痛苦的表情，茫然失措。电梯门打开，侯孝聪和助理进来的一刻，她仍在走神。

直到侯孝聪主动打招呼，乔沫才回过神。这些日子不见，侯孝聪表现得很平静，这让乔沫莫名地轻松。她并不知道，电梯一层层楼下去，时间对侯孝聪来说格外漫长。分开的一刻也让侯孝聪百感交集，他的表情瞒不过乔沫，表面上放下了，心里的自尊却还在纠结痛苦。看着这样的侯孝聪，乔沫略有不安。

周末，曲蔓来到汪杰的水店。刚到店门口就被眼尖的伙计发现，大家伙儿喊着老板娘来了，臊得她不愿意进去。

汪杰立刻跑出来，曲蔓来只想告诉他——她要拜访汪杰的父母，去看看他父母生活的地方，他成长的地方。看着汪杰欣喜若狂的样子，曲蔓突生恐惧，小声提醒自己只想以普通朋友身份前去拜访，让他不要想太多，自己还是缺少毅然豁出去的勇气。

身为一名包租婆，经济上的进进出出已经烂熟于心，对待感情却从来不计较付出与回报，这一次她终于用上了世俗的法子——算好进出的成本，在这个阶段，曲蔓只想保守些。

汪杰不傻，书读得不多却通晓人情："我晓得的，我们俩八字还没有一撇，咱们只是彼此之间有些好感，借这个机会，你可以更多地了解我。"

被看穿了用意，曲蔓有些尴尬，汪杰又补充道："其实我知道，像我这种男人有个特定的说法叫凤凰男，如果我和你在一起，这顶帽子一定会扣在我头上，你也会承受很大的压力，毕竟咱俩的差距太大了，凤凰男和孔雀女，指的就是咱们这种情况。"

曲蔓吓了一跳，就是乔沫在和自己表达的时候，也没有用这么直接的词汇，但汪杰就这么直通通地讲出来了。不知为何，汪杰看得越清楚，她的心越乱。

汪杰突然转身进店，折腾一阵子才出来，他拿出一个用红布包着的盒子，打开里面是一对玉镯子，样子老旧，玉质上等。

"曲蔓，这对镯子有五六十年历史了，我们家一代传一代，奶奶送给我妈，我妈交给我，说要送给将来的媳妇，我，我，我现在把它送给你。"

"汪杰，我现在还不是你的老婆，不能要。"

汪杰的脸已经涨得通红："就当我做了一场美梦，你先拿着，如果我们没有将来，再还给我。你放心，我相信你，也请你相信我，我干不出死缠烂打的事。"

汪杰似乎计划好了再无联络的将来，曲蔓愁上心头，默默地收下镯子，黯然回到花店。

乔沫见她心情不好，坐过来："怎么了？"

曲蔓把汪杰反常的表现一讲，乔沫却能理解。汪杰从骨子里不自信，他粗中有细，看问题长远，这是他的优点，但正因为考虑得太全面，很多不利的因素也会顾及，汪杰已经考虑到后续问题，预见到不利因素，看样子，他不太有自信能解决这些潜在的问题。当心理上感觉自己处于下风的时候，会下意识地保护自尊。这是汪老板自我保护的一种方式，既然说出来，就算有一天曲蔓离开，他也能对自己说——早想到这种情况了，不稀奇。

“悲观主义者，还没开始就想着结束。”曲蔓抓着装镯子的盒子，恨铁不成钢，“他这样我们还怎么继续？”

“他多爱你，就有多担心，所以率先进入防御，给自己一个充足的理由说服自己你们不可能。”

曲蔓懂了，心情低沉。小峰进入花店工作这么久，头一次看到患得患失的曲蔓，哪怕上次碰到渣男，她也能迅速整理，这一次与汪杰的交往，的确与以前的情况不同。

这边，郭美佳和沈骐扬正轧马路，就是否婚前同居产生严重歧义时，郭美佳停下脚步，透过一家餐厅的橱窗，她竟然看到了侯孝聪，而且他对面的人也认识——律师行业协会的高层。

侯孝聪没发现外面的小情侣，与对面的人握手：“这件事情拜托了。”

美佳疑虑重重，侯孝聪怎么会和律师协会的高层在一起？这里面有什么猫腻？

第二天一早，卫子随早早起床，赶去乔家蹭早餐。

卫子随的到来并没让乔家人觉得意外，郭美兰已经习惯性地多煮一些。经过昨天的插曲，乔康对卫子随爷俩的矛盾很感兴趣，不过开口就叫卫子随“小子”，让郭美兰教训了一通。

卫子随，这个名字的联想不太好，乔康正想继续，卫子随的手机响了，电话里肖奇艺的声音快刺破耳膜：“事情不妙，你爸刚到事务所就被人带走了！”

卫子随一动不动，仿如石化了一般。肖奇艺激动道：“喂，你听到了没？事发突然，事务所已经乱套了，目前没有人知道为什么带走你爸。”

“我知道了，一会儿事务所见。”

卫子随挂了电话，继续吃早餐。肖奇艺已经急得开车，准备到卫天成的事务所一探究竟，真是亲儿子不急不缓，皇帝不急太监急！

郭美兰隐约听到一些，关切道：“是不是出什么事了，要是着急的话，先走吧。”

“没事，再急也要吃早餐。”

乔沫担忧地看着卫子随。卫子随皱着眉心，终于露出苦恼的神色：“我爸被带走了。”

乔沫吓了一跳，卫子随苦笑道：“早料到有今天，只是来得有些突然，昨天他还和我面对面互相指责，精神十足，先弄清楚他为什么被抓，再看看情况，走吧。”

“就知道你一定不会坐视不理。”

卫子随才发现乔沫比肖奇艺更了解自己，肖奇艺愤恨自己的无动于衷时，这个女人已经料事如神。他安慰道：“别忧心，我会处理。”

“有需要帮忙的地方告诉我，1/25秒。”

卫子随欣慰地笑了。当他赶回事务所时，肖奇艺一直守在电梯口，只等到他，马上拉进办公室，亮出自己好不容易弄来的照片。

照片是卫天成律师事务所的员工偷拍的，卫天成被押在中间离开公司，他被抓时仍然挺直腰杆，一副有腔调的样子，也算是莫大的讽刺。

“他手下的人不会坐视不理，先弄清楚为什么被抓。”卫子随说道，“如果真犯法，他必须付出代价；如果被冤枉，我会想办法救他，身为律师，是非分明是基本法则。”

肖奇艺庆幸不已，这小子还顾念亲情！

“以他的人脉提前得到消息的概率很高，但从现在的情况来看，卫天成本人也猝不及防，说明是突发事件，知情人太少，消息不多。奇艺，你的前前前女友是在相关系统里，找她打听。”

肖奇艺马上离开，正好遇上乔沫上来，两人打了个照面。乔沫提着一盆铃兰上来的，每种植物都有自己的功效，铃兰的作用是安神。

没等乔沫张口，卫子随马上说道：“其实我并不怎么担心，事出必有因，如果他真做错了事，现在也是理所当然，我不会劳心。”

“说谎。”乔沫说道，“人在说谎时有几个典型动作：第一，摸脖子或鼻子；第二，为了增强可信性，会盯着对方的眼睛说话；第三，表达的最后是肯定性总结，以便给自己心理暗示；第四，眼珠的转动与平时的频率不同；第五，话语重复，语调上扬……”

卫子随投降了：“乔沫，我们一家三口是普通但幸福的一家。以前，父亲虽然忙于工作，但会尽量抽时间陪我们，他不是一个工作狂，甚至认为生活与工作并重才是成功。”

并没有因为成功而放弃家庭，父子决裂的原因并不是这个，听卫子随描述幸福时光时的语气带有嘲讽，乔沫默默地看着他。

“前半段能称为成功，他的事业一天天进步，可惜我妈却生病，人生无常。在她生病期间，他是合格的二十四孝老公，妈走后，我们开始父子相依为命的生活，一开始什么都很好。我如他所愿进了法学系，毕业后跟在他身边实习，在他的调教下，我顺风顺水，独立接下的第一单委托是一桩交通肇事索赔。我在替委托人搜集证据的过程中，发现委托人有故意制造交通事故骗取保险的行为，车辆也正好要报废，对方是中了圈套，因为事故的范围超乎我当事人的想象，他受了伤，必须接受伤残鉴定，在骗取保险后，还可以向对方索赔。”

“你是怎么发现的？”

“心理学和行为学在工作中的应用。就像你用微表情判断客人喜欢与否一样。我讨厌这种投机取巧还把无辜的人扯下水的家伙。我不顾父亲反对临阵倒戈，成了对方的委托律师，结果可想而知，我的委托人赔偿了较少的金额。原委托人因为诈骗被立案调查，官司告终，这件事情在当时引发了很大的争议，但我也一炮而红。”

上阵父子兵，卫家父子成了有名的家族搭档，所有的一切都往好的方向发展，卫天成人送外号“不败将军”，也有叫他不败律师的，他经手的官司没有一单失败，保持百分百胜率。

乔沫沉默不语，世上没有百分百的事情，因为百分百等于完美，哪有完美？

在卫子随的描述里，父亲不只是亲人，更是恩师，卫天成教他如何明辨是非，如何成为一位公平正义的律师，可是，在任何领域，保证百分百的胜率几乎是不可能完成的任务！

“乔沫，你觉得他是如何办到的？”

“最有效的方法是规避风险。”乔沫说道，“如果我是他，大可以拒绝一些没有把握的委托，只打有把握的官司，这样就能有效地保证百分百的胜率。”

“没错，这是个好办法。”卫子随说道，“但他不只如此，我和他共事的第二年，发现他保证胜率的办法——人脉维持，他不打官司的时候，和各方面的人应酬维持关系，用钱打点。”

卫天成的形象轰然倒塌，卫子随毅然离开，从此井水不犯河水！

具体的事件卫子随没讲，但也能想象出来。卫子随握住双手：“一直信以为真甚至奉为人生信念的东西被打破，我所有的信仰都丢了，我笑你在成浩的事件上软弱，其实我自己也一样，选择远离，封闭和他的联系，自欺欺人。”

乔沫不由自主地走过去抱住卫子随，这一次，双方交换立场，给彼此温暖和支持。

此时，曲蔓正在前往汪杰父母小店的路上，后排放着精心准备的礼物，水果和烟酒，人未到，心跳已经加速。驶进那条小巷，抬头就看到汪杰在路边焦急地等待。

眼前等着自己的究竟是希望，还是绝望，只在今天了，曲蔓的痛苦、尴尬都在无形中暴增，当走进临街的小店，穿过店面进入后方的院子，俨然步入另一个世界。

汪杰的父母是老实本分的小生意人，家里不大，收拾得整齐，比起曲蔓，两位老人家更紧张，说话时紧张地搓手，一切按照预想中的进行，双方介绍，彼此初步了解。

汪杰的父母听说儿子找了个城里的女朋友，还是自己做生意的，第一直觉是人家看不上他们家，没想到曲蔓一来就主动打招呼，自己交代得清清楚楚，也没有流露出瞧不起的神色，这让两人紧绷的心放下了，言谈自然许多。力的作用是相互的，曲蔓的紧张情绪也缓解了。

一切回归自然，曲蔓看到的是汪家不算富贵却其乐融融的氛围，这氛围是真实的，没有一丝矫揉造作。

肖奇艺这边已经出发去联络各方熟人打听消息。

人脉关系就是人连人，你不知道，别人未必不知道，一个套一个。肖奇艺终于有所收获，卫天成是被人举报被抓的，和他一起被带走的，还有一位检察院的法官。

收到消息，肖奇艺急匆匆地回到事务所，现在卫天成被定性为单位行贿罪的可能性极大。肖奇艺的脸已经绿了：“子随，你是律师，知道这个定罪代表什么？”

“行贿罪也分两种：一种是个人行为，一种是单位性的行为，单位行贿罪在客观方面表现为公司、企业、事业单位、机关、团体。为了谋取不正当利益，给予国家工作人员以财物，数额较大的，或者违反国家规定，给予上述人员以回扣、手续费，情节严重的行为。”卫子随说道，“检察院那边只带走一个人？”

“确定，消息来源很可靠。”

卫子随说道：“同一时间带走，一定不是巧合，单位行贿罪的主体是单位。所谓单位，包括公司、企业、事业单位、机关、团体。也包括集体所有制企业、中外合作企业、有限公司、外资公司、私营公司等，如果一旦成立，事务所也结束了。”

肖奇艺目瞪口呆，虽然他和卫子随一同上的法学院，可是比起法律条文，他更对吃喝玩乐感兴趣，尤其擅长人脉关系，相关的法律条款早就忘得一干二净。

“所以，一旦证据确凿，非但你爸会坐牢，事务所可能也没法保留？”

卫子随默默地点头：“犯行贿罪的，处五年以下有期徒刑或者拘役；因行贿谋取不正当利益，情节严重的，或者使国家利益遭受重大损失的，处五年以上十年以下有期徒刑；情节特别严重的。处十年以上有期徒刑或者无期徒刑，可以并处没收财产。”

肖奇艺说道：“现在彻底没办法了？”

“行贿人在被追诉前主动交代行贿行为的，可以减轻处罚或者免除处罚。”卫子随看着肖奇艺的眼睛，“可是，一旦他主动交代，他的职业生涯就此结束，不败律师的招牌也砸了。”

“就没有一点儿办法吗？”肖艺奇急道。

“有，证据有误是冤案，一切结束。”卫子随说道，“现在还在调查中，结果不好说，如果知道举报人举报了什么证据就好了。”

“那得知道举报人是谁。奇怪了，卫律师能有什么把柄落在人手里呢？”

卫子随一怔，呆若木鸡，他的手扬起来：“没错，我太了解他的行事风格。我们假设他的确行贿，但是，以他的智商会留下明显证据？他绝不会直接给予好处，他是律师，比任何人都知道这种行为代表什么。所以，绝不可能是直接行贿，直接与间接，区别很大，证据的表现上也相差很大。”

“那么，还有回旋的余地？”肖奇艺兴奋地说道，“还有办法？”

“不管是直接还是间接，只能是一个事实——他行贿。”卫子随说道，“如果能推脱，是他幸运；如果不能，理所当然，先查到底再说。”

卫子随离开事务所时已是深夜，从电梯出去后看到乔沫时，他又惊又喜，鼻子酸酸的，直接将她揽入怀中，这个时候他太需要这个拥抱了。

第21章　一见钟情不如相濡以沫

乔沫拎着大包小包来的，进去后将东西放在餐桌上，打趣道："你之前说过，厨房只能你的母亲用，所以不请钟点工，我现在想用，怎么办？"

卫子随被逗笑了，笑容凄楚，在自己最无助的时候，乔沫来了，其实已经足够："我妈还在的话，一定会认可你，你想怎么用都可以，还愣着干吗，开始吧，我饿了。"

卫子随装得满不在乎，语调还像平时那么轻快。乔沫叹息一声，上去抱着他："戴上无所谓的面具，一直不停地强调我不在乎，他活该，我会管但我不在乎。对，我们是父子，那又怎么样？真的，我不在乎，我才不要替他担心呢，别骗自己了，卫子随。"

卫子随喉中哽咽，乔沫抚平他的额头："现在的你就像当时的我，我们隐藏害怕假装镇定，你能带我走出来，我也能带你走出来，我去做饭。"

不知道过去多久，厨房里的温度上升，卫子随的心也一样热气腾腾，走向厨房，看着里面忙碌的乔沫，眼前模糊起来，似乎看到母亲的影子，鼻子莫名地发酸。

身后有人，乔沫转身就被卫子随拥入怀中："谢谢你，乔沫。"

"我的父亲就像一座大山，代表着我对人生的认知和态度，正义，公平，努力，奋进，尤其他坚持公义的态度让我把他看成英雄，别的孩子崇拜漫画里不存在的英雄，我比他们幸运，我有现实的大英雄，我的信仰是他给的。"

“你亲眼看到他向相关人员行贿吗？”乔沫问道。

“以他的精明，不可能直接行贿。”卫子随说道，“曾经，我亲耳听到他暗示自己的委托人向检察院相关人给予好处，而且教委托人不要用现金，采用珠宝或艺术品这种隐晦的形式，那桩委托在证据不足的情况下居然成功了。”

乔沫说道：“因为这桩官司的结果让你失望，所以才离开你爸的事务所？”

“既然公平正义其实不存在，我还留在那里做什么？”卫子随摊摊手，“什么不败律师，不败将军就是一个笑话，他接自己有把握的案子，没有把握的就用这种方法来解决，而且自己不出面，撇开关系，这算什么？他在欺骗我！”

卫子随终于撕开内心最后的保护膜，乔沫有丝丝感动，成浩的事情让她的内心彻底暴露，现在，两人平等了，心里的距离更近了。

吃乔沫做的饭，卫子随尝到了熟悉的味道，不愧是母女俩，饭菜的味道一脉相承，卫子随的吃相令乔沫相当满足，没有白费辛苦。

乔沫收拾的时候，卫子随也帮着打下手，莫名有种老夫老妻的感觉。卫子随已然平静，面对乔沫的询问，也整理了一番头绪。

现在最关键的地方是证据，举报人呈报了什么证据才让警方出动抓人，它必须有可信度，还有父亲本人的证词，必须想办法见到他本人，再想办法找到举报人，现在只有一个法子了：“乔沫，我必须成为他的代理律师，从头管到尾。”

“你知道这代表什么——破例。”

“没错，我为了避免不公正，避开那些潜规则才选择最平稳的业务，一旦我当了他的辩护律师，就要为了他的利益努力，我要遭遇的可能是当初最讨厌的东西。”

“如果你想了解你爸的立场与初衷，这是个好机会。”乔沫说道，“世上不只黑与白两个颜色，还有一种颜色——灰色，它是模糊的，关键在于个人怎么理解。”

乔沫看着卫子随的眼睛：“那片灰色不一定是黑，你因为厌恶将一切打上否定的标签，这样是否有失公允呢？你在乎公义公平，为什么不能对他公平一些？借这个机会了解真正的父亲，如果真相让你失望，那正好说明你之前的做法没错；如果真相让你释然，这是父子俩冰释前嫌的最好机会，你没有损失。”

“乔沫，谢谢你支持我，现在，举报人和举报的证据是最大的问题，他当律师这么多年，人脉关系复杂，得罪的人不计其数，想整他的人太多了。”

时间不早了，乔沫起身离开，卫子随慵懒地将身子靠在门背后，挡住她的去路：“别走。”

“别闹了。”乔沫说道，“爸妈还在等我，已经十点半。”

“再陪我一会儿。”卫子随像个耍赖的孩子，“你过来不就为了安慰我吗？我现在还没彻底恢复，你怎么可以临阵脱逃？”

乔沫无言以对的时候，手机响了，是乔康。瞅一眼来电显示，卫子随一个头变成两个大！

乔康不和乔沫说话，让她把电话交给卫子随，三言两语就让他败下阵来，乖乖送乔沫回家。

郭美兰倒觉得乔康小题大作，卫天成出事，女儿担心卫子随过去照顾一下也是应该的，谈恋爱并不仅仅是约会这么简单，关键时刻互相依靠，福祸共担。

乔康提着手电筒出去，外面巷子的路灯最近坏了，有一段路不太亮。郭美兰也跟出去。老夫老妻走在清幽的小路上，突生浪漫，乔康拍着老伴的手，满足地笑了。

女儿和卫子随到了。乔康迟疑了一下，说道：“卫子随，你爸的事不要太着急，总有水落石出的时候，对与错，到时候自然清楚。”

卫子随受宠若惊，乔康一向对卫家充满敌意，现在主动关心，除了感动还是感动，不过，他高兴得太早了些，乔康的话还没有说完。

“以后早点回来，毕竟没有结婚，你是女孩子，注意分寸。”

乔沫吐吐舌头，催促卫子随离开。卫子随返家的路上将车窗落下，吹着徐徐凉风，想着今天一天发生的事情，不知不觉感触万千，回到家看着空荡荡的餐桌，心头的暖意仍在。

他走进书房打开电脑，卫天成是名律师，他经手的每件案子都会见诸报端，现在媒体以电子为主，一些旧闻都能找到。卫子随翻看着这两年和卫天成有关的所有报道，复制下来放进单独的文档，一桩桩，一件件，无一遗漏！

卫子随一直整理到凌晨，不得不承认，就算自己不承认他的那一套，他依然是位成功的律师，这些官司堆满了所有的文档，现在，该梳理一下了，把那些争议较大的案子摘出来，再从中筛选。争议大，必定得罪人，被人举报是遭到恨，总得有动机。列出所有争议较大的官司，卫子随匆匆扫了一遍，握着鼠标的手停下了，里面有一个十分眼熟的名字——齐老冒！

卫子随双手撑在下巴上，仔细看着这桩案件，原来老爸曾经帮他打过官司，这么说来，在一份相当私人的协议上做见证人，也情有可原了？

时间不早，卫子随收起电脑，洗了个冷水澡。他脑子里有如一团乱麻，似乎有东西在蠢蠢欲动，马上就要脱壳而出，但总差一点！

第二天，卫子随早早地来到事务所，没想到有人比他更早，沈骐扬已经先到一步。听到脚步声，沈骐扬一个箭步冲过来："老板，律师行业协会准备将卫律师清除出去，昨天下午决定的。"

卫天成刚刚被抓，事情还没有定论，行业协会就急着将他扫地出门，这其中一定有内情。果然，据沈骐扬在那边工作的同学称，主张这事的是律师协会的副会长，他一直和卫律师不对付，现在趁热打铁，想踩卫天成一脚！

律师协会是自律性行业组织，接受有资格证的律师，一旦被吊销律师执业证，自动终止会员资格，现在结果未定，他们就着急了，真是应了那句话——墙倒众人推。

事不宜迟，卫子随联系卫天成的助理上门，迅速开展工作。助理小许简单介绍了一下情况，事务所所有人对这件事情都猝不及防，完全没有任何征兆，最近接手的官司也没有什么异常。

简单来说，除了当事人，现在谁也不清楚内情，见面是唯一有效的办法，但从申请到见面，需要走流程，这是最磨人的事情。

办完所有事情回到事务所，已经是下午。卫子随一进门，不理会所有人直接冲进办公室翻找着资料。肖奇艺跟进来："你在找什么？"

"齐老冒和他朋友私底下签的那份协议，关于上海一套别墅归属的协议。"

"你忘了，你交代我收好，在我这里。"

肖奇艺马上找到拿过来，卫子随翻看着协议，这让肖奇艺百思不得其解："伯父出事和齐老冒有关联？"

"之前我们说过，以卫天成响当当的三个字，居然为一份普通的私人协议当见证人，很奇怪， 昨天我整理他打过的所有官司，发现齐老冒居然是其中一桩官司的证人。"

比较官司的日期和协议的时间，官司在前，协议在后，很难不让人联想，卫子随只有一个结论——齐老冒给了父亲人情，他才会给齐老冒当见证人。

此时，乔沫正抱着花束穿梭在写字楼中，看下一家的地址，乔沫心里一动，是侯孝聪事务所所在的那层。送完花，乔沫走出那家公司，经过侯孝聪事务所时，正好瞅到他和前台交代着什么，然后拿起桌上的报纸。

侯孝聪瞅了一眼报纸，嘴角微微一扯，笑容冷冽，还透着一丝得意。乔沫心里一紧，踮起脚尖看了一眼，只隐约看到报纸背面有一桩医院的广告。

怀揣着心事，乔沫默默地送完剩下的花束回到花店。刚一进门，曲蔓就风风火火地迎上来，没好气地将报纸塞进她怀里，这份报纸来得正是时候。

她还记得刚才的广告，硕大的黑字——安康医院，报纸的正面正是知名律师卫天成被警方带走调查的新闻，想到刚才侯孝聪的笑容，乔沫的后脑勺凉飕飕！

曲蔓不禁笑了，这才恋爱几天就替卫子随忧心至此，卫子随本人就是律师，还担心什么？

乔沫突然冲出写字楼，来到侯孝聪事务所所在的楼层。看到他即将走出办公室，乔沫主动迎上前，两人撞个正着！

"不好意思，侯律师，今天我有些失魂落魄，你应该知道了，子随的父亲出事了。"

"因为这事魂不守舍？以卫子随的能力一定可以处理，你大可以放心。"

"可是，卫律师是被举报调查的，不知道什么人和他过不去。"乔沫凝视着侯孝聪。

"被举报？"侯孝聪轻轻挑了一下眉毛，惊讶道，"什么人举报，知道吗？"

"不太清楚。律师的工作性质复杂，卫律师的圈子大，一时半会儿根本没有头绪。好了，侯律师，你该下班了，不打扰你，我先走了。”

乔沫进了电梯，一颗心七上八下，她轻咬着嘴唇，手在发抖。电梯门开了，卫子随正好站在门口，看着她失魂落魄的样子，一把将她拉出来：“怎么了？”

乔沫正想开口，沈骐扬和郭美佳亲亲热热地从另一部电梯走出来，两人挽着胳膊，一看到二人，马上自动弹开，身子也挪开距离。

“你们住一起了？”卫子随挑挑眉，他从没限制办公室恋情，他们可以大大方方的。

“我还没想好呢。”郭美佳赶紧说道。

“可是你前天晚上看过房子，不是答应搬过去嘛。”沈骐扬这下子着急了，“我这两天都在收拾自己的东西，为你腾地方呢，你怎么能反悔？”

郭美佳斜了沈骐扬一眼，这小子真傻假傻，女方主动答应搬到男方家里，明摆着这女人着急，多不矜持，还显得待嫁心切，掉面儿！

“前天晚上？”郭美佳故意装糊涂，“前天晚上什么时候？”

“你怎么不记得了？”可怜沈骐扬还没看出郭美佳的心思，拼命举证，“那天晚上咱们还看到了侯律师，他和律师协会的人一起吃饭。”

乔沫和卫子随交换眼神，不约而同地打发走两人。进了花店，小峰和齐苗苗已经收尾，先走一步，花店里只余下他们，卫子随淡然道：“长话短说，我爸昨天上午被抓，律师协会在昨天下午就开会决定终止他的会员资格，效率之高令人咋舌。”

卫子随意有所指，乔沫叹息道：“我刚才试了侯律师，结果不太好。”

“他？”

“微表情之所以能够成为捕捉人心理的重要指标，是因为它仅仅只能停留1/25秒，任何表情超过一秒真实性就值得商榷，更何况超过五秒？侯律师惊讶的表情格外长，整整维持了五秒，这说明他其实并不惊讶，他是否早知情？”

“你的怀疑不无道理，但仍有值得商榷的地方。第一，他作为一名律师也有自己的人脉与关系；第二，你是他的前女友，面对你现男友发生的事情，他要怎么反应？这牵涉复杂的心理表达；第三，作为我的老对手，此时幸灾乐祸也算正常。”卫子随依然冷静。

乔沫佩服得五体投地，卫子随安抚乔沫，送她离开后才变了脸色，马上拿出手机：“喂，肖奇艺，约侯孝聪的助理小徐出来，马上！”

肖奇艺是八卦王，人脉无处不在，虽然卫子随和侯孝聪关系不佳，但小徐和肖奇艺关系却不赖。只是进入咖啡厅看到卫子随，小徐紧张了：“卫律师，你也在？”

“小徐，看在我的面子上，有问必答，我们保证向你老板保密，想吃什么，随便点！”

小徐面如死灰，事务所上上下下都知道卫子随抢了老板的女朋友，但美食在前，还有肖奇艺的利诱，小徐没守住：“你们想知道什么？”

“他最近有没有做一些以前没有做过的事，或者见一些不常见的人？”卫子随问道。

小徐马上乐了：“每次委托人都不一样，以前不认识，都是不常见的人……哦，不对，有个人和咱们没有业务往来，可是侯律师约了他几次，一定要见到他。”

“姓齐？”

“对，名字很奇怪——齐老冒！”

女人的直觉，加上乔沫独特的微表情识别能力，已经帮自己锁定举报人，现在齐老冒和侯孝聪的联系摆出来，一目了然！

约见齐老冒势在必行，卫子随马上联络本人。面对曾经帮自己搞定麻烦的两人，齐老冒的态度痛快，约好去他公司见面。

算起来，齐老冒现在仍在新婚期，但以他的年纪来说，新婚期比小年轻结束得早，他现在已经投入到工作中。两人赶去的时候，他仍在会议中。

在齐老冒的办公室，肖奇艺百无聊赖地打量会议室的一切：“卫子随，据说人越老，越看重钱，不懂得放松。”

“理论上是这样，在很多人的眼里，什么都不如钱可靠，人会背叛，但钱不会。”

话音刚落，门推开了，齐老冒风风火火地走进来：“不好意思，两位，今天临时出点事需要召集会议，让两位久等了，我们好久没见了。”

“齐总，我们无事不登三宝殿。”卫子随说道，“相信您也听说了，我的父亲卫天成刚刚被带走调查。”

齐老冒的脸抽搐了一下，落在卫子随的眼里不过是多增添了一份证明，这事和他有关！

“听说了，报纸上有提，”齐老冒轻咳了一声，突然快步走向大门，关上门后他懊恼地说道，“你们的来意我清楚，其实就算你们不来，我也在考虑要不要找你们。”

“我爸进去的事和你有关？”卫子随顾不得许多了，“侯孝聪找你后我爸就出事了。”

齐老冒一副为难的神色。肖奇艺说道：“齐总，事情都这样了，你有什么难处，不妨一起讲出来？大家一起想办法。”

“我也是着了侯孝聪的道，那小子看着挺不错的，居然暗中查我……”齐老冒说道，“我和他其实没什么交集，只是彼此知道的程度。不久前，我们偶然遇到，就顺便打了一个招呼，好巧不巧，那天我正好和陈法官一起吃饭。”

“陈法官是这次一起被调查的那位。”肖奇艺附在卫子随耳边说道。

“这周，侯孝聪又来了，这一次，他是带着一些文件和照片来的。”齐老冒说道，“我一看就蒙了，照片是我送给陈法官的一幅画，这家伙不知道用了什么手段，居然查到这幅画是从我这里出手的，还有存根，我一下子就慌了。”

“没做亏心事，没必要心慌，但是，对方的身份特别。”卫子随慢慢厘清思路，“难道，去年你给我爸当证人的那桩官司还有内情？”

“事情有点儿复杂，你让我慢慢说。”齐老冒的面色不怎么好，“这两天我已经乱套了，担心这事牵到我，我只是给你爸帮了一个忙，然后你爸也把人情还给我了。”

这件事情要从卫天成当初代理的一桩官司说起，其实案子简单，一桩故意人身伤害案。受害人要求民事赔偿，可是原告声称自己没有经济赔偿能力。说巧不巧，原告在齐老冒的公司买过房子，还没有办完手续，房产局没有登记，但房屋买卖合同已经签订。卫天成找到齐老冒，请他的公司出示相关证据，表明此人有购房能力，名下即将有房产，完全拥有赔偿能力，由此得到了解决，那桩官司后来通过强制执行让受害人得到赔偿。

两人因此结下交情，后来，齐老冒在和朋友关于别墅产权达成私下协议时，第一时间想到卫天成，才有那份签有卫天成名字的协议！

“可这些和那位陈法官有什么关系？”

“这是前因，后果呢，在后面。你爸遇上一桩棘手的官司，法官明示暗示要好处。就是那位陈法官，老实说，你爸的委托人情况不佳，根本没有多余的钱去送人，但法理都在，可是法官不倾向，怎么办？那桩官司在当时的影响力很大，各方关注，你爸可有不败将军的招牌，如果打输了，招牌就砸了，所以，他宁愿自己掏钱买这一单！”

“你爸为了赢这一单不容易啊，当时想到了我，打了一笔钱给我，通过我买了一幅画，送给了那位法官。”齐老冒说道，“我平时就有投资艺术品的习惯，所以买画很寻常嘛。”

“侯孝聪是怎么厘清楚这中间的线的？”肖奇艺仍是一头雾水。

“看来是那天您和陈法官吃饭引起他的注意力了。”卫子随说道，“年初的钉子户官司在律师界几乎无人不知，无人不晓。陈法官作为当时的法官，侯孝聪一定记得他，但是，他是怎么和我爸联系起来的呢？”

“我和陈法官纯属偶遇，因为画是我买的，他是知道的，所以通过我也询问过这幅画的市场价值，当时遇上就一起吃饭，聊天的时候提过你爸，八成被他听到了。”齐老冒说道，“这个人的心思太细了，就这么一个细节，居然抽丝剥茧，把事情一件件联系上不说，还去查了账，以及画廊的买卖记录。”

“他来找我，我和你们发誓，我只说画是我买的，其他事情一概不知。”齐老冒说道，“但我想，你爸逃不过去了，我也会被扯进去的，只是时间问题。”

卫子随站起来：“我知道了，对您，我只有一个建议，坦白，承认。”

齐老冒目瞪口呆，卫子随略点头，快步往门外走去。齐老冒叫住他：“等等，知道我结婚，为什么选择你们事务所做婚前财产公证吗？这是你爸的意思。”

父子俩没有隔夜仇，不管卫子随如何冷淡，卫天成还是能帮则帮！

卫子随拉开门，故作镇定地走出去。肖奇艺冲齐老冒说道：“齐总，您肯定要配合调查，记住了，千万别承认卫律师要拿画行贿用，千万，千万！”

齐老冒目瞪口呆，肖奇艺快步追出去，终于撵上了卫子随，两人到了电梯前。门打开，几名穿着制服的人出来，往齐老冒的公司走去。

肖奇艺摇头道："来得真快。"

进了电梯，卫子随说道："没什么可说的，侯孝聪这一把干得漂亮，根全挖出来了。"

"可是，对方有索贿啊，卫律师只是被迫让步。"肖奇艺看着卫子随的脸，没敢继续辩驳，"当然，行贿是一目了然了。"

卫子随闭上眼睛，喉中哽咽，突然，他一拳打在电梯上，整个电梯都在晃动，肖奇艺吓得够呛，一把将他抱住："你疯了，电梯掉下去，咱俩都玩儿完。"

卫子随狠狠地用头撞了一下电梯，脑门发红。肖奇艺没有抱住，索性松开手："你撞，把自己撞晕了，清醒过来又怎么样，还是这现在的情况。"

当电梯来到一楼，他并没有离开，直到那群穿制服的人离开后，重新进电梯上楼。去而复返的卫子随让齐老冒很惊讶："你怎么又回来了？"

"那幅画在哪里买的？多少钱，有照片吗？"卫子随飞速地问道。

"我整理好后告诉你，还有，刚才有人过来盘问，我表示得很清楚，我的确有收钱替卫天成买画，但我不知道这幅画是用来行贿的。"齐老冒无奈道，"卫律师，我得自保。"

"我能理解，谢谢您直言不讳。"

"没想到一个巧合会让人抓住把柄，侯律师和你们有什么深仇大恨，非得做到这个地步？他上门质问的时候就像个疯子……"

眼前的齐老冒是个世俗势利的人，原本卫子随想不通为什么父亲会和这种等级的人做朋友，现在看来原因很简单，齐老冒灵活机动，而且晓得轻重，没有那么多儿女情长。

肖奇艺其实不理解为什么要看画，卫子随无奈地瞥他一眼，这家伙真和自己一样上过法学院？

"既然行贿事实已经认定，最重要的就是行贿的金额。在经济往来中，违反国家规定，给予国家工作人员以财物，数额较大的，或者违反国家规定，给予国家工作人员以各种名义的回扣、手续费的，以行贿论处。这种情况下， 一般一万元以上，才构成犯罪。”

肖奇艺终于明白了，如果行贿确定，就要看画值多少钱，在价值上做点文章，最终要以画的市场评估价值认定行贿金额。

冤家路窄，返回写字楼，还没下车就看到了侯孝聪，肖奇艺唯恐撞上，不急着下车，卫子随暗自好笑，难道怕自己揍他不成？苍蝇不叮无缝的蛋，侯孝聪固然可恶，但父亲的行为有漏洞才被抓住马脚，孰是孰非，无法辩论。

侯孝聪走远了，两人上楼，又听到一个坏消息，律师协会已经正式宣布终止卫天成的会员资格，以往的惯例是律师被吊销资格证后，才会被宣布终止会员资格，这次进程加快了。不能说世态炎凉，律师行贿法官是丑闻，遇到这事，自然避得远远的，卫子随让大家该干什么干什么，事务所也要赚钱盈利，业务不能停。

独自坐在办公室，父子俩以往的所有争执都浮现在脑海里！

“你太天真了，所谓潜规则是无法避免的，我的每一桩官司最终的结果都让弱者胜利，让受害人得到好处。为了这个目的，顺应潜规则有何不可，只要能够达成目标，守护你嘴里的公正公平，就可以了。”

“所以，身为一名律师，暗示委托人去行贿？这是一名律师应该有的行为吗？”

“如果能够达到目的，采用一些手段是必须的，你太天真了，你以为这些律师都是安安分分搜集资料、采集证据、翻看法律条款来打赢官司的吗？你不顺应规则，大把的人玩转潜规则。”

“你从小教我公平正义，都是假的？”

“它们是真的，只是在乎手段和方法。”

“对你来说，手段更重要，既然这样，我不玩了。”

“别幼稚了，离开我，你的路会走得很艰难，成立一家新的事务所？你还不够格，你太年轻，委托人不会信任你。”

“砰”，卫子随好像听到当初自己摔门离去的声音，脑袋轰轰作响，伸手扶住头，现在事情基本清楚，只剩下最后的希望了……

卫子随拿起手机，打通了齐老冒的电话：“齐总，我还有事情要确定，我想知道你是怎么买到那幅画的，这幅画是否参加过任何形式的拍卖？没有，只是由您出面买下来送到了那位法官手里？后期没有拍卖，经销商呢？”

得到肯定的答复后，卫子随虽然困惑，但也看到一丝希望。熬到下班，卫子随如常去找乔沫，电梯门打开，侯孝聪已经在电梯里，进，还是不进？

“听说你爸的事了，还好吗？”

猫哭耗子假慈悲，卫子随笑了：“有首歌的歌词叫什么，天上掉下五个字，那都不是事，歌词挺俗但实在，况且人人都知道我和他不对付，不知道哪位天使替我抱不平，居然举报他，应该写封感谢信才对，可惜，不知道是何方神圣。”

肖奇艺目瞪口呆，再看侯孝聪，面色铁青，已没有刚才的自得之色。电梯一到，侯孝聪先快步走出，难掩一脸失望！

乔沫提着汤在附近等待，肖奇艺识趣先走。举报人是侯孝聪的事实已落定，事情不出乔沫预料，她不免担心卫子随，却被他握住手：“我感谢侯孝聪，没有他，我无法坦然地面对父亲；没有他，我们不会更加了解对方，他一定很失望。”

乔沫忍不住笑了，拥有坚强外壳的人，越容易触景伤情！

坐在花店喝着郭美兰精心熬制的汤，卫子随的心是满足的。乔沫撑着下巴，呆呆地看着他：“其实微表情也并不完全准确，所有的分析与结果只是相对准确，就像你能控制自己的想法，总是误导我，世上没有百分百，允许例外吧。”

“所以，我是你的例外？”卫子随没有擦嘴，慢慢地凑过去，乔沫没有闪躲，曲蔓突然推门进来，看着紧紧依偎在一起的两人。

曲蔓看到此情此景，晓得回来得不是时候，奈何已经扰了卫子随的好事，见卫子随神情疲惫，便主动提出送乔沫回家。

坐在曲蔓的车上，乔沫还在把玩手机。曲蔓闷哼一声：“够了啊，卫子随现在也在开车，别骚扰他，天天见面还不够？”

乔沫正准备解释，目光瞟向窗外，看到侯孝聪醉醺醺地从一家店里走出来，见他前仰后合，全然站不稳，她心里深深地叹了一口气。

卫子随终于等来与父亲的会面，坐在冰凉的木椅上，对面依然空空如也，卫天成还没有来。卫子随已经脑补了各种见面时的情形，心绪纷乱，他不得不伸手按住自己的眉心，听到一阵不急不缓的脚步声，他立刻挺直腰板。

卫天成走出来后，嘴角居然扯起一丝笑意，卫子随刚才的紧张顿时烟消云散："坐吧。"

"你一定有些情况向我核实。"卫天成双手放在桌上，几天不见略显憔悴，但坐姿仍然挺拔，不失平时的风采，只是表情略显苦涩。

"第一，你是否向齐老冒转账二十万元请他帮你购买一幅油画？"

"没错，通过我的个人账户转出，属实。"

"第二，你是否将这幅油画赠送给了法院的陈一凡法官？"

"没错。"

卫子随抬头看着卫天成的眼睛："为什么赠送给他？"

"表示感谢，首先，油画没有转让或售出，没有给陈法官带来实际利益；其次，我的赠送行为发生在我和他所参与官司结束后的一个月后，不存在收买意向，不存在主观行贿意愿。"

"前者属实，我相信，而且对你很有利，但是后者是否存在主观行贿意愿，争议较大，你们大可以提前商定好条件，等官司结束后再给予好处，这一点，不具有说服力。"

卫天成的眼神变了，嘴角微微上扬："你说得很对。"

"我再说一点，作为一名律师，我清楚地知道自己完全不涉及单位行贿罪。"卫天成说道，"我未动用任何事务所的资源，购买画作所用的资金属于我个人所有，与事务所无关，这是个人对个人的行为。"

"这将成为辩护的要点。记住了，我会申请赃物鉴定，具体评估那幅画的市场价值，一般来说，只有在赃物价格不明或价格难以确定的情况下才需要委托物价部门估价。"

卫天成略显惊讶："价格不明？"

卫子随说道："你虽然打了二十万给齐老冒，委托他帮你买画，但事实上这笔钱最终花了多少，这幅画价值多少，你并不知晓。所以，这幅画真正的价值成为关键，他作为掮客，难道不会从中谋取好处吗？因为有这种可能性，所以需要对赃物进行评估。"

卫天成看着卫子随，一言不发。卫子随说道："官司讲究实打实的证据，最终产生的行为作为依据，这幅画究竟值多少钱？二十万以上，重判；二十万以下，轻判。”

他几乎一字一句地讲完这些话，卫天成咽下一口口水。卫子随又说道：“现在不只你的证言重要，陈法官的证言一样重要，如果他咬死没有替你谋好处，只是个人私下的友情行为，你或许还有希望，我能做的，你比我更清楚种种可能。”

卫子随异常犀利，完全不给卫天成开口的机会！卫天成看着面前如此成熟冷静的儿子，心里五味杂陈。

第22章　最后的争斗

“最后一件事情向你核实，油画没有转让或售出，陈法官有没有将油画送到任何拍卖行或是经销商那里出手？”

“他有没有我不知道，但我绝没有回购这幅画的打算。”卫天成说道，“你知道的，这也是为自己避开风险，我当时考虑不算周全，但也没想到会到今天的地步。子随，谢谢你能来。”

卫子随拿出钱包，掏出里面的全家福照片，推到卫天成的面前，照片里的一家三口笑得开心，虽然是三色不同的笑容，却是同样温馨，留下照片，卫子随走了。

刚出去，肖奇艺就迎上前：“怎么样了？”

“和之前估计的一样，关键在于行贿的价值，单位行贿罪应该不会成立，他承认是个人对个人的行为。”卫子随说道，“我们要马上进行赃物鉴定，这是最后的希望。”

两人一边说，一边上了车，肖奇艺说道：“赃物鉴定有什么说法？”

“他坚持赃物没有进行任何形式的拍卖或经手经销商，这说明不是隐形行贿。”卫子随说道，“那幅画的鉴定结果出来，就能一目了然。”

所谓的隐形行贿，首先将赝品通过不合法的鉴定渠道鉴定为真品后，送予受贿者。然后，行贿者再以受贿者名义将该赝品交给拍卖公司拍卖。行贿者指定一竞买人，竞买人举牌高价竞买。如此，受贿者以隐秘方式获得钱款。

其二，即受贿者将归其所有的赝品存放在某经销商处，有行贿者意图行贿时，受贿者或直接或间接地告知自己有收藏雅好，同时指定特定的经销商。行贿者从该经销商处高价买得赝品，经销商获得一定提成。行贿受贿过程即告终结。

卫子随的手机响起来，是一个陌生来电，卫子随正开车，肖奇艺替他接，马上大吃一惊，是那名陈法官的律师，询问他是否能见面。卫子随点头，肖奇艺当下与对方约好地方和时间。

两方律师见面，气氛并不沉重，对方律师也算熟人，是卫子随的大学校友，未转业务前也曾经有过来往，姓董。

董律师那边获得的情况与卫天成所说一致，两人的确有过官属牵扯，但官司结束后才有赠送行为，两人有过交集的案子办理是公平公正的，有证据作为依托。

卫子随冷笑，对方的确在过程中故意卡扣谋取好处，虽然对方主动索贿，现在事发，一定不会承认索贿一事，对方咬得很死，对卫天成更有优势。

董律师前来也是想一探究竟，如愿离去。肖奇艺说道："卫子随，现在的情况不算太坏，两人的说法也差不多。"

"一旦承认为了谋取好处才收礼物，会一起完蛋，真是难为他们了。"

卫子随阴阳怪气，肖奇艺正色道："事实是对方主动索贿，卫律师才……"

"他没选择更好的方法，因为他觉得顺应潜规则就是最好的选择，我帮他，原因很简单，他是我爸，我不能袖手旁观，但不代表我认同他的做法，走吧。"

卫子随申请了赃物鉴定，现在除了等待赃物的价值出来之前，只有等待。他就像平时一样投入到工作中，短短的一周时间里，替两对新人证婚，三对准备结婚，情况各有不同的准夫妻做了婚前财产公证，忙，忙，忙……

乔沫只是默默地每日送汤，在卫子随结束一天工作后，总能喝上不同味道的汤。初开始是郭美兰动手煲汤，慢慢地，乔沫亲自上阵，汤的味道也有微妙的变化，两人话不多，甚至不再谈论进展，就这么安静地面对面坐着，就像此刻。

"嗯，放了马蹄？"卫子随抬头问道。

"味觉越来越好了。"乔沫笑着说道，"你想改行？"

"当个普通的民事律师挺好的。"卫子随说道，"综观所有的业务，只有证婚最轻松，而且是唯一能够感受到幸福的业务。"

“但是，在做婚前财产公证的时候，会感受到现实与势利。”乔沫说道，“美佳说的。”

“每个人都希望婚姻生活有保险，无可厚非。”卫子随说道，“如果这一道保险上完，能够让彼此全身而退，及时止损，挺好的，我们……”

卫子随本想继续深入话题，花店的门推开了，肖奇艺冲进来，带来好结果，赃物鉴定结果出来了——赝品！

可卫子随的表情并没有轻松些：“怎么，这不是好事吗？”

“赝品的价值评估更复杂，有些赝品的价值也能到达十万以上，有些甚至百元不到，相差非常大。那幅画是范曾画作的赝品， 2010年秋拍，范曾画作的均价已经高到二十万元每平方尺了。虽然我们现在看不到实物，但从照片来看，画作至少在五平方尺以上，如果是真品，价格起码在百万以上。”

肖奇艺总算明白了：“卫律师要送法官礼，不可能送赝品，肯定了解行情再付钱让齐老冒去操办，真品百万以上，可这幅画是赝品，齐老冒吃差价，糊弄了你爸！”

卫子随打开公文包，里面有齐老冒派人送过来的照片和发票，发票上面盖着某画廊的公章。他将发票拍在桌上：“是齐老冒被画廊忽悠了。”

肖奇艺松了一口气：“难得我对齐老冒刮目相看，幸好他没拖自己的后腿。”

“找到当时的经手人就能知道赝品的来源，这对评估赝品的价值有帮助。”卫子随说道，“一万元是底线，这是判罚的关键。”

“对了，行贿数额在一万元以上的可定罪，但如果不足一万，卫律师就有救了。”肖奇艺拍着自己的大腿说道，“所以，赝品的最终价值认定很关键。”

卫子随想到一个人可以帮自己——乔沫，她独有的能力是时候用到刀刃上了。对上卫子随的眼神，原本全身心倾听的乔沫立刻坐得笔直！

第二天，卫子随和乔沫并没有提前打电话，如普通客人一般走进那家叫“如期”的画廊，展厅里挂满了各种画作，山水，油画，素描，但有一条楼梯通向二楼。

齐老冒买画时找的经纪人叫黄安。两人漫不经心地在画廊走了一圈，卖画的经纪人不少，偏偏没有一位姓黄的。正失望时，有人下楼，穿着笔挺的西装，胸前别着铭牌，乔沫眼尖，分明看到黄安两个字，马上说道：“是他。”那人三十左右的年纪，相貌不错，一双眼睛却滴溜溜地胡乱转动，十分机灵。

两人对视一眼，不约而同地将目光放在离他们最近的一幅山水画上，黄安马上走过来：“两位要买画？”

“原本有这个念头，可惜，没有我们想要的。”卫子随说道。

“两位是用来收藏，还是装饰？”黄安马上来了精神，“我们这里一楼主营装饰用画，二楼主营精品，收藏增值类。”

“有范曾的画吗？”卫子随淡淡地说道，“我的导师十分喜欢范老师的画作。”

黄安的眼睛亮了，压低声音说道：“两位请跟我上楼。”

两人默默地上楼，却没有在二楼展厅停留，而是进了一间小小的办公室，黄安殷勤地给两人倒水，然后拿出一本画册，画册上面没有画廊的LOGO，页面较新，不像经常翻动的册子。乔沫的目光落在黄安的脸上，这家伙兴奋得很。

黄安拖着凳子到两人面前，几乎冲到两人面前，这个距离大大超过了安全距离，乔沫收回目光，淡淡地说道：“不是来看画吗？”

“是这样的，我们画廊范老师的画比较珍贵，锁在保险箱里，如果要看，需要一些手续，”黄安说道，“毕竟价值不菲，我先向两位介绍一下，范老师的画作，早期作品和后期作品相比，还不算成熟，所以价格相对便宜一些，后来风格即定，画风成熟稳定，价格自然水涨船高，两位对范老师画作的市场价格有所了解吗？”

卫子随笑了，摊摊手：“不太了解。”

“那我就实话实说了，范老师的画以每平方尺报价，每平方尺大约在二十万……”

没等他介绍完，乔沫就扯扯卫子随的胳膊：“这么贵，我们的钱只能买一平方尺。”

卫子随暗笑乔沫演技派上身，面色一凛：“不行，老师这辈子最大的心愿就是拥有一幅范曾老师的画作，他年纪已经不轻，我必须满足他这个愿望。”

乔沫狠狠拧着他的胳膊：“只有二十万不到，三分之一都买不到，你想尽心，也得有这个条件，没条件还逞什么能？！”

“女人办事就是磨叽，你是不愿意我花这笔钱吧？”卫子随一激动，胳膊甩过去，险些扫到乔沫的脸，“一直啰嗦，烦死了。”

“二位冷静，和气生财嘛。”黄安的眼珠子骨碌碌乱转，“其实，二十万左右也不是没有办法，我刚才也说过了，范老师早期的作品价格低一些，冷静一下，我们慢慢谈？”

“我问你，还买不买？”卫子随说道。

“钱够就买，不够别逞能。”乔沫气怵怵地扭过头，“随便。”

卫子随差点没绷住，乔沫的演技杠杠的，情绪、表情、肢体一应俱全，乔沫的另一面正慢慢显现，卫子随轻咳道：“真有这么便宜的？”

“有是有，只是数量不多，二位如果需要，早定为妙。”

乔沫的态度来了一个一百八十度大转弯：“其实我并不是不讲理的人，只要价格合适没有问题，关键是不能超过自己的能力范围，是吧，老公？”

卫子随仍没有反应过来，乔沫重重地咳了一声：“老公，你想什么呢？”

“哦，你来个一百八十度大转弯，害我没反应过来，这么说，你同意了？”卫子随仍沉浸在刚才那句老公当中，嘴角的笑意已然止不住。

当然，看在黄安眼里，这份笑意却是另外一层意思——鱼儿，上钩了。

“黄先生，大后天就是我老师的六十大寿，来得及吗？”卫子随说道，“这次是难得的机会，我不想错过。”

“这个嘛……”黄安似乎有些为难，说道，“两位稍等，我出去打个电话。”

门带上了，听着脚步声远去，两人同时松口气，卫子随说道：“感觉如何？”

“你看他坐的位置，与我们的距离已经过了安全距离，说明他心急。”乔沫说道，“后来催促我们早做决定的时候，一直抚摩自己的手，这是一种自我安慰的手势，安慰自己说的是真话，他所说的画作不多，需求量不少，一定是假话。”

卫子随附在乔沫耳边轻声说了一句，乔沫心领神会。外面传来脚步声，两人马上弹开，各自悠闲地捧着茶杯。

黄安走进来，已经满脸笑容，可惜不管他怎么笑，眼角没有丝毫皱纹，分明是假笑。乔沫看得清楚，知道好戏要上场，忍不住踢卫子随的腿。

“我刚才问过老板了，只要谈妥，可以尽快安排出货，价格方面可以有优惠，十九万成交。”

“如何保证是真品？”乔沫说道。

“两位放心，我们店能够出具鉴定书。”黄安说道，“还是，两位再考虑一下？”

“不用考虑了。”卫子随笑着说道，“就定了吧。”

“既然这样，按我们的规定，现在必须支付定金，这样我们才能安排出货。”黄安的眼睛眨了好几下，“需要一点时间才能出货，明天可不可以？”

乔沫正想说话，卫子随的手机响了，他冲两人点点头，出去接电话，门没有关上，屋里的两人也听得清清楚楚。

“师母，什么，寿宴改到今天晚上？”卫子随背对着两人，语气焦灼，“怎么突然改时间了？哦，要出去学习，好，今天晚上一定到场，您放心。”

挂了电话，卫子随脸上露出一丝狡黠的笑容，转身的一刻已经改成焦急的神色：“不好，老师的寿宴提前一天，改成今天晚上，怎么办，今天能出货吗？”

“可以的，给我一点时间，下午……”黄安抬起手腕看时间，“这样吧，下午三点你们过来，现在办一下定金的手续。”

卫子随点头，两人签完单出去。刚进车里，乔沫就迫不及待地问道：“卫子随，你疯了？真要花钱买一幅假画？”

“当然不是。”卫子随说道，“昨天晚上我查过这家画廊的资料，是一家相当有口碑，业内很有知名度的画廊，而且齐老冒提供的发票也是真的，既然如此，为什么会出赝品呢？一旦被查出来，名声尽毁，对他们这一行来说，名声是最重要的，没必要玩火。”

“你怀疑是经纪人有鬼？就像上次的房产中介一样？”乔沫反应过来了。

“聪明，利用画廊的名声替个人牟利，我思来想去，只有一个环节有机会。”卫子随说道，“交易全在画廊进行，只有最后的交货极可能出事，比如调包。”

“他要调包必须找到赝品替换。”见卫子随连车钥匙也没插，乔沫明白了，“刚才的电话是为了压缩时间，逼他出门找赝品，这样就能顺藤摸瓜找到赝品的所在地。”

“字画的鉴定太复杂，不同的机构检测出来的结果可能有差异，但是对于我爸来说，一万是底线，赝品价值一旦超过一万就可以定罪。”

“可是，你爸转给齐老冒的是二十万，不是应该以这个价值为准吗？”

“这一块的量刑十分模糊，之前有过先例，赝品的评估价值直接影响量刑。”卫子随说道，“某机构人员受贿一幅字画，当初认定是三十万元的估价，将面临十年以上有期徒刑的刑罚。庭审时，被告对作价提出异议，法院重新委托鉴定机构鉴定，画作价格严重缩水，仅为两万八。被告也因此仅被判处缓刑。”

“怪不得你想从这里入手。”乔沫说道。

“只要行为人有利用职务上的便利，索取他人财物或者非法收受他人财物并为其谋利益的行为，就构成受贿罪的既遂，而不在于其收受的东西是真品还是赝品。但是在计算数额时应按赝品计算，同案的律师一直在纠结行贿受贿的动机，强调双方供词的一致，却没有把目光放在赃物的价值上。”

时间一点一滴地过去，对面的画廊进进出出的人不多，但也稀稀落落地不少，并不见黄安的影子，乔沫担心道：“会不会就藏在画廊里？”

“不排除这个可能。”卫子随说道，“最坏的是画廊刻意以次充好，鉴定书也是假的，这样的话，我们下午过去，拿到的也只能是准备好的赝品。”

“这样的话事情就复杂得多，我们没办法迅速追查到赝品的来源。”乔沫的目光被一个身影吸引住了，“快看，他出来了。”

一个熟悉的身影步出画廊，往停在路边的一辆银色汽车走去，眼看他就要钻进车子，卫子随马上发动车子，火速掉头跟在那辆车子后面……

乔沫的心提到嗓子眼，内心希望在放大，却又担心空欢喜一场。卫子随何尝不是？握着方向盘的手已经默默出汗，只是借着角度还能控制情绪而已。

前面的车子似乎很赶时间，接连闯了两个黄灯，这也让跟在后面的卫子随压力陡升。黄灯之后马上就是红灯，不得不停下来，所幸的是这一段路对方都没有拐弯，始终直走。乔沫看着路两边的情形，再抬头看路牌，已经有些头绪：“这是去潘家园的路。”

“太好了。”卫子随的声音不自觉地哑了，他清咳一声，“这样才对。”

前面的车子开始放慢速度，大概是目标就在前方的原因，对方也放宽心，慢悠悠地来。当对方停好车子，马上朝里面走，卫子随再一次被停车位弄得火气升腾，折腾了好一会儿才追进去，隐约看到黄安走进了一条小巷子里。两人不管三七二十一地跑过去，只是隐约瞅到黄安停在一户人家的门口，然后走了进去！

等两人冲进去，才发现里面大多大门紧闭，根本看不出来黄安走进了哪一间屋子。

乔沫闭上眼睛，仔细回想黄安的一举一动，临进门时他歪了一下头，下巴动了一下，好像在吐什么东西。乔沫盯着地面，前方两米远的地方有一团仍沾着口水的口香糖。她招手让卫子随过去，指着地上的口香糖说道："他吐的。"

"确定？"卫子随说道。

"百分百确定，就在这附近。"乔沫压低声音说道。

环顾前后，只有右手边的这家距离合适，店门口的招牌陈旧不堪，上面用红漆刷着三个字——收旧货。两人对视一眼，乔沫无法想到接下来的步骤，问道："怎么办？"

卫子随将手指放在嘴边嘘了一声，两人慢慢靠近，只听到里面传来对话声，一个略显苍老的声音说道："你怎么不提前打电话就跑来了？"

"事情急，顾不上了。"黄安说道，"我要一幅范曾的画，下午就要送出去。"

"啧啧，这么快又要了？"这个人说道，"多少钱成交的？"

"十九万。"黄安说道，"我没给他们看现货，说要临时调过来，店里只有一幅早期的范增作品，1996年的牧童骑马图。"

"哦，我知道了，找给你，你小子调包的时候小心一点儿。"这个苍老的声音说道，"让店里知道了，你吃不了兜着走。"

"放心吧，等干完这一票我就走人了，换个地方，不管我到哪里，都有你的好处。"

乔沫大概听明白了，这家伙是同时糊弄客人和店里，他最终套现的不是钱，而是店里的真画，再拿出去脱手转现。而客人因为与正规画廊交易，又有正规发票，百分百相信，但怎么也想不到，临出货的时候，真品已经换成了赝品！

卫子随摇摇手机，刚才的对话已经全录下来了。接下来就简单了，报警！

这地方就有所属的派出所，接下来的事情几乎一气呵成，两人跟着警察闯进去的时候，那个老头正在一堆看着古旧的画轴里翻找呢，因为数量多，查找的难度也大。见两人进来，黄安一下子傻眼，突然拨开人群往外跑。卫子随伸脚一绊，让他结结实实地来个狗啃泥！

老头吓傻了，嘴里喃喃念道："翻船了，翻船了……"

卫子随顾不得许多，上前质问道："你售假，涉嫌欺诈，现在有录音，抓住了现场，你跑不了的，老实交代。”

一边的警察哭笑不得，这名举报人的审讯功夫和他们不相上下。老头的眼睛滴溜溜地转了几下：“我这些都是不值钱的东西，我自己画的，能值多少钱？几十块，最多的几百块钱而已，我什么都不知道，都是他来问我买画，我只是画画糊口。”

卫子随掏出照片：“这张呢，也是你画的？”

老头不说话了，卫子随心中已经有底，也不再追问：“自然有你说的时候。”

警察将两人押上车，卫子随和乔沫也一并被带走调查，好不容易解释清楚。两人出了警局，坐在车里，卫子随趴在方向盘上一动不动。

橡皮筋绷得太紧会断掉，乔沫轻轻拍着他的肩，一言不发，卫子随抬头道：“接下来好办了，你是不是觉得我做到这个地步太夸张了？”

乔沫默默地点头：“其实就算鉴定机构对赝品的认定不一，但价值会取中间值吧？你做到这么极致，是因为不放心，他是你爸，你不想他冒一点点的风险。”

卫子随点点头，一头栽进乔沫的怀里。那一刻，说不清的一种东西释怀了。

一个月后，卫子随和乔沫等在看守所外。肖奇艺不停地走来走去，不安地看着手表：“时间已经到了，怎么还没有出来？”

“行贿金额一万以上应当依照刑法规定追究刑事责任，那件赃物最终认定的价格是一千元，没有达到立案的标准。”卫子随说道，“现在已经走完所有的流程，你急什么？”

“我知道，我这是皇帝不急太监急。”肖奇艺没好气地说道，“等了这么久，走这个流程，又是那个，没完没了的，现在好不容易雨过天晴，当然心急。”

乔沫手里捧着一束花，开得娇艳，正如今天的心情。卫子随淡定地看着脚尖，门开了，卫天成走出来，下意识地抬头望天，似乎每一个失去自由的人出来，都会看一看外面的天空。其实天空并无不同，心情大有区别而已。

看到儿子和未来儿媳，还有儿子的死党，卫天成略显尴尬，这一刻不败将军的威风不复存在，取而代之是长辈的局促：“你们都来了。”

郭美兰主动提出做顿好饭好菜迎接卫天成的归来，权当去去尘，卫天成大为感动，欣然前往。上车时，肖奇艺和乔沫不约而同地坐在后排，空出副驾驶的位置。

卫天成没有选择，父子俩尽管挨得如此近，却像隔着一条沟壑。卫子随只顾得开车，根本不和父亲讲话。

乔沫笑笑，既然父子俩有自己的相处模式，何必强求呢。经过这次的事情，足以证明父子情仍在，只是还在闹小别扭。眼看就要在乔家，卫天成叫道："停车。"

卫子随一个急刹车："怎么了？"

"我不能空手上门吧？"卫天成说道，"我去买点东西。"

卫子随索性把车门反锁上："现在不用在乎那些虚头虚脑的东西，直接去吧，把这些用在外面的一套扔到一边，不行吗？"

乔沫暗道不妙，赶紧说道："伯父，今天不是拜访是迎接，不用太客气。"

父子俩的战争一触即发，乔沫赶紧催促卫子随开车，直说父母恐怕等急了，硬是将卫天成买礼物的念头打下去。等到了乔家门口，乔康已准备好"迎接仪式"。

一个火盆升起，乔康一直解释，里面的炭是桃木做成的，加三钱红豆，三钱朱砂，红豆和木炭发出香气可驱除霉气，寓意红红火火。

突然让卫天成迈火盆，乔沫相当尴尬。倒是卫天成干脆，抬脚从火盆上迈过去。乔康马上乐了："这样多好，卫大律师，你以后一定能顺顺利利的。"

桌子支起，满是精致的家常菜，卫天成心事满满地坐下。乔康端起酒杯："卫律师，俗话说得好，风雨之后见彩虹，这桩事儿过去了，来，干了！"

乔康一饮而尽，卫天成端起酒杯，略一迟疑，也一饮而尽。一时间，餐桌上沉默无言，只有咀嚼的声音。肖奇艺已经为郭美兰的厨艺倾倒，坐上桌子后，筷子就没有停过，没空活跃气氛。郭美兰见这对父子僵硬无比，悄悄踹了一下乔沫的脚。

"卫律师，您以后有什么打算？"乔沫赶紧问。

"虽然没有牢狱之灾，我还会接受律协的进一步调查。"卫天成说道，"但我已经很坦然了，不管什么结果都能接受。"

卫子随一愣，突然心潮起伏。卫天成说道："这些天我在里面想了很多，总结了自己当时为什么会出手的原因。我太着急，太着急保住那块所谓的金字招牌，太相信所谓的潜规则，别人可以，我为什么不可以？就这样一步步滑进陷阱里……”卫天成眼眶微红，“我手握一项重要的证据，可是法官不予采纳，眼看我方处于下风，我的确着急了。走出了那一步，我现在很难说是对方索贿，还是自己鬼使神差。事实上，我一直不排斥潜规则，甚至鼓励我的委托人适当地表示一下，能找到关系就借用关系。我自己有很大的问题。”

卫天成的坦白让卫子随目瞪口呆，他抿紧嘴唇，一言不发。

卫天成自嘲地笑了：“我刚进入这一行获得成功的时候，就像现在的卫子随一样，我要匡扶正义、维持公义，这些都是我最初的坚持。但是时间久了，我进了染缸，却没有出淤泥而不染的能力，不知不觉中与当初自己的坚持相悖。”

“既然如此，现在纠正，不管结果如何，坦然面对，做给我看。”卫子随冷冷地说道。

乔沫笑了，卫子随这番话口不由心，明明是冷笑，可是嘴角都扯开了，眼角还有皱纹，发自内心的笑容才会扯开皱纹……

面对卫天成的坦白，卫子随突然释然了，不再用自己的价值观和为人处世要求自己，而是回头看自己，这正是他一直对卫天成的期待。没想到，直到摔一个大跟头，才迎来这一天。

卫天成说道：“子随，我敢说一句，我从来没有黑白颠倒过，这也是我最后的坚持！”

卫子随沉默不语，卫天成转头看着他的脸：“我知道你对我很失望，但这一次，你没有赢，我是让现实结结实实地扇了一个耳光。”

“谁说的，明明是让侯孝聪扇了一个耳光，要不是他举报……”肖奇艺话刚出口，乔康狠狠地看过来，肖奇艺打个寒战，“伯父，怎么了？”

“你刚才说谁举报的？”

“侯孝聪。”肖奇艺悻悻然道，“乔沫和子随在一起后，那家伙火灼了心，整出这么多事，到现在还在咱们面前作戏，当和自己没关系，太气人。”

郭美兰懊恼，当初要不是他们催着乔沫交个男朋友，她也不会迫于无奈屈就，也没想到侯孝聪的气量如此狭小，所谓好聚好散，他却办不到。

见郭美兰和乔康都陷入自责，卫天成自嘲道：“苍蝇不叮无缝的蛋，怪我自己有漏洞。”

卫天成的酒兴大发，和乔康一杯接着一杯。卫子随也不再阻挡，直到两人喝得倒成一团，才被扶着去休息，将两人并排安置在床上。郭美兰叹口气，两个老家伙已经和平相处了。

肖奇艺惊叹郭美兰的手艺，一直说好话，又说要联手郭美兰开餐厅，逗得大家开心得很。突然意识到卫子随没派新活，趁着他心情好，肖奇艺找个借口先溜了。

院子里只剩下母女二人和卫子随，反而好说话。郭美兰仍在惊叹侯孝聪的激进，乔沫反倒觉得侯孝聪并没有像肖奇艺形容的那么厚颜无耻，最近一直刻意避开她。

房间里传来一声响，三人走进去一看，乔康翻身翻到床底下，没醒，嘴里嘀咕着，躺在地上继续睡。大家合力将乔康架到床上，再看卫天成，睡得不太扎实，一直翻动身子。

想必是陌生的床，睡得不踏实，乔沫灵机一动，提议卫子随送父亲回去。她的小小用心卫子随哪里不清楚，制造父子单独相处的时机罢了。

他如了乔沫的心愿，带父亲离开。回到昔日的家，卫子随的感情与以前截然不同，虽然鲜少回来，钥匙还在钥匙扣上，打开门，房子洁净，昨天卫子随已来过一趟，收拾干净了。

将父亲安置在床上后，卫子随坐在床头，陷入沉思。其实卫天成在车上时就醒来了，他不想睁开眼睛，一旦自己恢复清醒，恐怕卫子随又像个带刺的刺猬，拒人于千里之外。

“醒了？”卫子随直接戳穿卫天成的伪装，“没事的话我先走了。”

“你妈如果现在还在，一定很开心看到乔沫，她会喜欢她的。”

提到已经逝去的人，父子俩心有戚戚。卫子随不想太伤感，转移话题道：“你今天很坦白，第一次看到你放下尊严和骄傲。”

“这些天我想了很多，招牌砸了，我反而有种如释重负的感觉，它不再是一座大山压在我身上。突然明白你的想法，你看似失败，但过着更轻松的生活，谁是赢家？到头来，你才是赢家，坚持自己想要的，也得到了乔沫的爱，但我没有输。”

“知道，你败给现实。”卫子随说道，“你曾经说过，我们都要被现实打败，这就是现实。”

“儿子，我们和好吧，以后，我不会再强求一切了。”

卫天成不由分说地将卫子随拉近，两人拥抱在一起。父亲的怀抱是这样的味道呀，卫天成变得柔软，他的心也融化了鼻子微酸道：“好。”

新的一天到来，郭美兰早早地起床煮了醒酒汤，乔康宿醉后仍未醒来，乔沫和齐苗苗一起离开去花店。齐苗苗的科目考试全部结束，虽然没有高分，但均及格，小峰出力不少。一路上两人有说有笑。

此时，侯孝聪已经来到事务所，进门抽取门口书架上的报纸，顺手带进办公室。当他看到卫天成被释放的新闻，脸立刻拉下来：“赃物认定价值不足以立案，混蛋！”

侯孝聪将报纸揉成一团，狠狠地扔出去。助理进来看到这一幕，不禁心惊肉跳，要知道当初卫子随和肖奇艺找自己是套路，就不能那么溜地讲出口，举报人是自己的老板。

侯孝聪手撑着头，自己辛辛苦苦地努力那么久，找了那么多人，查了那么多资料，不就为了打击卫子随吗？现在好，一切都化为乌有。

因为卫天成的事，乔沫和卫子随反而更加亲密，他曾经无数次看到两人坐在花店喝汤，你侬我侬，彼此凝视的模样就像在他心里插入尖刀，鲜血淋漓，只有自己体会。这一战，自己又败了。

侯孝聪一头撞在办公桌上，“咚”的一声过后，他抬起头，眸子通红：“我不会这么结束的，我要的，一定要得到，哪怕两败俱伤！”

侯孝聪伸出胳膊，因为之前长期花粉过敏，现在上面有一层细细的皮壳，他心里浮出一个念头，已经无法遏制。

花店里，乔沫正在整理花束，齐苗苗和小峰分工，谁去哪一片区送货。小峰看着齐苗苗，见她今天一副没心没肺的样子，也有些埋怨，他对苗苗的考试成绩不太满意。自己倾心辅导，但有一门踩着及格线过去，让人失望。苗苗却是无所谓，及格线以上都是合格，六十和一百的性质没什么不同。

曲蔓进来了，气怵怵地，她和汪杰约好出去玩两天，中间接到电话，一个人跑掉，事后才说店里有事，曲蔓气得七窍生烟，觉得自己被冷落了。

乔沫晓得曲蔓还做不到同理心，她一向自我惯了，这三个字说起来容易，做起来难。

“你们知道吗？他身上的毛病也不少，每次惹我生气，可我气不起来。上次去爬山，下山的时候我脚扭了，他愣是背我下山，一路上半句也没吭声。你说怎么有这么傻的男人？”

乔沫冷不丁地将一面镜子放在曲蔓面前，她埋怨时嘴角还带着笑意。曲蔓扭头，又被乔沫戳穿了，她只是发甜蜜的牢骚罢了。

身后突然一片静默，乔沫感觉到一丝不寻常的味道，一转身，迎面对上侯孝聪的脸，她有些讶异，一个多月了，自从两人说清楚后，他再也没来过花店，一步不曾踏足，今天竟然又来了。

第23章　永不结束的恋爱博弈

侯孝聪来买花，十三枝香水百合。乔沫担忧不已，他的过敏症不适合来店里，看出她的心思，侯孝聪淡淡地说道：“不要紧，快点吧。”

乔沫一气呵成地包装好。侯孝聪抱着花，表情淡淡的。齐苗苗和小峰在一边对视，事情发展到现在这般田地，他还能一脸泰然地来店里，真以为大家不知道他干了什么?

侯孝聪抱着花，突然双膝一软倒在地上。乔沫上前掀开侯孝聪的袖子，胳膊上已经起了疹子，侯孝聪的呼吸越来越急促，乔沫迅速解开他的领口，将他带出去。

到了空旷的地方，从侯孝聪上衣口袋里找到药物，侯孝聪用药后好转，坐在长椅上调整呼吸，那束百合早被乔沫扔掉。

“侯律师，还是去医院吧。”

“医生说前面没有及时用药，反复过敏，所以才会这样。他还建议尝试找找过敏原，看我对哪种花粉过敏，看来，香水百合可能是过敏原之一。”

反复过敏四个字就像一记重拳打过来。侯孝聪反复过敏的原因一目了然，他曾经为了自己反复走进花店，忍耐着过敏的痛苦，乔沫内心的歉意骤起：“对不起，侯律师。”

“不怪你，我自己固执。”侯孝聪站起来，踉踉跄跄地往前走。

乔沫犹豫了一下，还是跟过去。侯孝聪说道：“你们都知道了吧，天底下没有不透风的墙，是我举报的卫律师。”

他直接挑出矛盾，乔沫措手不及，但她也坦然了：“是，我们都知道了，这件事情谁对谁错都不重要了，只是，你这么做的动机只是为了针对卫子随？”

侯孝聪未置可否。乔沫淡淡一笑：“卫子随也知道是你举报了他父亲，但他并没有过多的埋怨，我很庆幸自己做了正确的选择，他是值得信赖的人。”

侯孝聪的心落入冰窖，自己反而成了卫子随的助攻？他哧哧地笑起来，摆摆手，甩开乔沫，独自走向写字楼，他的身体再次颤抖，乔沫补了一句：“我送你去医院吧。”

“不，送我回家吧。”侯孝聪故意道。

某处楼梯口，侯孝聪的助理小徐正和肖奇艺紧急联络中，务必要求他们保守秘密，他还想在侯孝聪的事务所继续干下去。结束交涉回到事务所，肖奇艺被卫子随堵在了门口。

肖奇艺不只交涉，顺便打听了侯孝聪的反应，听说他看到卫天成不被立案的消息后，气得把报纸都扔掉了：“卫子随，看来咱们大获全胜。”

卫子随笑笑，他只想解救父亲，不想和侯孝聪较劲。他想念乔沫，下楼才知道侯孝聪来过花店，和他出去后没再回来，他突生提防，又听小峰说侯孝聪过敏症发作，更是皱起了眉头。一个明知道自己有过敏症的人过来玩这一出，图什么，苦肉计！

肖奇艺从小徐那里打听到侯孝聪的地址后，卫子随并不急着赶过去，先是打了侯孝聪的电话。已经到家的侯孝聪正在注射药物，手机振动，他瞅了一眼，按掉了手机。

此时，乔沫坐在客厅如坐针毡，这是她第一次到侯孝聪的家中。两人交往时，侯孝聪曾经隐晦地表示邀请她过来坐坐，但都让她一笑带过。

那时候到现在，发生太多的事情，彼此的感觉已经发生变化，侯孝聪注射完后，乔沫便要离开。侯孝聪却笑着挽留，乔沫的感觉不太好，转身便走。侯孝聪猛地抱住她，双手环住她的腰：“乔沫，你应该知道我为什么那么恨卫子随。”

乔沫用力地扳开侯孝聪的手，却不得要领，他的力道越来越大：“他现在是你的依靠，你相信他，爱他，为什么？论事业，我比他更好，他现在就是一个不务正业的律师！”

“我知道在你们看来，他是一个不务正业的律师，但他有眼光，他做的业务虽然新兴，但是有前景。还有，他没有不务正业，只是用自己的方式生活。他有自己的道德底线，清楚什么事情能做，什么事情不能做。”乔沫愤怒道，“他是有底线、正直的人。”

“正直？”侯孝聪冷笑道，“他一路走来都靠自己的父亲。上大学时，他抢走了我交流学习的机会，一个新生，凭什么？就因为他那位有威望的律师父亲，好，实习的时候，他接手的第一桩官司，为了谋取关注居然舍弃委托人。大家都在关注卫天成的儿子，说他是新秀，我打的官司也赢了，但是他成功地抢走一切风头，就因为他是卫天成的儿子！”

乔沫摇头道：“你想太多了，卫子随的第一桩官司是为了公平才那样做的，不是为了哗众取宠，你说他得到关注是因为他的父亲，这是因为你从一开始就戴着有色眼镜看他。”

“真的吗？他的名字几时盖过自己的父亲？”侯孝聪冷笑道。

“我不想和你争辩。”乔沫说道，“为什么要将目光放在别人身上而忽略自己的问题吗？我们三个人的事情很简单，我和你不爱，我和他相爱，就这么简单。感情的事情始终要两情相悦，而不是单纯地看条件，如果我之前的选择伤害了你，我道歉。”

“是他抢走你的，告诉我，他说了什么迷惑住你？”侯孝聪不放手。

“侯律师，他从来没有把你当作敌人，是你一直拿自己和他做比较。你骨子里太自卑，你把这种自卑的理由归于出身。你单打独斗，很累，不能否认，但你不能因为此就否定卫子随的努力。你们两个不需要比较，做好自己就可以。”

“是你让他迷惑了！”侯孝聪苦笑道，激动地扳住乔沫的肩膀，“他就是一个花花公子，和你在一起后，总有一天会腻的，到时候知道会怎么样吗？他和你只是逢场作戏。”

“我选择和他在一起，就意味着接受未知的风险。”乔沫说道，“如果真有那么一天，是对我今天的选择负责，我毫无怨言。”

“再给我一次机会。如果你认为我做得不足，我会改，再给我一次机会，好不好？”

乔沫拒绝，终于冲出他的束缚，刚来到门口被侯孝聪拦腰抱住，他已经失去理性，将她横抱起来……

卫子随已经来到门口，听到乔沫的尖叫声，汗毛倒竖，拼命地按下门铃。听到门铃声，被压在沙发上动弹不得，衣衫凌乱的乔沫如同看到救命的稻草："子随！救我！"

"啪！"侯孝聪一巴掌甩过去，乔沫的脸红了，她不可思议地看着侯孝聪，是他变了，还是，这就是他原本的样子？

侯孝聪的动作停了，不可置信地看着自己的手："对不起，真的对不起，是不是很疼……"

趁他松劲的时候，乔沫一把将他推到一边，扑向大门拧开锁。卫子随冲进来，紧紧拥住乔沫，眼看她头发凌乱，衣衫已经乱了，怒向胆边生，上前揪住侯孝聪的衣领，挥拳过去。侯孝聪往后退了好几步，停下来，双眼发红："又是你，为什么到处都是你！"

"混蛋，你对乔沫做了什么？"卫子随愤怒地上前一步，"这就是你爱她的表现？这是你作为一名爱情失败者的发泄！你爱她？你更爱你自己！爱你自己心理上需要的成功与认可！你不允许自己失败，事业也好，爱情也好，这些都代表着你的成就。你恼怒，是因为你自认为失败，你现在的行径，就是个失败者的丑恶嘴脸！"

卫子随握着乔沫的手："她是我爱着的女人，我视她为珍宝，尊重她、爱护她。如果有一天，她说不再爱我，我会伤心，会愤怒，但绝不会伤害她！"

乔沫感激地看着卫子随。侯孝聪抹抹鼻子，冷笑道："装什么圣人，用胜利者的姿态来嘲讽我吗？怎么，你忘记自己放浪形骸的日子了？"

"我从来没把你当成敌人或对手，不是你没资格，我这个人就是这样，只想用自己的方式活着，别把我当对手，我不够格，你好自为之。"卫子随紧紧握住乔沫的手，"对了，不要对我的女人动粗，否则我会对你动粗。"

卫子随带着乔沫离去。目睹二人离开，侯孝聪颓然后退坐在沙发上，久久没有回神！

两人上了车，卫子随取来水给乔沫喝，看着她恢复平静，终于松了一口气。他握着乔沫的手："为什么要来他家里？"

"他花粉过敏症发作，我扶他到外面休息，结果他直接问我是不是知道举报人是他，索性说破了。他突然险些晕厥，提出让我送他回家。”乔沫无可奈何地说道，“如果我能更准确地判断就好了。”

“你已经做得很好。”卫子随说道，“以他的性子，花粉症过敏是故意的吧，突然急性发作，他是不是吃了会让自己过敏的食物？”

“这算是阴谋论吗？”乔沫无奈地说道。

“只是我的猜测，他内心压抑的想法太多了。”卫子随说道，“我相信他真心爱过你，喜欢过你，但是随着恋情的告吹，演变成了对自己失败境地的不甘，长久以来与我的暗中对比，加深了他对我的愤恨，我该讨厌他，还是同情他？我也不清楚，但他触到了我的底线。”

“我也有错，当初不要急于开始就好了。”乔沫说道，“你不会怀恨在心吧？”

“如果我这么做了，等同于将自己拉到与他一样的等级。”

“侯律师靠自己的努力达到目标，喜欢做有把握的事情，可以忍受孤独直到成功。”乔沫说道，“可惜的是他在努力的过程中滋生了太强的胜负心，不允许自己失败。”

此时，侯孝聪呆呆地坐在地板上，无力地扶着头，沙发上依然一片狼藉，抱枕也摔到地上，方才卫子随的说话一直响在耳边。

“这就是你爱她的表现？这是你作为一名爱情失败者的发泄！你爱她，你更爱你自己！爱你自己心理上需要的成功与认可！你不允许自己失败，事业也好，爱情也好，这些都代表着你的成就。你恼怒，是因为你自认为失败，你现在的行径，就是个失败者的丑恶嘴脸！”

“我从来没把你当成敌人或对手，不是你没资格，我这个人就是这样，只想用自己的方式活着，别把我当对手，我不够格，你好自为之。”

侯孝聪低下头，不停地揪着自己的头发，自己不是失败者，却做出了失败者的行径，活活让人瞧不起！

他掏出手机翻出乔沫的号码，却没有勇气按下拨通键。他站起来，踉踉跄跄地走向洗手间，打开水龙头，一把冷水泼到脸上，清醒多了。镜子里的自己双眼微红，狼狈不已。侯孝聪低下头，不断地用冷水泼着自己的脸，待他抬起头，眼神变得坚定起来。他回到客厅，拿出手机，给乔沫发去六个字——对不起，我怕输。

乔沫的回复很简单——别输给自己，祝安好。

侯孝聪看着简短的八个字，露出凄然的笑容，别输给自己？自己已经用最烂的方式向自己投降了，这一次，输得彻彻底底！

至于祝安好三个字，侯孝聪读出了分道扬镳的意味，这是乔沫在向自己道别。本可以在和平分手后做朋友的，经过了今天的事情，这条路已经被堵死。

其实今天还有一件重要事情，是卫天成接受行业协会调查的日子。当卫天成步出律师协会大楼时，正好赶上下班时间，熙熙攘攘的街道像与自己毫不相干，他踏上了一辆公交车。

正值下班高峰，公交车上人满为患，自然没有座位。前胸夹着后背，公交车里充斥着满满的汗味。

好久没有体会这样的感觉，卫天成却觉得痛快。曾几何时，自己就像这些小年轻一样，拎着公文包，挤着公交车，穿梭在大街小巷里，见委托人，到处搜集证据，整理法律条款，跑法院，一趟又一趟，一次又一次，几乎不知道疲惫。

那时候，打赢一场官司，兴奋的不是可以拿到钱、得到认可，而是看到委托人欣慰的脸，全身心感受到的成就感。看着车窗外的场景，卫天成好像回到过去，心潮起伏……

车子到站了，人流汹涌而下，卫天成往外面看看，他心里一动，顺着人群下了车。这里，正是乔沫家附近的站台，他往左右看看，一身轻松地往巷子里走去，到了乔家门口，正犹豫要不要进去，门打开了，乔康兴冲冲地迈出来，两人撞了一个满怀！

“卫律师？”乔康意外得很，“你过来怎么不提前通知一声？”

“我不是律师了。”卫天成居然一身轻松，“以后叫我卫天成，或是老卫。”

跟着乔康进了客厅，卫天成老实交代了，自己以后干不了律师了，心里头有事，就想找人说说心里话，思来想去，最合适的莫过于乔家人！

郭美兰给两人准备了些小菜，端上酒后出去照顾打牌下棋的老头老太太，这个时候她想避开让这两个男人说说话。乔康给卫天成倒满酒："我是个粗人，发生这么大的事，你第一个来找我，我觉得很荣幸，但也因为我是个粗人，不懂得怎么安慰人。你要是来这里找安慰，恐怕就难了，我尽力。”

乔康的话让卫天成哭笑不得，他举起杯子："谢谢。"

两人碰杯，各自吮了一口，乔康说道："事情已经这样，你有什么打算？"

"就此结束。"卫天成说道，"我当了一辈子律师，打了一辈子官司，被人家叫作不败律师、常胜将军，时间久了，我在心里和自己较上劲了，不能输，一定不能输！"

"多累人啊。"乔康说道，"像咱们这里打牌的老头老太太一样，成天想着赢钱，但哪有这么好的事呢！打来打去，总有输的时候，习惯了，也就那么回事，不算啥。"

"我没有输，表面上没有输过官司。"卫天成苦笑一声，"结果呢，我栽了个大跟头，招牌还是砸了，你知道吗？我却感觉不一样了。"

"感觉轻快了吧。"乔康朗声说道，"以后再也不用管输赢的事，搁一边，不管了！"

卫天成马上举起酒杯，和乔康碰了一下，兴奋地一饮而尽："你懂我的心思，刚才走出来的一刻，感觉阳光都不一样了，空气突然新鲜了，背上的担子没有了，尤其我和子随的关系突飞猛进，这个，以前想都不敢想。"

"那小子初开始见他，真是一点儿好感没有，说话没个正形，上来不管不顾。"乔康说道，"和侯律师是一个天上，一个地下。唉，都说日久见人心，时间长了，就看出来了，卫子随骨子里是个正直善良的孩子，没有得失心。侯律师呢恰好相反，骨子里的得失心太重，胜负欲强，老卫，我这么叫你可以吧？"

"当然可以，咱们两家以后弄不好就是亲家，一家人。"

"这话我爱听。"乔康举起酒杯，"再碰一个。"

两人又喝了一杯，乔康说道："看人都有看走眼的时候，我看走了你，也看走了你儿子。之前真是对不住啊，乱发脾气，污蔑你和美兰，其实就是我想太多，多亏你不计前嫌，帮我把美兰带回来，还有卫子随，不过，我不喜欢……"

"不喜欢什么？"卫天成打了一个激灵，"你不同意他们？"

"不喜欢他送我的酒。"乔康没好气地说道，"送什么女儿红，不是明摆着说我要嫁女儿了嘛，他想娶我女儿，还早着呢，我得再考验考验他。"

"成，你想怎么考验，尽管来，我一点儿意见也没有。"卫天成再抿一口，吃了一口菜，"还是你好啊，有个相濡以沫的妻子，有个懂事的女儿，生活得充实幸福。我这一生真是失败，妻子早亡，没让她享什么福，唯一的儿子，我也没当好表率。”

“唯一的儿子也是个好儿子，为了让你不立案，他拼了命了。”乔康说道，“不管以前你们俩的关系怎么样了，关键在于将来，以后的日子好好过，弥补以前的不足，不就好了，多简单的事！你们这些有文化的人啊，就是喜欢绕圈子，把简单的事情弄复杂。”

卫天成茅塞顿开，万万没想到由乔康点醒自己，又谈到自己的将来，事务所势必要易主，自己即将赋闲在家，倒是失落。乔康想到社区缺少法律援助，只是普通法律知识，正适合现在的卫天成。卫天成很有兴趣，又和乔家在同一个社区，可以过来喝茶下棋。

乔康此时突然想到卫天成总提自己的儿子，顺势说道：“老卫，你今天来还有事？是为了子随和乔沫的婚事？”

卫天成不知道如何往下接，正好乔沫回来，这个话题就此打住。卫天成也觉得到了离开的时候，乔沫亲自送他出去，目送他坐上出租车才返回家中。

卫天成回到家，打开门，意外地发现卫子随坐在客厅拿着杂志翻看，客厅亮如白昼，与平时回家时的情形截然不同，他心里一暖，刚才的酒意彻底消失了。

“什么时候来的？”卫天成边换鞋，边问道。

卫子随扭头，看着卫天成换鞋的背影，他的动作小心且迟缓，这些日子多了不少白发。

“吃饭了吗？”卫天成关切道。

“吃过了。”

“我，不当律师了。”卫天成一字一顿地说。

“也好。”

卫子随过来只是想知道最终结果，打电话略显矫情，索性自己跑了一趟。现在却没有太多话可说，父子俩的破冰还需要时间，简短几句话后，卫子随告别，只是在关门后如释重负。

繁忙的工作日过去，又迎来周末，卫子随和乔沫照例要约会，两人约好在游乐场门口等。乔沫早早到了，卫子随迟到十分钟，他悄然走到乔沫身后，冷不丁地展开双手。他的掌心里，赫然是一个小小的迷你风扇，正是乔沫想要的那个，惊喜未过，卫子随又拿出一朵玫瑰花。乔沫笑了，大概是卫子随熟知心理学和行为学的原因，观察的细致比常人甚，只要自己一个眼神、一个动作，甚至一句话，他就能猜到自己的心思。

两人进了游乐园，乔沫第一时间看到海盗船，扭头却发现卫子随的目光瞟向过山车。乔沫下意识地选择过山车。刚从过山车下来，卫子随又买来棉花糖，她的目光曾经落在孩子们手里的棉花糖上，早早地暴露心思。

两人你来我往好不热闹，精准地估出对方心思，毫无惊喜，两人坐下来无奈地相视一笑，过分了解对方的心思反而成为最大的难题。乔沫实在无奈，没法不看他的表情，哪怕只有1/25秒，它一出现就自动捕捉，想吃什么菜，是不是真心同意，有没有说谎，是不是真的高兴，都能提前判断。

两人哭笑不得，卫子随长叹一声："怎么办才好？"

卫子随揣着惆怅的心情回到家里，肖奇艺正好来访。现在办公室恋情如火如荼，他总觉得自己多余，卫子随和乔沫热恋，更不理会自己，见色忘义的家伙们啊。

看卫子随脸色不好，他有丝丝窃喜："怎么，约会不顺利？"

卫子随倒了一通苦水，肖奇艺大大咧咧地说道："这不是很正常嘛，男人和女人在一起本来就是猜谜游戏，玩的就是谁更了解对方，两人的感情在，怎么玩这出游戏都没事，一旦出现问题，就不能一起快乐地玩耍，你们现在正愉快地玩耍，美哉。"

果然当局者迷！

肖奇艺来是有正事的，其一，侯孝聪即将搬走，快则十天内，慢则一个月，他一走，大家也不必尴尬，放弃无谓的对比，会活得更自在；其二，江冰宜和大卫回来了，但并不打算出现在卫子随面前，她托肖奇艺带话，下次出现时将是能坦然面对的时候。

好事情并不止这一桩，曲蔓和汪杰深入了解后非但没有怯意，两人愈战愈勇，已进入热恋。

虹姨虽然遭遇骗局，但儿媳妇在这场波折中经受住考验，主动提出在老家购房，绝不啃老，让虹姨放宽心，被骗的定金也即将退回，可谓双喜迎门。

而郭美佳也在别扭中答应十一假期和沈骐扬回老家见家长；齐苗苗正式开启新的人生阶段，小峰成为她的有力助攻，而唯一继续漂泊的只有肖奇艺了。也难怪他是人群中最落寞的那个人了。

新的一天阳光明媚，卫子随却一言不发将乔沫塞进车里，不解释去哪里，要干什么。乔沫一路嗔怪不已：“卫子随，你搞什么鬼？”

当车子来到墓园，乔沫的表情凝住了。卫子随牵起她的手往里面走，站在成浩的墓碑前，卫子随恭敬地将花束放下：“成先生，初次见面，请多关照。”

乔沫的嘴角轻轻抿着，不安道：“你带我来这里做什么？”

“交接仪式。”卫子随沉声道，“这个男人爱过你，甚至比我更爱你，我感谢他曾经爱护你、珍惜你，最后保全了你的性命，也因为此，才有了我们的相识、相知、相爱。”卫子随转身看着墓碑上温柔的照片，“成浩，自我介绍一下，我叫卫子随，三十二岁，现在是一名只做婚前财产公证和证婚的民事律师，赚的钱不多，事业做得不太大，不太懂得说漂亮的话，在很多人的眼里，我有些放荡不羁，但是，有人看得懂我，甚至帮助我看清我自己。我爱乔沫，可能亚于你，也可能超越你，无法判断，毕竟恋爱的形式多种多样，我们的恋爱过程与你们截然不同，但爱情的本质是一样的，我会倾己所能照顾她。”卫子随双手合十，“现在，交接仪式结束，她是我的了。”

乔沫破涕为笑：“你疯了。”

“我没疯，现在该讨论一下将来的恋爱方针了。”卫子随说道，“我觉得我们最大的问题是习惯去分析解析再行动。”

“没错，曲蔓也好，美佳也好，她们跟着心在走，想爱就爱，想开始就开始，反倒没有那么多的顾忌和考虑，而我们太小心。”乔沫坦白道。

“爱情无法证明，只能用心感受，婚姻没有保证，只能苦心经营。以后我们抛开技术层面，由心而发，我的心理学和行为学，你的微表情全部抛到一边。”卫子随咧嘴一笑。

“相恋的男女每走一步就是过招，但是，揣测对方心理也好，过招也好，这并不妨碍两人相爱，毕竟爱情关乎心意，我们能感受到爱意，就好了。和爱人斗，其乐无穷。”乔沫打趣道。

“这是什么理论？”卫子随哭笑不得。

“我不只有这么一点理论，还给未来的老公立了十八条家规，想听吗？”乔沫挑衅地看着他。

卫子随看着乔沫的眼睛，将她拥入怀中：“尽管放马过来，在那之前我需要正式地问你一句，乔沫，你爱我吗？”

“爱……”

乔沫还没说完，一个滚烫的吻就袭过来，多么缠绵悱恻、心神俱动的吻，多年后都令人回味……